중국에서의 한국현대문학 수용양상 연구

중국에서의 한국현대문학 수용양상 연구

韓國現當代文學在中國的傳播與接受研究 | 김정일金正日

역락

머리말

　1992년 8월, 중국과 한국이 정식 외교관계를 수립한 이후 근 30년이 가까운 세월이 흘렀다. 그동안 양국 간의 교역과 인적 교류는 거의 해마다 증대되어 한국에 있어서는 중국이 최대 교역국이 되었고, 중국에게 있어서 한국 역시 중요한 교역국(2021년 한국은 중국의 국가별 교역액 순위 3위로 2위인 일본과 거의 비슷한 수준)으로 2021년 양국 교역액은 3600억 달러를 돌파하였으며 이는 수교 당시 63억 달러이던 교역액의 57배가 넘는 수준이다. 인적 교류 또한 코로나사태 전에 이미 연 1000만 명에 달했으며 2016년에는 역대 최고치인 1,284만 명을 기록하였다. 중한 양국의 교류가 밀접해지고 빈번해질수록 양국은 점차 서로를 역사적으로나 문화적으로 심층적으로 이해해야 할 필요성을 느끼게 되었다. 이러한 가운데 문화적 측면에서의 교류도 활발히 이루어졌고 특히 한국의 문화와 사회 발전 과정 등을 그려내고 있는 한국문학의 중국어 번역 및 출판이 정부와 민간의 지원에 힘입어 활발히 진행되어 주목할 만한 성과를 이룩하였다. 하지만 그동안 중국에서의 한국 현대 문학 번역·출판이 활발히 진행되었음에도 불구하고 실제로 한국현대문학은 중국에서 바람직한 수용을 이룩하지 못하고 있다. 한국현대문학을 전공하여 석·박사 학위를 취득한 필자는 이러한 상황을 안타깝게 지켜보면서 선행연구를 토대로 중국에서의 한국 문학 번역·소개 및 수용의 궤적 및 맥락을 재정리하고 그 과정 속에 보여지는 문제점 및 교훈을 찾아내 향후의 새로운 발전에 힘을 보태야겠다는 생각을 갖게 되었다. "국가간 교류는 국민간의 친숙함에 달려 있고 국민간의 친숙함은 마음 소통에 달려있다"는 말처럼 한국문학이 중국에서 보다 더 잘 수용되어야 비로소 중국 국민들이 한국을 더 잘 알게 되고 한국에 더 가까이 다가가게 될 것이며 양국이 보다 건전하고 활발히 교류할 수 있을 것으로 판단하기 때문이다.

이 책의 제1부에서는 이러한 취지 아래 앞선 연구자들이 열어 놓은 방향성을 토대로 삼아 미처 채워 넣지 못한 부분을 보완함으로써 이 주제의 발전에 일조를 하고자 하였다. 연구를 진행함에 있어서 기존의 한국문학 중국어 번역 및 출판을 문학번역의 연구 영역으로만 간주하는 연구 시각에서 벗어나 한국문학의 중국어 번역 및 출판을 다문화 교류의 시각으로 보는 세톈전(謝天振) 교수의 번역소개학 이론을 동원하여 한국 현대소설의 중국어 번역의 역자, 지원자, 출판 유통 및 수용에 대한 정리를 토대로 지금까지의 한국 현대소설의 중국어 번역·소개 모델의 특징과 문제점 그리고 대안을 모색하고자 노력하였다.

한국문학의 중국 유입은 중국 사회에 적지 않은 영향을 끼쳤다고 할 수 있다. 중국 독자들에게는 물론 중국 사회에도 일정한 영향을 미쳤다. 중국 독자들은 중국에 유입된 한국문학을 통해 한국을 알게 되고 한국의 문화를 알게 되었으며 한국을 가지 않고도 한국 사회를 알아가고 한국에 더 가까이 다가갈 수 있게 되었을 뿐만 아니라 더 나아가 두 나라 서로간의 이해증진과 소통, 그리고 많은 분야의 협력 강화 등에 중요한 역할을 발휘하였다. 중국은 다민족 국가로서 한국문학의 유입은 또한 같은 문자를 사용하고 있는 중국 조선족에게도 적지 않은 영향을 끼쳤다. 특히 그동안 조선어로 문학을 창작해 온 중국 조선족 작가들에게 가져다 준 영향은 크다고 할 수 있다. 중국 조선족 작가의 한국문학 접촉은 그들의 언어적 표현이 예전에 비해 더욱 세련되게 하였을 뿐만 아니라 중국의 소재를 기존의 서사방식에서 벗어나 새로운 문체로 엮어 나갈 수 있는 자양분을 제공해주었다. 이 책의 제2부에서는 중국 조선족 문단에서의 한국문학 수용을 중심으로 한국문학의 유입이 중국 조선족 작가들에게 끼친 영향에 대해 살펴보았다.

이 책이 이루어지기까지 필자의 연구에 도움을 주신 분들이 참 많다. 일일이 밝힐 수는 없으나 이 자리를 빌려 중국에서의 한국 현대문학 번역·소개 연구에 정진할 수 있도록 여러모로 도움을 주신 연구자 여러분께, 그리고 중국에서의 한국 현대문학 번역·소개 연구의 길잡이가 되어주신 학계의 여러분께 심심한 감사를 드린다. 무엇보다도 필자의 학문의 길을 열어주시고 학문적 성숙을 인도해주시는 중앙민족대학교(中央民族大學) 김춘선 은사님께 감사드린다.

끝으로 시간의 촉박함도 이겨내고 이 책의 출간까지 전 과정을 함께 수고해 주신 이태곤 편집이사님과 임애정 대리님을 비롯한 도서출판 역락 여러분께 깊이 감사드린다.

2022년 5월
북경제2외국어대학교 인문동에서
김정일

차례

머리말 _ 5
참고문헌 _ 301
부록 _ 307

제1부

중국에서의 한국현대문학 수용양상 연구 · 11

1 서론 … 13

2 한국 현대문학의 중국어 번역 역자 및 역자 모델 … 31

3 한국 현대소설의 중국어 번역 · 소개루트 및 중국에서의
  한국 현대소설의 수용 양상 … 45

  3.1. 수교 전 한국 현대소설의 중국어 번역 · 소개루트 및
      중국에서의 한국 현대소설의 수용 양상   _ 45

  3.2. 수교 초 한국 현대소설의 중국어 번역 · 소개루트 및
      중국에서의 한국 현대소설의 수용 양상   _ 49

  3.3. 2000년대 이후 한국 현대소설의 중국어 번역 · 소개루트 및
      중국에서의 한국 현대소설의 수용 양상   _ 56

제2부

한국 현대소설의 중국 유입이 중국 사회에 끼친 영향 · 69

1 서론 … 71

    1.1 문제제기   __ 71

    1.2 연구사 검토   __ 75

    1.3 연구대상 및 방법   __ 82

2 조선족문학지에 나타난 한국문학의 전래 양상 … 95

    2.1. 중국 조선족문학의 정의 및 그의 성격   __ 95

    2.2 한국문학의 영향을 받게 된 원인   __ 98

    2.3 한국 문학작품의 전래   __ 105

    2.4 전래 양상을 통해 본 중국 조선족 문단의 한국 문학 수용 양상   __ 116

3 조선족 작품에 나타난 한국 문학의 영향 … 139

    3.1 이순원의 「말을 찾아서」와 최국철의 「여우 보러 가자」   __ 140

    3.2 신경숙의 「풍금이 있던 자리」와 조성희의 「부적」   __ 152

    3.3 이상의 「날개」와 리동렬의 「그림자 사냥」   __ 167

4 리태복의 성장역정과 그의 문학수신 … 177

    4.1 리태복의 성장역정과 그의 문학수신   __ 177

    4.2 리태복의 문학창작과 경향   __ 191

    4.3 김승옥의 「서울, 1964년 겨울」과 리태복의 「할빈, 1988년 여름」   __ 210

5 김혁의 문학창작과 한국 문학의 관련 양상 … 233

    5.1 김혁의 체험과 그의 문학수신   __ 233

    5.2 김혁과 이상의 관련 양상   __ 251

    5.3 「천재죽이기」에 나타난 이상의 영향   __ 268

6 결론 … 293

제1부

중국에서의 한국현대문학 수용양상 연구

1

서 론

바다를 사이에 두고 마주보고 있는 중·한 양국은 헤어질 수 없는 이웃이자 전략적 동반자이다. 양국은 일찍이 다양한 문화교류를 진행해왔으며 '유교문화권'과 '한자문화권'을 형성하였고 장기간의 교류는 양국으로 하여금 유불도, 한자, 율령과 같은 중요한 '문화유전자'를 공유하게 하였다. 비록 근대 이후 동사이아 및 국제 정세의 변화로 중·한 양국은 교류가 줄어들기는 했지만 외래 세력을 몰아내고 근대민족국가를 건설해야 하는 동일한 과제를 떠안게 되면서 인적 교류, 사상교류 등 영역에서 여전히 교류가 이어졌다. 하지만 한반도가 '8.15'를 맞으며 남과 북에 각기 친소·친미 정권이 들어선 이후, 특히 '6.25전쟁'이후 '냉전' 체제 하에서 그동안 지속되었던 양국 간의 교류는 전면적으로 중단되었을 뿐만 아니라 양국은 1992년 수교에 이르기까지 거의 반세기동안 반목과 적의를 품고 지내왔다. 그러던 양국은 1992년 수교를 계기로 서로의 이해 증진을 도모하기 위해 적극적으로 자신의

고유한 정신·사상·정서를 내포한 문학작품을 상대국에게 알리려고
했다. 물론 수교 전 중국에서의 한국 현대문학작품의 유입이 완전히
중단된 것은 아니다. 다만 그때 중국에서는 '한국'이라는 용어 대신
'남조선'이라는 용어를 사용했던 것이다.[1] 1992년 8월24일 중·한 수
교를 기점으로 중국에서는 그동안 사용해오던 "남조선"이라는 명칭을
"한국"으로 개정하였는데 "남조선"이라는 명명을 떠나 "한국문학"이
란 이름으로 중국의 공개간행물에 번역, 발표된 첫 작품은 1993년『역
림』(譯林) 3기에 실린 오독이의「광란시대」라고 할 수 있다. 그 후 중국
에서의 한국문학 번역·소개는 활발히 이루어졌으며 세계문학(世界文
學), 역림, 외국문예(外國文藝) 등 권위 있는 외국문학번역자들이 한국문
학작품을 번역·게재하였을 뿐만 아니라 상해역문출판사(上海譯文出版社)
를 비롯한 여러 유명 출판사들에서도 번역·출판하기 시작하였다. 불
완전한 통계에 따르면 2021년 9월까지 중국(대만, 홍콩, 마카오 제외)에서
번역·출판된 한국문학 도서는 이미 700종을 넘었으며 2001년에 출
범한 한국문학번역원의 지원을 받아 출판된 도서만 해도 200종을 넘
어섰다.[2]

　　문학을 비롯한 문화교류의 활성화는 중국과 한국의 지난 근 반세기
동안의 단절을 효과적으로 메워줄 수 있는 디딤돌이라 할 수 있다. 중
국인들은 한국문학의 진수를 대표하는 본격문학와의 접촉을 통해 한

---

1) 韩昌熙, ≪美帝控制下的南朝鲜文学≫, ≪世界文学≫, 1963年第7号.
　全光墉等著：≪南朝鲜小说集≫, 上海：上海译文出版社, 1983年.
　金晶主编：≪南朝鲜"问题小说选"≫, 北京：社会科学文献出版社, 1988年.
　채미화,『남조선단편소설선집』, 연변：연변대학출판사, 1986년.
2) 한국문학번역원 홈페이지에 있는 데이터를 정리해서 얻음.
　https://www.ltikorea.or.kr/kr/pages/archive/translationBook.do

국인들의 생각, 사고, 행동양식을 알게 되었고 한국인에 대한 호감뿐만 아니라 한국이라는 나라에 대한 인식에도 긍정적인 영향을 미쳤다. 그동안 소통의 단절로 초래된 중국의 '미국의 그늘 아래에 있는 국가이며 주체적이지 못하고 자본주의의 첨단을 걷는 나라'라는 한국에 대한 인식도 두 나라가 사실은 단절이전에 이천년의 역사적 관계를 맺어 온 사이라는 것을 알게 되었고 중·한은 서로 유사한 인종이며 공통의 한자문화와 유교전통을 갖고 있음을 확인하게 되어 한국에 대해 가지고 있던 오해도 풀리게 되었다.

2022년이 되면 중·한 수교가 30주년을 맞이하게 된다. '삼십이립'3)이라는 중국의 옛말처럼 수교 30주년을 계기로 그간 다져온 양국 관계가 더욱 굳건해지기를 바란다. 그러기 위해서는 수교 30년을 앞두고 그동안 중국에서의 한국현대문학 수용 상황에 대한 정리와 검토가 필요하고 더욱 효과적인 수용을 위해 방안을 모색하는 작업이 필요하다.

그동안 중국 내 한국 현대문학의 번역·소개 및 수용에 대한 연구는 중국에서나 한국에서나 여러 학자들에 의해 모두 활발히 진행되었으며 비교적 많은 성과를 거두었다. 지금까지 중국에서의 한국현대문학 번역·소개 및 수용 상황을 검토·연구 작업을 살펴보면 다음과 같다.

최초로 한국문학의 중국 진출 상황을 체계적으로 연구를 진행한 학자는 고인덕이라고 할 수 있다. 2002년부터 이 과제에 주목하기 시작한 그는 2003~2005년 사이에 연이어 여러 편의 논문을 발표하여 한국

---

3) '삼십이립'은 서른 살이 되어 흔들리지 않는 뜻을 세운다는 공자의 말이다.

문학의 중국 진출 상황을 전반적으로 다루었다. 그중 「한국문학의 중국어권 진출 현황 연구」[4]에서는 우선 한국문학작품을 중국에 소개되어 온 역사적 과정을 대체적으로 살펴본 후, 2003년까지의 번역물 목록을 정리하여, 이를 토대로 그동안 중국어로 번역된 한국문학작품의 장르, 작가, 역자, 번역시기, 출판과정 등을 분석하여 그 문제점을 밝히고 앞으로 나아가야 할 방향을 제시하였다. 「중국어권의 한국문학 연구 현황 조사와 분석」[5]에서는 한국문학 작품이 중국에서 어떻게 수용되고 있는지에 대해 조사·분석하였고 구체적으로 중국에서 한국문학을 연구하는 주요 기관을 살펴보았으며 2004년까지 발표된 한국문학에 관한 단행본 연구서, 학위논문, 학술지논문, 언론 등에 발표된 기사문의 목록을 정리하였다. 아울러 이를 토대로 중국에서의 한국문학 연구의 특징과 경향을 분석하고 당시 존재하고 있는 문제점들을 지적하기도 했다. 또한 「중국에서의 한국문학 수용 사례에 관한 연구」[6]에서는 『무녀도』(김동리 저, 韓梅·崔胤京 역, 2002), 『남녘사람, 북녘사람』(이호철 저, 崔成德 역, 2003) 『마이너리그』(은희경 저, 秦雍晗 역, 2004) 세 작품이 중국에서 얻은 반응과 평가를 살펴보고, 이 세 작품이 중국에 진출한 다른 작품에 비해 상대적으로 수용이 잘 된 원인을 추적했다. 고인덕의 연구는 양국에서 최초로 한국문학의 중국 진출을 전반적으로 검토하고, 당시의 문제점 및 앞으로의 과제까지 제시하였다는 점에서 커다란 의미가 있으며 그가 제시한 문제점과 과제 중에는 오늘날에도 여전히 참고할 만한 것이 많다고 할 수 있겠다. 하지만 그때 당시 아직

---

4) 고인덕, 「한국문학의 중국어권 진출 현황 연구」, 『중국어문학논집』제25호, 2003년.
5) 고인덕, 「중국어권의 한국문학 연구 현황 조사와 분석」, 『중국어문학지』제15호, 2004년.
6) 고인덕, 「중국에서의 한국문학 수용 사례에 관한 연구」, 『중국어문학논집』제43호, 2006년.

한국 본격문학작품이 많이 번역·소개되고 있지 않은 객관적인 상황으로 인해 자료 수집의 불충분함, 그리고 일부 관점에서 보여지는 경솔함도 없지 않다.

고인덕 이후, 그동안 한국문학의 중국어 번역에 대한 연구는 중국에서나 한국에서나 여러 학자들에 의해 활발히 진행되었으며 비교적 많은 성과를 거두어 왔다. 기존의 연구를 살펴보면 한국문학의 중국어 번역에 관한 연구는 대체로 구체적 작품에 대한 번역 비교를 통한 오역 문제를 논하는 것과 한국 문학작품이 중국에 소개된 역사적 과정을 살피고 중국어로 번역된 한국문학의 궤적을 분석하여 중국에서의 한국 현대문학의 출판문제를 주안점으로 삼아 분석·검토한 것, 기관의 중국어 번역 지원정책에 관한 연구, 중국어로 번역·소개된 일부 작품에 대한 중국 독자들의 수용에 관한 연구 등 네 개 방향으로 분류하여 검토할 수 있다.

첫 번째 방향의 대표적 연구는 최은정,[7] 왕염려(王艶麗)[8] 등의 연구라고 할 수 있다.

한국 현대문학작품의 중국어 번역문제에 대하여 가장 적극적으로 검토하고, 심도 있는 견해를 내놓은 학자로는 최은정을 꼽을 수 있다.

---

[7] 최은정, 「미학적 측면에서 본 우리말 소설의 중국어 번역 고찰-은희경의 "마이너리그"를 중심으로」, 『중국어문학』제54집, 2009년.
　　최은정, 「우리말 소설의 중국어 번역에서 미적 요소의 재현문제(1) 신경숙의 "외딴방"을 중심으로」, 『중국어문학』제57집, 2011년.
　　최은정, 「우리말 소설의 중국어 번역에서 미적 요소의 재현문제(2) '화법'에서 본 오정희의 '옛 우물'」, 『비교문화연구』제26집, 2012년.
　　최은정, 「한중문학번역에서 문화적인 요소의 번역문제1: 관용표현을 중심으로」, 『중국소설논총』제37집, 2012년.
[8] 왕염려, 「중국의 한국 현대 문학 번역 및 수용 양태 연구-수교 이후 번역된 소설을 중심으로-」, 인하대학교 박사학위 논문, 2014년.

그는 한국 문학의 중국어 번역에 대한 관심과 연구가 미진하고, 특히 기존 문학작품 번역물에 대한 검토 작업이 거의 이루어지지 않은 상황을 감안하여 미학적 측면에서 은희경의『마이너리그』, 신경숙의『외딴방』, 오정희의『옛 우물』세 작품의 중역본을 분석·평가하였다. 구체적으로는 원작의 미학적인 특수성이 실제 번역에서 어떻게 재현되고 있는지, 그 과정에서 나타날 수 있는 문제점은 어떤 것들이 있는지에 관해 고찰하였다. 최은정의 연구는 '오역찾기, 의미전달여부 검토하기' 등의 작업을 위주로 진행해 온 기존의 번역 비평에서 탈피하여, 문학작품 특유의 미학적 특성에 주안점을 두고 기존 번역문을 분석·평가함으로써 문학번역에 있어서 의미의 정확한 전달도 중요하지만 그보다 원작의 미적 가치를 최대한 재현하는 것도 소홀히 해서는 안된다는 문제의식을 제시하여 이후의 연구자에게 많은 시사점을 제공해 주었다. 뿐만 아니라 그는 한 걸음 더 나아가 한·중 문학번역에 문화소의 번역방법 및 기교문제에 대한 연구도 시도했다. 왕염려는 거시적인 시각에서 수교 이후 2013년까지 중국에서 출판된 한국 현대소설의 번역·수용상황을 시기별로 살펴보았을 뿐만 아니라 이국화, 자국화 두 가지 번역전략을 중심으로 미시적인 시각에서 번역텍스트들에 접근함으로써 한국문학작품의 중국어 번역전략 문제를 집중적으로 논의하였다. 어휘, 관용구 및 문장/문단(문제) 등 측면에서 번역텍스트들을 꼼꼼히 비교·검토화고 나서 번역물의 바람직한 수용을 위해서는 번역자의 역할이 중요하며 이국화 전략이 작품의 이국적인 정취를 전달하는 데에 있어서 절대적인 조건이 아니기에 번역 시 이질적이고 비문법적인 문장 사용을 피하는 것이 바람직하다고 분석하였다. 2014년 이후, 특히 중국 내 MTI 전공이 개설되면서 한국과 중국의 대학교

에서는 특정 작품의 번역 문제를 검토하는 석사학위 논문이 쏟아져
나왔다. 이 논문들에서는 주로 한국문학의 중역본에서 나온 오역문제,
한국소설의 중국어 번역 방법, 한국소설에 나타난 문화소의 중국어 번
역 방법 등을 모색하였다. 이러한 연구는 한국문학의 중국어 번역의
질을 향상시키는 데 일정한 도움을 가져다 줄 것으로 생각되며 한국
문학의 올바른 중국어 번역의 모델을 모색하는 연구에 토대를 마련해
주었다고 할 수 있다.

두 번째 방향의 연구로는 김영금(金英今),9) 이병길,10) 조리(趙莉),11) 김
장선(金長善),12) 김진두,13) 이정교,14) 임춘성,15) 김학철(金鶴哲),16) 홍정선,17)
김일(金一),18) 문려화(文麗華)19)의 연구가 있다.

김영금은 20세기 중국에서의 한반도문학의 번역·수용 상황을 시

---

9) 金英今, 「20세기 중국에서의 한반도문학의 번역과 수용에 대한 고찰」, 『문학교육학』제16
   호, 2005년.
10) 이병길, 『한국문학 세계화 방안연구-한류현상을 계기로 본 중국과 동남아시아의 경우』,
   한국문학번역원, 2005년.
11) 趙莉, 「韓國文學飜譯三十年」, 『外國文學動態』第5期, 2006年.
12) 金長善, 「20世紀後半期韓國文學譯介在中國」, 『世界文學評論』第2期, 2006年.
13) 김진두·김창옥, 「한류를 이용한 도서의 수출 방안에 대한 연구」, 『한국출판학연구』통권
   제49호, 한국출판 학회, 2005년; 「중국 출판 산업 변화와 도서 수출 방안 연구」, 『한국
   출판학연구』통권 제 53호, 한국출판학회, 2007년.
14) 이정교, 「한국 출판저작권 수출현상과 문제점-중국어권 국가를 중심으로」, 『한국민족문화』
   29, 부산대 한국민족문화연구소, 2007년.
15) 임춘성, 「한중 문화의 소통과 횡단에 관한 일 고찰-중국의 한국문학 번역·출판의 예」, 『외
   국문학연구』제33호, 2009년.
16) 김학철, 「20세기 한국문학 중역사 연구-이데올로기와 문학번역의 관계를 중심으로」, 서
   울대 박사논문, 2009년.
17) 홍정선, 「중국에서의 한국문학 번역출판의 현황과 문제점」, 『민족문학사연구』통권43호,
   2010년.
18) 김일(金一), 「韓国文学在中国的翻译与出版现状综述」, ≪延边大学学报≫第4期, 2013年.
19) 文麗華, 「韓國現代小說在中國-飜譯出版現況、問題及解決方案」, 『當代韓國』2018年第4期,
   2018年.

기별로 개괄적으로 서술하고, 수교 이후 '한류'의 영향에 힘입어 한국 문학의 번역도 전반적으로 상승세를 보이고 있으나 당시 가장 인기 있던 것은 그래도 대중문학이라는 사실을 언급했고, 이러한 특징은 중국 사회의 변화 및 문화발전의 내적인 요구에 따른 것이라고 밝혔다. 이병길은 중국 사회에서 문학이 차지하는 비중, 중국문학의 주요 특징, 중국 독자들과 도서시장의 경향, 그리고 그때 당시 중국 독자들의 한국에 대한 인식과 선호도 등 한국 문학의 중국적 수용에 많은 유용한 정보를 제공하였으며 중·한 문학교류 활성화 방안도 제시하였다. 그러나 외적 환경과 중국의 출판지형을 소개하는 데에 집중하여, 실제의 한국문학 번역·수용 문제 등 중요한 요소에 대하여 그저 가볍게 언급한 정도에 그치고 있다. 조리는 1976~2006년 30년 사이에 중국 대륙에서의 한국문학 번역·출판 상황을 '고전문학, 근현대경전문학, 대중소설, 인터넷문학' 등 장르별로 나누어서 정리·분석하였다.[20] 물론 지면의 제한으로 그동안 소개된 작품에 대해 상세하게 다루지는 못했지만, 당시 중국 출판시장에서 한국 도서 외형상의 '홍성' 뒤에 숨어 있는 문제점, 즉 출판의 맹목성과 상업지상주의, 번역의 수준 미달 등을 지적하였다. 한편 김장선은 20세기 50년대부터 90년대까지 중국에서의 한국문학 번역·소개 상황에 대하여 간략히 정리하였다.[21] 그는 90년대부터 중국에서 시장경제체제의 도입 및 사회 환경의 변화가 실제로 한국문학의 자주적 중국 진출에 충격을 가져다 준 점을 지적하고 앞으로 펼쳐질 혼란 상황에 대하여 우려를 표하였다. 김진두, 이정교는 주로 중국 출판시장의 특징 및 변화를 포착하여 '한류'의 성행

20) 趙莉, 「韓國文學飜譯三十年」, 『外國文學動態』제5호, 2006年.
21) 金長善, 「20世紀後半期韓國文學譯介在中國」, 『世界文學評論』제2호, 2006年.

을 이용해 한국도서의 적절한 출판방안을 모색했다. 임춘성은 한중 문화 교류의 불균형 현상으로부터 중국의 한국문학 번역·출판에 대한 고찰과 동시에 한중 문화 교류의 문제점과 대안을 모색했다. 그는 많은 한국 작가의 작품이 중국에서 번역·출판되었음에도 불구하고 중국의 중문과 교수들은 대부분 한국 문학작품에 대해 무시 내지 무관심하다는 사실을 감지하여, 한국문학 연구와 독서에 대한 자발적 축적이 미미한 가운데 한국 측의 지원에 의존하고 있는 사실을 강조했다. 나아가 그는 앞으로 중국의 한국문학 번역·출판의 과제에 대해서도 견해를 제시하였다. 김학철은 1920년대부터 2008년까지 근 90년간 중국에서 번역·출판된 한국 문학작품 번역본을 모두 정리하면서 역사적 고찰을 통해 그동안 발생한 번역사실과 이데올로기의 상호관계를 밝히는데 목적을 두었는데 '이데올로기와의 관계'에 의거하여 한국문학 중국어 번역사를 "약소국 이데올로기 시기(1949년이전), 냉전 이데올로기 시기(1950-1978), 이데올로기의 전환기(1979-1992), 열린 이데올로기 시기(1992년 이후)"로 분류하여 각 시기의 번역·소개 상황을 정리·분석하였다. 김학철의 연구는 한국 문학의 중국어 번역·소개 궤적 및 상황을 전반적으로 정리한 최초의 학위논문이라는 데 큰 의미가 있다. 특히 2008년까지 중국(대만 포함)에서 출판된 모든 한국 문학작품 단행본은 물론, 주요 문학지에 실린 단일 작품들까지 목록을 작성하여 이후의 연구자들에게 많은 편의를 제공하고 있다. 다만 자료의 수집·정리 작업에만 편중하여, 정작 이 주제와 가장 밀접한 작품의 번역·수용문제 등에 대한 깊이 있는 검토면에서는 아쉬움을 남겨두었다. 그리고 논술 중에 서둘러 결론을 내린 부분들이 눈에 띄게 존재한다.22) 무엇보다도 중국에서는 외국문학의 번역·소개가 2000년대 이전까지 항상 이데올로기와 밀접한 관련이 있다는 것인데, 이런 특징은 한국 문학의 중국어 번역·소개 사정에만 국한된 것은 아니다. 다시 말해서 "이데올로기와 문학번역의 관계"란 키워드는 한국 문학의 중국어 번역·소개에서 가장 뚜렷한 특징이 아니라 중국에서 외국문학을 수용할 때의 보편적인 현상에 불과하다. 따라서 한국 문학의 중국에서의 번역, 소개 내지 수용 사정만이 가지는 특징을 찾는 것이야말로 우리 앞에 놓인 과제가 아닐까 생각한다. 홍정선은 구체적인 예를 통하여 중국에서의 한국문학작품 출판 및 번역상의 문제점을 짚어보고, 한국 본격문학의 중국진출에 있어서 번역의 중요성을 특별히 강조하였다. 김일은 그동안 중국에 번역·소개된 한국문학 작품에 대한 정리를 토대로 중국에서의 한국문학 번역, 출판, 전파와 연구 현황 및 한국문학 중국어 번역에 참여한 번역자에 대해 분석하고 연구하였으며 비록 현재 한국문학의 중국어 번역에 여러 문제점이 존재하고 있지만 젊은 번역자들이 점차 성장하면서 멀지 않아 한국문학의 중국어 번역은 더 아름다운 미래를 맞이할 것으로 분석하고 있다. 문려화는 2000년에서 2018년 7월까지의 한국 현대소설의 중국어 번역 및 출판 현황을 고찰

---

22) 이에 대하여 다음 몇 대목을 통하여 간단히 살펴보겠다. 1. "2000년대 들어서면서 한국문학번역은 전성기를 맞이하게 된다"(149쪽), 2. 수교 초기 "낡은 관념 형태의 간섭으로 인해 여전히 적지 않은 한국의 우수한 본격작품들은 번역되지 못했다."(152쪽), 3. "2000년의 중국대외번역출판공사는 김정현의 장편소설 『아버지』를 펴냈는데 한국문학번역에서 보기 드문 수작이다"(157쪽), 4. "1997년은 좋은 번역이 속출한 해이다."(157쪽). 이상 몇 개의 언급만 봐도 논자가 별다른 입증 작업을 거치지 않고 경솔하게 결론을 내린 경향을 감지할 수 있다. 간단히 말하면, 2000년대가 한국문학번역의 전성기보다 혼란기로 보는 것이 더 타당하고, 수교 초기 한국본격문학이 중국에서 많이 소개되지 못한 원인은 한국문학에 대한 이해와 지식이 아직 별로 갖추지 못했기 때문이 아닐까 생각한다. 그리고 『아버지』의 번역본을 "보기 드문 수작"이라고 한 평가 자체도 문제가 되거니와 논자가 "왜 그런가"란 의문을 풀어줄 수 있는 어떠한 증거도 제시하지 않고 있다. 그리고 1997년에 좋은 번역이 속출된다는 결론도 지나치게 낙관적인 것으로 보고 있다.

하여 중국어로 번역·출판된 작품의 한국현대문학의 수량을 분석하고 출판된 작품 순위 10위권의 작가와 작품의 특징과 주요 번역자들의 상황을 정리하였다. 또한 중국에서 한국 대중문학이 중국 독자들의 관심을 끈 반면에 한국 정부가 적극 지지해 온 순수문학의 홍보와 전파의 효과가 그다지 낙관적이지 않은 이유를 양국 국민이 서로에 대해 잘 알지 못해 상대국의 문학인지도가 낮은 점, 턱없이 부족한 한국문학 번역 인재와 출판사의 체계적이고 치밀한 마케팅 전략의 부족으로 꼽았다.

　세 번째 방향의 연구로는 권혁률,[23] 양레이,[24] 궈뤄이쟈,[25] 김령[26] 의 연구가 있다.

　권혁률은 한국문학번역원의 지원으로 이루어진 한국문학의 중국어 번역과 출간 상황에 초점을 맞춰 그동안 한국문학번역원의 지원으로 이루어진 중국어번역 성과를 번역가, 번역지원물의 출간, 중국어권출간지원현황 등 면에서 살펴본 결과 한국문학번역원의 중국어권 번역지원과 출판지원은 꾸준한 증가세 또는 원상태의 유지를 보이고 있으며 번역현장에서 동일단어의 다의적인 번역문제, 속담의 다양한 비대응적 번역, 문학적 이해의 부족 또는 문화적 습관에 따른 문제점이 존재하고 있음을 발견하였고 한국문학의 올바른 중국어권 진출 면에서는 전반 한국문학을 아우르는 문학작품전집류, 또는 각 시대를 대표하

23) 권혁률, 「한국문학의 중국어권 번역과 수용에 관한 일고찰-KLTI 출범 10년을 중심으로-」, 통번역교육연구 제9권 2호, 2011년.
24) 杨磊, <韩国文学汉译的"赞助者"研究>, ≪当代韩国≫第3期, 2012年.
25) 郭瑞佳, <韩国文学翻译院－－韩国文学国际化出版的有力推手>, ≪出版参考≫第25期, 2014.
26) 김령, 「한국문학 중국어 번역·출판에 대한 지원 시스템 연구」, 서울대학교 석사학위 논문, 2018년.

는 작품, 그리고 작품에 대한 권위적이고도 적확한 평가를 전제한 문학사류나 평론서 등의 체계적인 번역소개도 절실히 필요하다고 피력하였다.

양레이는 '한국문학연구원'을 연구대상으로 한국문학의 중국어 번역 "후원자"에 관련하여 논의를 펼쳤는데 한국문학번역원의 번역·출판 지원 사업이 중국에 미친 긍정적인 영향을 분석하고 중국의 문학·문화 해외 진출 사업이 한국문학번역원의 지원 사업을 본받아야 한다고 주장했다. 궈뤄이쟈도 한국문학번역원과 대산문화재단의 한국문학 국제화 사업의 전략을 설명하고 이를 중국출판업계에서 내세우고 있는 "중국문화 해외 진출" 사업이 본받아야 하는 롤모델로 간주했다. 궈뤄이쟈는 본받아야 하는 전략에 대해 "번역가 양성, 순수문학과 학술저작 지원, 간편한 방법의 도서저작권거래 정보플랫폼을 구축, 자국의 우수한 문학작품을 체계적으로 다국 언어로 번역하는 것"이라고 제기했다. 김령은 국가와 기관의 정책, 번역자, 독자의 관계 도식을 토대로 한국문학 중국어 번역·출판 지원 사업을 시행해 온 한국문학번역원과 대산문화재단의 지원 시스템에 주목하여 한국문학이 중국에서 어떻게 받아들여졌는가를 핵심적으로 논의하였다. 연구에 따르면 한국문학번역원의 지원을 통해 중국에 소개된 작가 가운데는 1970년대에서 2000년대에 등단한 작가가 다수를 차지하였고 대산문화재단의 지원을 받고 중국어로 번역·출판된 한국문학 관련 도서는 작품보다 연구서, 문학사 등의 종류가 훨씬 많았다. 또한 그는 연구에서 한국문학의 다양한 독자층을 확보할 수 있는 제도, 번역가 관리 시스템 도입제도, 인지도가 높은 중국 출판사와의 장기적 협업을 지원하는 제도, 출판 산업 정책 정보에 대한 국제적 교류를 증진하는 데 도움이 될 만한 방안도 제시하였다.

네 번째 분야의 연구로는 최면정,27) 최은정,28) 남연,29) 정정30) 등의 연구가 있다.

최면정은 중국 독서 시장의 베스트셀러를 분석하는 방법으로 중국 독자들의 독서 경향을 살펴보고 중국 베스트셀러의 통계를 통해 중국 독자들이 "인생의 의미를 되돌아볼 수 있는 깊이 있는 장편 소설에 대한 관심, 현실의 삶에서 성공하기 위한 끊임없는 노력, 그리고 그러한 생의 과정에서 오는 숙명적인 고독과 생을 위무할 수 있는 사랑"이라는 주제를 선호하고 있음을 알게 되었다. 최은정은 2011년부터 2016년까지 5년간 한국현대소설의 중국어 번역 현황 및 독자수용에 대해 분석을 진행하였는데 "중국 독자들이 선호하는 작품들은 대체로 대중매체와의 결합, 지명도 있는 문학상 수상 경력, 작가 자신의 브랜드를 갖고 있는 것이 특징"이라고 했다. 중국 독자들의 독서 경향에 대한 분석과 중국 독자들의 한국문학 수용양상 연구는 중국에서의 한국문학 번역·소개 작업에 방향을 시사해주고 중국어로 번역된 한국문학 작품의 중국에서의 수용을 추진할 수 있다는 점에서 커다란 의미가 있다고 할 수 있다. 하지만 최은정의 연구는 시간적 범위를 5년으로 한정하고 또한 '독자수용 양상'을 인터넷서점의 집계로만 살펴보았다는

---

27) 최면정, 「한국 소설의 글로벌 전략-해외 독자에의 수용 가능성을 중심으로-」, 국제한인문학연구』 14, 2014년.
28) 최은정, 「한국현대소설의 중국어번역현황 및 독자수용양상 고찰-최근 5년간을 중심으로」, 『비교문화연구』 제43집, 2016년.
29) 남연, 「중국에서의 한국 현대문학 연구 현황 분석 및 향후 방향 설정」, 『문학교육학』 제61호, 2018년.
30) 정정, 「중국의 한반도 문학 번역에서 이데올로기에 의한 다시쓰기 연구: 1949년~2000년을 중심으로」, 이화여자대학교 박사학위논문, 2016년.

점에 아쉬운 점이 없지 않다. 남연은 중국에서의 한국 현대문학 연구의 성격과 목적, 연구 현황과 연구의 향후 방향 등 측면에서 중국에서의 한국 현대문학 연구를 살펴보았다. 그는 외국문학 연구 범주에 속하는 중국에서의 한국 현대문학 연구는 그 목적이 한국 현대문학 소개에 있으며 현재 중국 내 한국 현대문학 연구가 아직 초기 단계에 머물러 있고, 연구의 수준을 보다 높이기 위해서는 학자들의 더 많은 노력과 협력이 필요하다고 보고 있다. 앞의 두 연구와 달리 일반 독자가 아닌 전문 독자들의 수용을 다룬 이 연구는 중국에서의 한국 현대문학 연구 성과의 형태와 연대 및 연구 분야에 따른 개괄적인 연구 현황 및 이를 토대로 향후 연구의 보완점을 제시하여 앞으로의 중국에서의 한국문학 수용에 이로울 뿐만 아니라 한국 현대문학의 연구의 방향을 명확히 하였다는 점에서 중요한 의의를 갖는다고 할 수 있다. 정정은 20세기 후반 중국에서의 한반도 문학 번역 현상을 이데올로기에 의한 다시쓰기라는 시각에서 접근하여 작품 선정, 실제 번역, 번역 텍스트 수요에 걸친 번역 과정 전반에서 나타난 다시쓰기 현상과 그 이면의 이데올로기적 영향에 대해 분석을 진행하였다. 1949년에서 2000년 사이 중국에서 번역된 작품을 대상으로 국가, 작가, 주제 세 부분으로 나누어 선정 특징과 이데올로기적 고려를 고찰해 본 결과 1951년-1982년 북한 작품 중심의 작품선정, 1983년-1992년 북한 작품과 남한 작품 동시 선정, 1994년-2000년 남한 작품 중심으로 선정이 이루어졌음을 발견하였다. 작가 선정에서 관찰된 특징과 그 이면에 있는 이데올로기적 고려를 분석해본 결과, 북한 작가를 선정할 때에는 카프 출신 문인 그리고 북한 정부 소속 문인조직, 정부 기관에 요직을 맡았던 친정부 문인에 대한 선정 경향이 두드러졌던 것으로 나타났고 남한 작가를 선

정할 때에는 시장성을 검증 받은 베스트셀러 작가와 작품성 면에서
한국 문단의 높은 평가를 실력파 작가들의 작품을 집중적으로 선정한
것으로 보인다고 분석하고 있다. 주제 선정에서는 북한 작품을 선정할
때에는 '반미', '국가 건설', '항일', '계급투쟁', '북중 친선' 주제의 순으
로 집중적으로 선정되었던 것으로 나타났고 남한 작품을 선정할 때에
는 주로 '사회문제', '범죄, 복수, 치정', '세태, 처세', '사랑, 가족애', '종
교, 샤머니즘', '역사' 여섯 가지 주제를 선정한 가운데 '사회 문제', '범
죄, 복수, 치정' 주제의 작품에 대한 편중이 두드러져 보인다고 분석했
다. 실제 번역 과정에서의 이데올로기에 의한 다시쓰기 양상과 그 이
면에 있는 이데올로기적 고려를 고찰해 본 결과 북한 작품은 크게 긍
정적 인물의 긍정적 이미지 강화, 부정적 인물의 부정적 이미지 강화,
긍정적 인물에 대한 부정적 언급 약화, 이데올로기적 메시지 추가 네
가지 유형의 다시쓰기가 관찰되었고, 남한 작품은 크게 공산 진영에
대한 부정적 언급 약화, 남한 정권에 대한 언급 약화, 선정적 메시지
차단, 반공 메시지 차단, 비윤리적 메시지 차단 등 다섯 가지의 다시쓰
기 관찰되었다고 했다. 작품 수용 과정에서의 이데올로기에 의한 다시
쓰기와 그 이면에 있는 이데올로기적 고려를 고찰해 본 결과 북한 작
품은 작가에 관해서는 빈농 출신 배경, 프로 문학 활동 경력, 전쟁, 노
동 현장 경험을 부각하는 세 가지 유도적 평가를 통한 다시쓰기가 관
찰되었고 '새로운 메시지'와 관련된 유도적 평가에는 북중 혈맹관계,
북한 인민에 대한 칭송, 미국에 대한 비판, '북침' 주장, 북한 승리에
대한 신념, 미국 패망에 대한 확신 등을 부각하기 위한 유도적 평가가
관찰되었으며, 남한 작품의 경우에는 자본주의 문제점을 부각시키기
위한 유도적 평가와 남한 사회 비판, 작품의 대중성 강조의 유도적 평

가가 관찰되었다고 했다. 정정의 이 연구는 이데올로기와 번역의 상관관계를 밝혀냈다는 점에서 중요한 의의를 지닌다고 할 수 있겠다.

손제[31]는 번역·소개학[32]의 시각에서 20세기 중국에서의 한국문학 번역 소개는 언어측면 이외의 시대적 담론, 국가의 문화정책, 이데올로기, 역자의 문화심리 추구, 지원자인 출판기구와 문학단체 등 요소들의 영향을 받게 되고 이러한 것들이 매개로 한국문학 번역 소개 활동의 발전과 변화에 영향을 미쳐 최종적으로 20세기 중국에서의 한국문학 번역소개 활동이 이루어졌다.

상기의 연구는 대체로 거시적인 시각에서 한국 문학의 중국어 번역·수용 상황을 전반적으로 검토한 연구와 미시적인 시각에서 한국문학의 중국어 번역 양상 및 번역에서 나타난 문제점과 전망 등 측면에서 논의가 이루어졌음을 확인할 수 있다. 또한 최근 들어서 연구가 "어떻게 번역할 것인가"에서 번역 행위 자체에 대한 심층적인 탐구, 텍스트 연구에서 번역 작품의 역자, 지원자, 출판 유통 및 수용자에 대한 연구로 바뀌고 있음을 알 수 있다.

사실 문학 번역은 번역 출판의 문제일 뿐만 아니라 문화 소통과도 밀접한 관련이 있다. 서로 다른 문화의 교류는 번역을 떠날 수 없다. 양국의 도서를 번역 소개하는 작업은 인문 교류의 중요한 구성 부분으로 양국 국민이 서로를 이해하고 알아가는 중요한 루트라고 할 수 있다. 특히 한국의 사회발전과 민중의 생활에 깊이 천착하면서 그 다양한 모습을 그려내고 있는 한국문학을 번역하는 작업은 중국인이 한국인의 심성과 정서를 이해하는 데 결정적인 단서가 될 것이며 중국

---

31) 손제, 「20世纪中国的韩国文学译介研究」, 건국대학교 박사학위 논문, 2020년.
32) 谢天振, 《译介学》, 上海 : 上海外语教育出版社, 2003年.

에게 한국의 정확한 이미지를 심어주고 중국과 한국의 보다 건전하고 활발한 교류에 기여할 수 있음은 자명한 일이다. 하여 그동안 한국문학의 중국어 번역 및 출판은 정부적인 지원과 민간적인 차원에서 공동으로 추진되고 있으며 주목할 만한 성과를 이룩하였다고 해도 과언이 아니다. 하지만 실제로 한국현대문학은 중국에서 바람직한 수용을 이룩하지 못하고 있음은 상술한 연구사 검토를 통해서도 확인할 수가 있었다. 특히 그동안 중국에서의 한국문학 번역·출판이 활발히 진행되었음에도 불구하고 한국에 대한 중국의 호감도는 늘어나지 않았을 뿐더러 '혐한' 또는 '반한'의 정서가 생겨나기까지 하였다. 중·한 양국이 지난 30년간 양국 관계의 건전한 발전을 바탕으로 상호 신뢰와 우정, 협력을 지속적으로 강화하고 국제·지역 문제에 관한 소통과 조정을 강화하며 중·한 관계를 새로운 차원으로 끌어올리기 위해서는 더욱 효과적인 번역·소개 모델의 모색이 시급함을 느낄 수 있다. 하여 수교 30년이 되는 해에 근 30년 동안 중국에서의 한국 문학 번역·소개 및 수용의 궤적 및 맥락을 재정리하고 그 과정 속에 보여 지는 문제점 및 교훈을 찾아내 향후의 새로운 발전에 힘을 보태는 작업은 아주 유의미하며 앞으로 한국문학이 중국에서 보다 더 양질적인 수용, 더 나아가서는 양국의 인문교류를 촉진하는 면에서 중요한 의의를 지닌다고 할 수 있다. 특히 지난 수교 20여 년 동안 중국 여러 대학에서 설립한 한국학과, 한국학 연구기구, 그리고 도서시장에서 출판된 한국 문학 작품의 수량을 감안할 때 더욱 그러하다.

이 책에서는 이러한 취지 아래 앞선 연구자들이 열어 놓은 방향성을 토대로 삼아 미처 채워 넣지 못한 부분을 보완함으로써 이 주제의 발전에 일조를 하고자 한다. 연구를 진행함에 있어서 기존의 한국문학

중국어 번역 및 출판을 문학번역의 연구 영역으로만 간주하는 연구
시각에서 벗어나 한국문학의 중국어 번역 및 출판을 다문화 교류의
시각으로 보는 셰톈전 교수의 번역소개학 이론을 동원하여 한국 현대
소설의 중국어 번역의 역자, 지원자, 출판 유통 및 수용에 대한 정리를
토대로 지금까지의 한국 현대소설의 중국어 번역 모델의 특징과 문제
점 그리고 대안을 모색할 계획이다. 그중에서도 중점적으로 바람직한
중·한 관계를 위한 중국에서의 한국현대문학 수용 상황을 짚어보고
중국의 한국현대문학의 수용이 중국 사회와 중·한 관계에 끼친 영향
이 무엇인지를 검토해 볼 계획이며 현재 한국현대문학이 중국 진출에
서 나타난 문제점이 무엇이며 이를 어떻게 풀어나갈 수 있을 것인지
에 대한 해법을 찾고 중국에서의 한국현대문학 수용의 좀 더 폭넓은
의미를 고찰해 보고자 한다.

2

한국 현대문학의 중국어 번역 역자 및 역자 모델

한국문학의 중국어 번역에서 있어서 우수한 한국문학 작품만큼이나 중요한 것이 우수한 번역가라고 할 수 있다. 그동안 중국에서 한국문학 번역에 참여한 역자들을 살펴보면 처음 한국문학의 중국어 번역에 참여한 번역가들은 사실 거의 모두가 북한 전문가이거나 출판사에서 일을 하며 북한문학을 번역하는 일을 겸해서 진행해왔던 조선어 전공 졸업자였음을 발견할 수가 있다. 한국현대소설 번역을 예로 1980년 『외국문예』 1월호에 김동인의 「배따라기」, 김동리의 「까치 소리」, 박영로의 「고호」, 서기원의 「이 거룩한 밤의 포옹」, 안수길의 「제3인간형」 등 5편의 소설이 중국어로 번역되어 『남조선단편소설 5편』("南朝鲜短篇小说5篇")이라는 제목으로 게재되었는데 그때 번역에 참여한 장롄구이(张琏瑰33))는 1964년 7월부터 1968년 2월까지 북한 김일성종합대학교에

---

33) 1980년 『외국문예』 1월호에 게재된 역자는 이름은 张连瑰로 적혀 있지만 여러 상황들을 종합해 보면 같은 인물일 것으로 추정된다.

서 유학을 했던 분으로 현재는 한반도 문제와 동북아 국제관계 분야
의 전문가로 활동하고 있다. 또한 1983년에 중국에서 처음으로 한국작
가들의 작품을 실은 소설집인 『남조선소설집』이 상해 역문출판사에
출판되었는데 그때 번역 작업에 참여한 메이즈(枚之)34) 역시 북경대학
조선어 전공 출신이며 그동안 출판사에서 편집을 맡으면서 북한 문학
을 번역해오던 분이었다. 그 외에도 1980년대부터 1999년까지 한국현
대소설의 중국어 번역 작업에 참여한 역자로는 장린(張琳), 선이린(沈儀
琳), 최성덕(崔成德), 김영금(金英今), 한동오(韓東吾), 강신도(姜信道), 이동혁(李
東赫), 홍성일(洪成一)35) 등이 있다. 장린(張琳), 선이린(沈儀琳)은 북경대학
조선어 전공 출신인 한족이고 최성덕(崔成德), 김영금(金英今), 한동오(韓東
吾), 강신도(姜信道), 이동혁(李東赫), 홍성일(洪成一)은 모두 중국 조선족인데
그중 일부는 중국어를 전공하였고 중국작가협회 회원이기도 하며 일
부는 조선어를 전공하였고 중국의 대학교에서 한국어 교수, 신문사나
출판사에서 편집으로 활동하고 있는 분들이다. 이 시기(특히 1980년대)
한국현대소설의 중국어 번역은 중국이 개혁개방을 맞으면서 중국 독
자들에게 그동안 소외된 한국을 알게 하고 한국 문학작품을 소개하는
목적에서 시작되었는 바 편집과 역자들은 자료 발굴과 자료 수집부터
시작하여 번역 편집까지 해야 하는 상황이었다. 왜냐하면 거의 반세기
동안 중국과의 교류가 단절된 한국이라는 나라와 한국문학에 대해 편

---

34) 번역가 '枚之'가 누구인지에 대해 아직 학계에서는 통일된 견해가 나오고 있지 않지만
   김일의 논문 「韩国文学在中国的翻译与出版现状综述」에서는 가오중원(高宗文)이 '高呔',
   '韦为', '枚芝' 등 필명을 사용해왔다고 주장하고 있다. 중국작가망에 가오중원(高宗文)에
   대한 소개에서는 '江森', '高岱'라는 필명을 사용해왔다고 적혀 있다. 하지만 여러 상황
   들을 종합해 보면 '枚之'가 가오중원일 가능성이 클 것으로 보인다.
35) 상술한 역자 외에도 이 시기 한국현대소설의 중국어 번역에 참여한 역자들로는 小晓,黎
   峰, 李春楠, 李东赫, 金连喜, 雷紫荆, 权伍铥, 范伟利 등이 있다.

집과 역자 역시 낯설었기 때문이다. 이러한 상황에서 출발한 번역이기
에 문제점이 존재하지 않을 수 없다. 홍정선은 일찍이 그의 논문 「중
국에서의 한국문학 번역출판의 현황과 문제점」36)에서 웨이웨이(卫为)
와 메이쯔(枚芝)가 함께 번역하여 상해역문출판사에서 출간한 염상섭의
『삼대』37)를 예로 들어 그 문제점을 지적한 바 있는데 그중에서도 원
문의 뜻을 잘못 이해한 오역 현상에 대해 중점으로 다루고 있다.38) 사
실 모든 번역에서 원문의 정확한 뜻을 파악하는 것이 번역의 승패를
좌우한다고 해도 과언이 아닐 것이다. 1980년대에서 1990년대 초반까
지 중한 간의 교류가 적었기에 중국인들은 한국에 대해서 잘 알고 있
지 못했고 한국문학에 대해서는 더더욱 잘 모르고 있었기 때문에 원
문에 대한 정확한 이해에 큰 어려운 점이 존재하였을 것으로 보인다.
비록 초기의 번역에서 많은 오역들이 나타났지만 두 나라 서로간의
이해증진과 소통, 그리고 많은 분야의 협력강화 등에 중요한 역할을
발휘하였다. 아마도 이 점을 고려한 듯 이 시기 일부 현대소설의 번역
에는 한국인이 동원되기도 했다. 1995년 1월, 상해학림출판사에서 이
문열 작가의 소설 「우리들의 일그러진 영웅」의 중국어 번역본을 출간
하였는데 그때 이 소설의 번역에 참여한 사람이 한국인 김재민이었다.
2000년대에 들어서 한국현대소설의 중국어 번역에 한국인이 동원되
는 현상은 심심찮게 볼 수 있다. 한국인 박명애가 번역한 최수철 소설
가의 「분신들」이 2003년 『외국문예』 3월 호에 게재되었고, 윤대녕 소

---

36) 홍정선, 앞의 논문, 399-400쪽.
37) 廉想涉著, 衛爲・枚芝 譯, 『三代』, 上海譯文出版社, 1997년.
38) 오역에 관한 구체적 내용은 편폭 상 여기서는 생략하도록 한다. 관심이 있으신 분들은
   홍정선의 논문 「중국에서의 한국문학 번역출판의 현황과 문제점」의 399-402쪽을 참고
   하기를 바란다.

설가의 「많은 별들이 한곳으로 흘러갔다」가 2003년 『외국문예』 6월 호에, 박상우 소설가의 「환 타 지 아」와 「내 마음의 옥탑방」이 2004년 『외국문예』 1월 호에 게재되었다. 2003상해역문출판사에서 출판된 윤 대녕 소설가의 장편소설 『미란』 역시 한국인 번역가가 박명애와 구본 기가 함께 번역한 것이고 2006년 인민문학출판사에서 출판한 박완서 의 장편소설 「그 남자의 집」도 한국인 왕책우와 김호숙이 공동 번역 한 것이다. 이외에도 많은 실례들이 있지만 편폭 상 생략하기로 한다.

한국인 번역가는 비록 원문의 내용과 서사적 특징을 정확히 포착할 수는 있지만 중국 독자들의 독서 습관에 따라 중국어로 옮기는 능력 면에서 아직 부족한 면이 없지 않다. 홍정선은 한국 사람으로 중국 문 학을 공부한 박명애가 번역하여 2009년에 안휘문예출판사에서 간행 한 박상우의 『가시면류관초상』을 예로 들어 이 소설의 번역에서 외국 어에 능통한 한국인, 한중문학의 상호 번역소개분야에서 정력적으로 활동하고 있는 사람이 보여주는 한계와 문제점을 적나라하게 노출하 고 있기 때문에 우리 모두가 진지하게 반성의 지표로 삼을 필요가 있 다고 피력하였다.[39] 아마도 상술한 두 가지 문제점을 염두에 둔 듯 2000년대에 들어서면서 중국인과 한국인이 함께 번역한 실례들이 늘 어났다. 상해역문출판사에서 2002년에 김동리의 소설집 『무녀도』 출 간하였는데 중국인 한메이(韓梅)와 한국인 최윤경이 공동으로 중국어 번역을 맡았고 2003년에 출간한 홍성원의 단편소설집 『공경한 폭력』 은 중국인 한동오와 한국인 서경호가 함께 번역을 하였으며 2006년에 출간한 이문열의 장편소설 『젊은 날의 초상』은 한국인 역자 김태성과

---

39) 홍정선, 앞의 글, 408쪽.

중국인 역자 김성옥이 공동 번역한 것이다. 2003년 북경작가출판사에서 은희경의 장편소설 『마이너리그』를 출간하였는데 번역에 중국인 친용한(秦雍晗), 한국인 금지아가 참여하였고 2007년 인민문학출판사에서 출간한 은희경의 장편소설 『새의 선물』 역시 한국인 박정원과 중국인 팡샤오샤(房曉霞)가 함께 번역한 것이다.

문학작품에서 사용되는 표현과 언어는 일반 텍스트에서 사용되는 표현과 용어와 선명히 다르다는 것은 어느 누구나 다 아는 사실이다. 하여 문학 번역을 할 때는 내용 전달을 목표로 하는 일반 텍스트와는 달리, 미학적 측면까지 고려해야 할 필요가 있다고 본다. 출발어 텍스트의 내용을 제대로 전달해야 할 뿐만 아니라 도착어 독자들의 문화 배경 및 언어 습관도 충분히 배려해야 한다고 생각된다. 문학 번역의 이러한 특수성을 고려한 듯 일부 출판사에서는 한국문학의 중국어 번역에 한국어를 아는 역자와 작가가 함께 번역하는 모델을 취하는 경우도 종종 있다. 그 실례로 1995년 상회과학문헌출판사에서 출간한 『한국여성작가작품집』을 들 수 있는데 이 소설선집의 번역에는 북경대학교에서 조선어를 전공한 선이린과 작가 비수민(畢淑敏)이 공동 참여하였다. 이외에도 쉐저우(薛舟)는 프리랜서 번역가이면서 시인이기도 하며 허련순은 번역가이자 중국 조선족 작가이고 한국인 박명애 역시 번역가이자 소설가이다.

수교 후 양국이 날로 긴밀해지면서 중국의 많은 대학에서는 한국어과가 설치되었으며 한국어를 구사할 수 있는 전문 인력도 또한 그동안 많이 양성되어 중국에서의 한국문학 번역이 더 정확하고 세련되게 이루어질 것이라는 기대를 가져다주었다. 특히 2000년대에 들어서면서 양국의 문화적 측면의 교류가 대폭 늘어나면서 이들의 활약이 더

돋보였으며 역자 층도 더 다양해졌다. 문려화의 논문 「중국에서의 한국 현대소설 번역·출판 현황, 문제점 그리고 해결책」[40]의 통계에 따르면 2017년을 기준으로 그동안 한국 현대소설의 중국어 번역을 진행해 온 역자는 200명 가까이가 되는데 그중 가장 많이 번역한 역자는 쉬리홍(徐麗紅), 쉐저우 부부이라고 한다.[41] 한국어과 출신인 이 두 사람은 현재 프리랜서 역자로 한국문학의 중국어 번역을 활발히 진행하고 있으며 2002년부터 지금까지 60편이 넘는 작품을 번역했다. 두 사람이 함께 번역한 신경숙의 『외딴 방』은 제8회 한국문학번역상을 수상했다. 이 부부의 뒤를 잇는 사람은 千太阳이다. 중국 조선족 출신으로서 북경사범대학교 중문과를 나온 그는 현재 출판사 편집을 맡고 있으면서 그동안 15편의 소설을 번역하였는데 그중 대부분은 정은궐 소설가의 작품이다. 김련란(金蓮蘭), 권혁률(권혁률), 한메이(韓梅), 진란(金冉)[42] 등도 각각 9편, 8편, 5편, 5편의 소설을 번역하였는데 흥미로운 점은 모두가 한국어학과 교수라는 점이다. 한국인 역자인 박명애는 6편의 소설을 중국어로 번역하였고 김하인의 『국화꽃 향기』[43]를 중국어로 번역하여 유명세를 얻은 여류 번역가 쉰서우샤오(荀壽瀟)는 한국어학과 출신으로 총 9편의 소설을 번역하였는데 그중 대부분이 김하인의 작품에 집중되었다.

　이상 그동안 한국문학의 중국어 번역을 담당한 역자들의 신분을 살펴보았는데 대체로 다음과 같은 특징을 띠고 있다.

　첫째는 한국인 역자에 비해 중국인 역자가 훨씬 더 많다는 점이다.

---

40) 문려화, 앞의 논문.
41) 문려화, 앞의 논문, 85쪽 참조
42) 진란은 필명이고, 본명은 김학철(金鶴哲)이다.
43)【韓】金河仁, 译者荀壽瀟, ≪菊花香≫, 南海出版社, 2002年.

한국인 역자도 번역에 참여를 하였지만 전체적으로 차지하는 비중이 커지 않아 한국문학의 중국어 번역에 그 주역은 중국인 역자라고 할 수 있다. 둘째는 프리랜서 역자로 활동하고 있는 두 사람 외에 거의가 대학교 한국어과에서 재직하고 있는 교수 분들이라는 점이다. 셋째는 역자 대열이 세대교체가 이루어져 젊고 활력이 넘치는 1970년대 생 한국어과 출신들이 주역으로 떠올랐다는 점이다. 넷째는 번역에 참여한 역자의 수량은 불과 200명 가까이에 머물렀고 이 역자들 속에서 지속적으로 한국문학의 중국어 번역을 해 온 역자의 수량은 더더욱 적다는 점이다. 대부분의 역자는 그냥 1-2편의 번역에 그치고 그 후 번역하는 작업을 아예 그만둔 경우가 허다하다. 다섯째는 역자 모델이 처음에는 조선어 전공 출신이나 북한 유학 경력이 있는 역자로부터 한국인 역자 혹은 한국인 역자와 중국인 역자 공역으로 이어졌다가 나중에는 한국어과 출신의 문학인이나 한국어과 교수 그리고 중국어과 출신의 출판사 편집으로 변했다는 점이다. 문학번역은 언어 텍스트의 번역뿐만 아니라 문화번역 즉, 작품 속에 내재하는 넓은 의미에서의 모든 문화현상을 독자들에게 원작 그대로 전달할 수 있는 번역능력을 필요로 하는 지적 작업이다. 중국인 역자에게 있어서 한국문학의 중국어 번역은 외국어에서 모국어로 옮기는 작업으로 번역을 진행함에 있어서 일차적으로 가장 중요한 점은 원작의 문화적 요소를 잘 포착할 수 있느냐에 달려 있다. 원작의 언어 표현 뒤에 숨어 있는 비언어적 요소들, 즉, 좁은 의미에서의 문화, 역사, 풍습, 집단의 행동양식, 전통적 가치관과 사고방식, 민족적 정체성, 음식 문화에 관한 관습까지도 전체로서 파악되고 이해되어야만 비로소 중국 독자들이 한국 문화를 접할 수 있는 가능성이 주어진다. 하지만 초기의 중국인 역자들은 앞에서도 지적했듯이 중국과 한국의 오래된 교류의 단절로 한국과 한국에 대한 지식과 정보가 결여되어 있었고 한국에 대한 이해 역시 부족하였을 뿐만 아니라 한국 근·현대문학도 체계적으로 배운 적이 없는 이들이다. 이들은 한국어를 어느 정도 파악하고 있지만 한국 문학작품 속에 나타나는 언어, 어법, 문체 그리고 한국만이 가지고 있는 문화소 등에 대하여 충분히 알지 못할 뿐만 아니라, 그것을 알아보는 경로나 방법도 별로 없었던 것이다. 이러한 이유로 그 후 역자 모델은 한국인 역자가 많이 동원되거나 한국인 역자와 중국인 역자가 공역하는 모델로 접어들게 되었다. 한국인 역자의 한국문학의 중국어 번역은 모국어에서 외국어로의 번역으로서 가장 중요한 점은 한국적인 문화요소를 중국 독자들에게 어떻게 전달하는 것이다. 문학 번역은 내용전달을 목표로 하는 일반 문서의 번역과는 달리, 텍스트의 미학적 측면까지 고려해야 하는 번역 행위이다. 훌륭한 문학 번역 결과물은 출발어 텍스트의 의도를 제대로 전달해야 할 뿐만 아니라 이 결과물의 최종 소비자인 독자들의 문화 배경 및 언어 습관도 배려해야 한다. 만약 번역본이 문학성과 가독성이 결핍하면 출발어 텍스트의 이미지도 같이 훼손되기 마련이며 그 나라의 독자의 주목과 사랑을 받는다는 것은 기대하기 힘든 일이 될 것이다. 하여 원 텍스트의 뜻 특히는 문화 현상들을 잘 포착하고 또한 이러한 한국적인 문화요소를 중국 독자들에게 잘 전달하기 위해 위에서도 언급한 바 있는 한국인 역자와 중국인 역자가 공역하는 모델이 한때 선택되기도 했었다. 하지만 이러한 모델 역시 적지 않은 문제점을 노정하고 있다. 중국 학자 왕염려는 그의 논문 「중국의 한국 현대 문학 번역 및 수용 양태 연구-수교 이후 번역된 소설을 중심으로-」에서는 한국인 역자 박정원과 중국인 역자

팡샤오샤(房曉霞)가 공역한 은희경의 장편소설 『새의 선물』의 중국어 번역본의 문제점을 지적한 바 있다. 그는 더우반 플랫폼(豆瓣)에 남긴 독자들의 리뷰 중에서 "작품의 번역이 완전 엉망이다", "번역이 정말 형편없다"고 사정없이 비판한 리뷰도 발견되었고 오역이 많은 것은 물론이고, 지나친 직역으로 역문에 생경하고 어색한 번역투문체가 적지 않게 존재해 번역문의 가독성을 저하시키고 글의 이해를 어렵게 만들 뿐만 아니라 중국어 고유의 말과 글의 체계를 훼손 또는 왜곡시키는 역효과도 야기할 수도 있고 더 나아가 작품의 수용에 좋지 않은 영향을 끼칠 수도 있다는 우려를 표했다.[44] 한국문학 작품을 중국어로 번역할 때 중국 독자들에게 익숙한 언어로 매끄럽게 읽힘과 동시에 외국문학으로서의 한국문학이 가지는 고유한 문학성과, 한국 특유의 미학을 고스란히 맛볼 수 있게 번역되어야 한다. 하지만 현재의 한국문학 중국어 번역 역자 모델은 적지 않은 문제점을 노정하고 있어 그 문제점을 개선하고 한국문학의 중국어 번역의 질을 높이기 위해서는 문학적 재능이 있고 언어감각이 뛰어난 이중 언어 사용자 발굴과 양성이 시급하다. 최근 들어 양국 교류의 확대와 더불어 사회 전반에 걸쳐 중한·한중 번역에 대한 관심이 높아지면서 번역에 대한 관심이 많아지고 있으며 중국의 적지 않은 대학교에서는 MTI 교육과정[45]을

---

44) 왕염려, 앞의 논문, 54-55쪽.

45) 2022년 4을 기준으로 현재 MTI 교육과정을 설치한 학교로는 총 28개가 있다. 그중 번역 전공을 개설한 학교로는 연변대학교(延邊大學), 연태대학교(煙台大學), 천진외국어대학교(天津外國語大學), 사천외국어대학교(四川外國語大學), 청도대학교(青島大學), 천진사범대학교(天津師範大學), 길림외국어대학교(吉林外國語大學), 북경어언대학교(北京語言大學), 산동대학교(山東大學), 대련외국어대학교(大連外國語大學), 하북대학교(河北大學), 중국해양대학교(中國海洋大學), 산동과기대학교(山東科技大學), 곡부사범대학교(曲阜師範大學), 정주경공업대학교(鄭州輕工業大學), 광서사범대학교(廣西師範大學), 길림대학교(吉林大學), 흑룡강대학교(黑龍江大學), 장춘대학교(長春大學), 호남사범대학교(湖南大學), 료

설치한 바 있다. 하지만 현재의 MTI 교육은 지나치게 통역에 치우치고 있고 수업 개설 및 교수 내용 등 면에서 큰 차이가 없어 거의 비슷한 한국어 통역 인재를 양성하고 있다. 동질적인 인재의 양성은 양국의 다양한 분야에서의 수요를 충족시킬 수 없을 뿐더러 지나친 내부 경쟁을 초래할 수도 있다. 요즘 중국 대학교에서 한국어 정규교육을 받고 있는 학생들의 한국어 구어 실력은 상당하다고 할 수 있다. 양국 대학교 간의 활발한 교류, 특히, 3+1, 2+2 형식의 교환학생 프로그램에 힘입어 4년제 대학을 졸업하는 학생들의 한국어 발음은 놀랄 정도로 정확하고 표준적이다. 현재 번역을 활발히 진행하고 있는 역자들 중 한국어과 출신이 차지하는 비중을 감안하면 이들이 앞으로 한국문학 중국어 번역의 주역으로 부상될 것임은 부인할 수 없을 것이다. 하지만 현재의 한국어 교육은 적지 않은 문제점을 갖고 있다. 일찍이 홍정선은 "중국대학의 한국어 전공 학과들은 인문적 정신에 충실한 교육이 아니라 지나칠 정도로 실용적인 한국어 교육에 몰두함으로써 훌륭한 번역가와 연구자가 자라나는 것을 제대로 도와주지 못하고 있다."[46]고 지적한 바 있다. 이러한 상황은 10여 년이 지난 현재까지 이어지고 있다. 필자가 한국현대문학 박사 학위 취득 후 한국어 교육 현장에 몸담고 있는 지난 8년간 담당한 주요 과목은 초급 한국어, 중급 한국어,

---

성대학교(聊城大學), 산서사범대학교(山西師大學) 등 20개가 있고 통역 전공을 개설한 학교로는 연변대학교(延邊大學), 연태대학교(煙台大學), 천진외국어대학교(天津外國語大學), 사천외국어대학교(四川外國語大學), 청도대학교(靑島大學), 천진사범대학교(天津師範大學), 길림외국어대학교(吉林外國語大學), 북경어언대학교(北京語言大學), 산동대학교(山東大學), 대련외국어대학교(大連外國語大學), 하북대학교(河北大學), 북경외국어대학교(北京外國語大學), 북경제2외국어대학교(北京第二外國語學院), 대외경제무역대학교(對外經濟貿易大學), 상해외국어대학교(上海外國語大學), 정주경공업대학교(鄭州輕工業大學), 광동외어외무대학교(廣東外語外貿大學), 항주사범대학교(杭州師大學) 등 18개 대학교가 있다.
46) 홍정선, 앞의 책, 403쪽.

중한 번역학 관련 수업이었으며 한국문학 수업 또한 2차례 담당을 하였지만 한 학기 34 교시로 고대 문학부터 현대문학까지 이르는 방대한 내용을 교수하는 데는 커다란 어려움이 존재한다. 학생들은 시간에 쫓기어 대체로 주마간산 식으로 한국문학의 흐름과 대표적 작품을 살펴보는 데 그치고 만다. 올해로 중·한 양국은 수교 30주년을 맞이하게 된다. 양국은 양국 관계를 발전시키기 위한 중요한 기회를 마주하고 있으며 이 소중한 기회를 잡기 위해서는 양국의 인문교류를 촉진시킬 수 있는 인재 양성이 중요시된다. 그중에서도 양국을 진정으로 알고 상대국의 사회, 문화, 역사 등을 깊이 이해하는 인재 양성이 중요하다. 이러한 인재를 양성하기 위해서는 한국어과에서는 차별화된 인재 양성 프로그램이 제정되어야 하며 수업 개설과 교수 내용 면에서 한국에 관련된 지역학적 내용(한국사, 한국문화사, 한국예술사)도 없어서는 안 될 것으로 생각된다. MTI 교육 역시 현재의 통역 인재 양성 중심의 구조에서 벗어나 차별화된 중·한 번역 인재 양성 그리고 사회와 나라의 수요에 알맞은 인재 양성에 주의를 돌려야 한다. 그 중의 한 갈래로 한국문학의 중국어 번역 및 중국문학의 한국어 번역을 담당할 수 있는 인재를 양성해야 하는 것이다. 수교 20여 년간 중·한 양국의 교류가 교역액 면에서 커다란 성장을 이룬 것에 비해 양국 국민은 서로에 대해 아직 잘 알고 있지 못하고 있다. 아직도 서로에 대한 좋지 않은 편견과 선입견이 적지 않다. 지난 20여 년간의 교류는 양국의 반세기가 넘는 교류 중단의 공백을 메우지 못하고 있다. 이러한 상황에서 양국 국민이 서로에 대해 알아가고 마음의 간격을 좁혀 가며 상대국에 대한 호감도를 높여 양국 관계를 발전시키기 위한 민간 차원의 토대를 마련하기 위해서는 양국 인문 교류를 촉진시킬 수 있는 인재

양성이 시급하다고 볼 수 있다. 따라서 MTI 문학 번역 방향 교육에서
는 기존의 언어학적 영역(특히 대조언어학)에 관련된 내용, 그리고 번역
학 분야와 관련된 교과목(번역입문, 번역비평) 등 수업 외에도 문예학적
영역(특히 비교문학)에 관련된 내용, 한국어문법(한국어발달사, 한국어문체
론), 한국문학사, 한국에 관련된 지역학적 내용(한국사, 한국문화사, 한국예
술사), 중국문학사 등이 개설되어야 한다고 본다. 또한 번역 연습은 단
계별, 장르별로 이루어 져야 하며 번역연습 대상은 한국문학작품이나
중국문학작품이 중심이 되어야 한다. 중국에서의 한국문학의 효과적
인 수용은 중국 국민이 한국을 알아 가는데 중요한 역할을 할 뿐만 아
니라 중국문학의 효과적인 한국 진출에도 큰 도움을 가져다 줄 것으
로 기대된다.

　한국에서도 한국문학 번역 전문가를 양성하기 위해 그동안 많은 노
력을 기울여 왔다. 그중에서도 가장 대표적인 것이 한국문학번역원이
시행하고 있는 '아카데미 운영'과 '한국문학번역상', '한국문학번역신
인상' 등 제도라고 할 수 있다. 한국문학번역원의 한국문학 번역아카
데미는 차세대 전문 번역가를 양성하기 위하여 2008년 설립된 한국문
학번역가양성 교육기관으로 '정규과정', '야간과정', '번역아틀리에', '문
화콘텐츠 번역실무 고급과정'의 총 4개 과정으로 운영되고 있다. 2021
년까지 총 1,100여명의 수료생을 배출하였으며 졸업생 중 상당수가 한
국문학·문화콘텐츠 번역가로 활동하고 있다.[47] 우수한 한국 문학 번
역가를 격려하고 한국 문학 번역의 질적 향상 및 해외 출판을 활성화

---

47) '번역아카데미'에 관한 정보를 더 알고 싶은 이들은 한국문학번역원 홈페이지의 번역인력
　　양성사업 소개를 참조하기를 바란다.
　　https://www.ltikorea.or.kr/kr/contents/business_trai_1_1/view.do

하기 위해 한국문학번역원에서는 해외 출판사에서 단행본으로 발간된 한국의 현대 및 고전문학작품(집) 중 2종 이상의 번역서 출판 실적이 있는 번역가의 작품을 심사대상으로 삼아 '한국문학번역상'을 시행하여 왔다.48) 처음에는 격년제로 시행되었는데 2014부터는 연 1회 수상으로 바뀌게 되었다. 또한 차세대 번역가를 발굴하기 위해 한국문학번역원에서는 2002년에 한국문학신인상을 시행하였고 2007년에는 영어, 프랑스어, 독일어, 스페인어, 러시아어, 중국어, 일본어 등 7가지로 확대되었다. 이외에도 한국문학번역원과 주중한국문화원에서 공동 주최하는 '중국대학생 한국문학 독후감 공모대회'가 2011년 여름 방학부터 시행되어 중국어권의 예비 번역자의 양성 및 한국문학 중국어 번역사업의 홍보에도 큰 역할을 할 것으로 기대된다.

지금까지 한국문학의 중국어 번역 역자를 살펴보았는데 주축이 될 것으로 예상한 한국 외국어대학의 중국어 전공자와 중국 유학 경력이 있는 한국 유학생의 참여가 적었음을 확인할 수가 있었다. 지금 눈에 띄는 역자로는 중국어 전공 출신의 박명애와 중국에서 유학한 경력이 있는 김민재 등 몇몇 사람에 불과했다. 한국 외국어대학의 중국어 전공 출신과 중국 유학 경력을 가지고 있는 한국인들의 과감한 참여와 열정이 필요하다.

---

48) 사실 제4회(1993년, 1995년, 1997년, 1999년)까지는 한국문화예술진흥원 주관으로 진행되다가 2001년 한국문학번역원이 출범하면서 제5회 시상부터 번역원의 주관으로 이루어졌다.

3

한국 현대소설의 중국어 번역·소개루트 및
중국에서의 한국 현대소설의 수용 양상

3.1. 수교 전 한국 현대소설의 중국어 번역·소개루트 및 중국에서의
한국 현대소설의 수용 양상

위의 글에서도 언급했듯 한국현대문학의 중국 진출은 사실 수교 전인 1980년대에 이미 이루어졌다. 중국은 1978년 개혁개방 정책을 펼치면서 그동안 외면해 왔던 한국에 대해 알아가기 위해 일부 한국문학을 소개·번역하기 시작했다. 그때 당시 양국은 조심스럽게 접촉하고 알아보는 초기단계로 서로에 대한 정보와 이해가 아직 많이 부족하였는데, 문학의 경우는 더욱 그러하였다. 또한 앞에서도 언급하였는바 이 시기의 한국문학 작품의 번역 및 소개는 중국이 한국을 알아가기 위한 목적에서 출발되었기에 자발적으로 이루어졌다. 하여 작품의 선정은 전적으로 중국의 출판사와 중국인 역자에 의해 결정되었다. 외국

문학을 전문으로 소개하는 정기간행물 『외국문예』에서는 1980년 제1
호에 김동인의 「배따라기」(1921), 김동리의 「까치 소리」(1966), 박영준의
「고호」(1954), 서기원의 「이 거룩한 밤의 포옹」(1960), 안수길의 「제3인
간형」(1953) 등 5편의 소설이 번역·게재하였다. 1983년 중국에서 상당
한 지명도가 있는 상해역문출판사에서는 상술한 5편의 소설에다 계용
묵의 「백치 아다다」(1935), 김이석의 「실비명」(1954), 주요섭의 「사랑방
손님과 어머니」(1935)와 「아네모네의 마담」(1936), 염상섭의 「두 파산」
(1949), 하근찬의 「수난이대」(1957), 김승옥의 「서울, 1964년 겨울」(1965),
천승세의 「폭염」(1974), 김정한의 「인간단지」(1970), 이병주의 「망명의
늪」(1976), 유현종의 「거인」(1966), 전광용의 「나신」(1963) 등 12편의 소
설의 보태어 『남조선소설집』이라는 소설집을 번역·출간하였다. 정기
간행물 『세계문학』에서는 1984년 2월에 홍성원의 「잘 가꾼 정원」,
1986년에 백운룡의 「백치의 죽음」 등 소설을 게재하였고 『외국문학』
에서는 1982년 2월에 1984년 6월에는 정을병의 「세이렌의 유혹」,
1990년 2월에 이혜경의 「이종기」를 번역·게재하였다.[49] 1986년 광서
인민출판사(廣西人民出版社)에서는 손창섭의 「길」(1968), 사회과학출판사(社會
科學出版社)에서는 1988년에 윤흥길의 「아홉켤레 구두로 남은 사내」(1977)
와 이청준의 「잔인한 도시」(1978) 등 15편의 소설을 하나로 묶은 『남조
선문제소설선』을 번역·출간하였다.

　이 시기 선정되어 번역·출간된 한국문학 작품을 주제적 측면에서
살펴본다면 대체로 한국의 사회문제를 다룬 소설과 전후 현실의 혼란

---

49) 김학철은 그의 논문 ≪中韓建交以后中国文坛对韩国纯文学的译介研究≫에서 1982년 『외
　　국문학』 2월호에 한국 소설 김영환의 「벽계 역장」이 번역·게재되었다고 하는데 사실 「벽
　　계 역장」은 북한 작가 김용환의 단편소설임을 여기에서 밝혀둔다.

과 인간세태를 보여준 소설이라고 할 수 있다. 『남조선문제소설선』이라는 제목만 보더라도 이 소설들이 한국 사회의 어두운 면, 사회적인 문제점들을 다루고 있음을 알 수 있다. 실제로 이 소설선에는 파행적인 산업화가 초래한 사회적 모순을 비판적 시선으로 포착하고 있는 윤흥길의 「아홉켤레 구두로 남은 사내」와 이상과 현실의 괴리를 통해 거대한 위선과 억압에 꺾이지 않는 참사랑의 모습을 그려낸 이청준의 「잔인한 도시」 등 작품이 수록되었다. 그 외에도 순박한 시골 소년의 시선을 통해 60년대 한국 사회의 부정부패, 음모, 타락 등 부조리함을 그려낸 손창섭의 『길』, 도시를 살아가는 사람들의 비정함과 위선을 다룬 김승옥의 「서울1964, 겨울」, 금전적 파산과 정신적 파산이라는 대조적인 상황을 통해 배금주의를 풍자한 염상섭의 「두 파산」 등이 있다. 전후 현실의 혼란과 인간세태를 보여준 소설로는 전광용의 「나신」, 하근찬의 「수난이대」, 안수길의 「제3인간형」, 김동리의 「까치소리」 등이 있다. 그 외에도 인간의 참다운 가치가 무엇인가에 대한 질문을 던진 계용묵의 「백치 아다다」 남녀의 애틋한 사랑이야기를 다룬 주요섭의 「사랑방 손님과 어머니」 등 소설도 있다.

이 시기 선정되어 번역·출간된 한국문학 작품의 창작 시기를 살펴본다면 1920년대 작품이 1편, 1930년대 작품이 3편, 1940년대 작품이 1편, 1950년대 작품이 4편, 1960년대 작품이 6편, 1970년대 작품이 5편으로 1960년대와 1970년대 작품이 차지하는 비중이 큰 것으로 나타났다.[50]

---

50) 아쉽게도 ≪荒漠里的跋涉≫, ≪角≫, ≪在鸟≫, ≪网中九刺鱼≫, ≪锣≫, ≪黄狗的悲鸣≫, ≪归友≫, ≪月行≫, ≪彩虹何时夹当空≫, ≪告别流浪生涯≫ 등 『남조선문제소설선』에 수록된 소설 원작의 이름을 확인하지 못해 이 작품들의 창작 시기를 확정할 수 없었음을 여기에 밝혀둔다. 그 외에도 정을병의 「세이렌의 유혹」, 이혜경의 「이종기」, 홍성원의 「잘

이 시기 선정되어 번역·출간된 한국문학 작품을 한국문학사에서 차지하는 위상의 측면에서 살펴본다면 많이는 한국을 대표할 수 있는 작가나 작품과는 일정한 거리가 있음을 확인할 수가 있었다. 1920년대의 대표적 작품 「감자」, 1950년대의 대표적 작품 「수난이대」, 1960년대의 대표적 작품 「서울, 1964년 겨울」, 1970년대의 대표적 작품 「아홉켤레 구두로 남은 사내」를 제외한 기타 작품들을 그 시대의 대표적 작품이라고 말하기에는 어느 정도 거리가 멀다고 할 수 있다. 또한 번역·소개 된 작가의 작품 역시 대체로 그 작가의 대표작인 아닌 다른 작품임을 확인할 수가 있었다.

이러한 결과가 나타난 이유는 첫째로는 그때 당시 한국 문학작품을 번역하지만 한국 사회를 비판적인 시각으로 다룬 작품을 선택해야 하는 사회적 분위기와 역자와 출판사에서 중국인이 한국과 한국사회를 바라보는 보편적인 시각에 부응해야 번역 작품의 선정 및 번역 행위에 명분이 선다고 판단했을 것으로 추정된다. 정정의 조사에 따르면 실제로 시장경제체제가 본격적으로 도입되어 문학 분야에 대한 국가/지배 이데올로기의 영향이 많이 약화된 1992년에서 2000년 사이에는 '사회문제' 주제 작품이 단 한 권도 번역이 이루어지지 않았다.[51] 둘째로는 초기 한국문학의 번역자와 출판사에서 한국과 한국문학에 대한 이해와 지식이 부족했기 때문에 작가와 작품의 선정 면에서 불가피하게 많은 한계를 가지고 있었기 때문이다. 하지만 이 시기 역자와 출판사는 한국문학의 중국어 번역 실천을 통해 작품 선정, 출판 및 편집 그리고 번역의 기교 등 여러 면에서 일정한 경험과 교훈을 쌓았을 뿐

가꾼 정원」 등 세 작품도 관련 자료가 부족하여 정확한 창작 시기를 확인하지 못하였다.
51) 정정, 앞의 글, 180쪽.

만 아니라 수교 후 중국에서의 한국문학 작품의 활발한 번역·소개를 위한 토대를 마련해 놓았다고 할 수 있다.

이 시기 한국문학 작품의 번역·소개 루트를 살펴보면 중국에서 자발적으로 이루어 진만큼 번역 작가와 작품의 선정 및 출판 등 작업은 모두가 중국 측에서 결정되었다. 그리고 많이는 『세계문학』, 『외국문예』, 『외국문학』 등 외국문학 정기간행물에 번역·게재되었으며 일부는 중국에서 지명도가 높은 상해역문출판사, 사회과학출판사 등 유명 출판사에 의해 번역·출간되었는데 그중 손창섭의 장편소설 『길』만이 광서인민출판사에서 단행본으로 출간하였고 나머지 세 권은 선집의 형식으로 출간되었다.

3.2. 수교 초 한국 현대소설의 중국어 번역·소개루트 및 중국에서의 한국 현대소설의 수용 양상

1992년 8월 24일, 중국 대표 첸지천(錢基琛) 외교부장과 한국 대표 이상옥 외무장관은 북경 영빈관에서 중한 선린우호 협력관계를 합의하여 「중화인민공화국과 대한민국간의 외교관계수립에 관한 공동성명」[52]을 교환하였다. 이로써 중·한 양국은 수교가 이루어지고 중국에서 그동안 사용되었던 '남조선'이라는 용어도 사라지게 되고 '한국'이라는 단어가 사용되기 시작했다. 양국이 수교 전 중국에서는 그동안 한국 현대소설을 '남조선소설'이라고 명명해왔는데 이러한 현상은 양국 수교를 계기로 변화가 나타났다. 1993년 『역림』(譯林)의 3월호에 번역·게재된 오독이의 「광란시대」를 시작으로 그 후 중국에 번역·게재된

---

52) 王曉玲·金都姬, ≪中韓人文交流現狀、意義、問題點≫, 时事出版社, 2015年, 144-145頁。

한국문학 작품은 모두 '한국문학'이라 명명되었다. 중한 수교가 이루어진 그 시기는 냉전이 끝나고 중국이 마침 사상 영역의 해방, 경제체제 개혁의 목표를 사회주의시장경제 수립으로 명확히 한 시기로서 중국의 문학도 정치적 이데올로기의 영향에서 벗어나기 시작하고 문학이 상대적으로 자유롭게 발전하는 단계에 들어섰다. 이러한 배경 아래 중국에서의 한국문학 번역·출간은 본격화 되었고 작가, 작품 선정에서도 예전보다 자유롭게 되었다. 홍정선은 이 시기의 중국에서의 번역과 출판이 한국의 본격문학보다 대중문학에 더 집중되었음을 발견하였고 이러한 결과가 초래된 이유를 그때 당시 중국 출판사들이 국가의 재정보조와 관리감독을 벗어나 자율적 독립채산제로 전환하기 시작한 때이어서 중국 출판사가 대중들의 큰 관심이 모인 대중문학에 대한 수요가 클 것으로 판단한 것과 무관할 것으로 보고 있다.[53] 1992-2000년까지 중국에서 번역·출판된 한국 현대소설 단행본으로는 1994년 상해역문출판사에서 번역·출판한 송영의 『금토일그리고월화수』(1981), 1995년 사회과학출판사에서 번역·출판한 『한국여성작가작품선』,[54] 같은 해 학림출판사(學林出版社)에서 번역·출판한 이문열의 장편소설 『우리들의 일그러진 영웅』(1987)과 인민문학출판사에서 번역·출판한 안동민의 『성화』(1988), 1996년 연변대학출판사에서 번역·출판한 정현웅의 『마루타』(1988), 1997년 사회과학문헌출판사에서 번역·

---

53) 홍정선, 앞의 글, 398쪽.
54) 이 작품선집에는 강신재의 「젊은 느티나무」(1960)와 「달오는 산으로」(1972), 박완서의 「세모」(1970)와 「주말농장」(1973), 손장순의 「웃는 웃음」(1970), 오정희의 「별사」(1981), 윤남경의 「5급공무원」(1971), 최미나의 「절대자」(1967)와 「과정」(1968), 한말숙의 「노파와 고양이」(1958), 「장마」(1959), 「신화의 단애」(1960), 김영희의 「공지」(1968)와 「우울반응」(1970), 구혜영의 「명희」와 「풀려나는 새 아침」, 이규희의 「조그만 일」과 「과수원」 등 10명의 여성 작가의 18편의 소설이 수록되었다.

출판한 한말숙의 『아름다운 영가』(1981), 같은 해 상해역문출판사에서 번역·출판한 염상섭의 『삼대』(1931), 그리고 학림출판사에서 번역·출판한 이문열의 장편소설 『사람의 아들』(1979), 1999년 중국문련출판사(中國文聯出版社)에서 번역·출판한 권형술의 『편지』(1997), 2000년 대외번역출판사(對外飜譯出版社)에서 번역·출판한 김정현의 『아버지』(1996) 등 총 10권이다. 외국문학 정기 간행물에 번역·게재된 한국 현대소설로는 『세계문학』 1994년 3월호에 번역·게재된 김지견의 「배꽃질 때」, 황순원의 「소나기」(1953), 오영수의 「갯마을」(1953), 김동리의 『무녀도』(1936) 등 4편과 『역림』의 1993년 3월호에 번역·게재된 오독이의 「광란시대」, 1996년 3월호에 게재된 박양호의 「꾼들의 세상」, 1999년 3월호에 게재된 양귀자의 「숨은 꽃」(1992) 등 3편을 합한 총 7편에 달한다.

이 시기 선정되어 번역·출간된 한국문학 작품을 주제적 측면에서 살펴본다면 대체로 특정 시기, 특정 사회의 다양한 단면을 제시하면서 삶의 양상이나 이치를 전달하는 작품과 연인 간의 사랑 이야기 혹은 가족과 이웃 간의 끈끈한 정을 다룬 작품, 산업화의 발전과정에서 한국 사회에 나타난 빈익빈 부익부, 도농 대립, 계층 갈등 격화, 정부 관리의 부패 등 한국의 사회 병폐를 다룬 소설, 종교, 샤머니즘 등 초자연적인 힘에 대한 믿음과 관련된 다양한 사건을 다룬 작품, 그리고 '역사' 주제의 작품이라고 할 수 있다. 첫 번째 주제 군에 속하는 작품들로는 초등학생들 사이에서의 권력의 생성과 몰락을 통해 인간의 소시민적 근성을 비판한 이문열의 『우리들의 일그러진 영웅』, 1919년 3.1운동 전후를 배경으로 일제 식민통치하에서의 사회 군상, 삼대 간의 삶과 가치관의 갈등을 그린 염상섭의 『삼대』 등이 있다. 두 번째 주제 군에 속하는 작품들로는 갯마을 사람들의 삶의 애환과 서민적인 정취를 담아내고 있는 오영수의 「갯마을」, 각자의 외로움을 안고 살던 두 남녀의 우연한 만남과 짧지만 순수한 사랑을 다룬 송영의 『금토일 그리고월화수』, 비천한 출신으로 인해 사랑하는 사람한테 다가가지 못하고 결국 죽음을 택하는 한 여인의 비극적인 사랑 이야기를 다룬 안동민의 『성화』, 암으로 세상을 떠난 후에도 계속해서 도착하는 남편 의 편지를 통해 남편의 깊은 사랑을 알아가게 된다는 내용을 다룬 권 형술의 『편지』, 암 선고를 받은 한 가장의 가족들을 향한 부성애를 그 린 김정현의 『아버지』 등이 있다. 세 번째 주제 군에 속하는 작품들로 는 『한국여성작가작품선』에 수록된 18편의 소설이다. 네 번째 주제 군 에 속하는 작품들로는 무속의 샤머니즘 세계와 기독교적 세계관이 충 돌하고 대립하는 현장을 그린 「무녀도」, 기독교적 세계관에 대한 깊은 의심을 품고 있던 주인공의 죽음, 그리고 사건의 실마리를 풀어가는 과정을 통해 종교의 의미와 인간 존재의 근원과 갈등을 담은 이문열 의 『사람의 아들』, 인물들의 자살, 피살, 병고, 요절과 일련의 샤머니 즘적 사건들을 통해 삶과 죽음에 대한 통찰을 그려낸 한말숙의 『아름 다운 영가』 등이 있다. 마지막 주제 군에 속하는 작품으로는 중국을 침략했던 20세기 30년대 일본군이 중국 동북에서 행했던 생체실험 등 을 다룬 정현웅의 『마루타』가 있다.

이 시기 선정되어 번역·출간된 한국문학 작품의 창작 시기를 살펴 본다면 총 34편의 작품 중 창작 시기가 확인 가능한 27편의 작품[55] 중 에서 1930년대 작품이 2편, 1950년대 작품이 4편, 1960년대 작품이 5

---

55) 구혜영의 「명희」와 「풀려나는 새 아침」, 이규희의 「조그만 일」과 「과수원」, 오독이의 「광 란시대」, 박양호의 「꿈들의 세상」, 김지견의 「배꽃질 때」 등 7편의 작품은 자료 수집의 불충분으로 구체적 창작 시기를 확인하지 못하였음을 여기서 밝혀둔다.

편, 1970년대 작품이 7편(25.9%), 1980년대 작품이 6편(22.2%), 1990년대 작품이 3편으로 1970년대와 1980년대 작품이 차지하는 비중이 큰 것으로 나타냈다. 또한 한국의 1980년대 문학과 1990년대 문학이 처음으로 중국에서 번역·소개되었다.

이 시기 선정되어 번역·출간된 한국문학 작품을 한국문학사에서 차지하는 위상의 측면에서 살펴본다면 한국을 대표할 수 있는 작가나 작품이 번역·소개되고 있다는 점이다. 당시 한국에서 최고의 인기를 끌었던 이문열 작가의 『우리들의 일그러진 영웅』과 『사람의 아들』두 장편소설과 1996년에 출판되어 한국 독서시장에 커다란 영향을 끼쳐 판매량이 100만 부를 돌파한 김정현의 『아버지』가 선정되어 번역되었으며 한국 소설사에서 가치를 확실히 평가 받은 염상섭의 『삼대』와 김동리의 『무녀도』도 번역되었다는 점은 큰 의미가 있다고 볼 수 있다. 또한 1990년대 소설문학의 한 갈래인 소설가 소설의 대표적 작품 양귀자의 「숨은 꽃」을 비롯한 1990년대 소설이 번역·소개되었다는 점도 눈여겨볼만하다. 특히 1997년에 한국에서 발표된 권형술의 『편지』와 1999년 중국문련출판사(中國文聯出版社)에서 번역·출판되고, 1996년에 한국에서 발표된 김정현의 『아버지』가 2000년에 대외번역출판사(對外翻譯出版社)에서 번역·출판되었다는 점은 한국에서의 출판과 중국에서의 번역·출판의 시간적 간격이 짧아지고 있음을 실감나게 보여주고 있다. 하지만 수교 전에 보였던 한국에서도 별로 알려지지 않은 작가와 작품들이 여전히 번역·소개되었다. 홍정선은 중국에서 최고의 권위를 자랑하는 인민문학출판사에서 심령술에 깊이 빠진 사람으로서 문학인이라 말하기 어려운 길을 걸은 안동민의 소설을 번역 출간한데 대해 크게 우려해야 할 일이라고 지적한바 있다.56)

이 시기 한국문학 작품의 번역·소개 루트를 살펴보면 수교 전 번역 작품 선정이 중국에서 자발적으로 이루어진 것과는 달리 한국인들이 번역할 작품 선정에 참여하기 시작하였다. 『한국여성작가작품선』의 번역을 맡은 심의린은 2022년 4월1일 사회과학네트워크에 게재된 「한국여성작가작품선 편집 회고록」에서57) 그때 『한국여성작가작품선』에 수록할 작품을 선정할 때 한국 친구의 추천을 받았고 저작권 계약도 이루어졌음을 언급한 바 있으며 이 책의 계획·번역·출간에는 사실 한국학 연구자와 중국 유명 여성작가뿐만 아니라 한국인 평론가, '한국현대중국연구회' 등 단체도 참여하였다는 내용도 있다. 뿐만 아니라 이 책에는 수록된 18편의 소설 외에도 책의 앞에 비쑤민이 쓴 각 작품에 대한 간단한 소감이 기록되어 있는 서문, 뒤에 선의린이 책의 출판 경위를 소개한 후기가 달려있다. 뿐만 아니라 모든 작가와 작품세계에 대한 퍽 상세한 소개문까지 두루 갖추고 있어 독자들이 작품들을 읽는 데에 꼭 필요한 정보를 제시하고 있다.58) 정기간행물 『세계문학』의 1994년 3월호에 『한국문학소집』(≪韓國文學小輯≫)이라는 제목으로 김지견의 「배꽃질 때」, 황순원의 「소나기」, 오영수의 「갯마을」, 김동리의 「무녀도」 등 4편의 단편소설들이 게재되었는데 매 단편소설의 본문 앞에는 작가의 사진과 간략한 소개가 있었고 그 외 한국의 1950년대로부터 1980년대까지의 한국문학의 발전맥락과 윤곽을 상세히 소개한 최성덕(崔成德)의 「한국문학40년개람」이라는 문장이 게재되었다. 이러한 작업은 중국독자들이 한국문학을 이해하는데 중요한 역할을

---

56) 홍정선, 앞의 글, 404쪽 참조.

57) ≪韓國女作家作品選寫往事≫,
    http://ex.cssn.cn/zx/bwyc/202204/t20220401_5401984.shtml.

58) 왕염려, 앞의 글, 22쪽 참조.

하였을 것이라고 본다. 상해학림출판사에 의해 번역·출판된 이문열의 『우리들의 일그러진 영웅』역시 짤막한 내용 소개, 중국 복단대학교(復旦大學) 중국어학과 교수 황린(黃霖)이 쓴 서문, 번역자후기뿐만 아니라 원저자 이문열이 이상문학상 수상 때 발표한 수상소감과 원작에 대한 한국 평론가들의 평가가 들어있는 부록도 함께 수록하고 있다. 왕염려는 이는 이전 중국에서 출판된 한국문학 번역물이 서문, 역자후기, 작품해설 등 기본적인 요소도 구비하지 않은 사실과 대조된다고 평가하고 있다.59) 또한 필자 역시 중국인에게 한국문학이 아직 낯선 존재인 당시 작가와 작품의 배경에 대한 이해를 돕기 위하여 작품해설, 역자 후기 등 보조적인 장치가 필요하다고 생각된다. 이 시기 중국에서의 한국문학 번역·출판의 또 하나의 두드러진 특징은 한국 측의 번역지원이 있었다는 점이다. 염상섭의 장편소설 『삼대』의 중국어 번역·출판은 그때 당시 한국문예진흥원의 지원으로 이루어졌는데 이는 한국 현대소설의 중국어 번역·출판 중 최초로 받는 작품이라고 할 수 있다. 세 번째 특징은 수교 전 대도시, 대형출판사 중심으로 진행되었던 한국현대소설의 중국어 번역·출판이 이 시기에 들어서서는 지방이나 소형출판사도 간혹 보이기 시작하였다는 점이다.60)

---

59) 왕염려, 앞의 글, 23-24쪽 참조.
60) 중국 내륙에 위치한 연변대학출판사에서 정현웅의 『마루타』를 번역·출판하였다는 점을 눈여겨볼만 하다.

3.3. 2000년대 이후 한국 현대소설의 중국어 번역·소개루트 및 중국에서의 한국 현대소설의 수용 양상

21세기에 들어서면서 수교 초기 상대국에 조심스럽게 다가가던 양국은 교류의 범위를 크게 넓혀 갔으며 경제 무역, 관광, 유학, 문화교류 등 거의 모든 면에서 서로에게 없어서는 안 될 관계로 빠르게 발전했다. 특히 한국드라마를 대표로 하는 한국의 대중문화가 중국에 유입되면서 한국에 대한 중국의 관심도 갈수록 높아졌으며 이러한 추세는 문학 분야에도 큰 영향을 끼쳤다. 또한 "한국문학을 세계인과 나누자"라는 구호 아래 2001년도 3월에 설립된 한국문학번역원은 한국 서적의 중국어 번역 및 출판을 크게 추진하였다. 한국문학번역원이 설립된 2001년부터 2021년까지 한국문학번역의 지원[61]을 받아 중국어로 번역·출판된 건수는 2001~2005년 28건, 2006년 12건, 2007년 16건, 2008년 8건, 2009년 15건, 2010년 26건, 2011년 19건, 2012년 17건, 2013년 12건, 2015년 23건, 2016년 25건, 2017년 17건, 2018년 24건, 2019년 19건, 2020년 14건, 2021년 15건 등으로 지난 20년간 도합 304건의 서적이 중국어로 번역·출판되었는데 이는 한국문학번역원의 각 언어권 지원 순위로 보면 영어 버금으로 갔다. 그중에서 현대소설 분

---

61) 출판지원은 두 가지 유형으로 나뉜다. 하나는 번역지원공모 선정 작품 출판지원이고 다른 하나는 해외출판사 번역출판 지원이다. 전자는 번역지원 공모사업 선정 작품을 통해 저작권을 수입한 해외 출판사에 현지 출간에 대한 출판지원을 실시한다. 해외 출판사와의 저작권 계약이 체결된 후 작품의 나머지 부분에 대한 번역을 지원하고 동시에 출판지원을 실시함으로서, 번역과 출판이 유기적인 관계 속에서 효율적으로 이루어지도록 지원한다. 후자는 한국도서의 저작권을 수입한 해외출판사를 대상으로 번역 및 출판 지원을 일원화한 새로운 제도이며 2014년부터 시행하고 있다. 다시 말해, 번역지원이 첫 단계 지원이라면 출판지원은 두 번째 단계로서 번역지원의 후속 지원에 해당한다.

야가 약 70%를 차지하는 212건으로 가장 많았고, 그리고 시가 13건, 희곡 등은 4건, 고전문학은 3건, 인문·사회분야는 55건, 아동문학 17건으로 통계되고 있다. 작가별로 한국문학번역원의 출판지원을 받아 중국어로 번역·출판된 현대소설 작품집 중에서 김영하 작가가 8건으로 가장 많이 출판되었고, 박완서 작가가 6건으로 2위를 차지했으며 그 뒤로 신경숙 작가와 한강 작가가 5건, 박경리, 김주영의, 은희경, 김애란, 조남주 등 5명의 작가가 4건, 이문열 작가와 소재원 작가가 3건이다.

1990년대와 2000년대 젊은 작가 세대를 대표하였던 소설가로, 이제는 명실상부한 한국을 대표하는 중요한 소설가 중 한 명인[62] 김영하 작가는 1990년대 한국문단에 등단하였는데 중국어로 번역·출판된 작품집으로는 『너의 목소리가 들려』(≪我听见你的声音≫, 漫游者文化, 2020), 『여행의 이유』(≪懂也没有用的神秘旅行≫, 漫游者文化, 2020), 『검은 꽃』(①≪黑色花≫, 卢鸿金(역), 漫游者文化, 2019 ; ②≪黑色花≫, 朴善姬·何彤梅(역), 浙工文艺出版社, 2015), 『보다』(≪看≫, 卢鸿金, 漫游者文化, 2019), 『퀴즈쇼』(≪猜谜秀≫, 漫游者文化, 2019), 『빛의 제국』(①≪光之帝国≫, 卢鸿金, 漫游者文化, 2019;②≪光之帝国≫, 薛舟, 人民文学出版社, 2012), 『살인자의 기억법』(≪杀人者的记忆法≫, 漫游者文化, 2018), 『나는 나를 파괴할 권리가 있다』(≪我有破坏自己的权利≫, 漫游者文化, 2018) 등이 있다.

박완서는 한국에서 이미 1970년대부터 베스트셀러 작가였으며 매번 새로운 책이 나올 때마다 베스트셀러목록에 입선되는 등 한국에서 문학적 가치를 높이 평가 받은 작가로서 1970년 장편소설 『나목』이 여성동아 여류 장편소설 공모에 당선되면서 문단에 등단하였으며 중국

---

62) https://namu.wiki/w/%EA%B9%80%EC%98%81%ED%95%98 참조.

어로 번역·출판된 작품집으로는 『친절한 복희씨』(≪亲切的福姬≫, 清华大学出版社, 2016), 『휘청거리는 오후』(≪踌躇的午后≫, 上海文艺出版社, 2009), 『아주 오래된 농담』(≪非常久远的玩笑≫, 上海译文出版社, 2009), 『그 남자네 집』(≪那个男孩的家≫, 人民文学出版社, 2007), 『나목』(≪裸木≫, 上海译文出版社, 2007), 『너무도 쓸쓸한 당신』(≪孤独的你≫, 上海译文出版社, 2006) 등이 있다.

인간 내면을 향한 깊은 시선, 상징과 은유가 다채롭게 박혀 빛을 발하는 문체, 정교하고 감동적인 서사를 통해 평단과 독자의 관심을 지속적으로 받아온 한국의 대표 작가로서 평가 받고 있는 신경숙은 1980년대 등단하였고 중국어로 번역·출판된 작품집으로는 『엄마를 부탁해』(≪请照顾好我妈妈≫, 北京联合出版公司, 2021), 『달에게 들려주고 싶은 이야기』(≪想要说给月亮听的故事≫, 漓江出版社, 2015), 『바이올렛』(≪紫罗兰≫, 人民文学出版社, 2012), 『깊은 슬픔』(≪深深的忧伤≫, 人民文学出版社, 2012), 『리진』(≪李真≫, 人民文学出版社, 2012) 등이 있다.

2016년 『채식주의자』가 아시아 최초로 영국의 '맨부커 상 인터내셔널 부문'을 수상하여 화제의 중심에 서있던 한강 작가는 1990년대 등단하였으며 중국어로 번역·출판된 그의 작품집으로는 『흰』(≪白≫, 漫游者文化, 2019), 『소년이 온다』(≪少年来了≫, 漫游者出版社, 2018), 『내 여자의 열매』(≪植物妻子≫, 上海文艺出版社, 2014), 『채식주의자』(≪素食主义者≫, 重庆出版社, 2013), 『검은 사슴』(≪玄鹿≫,吉林出版集团有限责任公司, 2013) 등이 있다.

1955년 한국 문단에 등단한 박경리 작가는 한국 현대문학을 대표하는 소설가로서 그동안 사회와 현실을 비판하고 인간성과 생명을 추구하는 작품들을 많이 발표했다. 특히 26여 년간을 거쳐 집필한 대하소설 『토지』는 한국 근·현대사의 전 과정에 걸쳐 여러 계층의 인간의 상이한 운명과 역사의 상관성을 깊이 있게 다룬 작품이다. 중국어로 번역·출판된 박경리의 작품집으로는 『토지』(《土地》第1部第1, 2, 3卷, 民族出版社, 2008, 2009, 2011), 『김약국의 딸들』(《金药局家的女儿们》, 上海译文出版社, 2005) 등이 있다.

1970년대 문단에 등단한 김주영 작가는 평범한 민초들의 삶을 세밀하게 그려낸 역사소설 '객주'와 더불어 다양한 소설들을 발표하였으며, 여든을 넘어선 지금까지 집필활동을 멈추지 않는 열정을 보여주어 한국 문학사에 길이 남을 작가로 평가받고 있다. 중국어로 번역·출판된 김주영의 작품집으로는 『아들의 겨울』(《儿子的冬天》, 华中科技大学出版社, 2015), 『멸치』(《鳀鱼》, 吉林大学出版社, 2010), 『천둥소리』(《惊天雷声》, 上海译文出版社, 2008), 『홍어』(《洪鱼》, 上海译文出版社, 2008) 등이 있다.

한국문단에서 살아가는 인간의 고독과 내면적 상처에 관심을 쏟는 작품들을 잇달아 발표하여 젊은 작가군의 선두 주자로 평가 받는 은희경은 1990년대에 등단하였으며 중국어로 번역·출판된 작품집으로는 『행복한 사람은 시계를 보지 않는다』(《幸福的人不看钟》, 张纬, 华中科技大学出版社, 2004), 『소년을 위로해줘』(《安慰少年》, 花城出版社, 2014), 『새의 선물』(《鸟的礼物》, 人民文学出版社, 2007), 『마이너리그』(《汉城兄弟》, 作家出版社, 2004) 등이 있다.

한국문단에서 일상의 많은 모습들을 명랑함과 감수성으로 포착하여 이야기로 풀어낸다는 평가를 받고 있는 김애란은 2000년대에 한국 문단에 등단한 이래 활발한 문학 창작 활동을 이어왔으며 각종 문학상 후보와 수상자에 선정되는 등 좋은 행보를 보여주고 있는 작가이다. 중국어로 번역·출판된 작품집으로는 『바깥은 여름』(①《外面是夏天》, 冯燕珠, 凯特文化, 2021 ; ②『《外面是夏天》, 徐丽红, 人民文学出版社, 2019), 『비행운』(①《飞机云》, 冯燕珠, 凯特文化, 2019;②《你的夏天还好吗？》, 薛舟, 人民文学出版社, 2016),

『침이 고인다』(≪嘴満口水≫, 上海文艺出版社, 2014), 『달려라 아비』(≪老爸, 快跑≫, 上海文艺出版社, 2012) 등이 있다.

조남주 작가는 2011년에 한국 문단에 등단했으며 그녀의 베스트셀러 소설인 『82년생의 김지영』은 현재 세계 각국으로부터 번역되며 세계의 주목을 받고 있다. 중국어로 번역·출판된 작품집으로는 『사하맨 션』(≪薩哈公寓≫, 漫游者文化, 2020), 『귀를 기울이면』(≪若你倾听≫, 布克文化, 2020), 『고마네치를 위하여』(≪献给柯曼尼奇≫, 布克文化, 2019), 『82년생 김지영』(≪82年生的金智英≫, 漫游者文化, 2018) 등이 있다.

1970년대 한국 문단에 등단한 이문열 작가는 등단 이후 「들소」, 「황제를 위하여」, 「그해 겨울」, 「달팽이의 외출」, 「우리들의 일그러진 영웅」 등 여러 작품을 잇달아 발표하면서 다양한 소재와 주제를 현란한 문체로 풀어내어 한국 문단에서 폭넓은 대중적 호응을 얻었다. 오늘의 작가상, 동인문학상, 이상문학상, 현대문학상, 호암예술상 등을 수상하였으며, 2015년 은관문화훈장을 수상한 이문열 작가는 한국문단에서 가장 많은 독자층을 가지고 있는 이 시대 대표 작가라고 할 수 있다. 중국어로 번역·출판된 이문열의 작품집으로는 『황제를 위하여』(≪为了皇帝≫, 韩梅, 人民文学出版社, 2011), 『젊은 날의 초상』(≪青春肖像, 文化艺术出版社, 2006), 『시인』(≪诗人≫, 人民文学出版社, 2005) 등이 있다.

소재원 작가는 2000년대에 등단하여 사회비판적인 소설을 주로 집필해 왔는데 중국어로 번역·출판된 작품집으로는 『터널』(①≪隧道≫, 吴荣华, 上海译文出版社, 2016 ; ②≪失控隧道 : 我们都是没有露脸的杀人者≫, 胡椒筒, 暖暖书屋, 2020), 『기억을 잇다』(≪因为是父亲, 所以≫, 暖暖书屋, 2020), 『소원』(≪为爱重生 : 找寻希望的翅膀≫, 暖暖书屋, 2019) 등이 있다.

이상 한국문학번역원의 2001년부터 2021년까지의 중국어 번역·출판 지원 상황을 작가와 작품을 중심으로 살펴보았는데 작품과 그에 해당하는 작가들의 등단시기 분포를 살펴보면 집중 소개된 작가들로는 1960년대, 1980년대, 2000년대에 등단한 작가이고, 그 다음 순으로 1990년대와 1970년대, 1950년대이며 중견작가들보다는 1990년대 중반 이후 등단한 작가들의 작품들이 갈수록 많은 부분을 차지하고 있음을 발견할 수가 있다.

1	1910년대(2)	이광수, 김동인
2	1920년대(1)	채만식
3	1930년대(2)	김동리, 김유정
4	1940년대(1)	한무숙
5	1950년대(5)	최인훈, 이호철, 서기원, 박경리, 김문수
6	1960년대(13)	황석영, 홍성원, 김원일, 이문구, 전상국, 윤흥길, 이청준, 윤후명, 오정희, 최인호, 이동하, 한승원
7	1970년대(7)	양귀자. 현기영, 박완서, 이문열, 김원우, 김주영, 박범신
8	1980년대(12)	공지영, 최수철, 이창동, 임철우, 신경숙, 성석제, 이인성, 구효서, 이승우, 이혜경, 현길언, 김인숙
9	1990년대(11)	김영하, 하성란, 한강, 공선옥, 은희경, 김연수, 윤대녕, 배수아, 김숨, 구경미, 서미애
10	2000년대(18)	김애란, 김미월, 조영아, 박민규, 정유정, 정이현, 천명관, 김중혁, 천운영, 황정은, 최제훈, 소재원, 윤이형, 김금희, 권지예, 김언수, 김선영, 이도우
11	2010년대(7)	손서은, 이서수, 조남주, 정세랑, 장강명, 최은영, 박하익

주제적 측면에서 살펴볼 때 이 시기 중국어로 번역·출판된 작품들은 거의가 모두 현실을 벗어나지 않으며 오늘날 사회에 대한 깊은 통찰력과 인류의 삶에 대한 진지한 반성이 드러나 있어 작가들이 소설 속에서 천착하고 있는 삶과 현실은 한국이라는 공간적인 경계를 넘어

서 중국 독작들에게도 가까이 다가갈 수 있는 주제라고 할 수 있겠다.
개혁개방 이후로 중국은 경제가 급속도로 발전을 이루고 있지만 그와
동시에 1970년대 본격적인 산업화가 추진되면서 한국 사회가 겪고 있
는 경제발전에 따른 물질중심주의와 인간 소외 등 경제발전의 어두운
그늘을 체감하고 있다. 하여 어쩌면 중국 독자들이 작가가 소설을 통
해 전달하고 있는 경제적인 지표에만 의거한 사회적인 성공은 결국
삶을 파멸로 이끈다는 메시지에 공감되고 이러한 주제의 소설이 중국
독자들의 독법에 부합할 것이라고 예상하고 선정되었을 것으로 판단
된다.[63] 이 시기 한국현대소설의 중국어 번역·출판은 한국문학번역
원, 대산문화재단[64] 등 정부와 민간 재단의 지원으로 이루어진 것이
차지하는 비중이 적지 않아 중국어 번역·출판 작품의 선정에 이런
단체들의 참여로 인도자가 없어서 두서없이 작업해야 했던 초창기보
다 한국문학의 중국어 번역·출판 작업이 훨씬 질서 있고 체계화되어
한국을 대표할 수 있는 작가와 작품들이 상당수 소개되었고 특히 한
국문단에서 인정받은 뛰어난 당대 작가들의 작품들이 집중적으로 번
역·출판되었으며 중국에서도 어느 정도 반향을 이르기에 이르렀다.
왕염려와 최은정의 연구에서 살펴볼 수 있듯 이 시기 많지는 않지만
한국 본격문학작품을 읽는 일반 독자가 나타났다. 독자층을 더 넓게
확보할 수 있는 방법으로는 외국 문학사를 번역하거나 편찬할 수 있
고 한국문학 작품을 중국어로 연구하고 논문이나 저서 형식으로 발표
하여 한편으로는 중국 독자들의 작품 이해와 감상을 돕고 다른 한편

---

63) 중국 일반 독자들의 실제 수용 상황은 앞에서 언급한 왕염려의 글과 최은정의 글을 참조
하길 바란다.
64) 대산문화재단은 1993년부터 본격적으로 번역지원 사업을 시작하였고 중국어에 대한 지
원은 1994년에 시작되었음을 여기에 밝혀둔다.

으로는 중국의 일반 독자들의 독서 방향을 인도하는 것이다. 중국에서의 한국어과 발전을 토대로 성장해 온 한국문학 연구자 대오는 최근 들어 점점 줄어들고 있어 그 역량이 미약하나마 그동안 문학사 번역 및 편찬, 작품 및 작가 연구를 비롯한 다양한 문학 연구를 통해 한국 문학을 알리는데 나름대로의 역할을 해 왔음은 부정할 수 없다.[65] 하지만 중국에 번역·출판된 한국문학의 양과 그동안 한국문학을 연구해 온 연구자들의 노력에 비해 중국에서의 한국문학의 전반적인 인지도는 여전히 낮은 수준에 머물러 있으며 독자층 또한 협소하여 중국에서의 한국문학 수용은 여전히 해결해야 할 과제로 남아있다.

위의 서술에서도 알 수 있듯 이 시기 한국 당대 여성 작가 작품들에 대한 번역이 상당히 활발하다. 한국문학번역원의 지원을 3건 이상 받은 11명 작가 중에서 여성 작가가 7명으로, 차지하는 비중이 64%를 육박하고 있다. 이는 사회가 발전하면서 여성 교육 수준 향상과 사회적 진출이 확대되어 문학 창작 활동을 활발히 진행하고 있는 여성 작가들이 현저히 증가한 것과 1990년대 한국문단에서 여성 작가들의 작품이 괄목할 만한 성과를 얻은 까닭일 것이다. 그동안 한국문단에서 그 문학적 가치를 높게 평가받아 온 박완서, 박경리 등 한국 대표작가를 제외하고도 신경숙, 은희경, 공지영을 필두로 하여 정이현, 김애란, 한강, 조남주 등 문학성과 대중성을 고루 갖춘 작가들이 활발하게 작품 활동을 하면서 자연 번역되는 작품 종수도 많을 수밖에 없었을 것이다. 여성 작가 특유의 세심함으로 현 시대가 안고 있는 문제들을 민감

---

65) 중국에서의 한국 현대문학 연구 현황에 대한 구체적 정보를 알고 싶은 이들은 남연의 논문 「중국에서의 한국 현대문학 연구 현황 분석 및 향후 방향 설정」(『문학교육학』 제61호)을 살펴보기 바란다.

하게 포착하여 이를 독특한 문체로 풀어내는 이들은 이미 한국에서 여러 차례 문학상 수상을 하였으며 이슈가 되는 작품들도 적지 않게 창작하였기 때문이다. 물론 이는 중국문단의 여성문학 흥기와도 관련이 있을 것으로 보인다.[66]

이 시기 한국문학연구원에서 지원하여 중국어로 번역·출판된 도서들을 보면 부록의 2001-2021년 한국문학번역원 지원 출간 도서 목록(중국어)에서 알 수 있듯 예전처럼 북경, 상해 등 도시를 비롯한 중국 동부 도시의 출판사에만 집중되지 않고, 동남부의 광동성(廣東省), 해남성(海南省), 중부 지역의 길림성(吉林省), 호북성(湖北省), 지어는 서북 내륙 지역까지 여러 출판루트가 조성되었으며 상해역문출판사, 인민문학출판사, 상해문예출판사 등 권위 있는 메이저 출판사 외에도 漫遊者文化, 布克文化 등 갓 설립된 출판사도 동원되었다. 세계와의 교류가 날로 밀접해지는 있는 배경 하에 중국 도서의 해외 진출과 우수한 해외 도서의 수입을 위해 일부 출판사[67]의 산하에는 전문적으로 외국문학을 출판하는 브랜드까지 생겨나기 시작했다. 초반부터 한국문학의 중국어 번역·출판을 진행해왔던 상해역문출판사는 이 시기에 들어서 그동안 축적해 온 번역·출판 경험을 토대로 책의 편집, 교정, 번역, 후기 홍보 등 여러 면에서 많이 체계화, 규범화되었음을 느낄 수가 있었다. 왕염려의 연구에서도 언급된 바 있는데 중역본이 출판되는 시점에 신간발표회를 열고 여러 언론매체를 동원하여 홍보도 하였고 책 편집

---

66) 1990년대 이후 중국 역시 문학성과 대중성을 고루 갖춘 루민(魯敏), 차오예(喬葉), 진런순(金仁順) 등 여성작가 작품들이 많이 창작되었다.

67) 가장 전형적인 예로 민영출판회사 베이징모톄도서유한공사(北京磨鐵圖書有限公司)인데 이 출판사는 산하에 "大鱼读品"이라는 브랜드가 있는데 여기서는 외국문학의 저작권 수입, 편집, 인쇄, 유통, 마케팅까지 모두 진행하고 있다.

에서도 작품뿐만 아니라 독자의 이해를 돕기 위해 상세한 저자 소개, 작품 해설, 번역 후기 등 요소들도 점차 갖춰졌다. 하지만 2001-2021년 한국문학번역원 지원 출간 도서 목록(중국어)에서도 확인할 수 있듯 2008년 이후 상해역문출판사에서 번역·출판하는 한국 문학작품의 수량은 갈수록 줄어드는 추세를 보였다. 2005년 이문열 작가의 장편소설 『시인』의 번역·출판을 시작으로 중국에서 본격문학작품을 전문 편집·출판하는 권위 있는 메이저 출판사 인민문학출판사에서도 한국문학의 중국어 번역·출판 대열에 합류하였다. 인민문학출판사의 출판 실적 중 가장 주목할 만한 것은 2006년에 신경숙의 『외딴방』을 자발적으로 출판한 것인데 이는 그때까지 중국 출판사가 한국 측의 번역지원이나 출판지원을 받지 않고 판권을 직접 구입하여 출판한 몇 안 되는 사례 중의 하나[68]이라고 왕염려는 평가하고 있다. 출판사에서 자발적으로 저작권을 구입했기 때문에 책의 인쇄, 교정, 편집, 홍보에 신경을 많이 썼을 것이고 실제로 책에는 작가 서문과 해설, 역자 서문, 한국 평론가 백낙청의 평론까지 덧붙여 중국 독자들이 작품을 이해하는데 도움이 되는 필요한 정보를 제시해주었다. 또한 여러 매체를 동원하여 작가와 작품에 대한 보도와 기사를 게재하게 하기도 하여 책의 마케팅에 적지 않은 심혈을 기울였다. 이러한 모습은 그전의 번역·출판에서 찾아보기 어려웠으며 예전 중국 메이저 출판사들의 관심이 번역과 출판에서 점차 책의 시장 마케팅에까지 확대되고 있음을 실감나게 보여주고 있다. 그 후 한국문학의 중국어 번역과 출판에 관한 기사문을 심심찮게 볼 수 있었는데 2009년 이전의 기사문 중 김

---

68) 왕염려, 앞의 글, 52쪽.

동리의 「무녀도」(8편), 은희경의 「마이너리그」(8편), 이호철의 「남녘 사람, 북녘 사람」(6편)에 관한 기사가 가장 많았고, 1940-50년대 작품 활동을 펼쳤던 한국 순수문학 대표 작가 김동리 및 1960년대부터 작품 활동을 시작하여 한국전쟁이라는 주제에 관심을 가져왔던 이호철 두 작가에 관한 소개글도 많았다. 2010년 이후의 기사문에 언급된 소설가로는 황석영, 최인호, 한강, 김중혁, 박민규, 최재훈, 천명관, 공지영, 장명강, 신경숙, 은희경, 김주영, 공선옥, 김애란, 박범신 등이 있고 1990년대 이후 등단한 작가들을 위주로 소개되는 특징이 드러났다.[69] 작품 평을 붙여 소개된 작품으로는 한강의 『채식주의자』, 공선옥의 『수수밭으로 오세요』, 김애란의 『달려라, 아비』, 박범신의 『이팝나무』, 공지영의 『용로』, 최인호의 『상도』, 김중혁의 『펭귄뉴스』와 『악기들의 도서관』, 천명관의 『고래』와 『고령화 가족』, 최제훈의 『퀴르발 남작의 성』과 『일곱 개의 고양이 눈』, 박민규의 『죽은 왕녀를 위한 파반느』와 『카스테라』, 신경숙의 『엄마를 부탁해』, 『외딴방』, 『깊은 슬픔』 등 당대의 인기 있는 작가들의 작품이 위주로 소개되었다. 한국문학번역원도 번역지원과 더불어 번역된 작품의 작가 초청 세미나를 중국에서 개최하는 방식 등으로 한국문학과 작가들에 대한 인지도를 높여 나갔다. 이러한 기사문과 행사는 중국에서의 한국문학의 이미지 개선에 어느 정도 긍정적인 영향을 미쳤겠지만 아쉽게도 한국문학의 전반적인 인지도와 위상을 끌어올려 더 광범한 독자층을 확보하는 데는 아직 거리가 멀다고 할 수 있다. 시사성을 강조하는 신문 기사라는 성격을 고려해 볼 때 현재의 인기 있는 작가들 위주로 소개하는 것이 당연한

---

69) 남연, 앞의 글, 107쪽 참조.

일이라고 볼 수 있겠지만, 독자들이 한국문학을 보다 전면적이고 다각도로 이해하고 한국문학의 발전 단계성을 알 수 있도록 하기 위해서는 종적으로 이전 시대 작가와 한국문학의 내면 구조 및 그 연관성, 그리고 발전 법칙에 대한 소개도 필요하지 않을까 생각한다. 또한 현재의 작가 중 중요한 작가들을 모두 다루는 것도 아니므로 횡적으로 볼 때도 그 범위를 확대하여 그 시대의 기본적인 문학적 흐름도 소개할 필요가 있다고 본다.

이 시기 한국문학의 중국어 번역·출판은 한국문학번역원의 주도하에 이루어지고 있지만 한국문학번역원이나 대산문화재단의 지원 없이 출판사에서 자발적으로 저작권을 수입한 후 자체적으로 번역·출판한 작품들도 적지 않다.[70] 대중성과 문학성을 겸비한 공지영의 소설은 지원 없이 중국어로 번역·출판된 작품이 더 많았고 김훈의『공무도하』, 이정명의『바람의 화원』,『뿌리 깊은 나무』, 신경숙의『엄마를 부탁해』,『어디서 나를 찾는 전화벨이 울린다』등 작품은 길림출판사가 역자의 소개를 받아 출판사가 직접 판권을 구입하고 출판시킨 것이다. 중·한 수교 20여 년간 여러 면에서의 교류를 통해 양국은 서로에 대한 이해가 조금씩 깊어졌고 중·한 수교이후 많은 대학교에서 석·박사 과정을 개설하면서 그동안 한국학 관련 인재들도 어느 정도 축적이 되어 중국의 수요와 중국 독자들의 취향에서 출발하는 이러한 자발적인 한국문학 수용은 한국문학번역원, 대산문화재단의 지원의 일부 부족점을 보안할 수 있는 대안이 될 것으로 기대된다. 실제로 'K문학'을 전파하는 중국 최대 규모 민영출판사 '모톄'의 출현은 중국에

---

70) 왕염려의 통계에 따르면 지원 없이 자체적으로 번역·출판하는 작품들이 40% 이상을 차지했다.

서의 한국문학 수용과 독자층 확보에 커다란 영향을 미쳤다고 해도 과언이 아니다. 2019년 한국의 베스트셀러 소설인 『82년생 김지영』의 중역본이 표면상 귀저우인민출판사(貴州人民出版社)에서 나오긴 했지만 실제로는 모톄출판사에서 저작권 수입, 편집, 제작, 유통을 전부 담당하였고 2019년 출판 당시 한동안 중국 베스트셀러 1위를 차지했었다. 모톄 등 민영출판사들은 현재 중국 베스트셀러 출판의 70%를 점유할 정도로 기획과 마케팅 면에서 국영출판사를 훨씬 능가하는 실력을 갖추고 있어 한국문학의 중국어 번역·출판의 주역으로 떠오르고 있다. 이제 중국이 명실상부한 세계 강국으로 부상되면서 중국의 중요한 이웃 나라이자 무역 파트너인 한국과의 관계를 심화시키기 위해서는 한국 사회, 문화, 역사에 대해 더 깊이 알고 싶어질 것이고 한국문화의 중요한 표현 형식이자 민족문화와 사고방식을 반영하는 한국문학에 대한 자발적 중국어 번역·출판이 더 많이 이루어고 또한 중국문학의 효과적인 한국 진출과 한국문학의 효과적인 수입을 능히 감당할 수 있는 인재 양성에도 힘을 기울일 것으로 예상된다.

제2부

한국 현대소설의 중국 유입이
중국 사회에 끼친 영향

1

서 론

1.1 문제제기

문학은 문학 작품이 창작된 시대의 사회와 긴밀한 관계가 있으며 사회의 관습, 가치관, 삶의 모습, 시대의 소망을 담고 있다. 때문에 중국 조선족 문학도 중국 사회의 변천과 밀접한 관계가 있다고 할 수 있다. 또한 문학이란 독자적으로 생성, 발전되기도 하지만, 외래적인 '충격'과, '가능성' 및 '자극'으로 인한 변동과 복합을 거쳐서 변천되고 발전하기도 한다. 더욱이 중국 조선족 문학[1]은 중국이라는 다민족 국가를 구성하고 있는 소수민족의 문학으로서 그 발전 과정에서 그 어느 민족의 문학이나 어느 나라의 문학보다도 외부의 영향을 많이 받으며

---

[1] 중국 조선족 문학은 '중국에 정착하여 사는 중국 조선족이 모국과 다른 중국의 정치, 경제, 문화적 환경 속에서 우리말과 글을 가지고 영위하고 있는 문학'을 말한다. 김관웅, "중국 조선족문학의 역사적 사명과 당면한 문제 및 그 해결책", 『조선민족문학연구』(흑룡강조선민족출판사, 1999), 88쪽.

발전·성장해왔다고 해도 과언이 아니다.

본 민족의 찬란한 문화를 바탕으로 그 토대위에서 발전한 중국 조선족 문학은 중국이라는 특정된 사회적 환경 속에서 점차 한족과 기타 소수민족의 우수한 문화를 흡수하였고, 중국 본토문학과 주변나라 문학의 영향도 받으면서 발전해왔다.

새 중국이 창건된 해방 초기 즉 1950년대와 1960년대 초(문화대혁명 전까지)는 중국 조선족 문학은 조선 문학의 영향을 많이 받아 창작 방법과 경향성이 조선 문학의 틀을 벗어나지 않은, 중국의 사회주의 혁명과 건설을 위해 봉사한 송가문학으로서 자리매김을 했었고 그 후 문학이 계급투쟁의 공구로 되어온 문화대혁명 10년간은 중국 조선족 문학은 철저하게 중국 문학의 궤도 위에서 운행하였다. 창작에서 사회주의 사실주의, 혁명적 낭만주의를 제창하였지만 결국은 혁명적 주체를 돌출시키는 등 제한된 3돌출 창작 방법에 얽매여 있었다. 문화대혁명이 끝난 1970년대 말부터 1980년대 말까지, 이 10여 년간 조선족 문학은 중국문학(한족문학)을 부지런히 따라왔지만, 중국문학이 중국의 개혁개방 정책으로 서방 문학사조의 영향을 받아 유파와 사조가 많고 모방이 많고 시범이 많고 탐구가 많은 모습을 보였던 것과는 대조적으로 조선족 문학은 사실주의가 기본 주류였고 현대파 수법이 도입되긴 했으나 깊지 못했고 주기도 길지 못했다.[2]

---

2) 고신일, 「중국 조선족문학과 연변문학(상)」, 『북한』1995년 4월호, 200-201쪽.
　중국조선족문학과 중국주류문단의 구체적인 관련 양상 그리고 중국조선족문학과 조선문학의 구체적인 관련 양상은 본 연구의 연구범주에 들어가지 않아 여기에서는 생략하기로 하고중국조선족문학과 중국 주류문학의 더 구체적인 관련 양상에 관해 관심을 가지고 있는 분들은 리광일의 저서 『해방 후 조선족 소설문학 연구』(경인문화사, 2003년 8월)와 전형준, 홍정선, 임동철이 공동 연구한 『연변 조선족 문학에 미친 중국문학과 북한문학의 영향 연구』를 살펴보길 바란다.

그러던 중국 조선족 문학이 1980년대 말과 1990년대 초 특히 중한 수교 이후 중한 간의 문화교류가 심화됨에 한국 문학의 대량적인 수입을 기점으로 하여 변화의 조짐을 보이기 시작했다.[3] 한국 문학의 대륙 진출은 중국 조선족 작가들의 창작 사유를 넓혀주고 언어구조[4]를 개선하는데 도움을 주었으며 중국 조선족의 고국 진출은 또 중국

---

3) 한국문학은 외국문학의 유파와 사조에 푹 젖어 있으리라고 예측했던 것과는 달리 전통적인 창작방법을 발전시키면서 순문학을 고수하고 있는 점에 놀라기도 했고 또 생활을 진실하게, 구애없이 반영하고 숙달한 언어구사에 감탄하였다. 그때부터 중국조선족 작가들의 작품에는 적지 않은 한국식 어휘들과 수사법이 인입되었다. 또 한국의 통속소설은 중국조선족문학의 공백이 되고 있는 통속문학의 공간을 활성화시켜 주었다. 특히 중국조선족 문단에 수필문학이 재기된 것은 한국문학의 영향을 직접적으로 받은 결과이기도 하다. 고신일, 「중국 조선족문학과 연변문학(상)」, 『북한』1995년 4월호, 201-202쪽.

4) 언어면에서 한국문학의 영향을 받은 실례를 언급한 것들을 예로 든다면 다음과 같다.
① 90년대에 와서 조선족작가들의 언어는 이전과는 달리 완연하게 탈바꿈을 한 것 같다. 연변대학 김관웅 박사는 97년 제2기 <도라지>잡지에 「생명욕구와 윤리도덕사이의 갈등」에서 리혜선의 언어에 대해 이렇게 평했다. "언어구사의 면에서 고찰한다면 리혜선에게는 물론 개인적 스타일이 없는 것은 아니다. 그러나 리혜선에게는 그보다도 중국의 연변식 조선말과는 많이 달라진 규범화되고 세련화된 유려한 표준적 언어의 사용이 크게 돋보인다. 그 원인은 억측하기는 어려우나 근년래 우리 문단에 깊숙이 스며들기 시작한 한국 현당대소설의 언어나 문체의 영향과 무관하지 않으리라고 짐작한다." 그리고 "이러한 현상은 비단 리혜선 한 사람한테서만 존재하는 현상이 아니다. 대부분의 작가들이 애써 세련되고 표준적인 한국언어를 배우려고 애쓴다."고 지적하고 있다.
② 작가인 구용기는 94년 제3기에 「문학과 예술」에 발표한 「맨발로 걷는 감각」에서 소설 「텅 빈 사막」의 언어에 대해 이렇게 쓰고 있다. "이 소설은 시작부터가 어느 작가의 작품 같은 어투로 언어를 다룬 소설들이다. 소설은 요즘 소설언어의 한가지 동태를 말해주고 있다. 모국어 쪽으로 언어가 말없이 슬슬 밀착되어 가고 있는 재미있는 변화현상이다. 대한민국의 언어든 조선민주주의인민공화국의 언어든 우리 중국 조선족들이 쓰고 있는 것보다는 부드럽고 풍부한 건 두말할 것 없다. 때문에 우리는 모국어를 부지런히 배워들여야 하는 것이다. …"
③ 정판룡은 「평론가가 보는 우리 문단」(문학과 예술 1998년 제1기.)에서 다음과 같이 말하고 있다. "특히 중국조선족문학의 한국화에 주의를 돌려야 하겠습니다. 어떤 글은 우리 작가가 썼는지 분별할수 없는 정도입니다. 제가 우려되는 것은 이렇게 되면 중국특색을 어떻게 발양하겠스냐 하는 문제입니다. 만약 지금 제때에 이 경향을 바로잡지 않으면 우리 문단이 정체상에서 한국문학의 꼬리가 될 가능성도 없지 않습니다. 우리는 우리의 특점을 발양하여야 합니다. …… 리원길의 ≪설야≫와 ≪춘정≫이 독자들속에서 환영받는것도 바로 우리에게만 있는 어떤 것을 잘 다루었기때문입니다."

조선족 문학의 제재 범위를 확대시켜주었다. 그리하여 중국 조선족 문학은 단일하고 협소한 지역적 테두리를 벗어나 국제적인 범위로 제재를 넓혀갔다.[5] 또한 이 시기 중국 문학의 흐름을 쫓아만 가던 중국 조선족 문학은 예전처럼 중국 문학과 긴밀히 연관되던 데로부터 그 관계가 점차 느슨해졌으며 갈수록 유리되는 추세를 보였다.[6]

중한 수교 후 근 20여 년간 한국 문학은 거침없이 중국 조선족 문학에 흘러들어 왔으며 이제는 중국 조선족 작가 및 작품들을 심도 있게 연구하기 위해서도 중국 조선족 문학을 한국 문학과 접맥시켜 비교문학의 방법을 동원함은 당연한 귀결이라고 할 수 있다.

하지만 한국 문학이 중국 조선족 문학에 이렇게 큰 영향을 주었고 많은 조선족 작가들이 한국 문학을 수용한 이후 창작방법과 기교면에서의 변신을 승인함에도 불구하고 아쉽게도 지금까지 역사적·공간적 배경을 달리하는 두 문학에 대한 비교 연구가 보기 힘든 실정이다.

이러한 상황에 입각하여 이 글에서는 사회·역사적 비평방법과 비교문학비평 방법과 동원하여 중국 조선족 소설 문학의 발전을 한국 문학과 접맥시켜 중국 조선족 소설 문학에 끼친 한국 문학의 영향 연구를 진행하려고 한다. 한국문학이 중국 조선족 소설문학에 끼친 영향 연구는 그동안 중국 조선족 문단에 소개되고 유입된 한국 문학에 대한 총체적인 정리와 한국 원전에 대한 올바른 이해를 바탕으로 아직도 끊임없이 흘러들어오는 한국 문학이 중국 조선족 문학에 대해 어떤 충격을 주었고, 또 어떤 의미를 갖고 있는 가를 총체적으로 규명할 수 있으며 지금까지 거의 공백에 가까운 이 연구 분야의 빈자리를 메

---

5) 고신일, 「중국 조선족문학과 연변문학(상)」, 『북한』1995년 4월호, 202쪽.
6) 李光一, ≪20世纪后期中国朝鲜族与汉族文学思潮之关连≫.

울 수 있을 뿐만 아니라 한국 소설 문학과 중국 조선족 소설 문학의 비교 연구의 기반을 마련할 수도 있다고 생각되며 더 나아가 이러한 검토를 기초로 향후 통일시기 한국 문학이 조선 문학에 미치게 될 영향에 대한 전망을 얻어낼 수 있다고도 생각한다.

1.2 연구사 검토

지금까지 중국 조선족 문학과 한국 문학을 접맥시켜 진행된 비교연구를 종합해보면 다음과 같다.

서영빈은 그의 박사논문 『남북한 및 중국 조선족 역사소설 비교연구』-「북간도」, 「두만강」, 『눈물 젖 두만강』을 중심으로[7])에서는 평행연구와 영향 연구의 방법으로 한국, 북한, 중국 조선족의 대표적 장편역사소설인 「북간도」, 「두만강」, 『눈물 젖은 두만강』을 대상으로 서사 갈등, 인물, 서사공간, 세계인식, 주제설정으로 나누어 그 공통성과 변별성을 분석한 결과 최홍일의 『눈물 젖은 두만강』은 최홍일이 「북간도」와 「두만강」을 읽어 보고 나서 두 작품의 주제로 설정된 민족의식과 계급의식의 이데올로기적인 성향에 만족스럽지 못해 탈이데올기적인 시각에서 창작된 것으로 주장하고 남북한 및 중국 조선족 역사소설은 공통으로 "민족적 정체성 지키기"의 서사로 읽을 수 있으며 공통된 언어의식, 공통된 역사의식, 공통된 사실주의 의식을 근간으로 하여 하나의 맥을 잇는 하나의 문학임을 확인함과 동시에 사회 이데올로기적인 제도의 차이와 작가가 처한 부동한 위치로 인해 전혀 같지

---

7) 서영빈, 『남북한 및 중국 조선족 역사소설 비교연구』-「북간도」, 『두만강』, 『눈물 젖은 두만강』을 중심으로, 한남대학교 박사학위 논문, 2006년 2월.

않은 창작환경에서 탄생한 작품인 만큼 그것이 주제설정이나 인물설정, 갈등설정에서 서로 대조되는 양상을 보이고 있는 점과 현실인식의 양상이 확연히 구별된다는 점도 지적하고 있다.

위의 박사논문 외에도 서영빈은 「역사, 사회, 삶과 우리의 소설」[8]에서 중국 조선족 소설가 량춘식의 「산너머 기차역」(2001)이 "하근찬의 「수난이대」(1957)와 "만나는 장소를 산너머 기차역으로 설정한 환경, 마중가는 것으로 시작되는 서두, 기차역에 일찍 당도하여 시계를 바라보는 장면, 마침 고장나있는 시계, 《여보이소, 지금이 몇신교?》 하고 곁사람에게 묻는 물음, 페인이 되어 돌아온 사람, 보고도 알아보지 못하는 주인공, 사랑하면서도 욕부터 시작하는 주인공, 《팽!》하고 코를 푸는 주인공, 신세가 똥이라고 한탄하는 모티브, 주인공이 상대방을 업고 가는 장면, 그 광경을 지켜보는 산마루… 두 작품은 참으로 닮아도 너무 많이, 너무 비슷하게 닮았다. 모티브 자체도 거의 일치할 뿐아니라 그 구성도 거의 일대일이다."라 평가하고 있다.

이정숙의 「가족 상봉 소설의 형상화 연구-남북한 소설과 조선족 소설의 경우」[9]는 평행연구라는 시점에서 허춘식의 「혈맥」, 홍상화의 「어머니의 마음」, 리여천의 「비온 뒤 무지개」 등 세 지역의 가족 상봉 소설의 형상화를 고찰하여 남북한이나 중국의 조선족 소설에서 나타나는 가족 상봉 소설이 지향하는 공통점은 가족 간의 화해와 휴머니즘적 자세라고 지적하고 있다. 또한 세 작품은 모두 부지불식간에, 혹은 의도적으로 체제나 이념을 넘어서 가족관계의 복원과 화해를 강조하

---

8) 서영빈, 「역사, 사회, 삶과 우리의 소설」, 『서사문학의 재조명』, 민족출판사, 2004년, 34-35쪽.
9) 이정숙, 「가족 상봉 소설의 형상화 연구-남북한 소설과 조선족 소설의 경우」, 『한중인문학 연구 25』, 2008년, 68-93쪽.

는 결말을 취하고 있다고 주장하고 있다.

정덕준의 「개혁개방 시기 재중 조선족 소설 연구-1970년대 후반 -1990년대 전반기 작품을 중심으로」[10]에서는 새 시기 재중 조선족 소설이 중국 문단의 상처문학·반성문학·개혁문학 등 새로운 문학사조들을 적극적인 자세로 수용하는 이유를 조선족 소설문단이 해방 후 새롭게 형성되어 창작 경험이 일천하고, 한족문학 외에는 참조할 만한 다른 문학이 없었던 데서 연유한 것이라고 보고 있다. 그러나 1992년 중·한 수교로 한국과의 교류가 빈번해지면서 중국 조선족 작가들은 같은 민족으로 언어와 생활풍습과 민속전통을 공유하고 있다는 동질성 때문에 한국 문학에 쉽게 접근할 수 있었고, 한국 문학을 통해 새로운 문학세계를 접하게 되면서 한국 문학은 조선족 문학의 새로운 참조 대상으로 부상되어 중국 조선족 문학에 적지 않은 영향을 끼치게 되었다고 한다. 그리고 새 시기 재중 조선족 소설에 가장 많은 영향을 끼친 한국 문학은, 작가에 따라 정도의 차이는 있지만, '뿌리뽑힌 사람들' '떠나가는 사람들'의 암울한 삶을 그려낸 1970년대 산업화 사회의 문학이라고 주장하며 중국 조선족 문학이 1970년대 산업화 사회의 문학에 특히 주목, 많은 영향을 받게 된 이유를 개혁 개방이후 조선족사회는, 1970년대 한국 사회처럼, 산업화·도시화 물결에 휩쓸려 농경사회의 전통이 하루아침에 무너지고 농민, 특히 젊은 농민들은 농촌을 떠나고, 비옥한 땅은 황무지로 변하면서 농촌사회가 붕괴되어가 이 시기의 조선족 문단은 시장경제의 확산에 따라 문학이 고유의 지위를 잃게 되자 심각한 고민에 빠져 있었기 때문이라고 보고 있다. 이

---

10) 정덕준, 「개혁개방 시기 재중 조선족 소설 연구-1970년대 후반-1990년대 전반기 작품을 중심으로」, 김종회 『한민족 문화권의 문학 2』, 국학자료원, 2006년, 358-383쪽.

밖에 조선족 문학은 인간의 내면세계, 무의식의 세계를 그려 보이는 심리주의 소설도 수용하는데, 리혜선의 장편소설 『빨간 그림자』가 영향의 산물이라고 지적하고 있다.

리광일은 『해방 후 조선족 소설문학 연구』[11]에서 한국과의 내왕은 중국 조선족 작가들로 하여금 중국 문학에만 매어 있던 데로부터 전에 보지 못하던 새로운 문학세계를 보게 되었고 한 민족이고 동일한 언어, 문자를 사용하고 같은 생활풍습과 민속전통을 소유하고 있다는 동질성의 인지에서 작가들은 쉽게 한국 문학에 접근할 수 있었고 따라서 조선족 문학은 새로운 참조계를 얻게 되었으며 작가들은 한족 문학에 쏟아 붓던 정열도 한국문학에로 전이하게 되어 그 후로부터 조선족 문학이 한국 문학의 영향을 크게 받았다고 한다. 또한 중국조선족문학에서 한국 문학에 대한 수용에 있어서는 개혁개방 후 중국 문학에서 외국의 사조를 접수하던 경우와 비슷한 양상으로서 수십년의 반목과 외면으로 하여 조선족 문학은 한국 문학의 흐름을 그 순서대로 접한 것이 아니라 한국 문학의 발전 단계성을 무시하여 한국 문학의 내면구조와 법칙을 그대로 접수하지 못하고 닥치는 대로 직수입하였으며 이는 또 작가들의 기호에 따라 애착을 갖는 한국의 작가와 작품도 부동한 현상을 초래하였다고 한다. 그리고 중국 조선족 문학에 가장 큰 영향을 준 것을 위의 정덕준의 주장과 마찬가지로 '뿌리 뽑힌 사람들'과 '떠나가는 사람들'의 이야기를 다룬 1970년대의 한국 문학이라고 주장하고 있다.

장춘식의 「청출어람 - 신세대작가들의 작품세계」[12]에서는 김서연,

---

11) 리광일, 『해방 후 조선족 소설문학 연구』, 경인문화사(민족문제연구소 편), 2003년 8월.
12) 장춘식, 「청출어람-신세대작가들의 작품세계」, 중국조선족문학우수작품집편집위원회, 『2007

리진화, 박초란 등 중국 조선족 신진작가들의 소설의 내면화 경향은 1990년대 한국 소설의 내면화 경향과도 무관하지 않은 것으로 보고 있으며 중국 조선족 문단에서 나타난 문장의 한국어 추세에 관해서도 간략히 언급하고 있다.

양문규의 연구13)는 중국 조선족 문학 연구자 박충록과 김병민이 편찬한 『조선문학간사』(박충록, 연변인민출판사, 1987)와 『조선문학사』(김병민, 연변대학출판사, 1994) 이 두 책을 검토한 후 현금 조선족이 자신들의 문학사로부터 배제해왔던 작가들 중 어떠한 경향의 작가들을 수용하고 있는가를 살펴보았고 분단 이후 남한 문학에서는 어떠한 작가들에 관심을 기울이고 있는가를 살펴보았다. 그리고 이를 토대로, 향후 조선족의 한국현대문학 수용에 대한 전망을 다음과 같이 정리하였다. "첫째, 정통 리얼리즘에 기초한 역사소설의 문학적 성과물들을 지속적으로 수용할 것이다. 둘째, 민족적 정체성을 확인할 수 있는 향토성이 강한 문학을 수용코자 할 것이다. 그러나 한국 근대문학의 올바른 수용을 위해서는, 개별적·임의적 수용이 아닌, 한국 문학 전반에 관한 체계적인 이해를 도울 수 있는 최신의 자료 선집을 아울러 수용해야 함이 확인되었다. 넷째, 조선족은 기법이 탁월한 한국의 현대문학에 많은 관심을 두고 있다. 그러나 기법에 초점을 맞춘 나머지 사상, 주제와는 분리된 공허한 기교를 구가하는 남한의 포스트모던한 대중 문학을 수용할 수도 있다."

김관웅은 「중한수교이후 중국조선족 시문학에 끼친 한국 시문학의

중국조선족문학 우수작품집』, 흑룡강조선민족출판사, 2008, 465-478쪽.
13) 양문규, 「중국 조선족의 한국 현대문학 인식 및 향후 수용 전망」, 배달말 통권 제28호, 2001년 6월, 295-318쪽.

영향」14)에서 중한 수교 이후 중국 조선족 시문학과 한국 문학의 관련
양상의 특징을 중국 조선족 시문학과 한국 현대시, 당대시 및 시론과
의 영향관계는 상호교류가 아니라 기본상 일방적이었고, 또한 그 영향
은 직접적인 영향이었으며 내용면의 영향보다는 기교면의 영향이 더
클 뿐만 아니라 중국 조선족 시문학은 한국 현대시, 당대시 및 시론을
통해 서방 모더니즘시문학의 영향을 간접적으로 받았다고 평가하고
있다. 시의 측면에서 중국 조선족 문학과 한국 문학을 접맥시켜 진행
된 연구는 이밖에도 김준오의 「조선족문학·한국문학·북한문학의
동질성과 이질성-서술시를 중심으로」15)와 윤의섭의 「남·북한과 중국
조선족의 한국 전쟁시 비교: 이데올로기적 대응 양상을 중심으로」16)
가 있지만 이 글의 영향연구 방법과 연구대상인 소설 분야와 일정한
거리가 있기에 여기에서는 약하기로 한다.

　최근에 들어서 한국 문학계에서는 중국 조선족 문학을 재외한인문
학으로서 한민족 문학의 일부분으로 보고 있으며 중국 조선족 문학에
대한 연구도 활발히 진행되고 있다. 특히 한중 수교를 기준점으로 한
중 수교가 중국 조선족 문학에 끼친 영향에 대한 연구가 많이 진행되
었다.17) 하지만 아직도 체계적으로 중국 조선족 문학을 한국 문학에

---

14) 김관웅, 중국조선족문학우수작품집편집위원회, 「중한수교이후 중국조선족 시문학에 끼친
　　한국 시문학의 영향」, 흑룡강민족출판사, 2008년.
15) 김준오, 「조선족문학·한국문학·북한문학의 동질성과 이질성-서술시를 중심으로」, 『한
　　국문학논의 20』, 한국문학회, 97년 6월.
16) 윤의섭, 「남·북한과 중국 조선족의 한국 전쟁시 비교: 이데올로기적 대응 양상을 중심
　　으로」, 『한중인문학연구 제21집』, 한중인문학회, 2007년 8월.
17) 강옥, 「한중수교와 중국 조선족 문학」, 『비평문학』 제36호, 한국비평문학회, 2010년.
　　김형규, 「한중수교 이후 중국조선족 소설의 변화에 대한 비판적 검토 : 2000년대 소설에
　　나타난 '새로운 이주체험'을 중심으로」, 『한중인문학연구 39』, 2013.
　　안낙일, 「중죽조선족 대중소설 연구」, 『겨레어문학』, 2008, 515-549쪽.

접맥시켜 진단한 예는 찾아보기 극히 힘든 상황이다. 특히 구체적인 작품들을 대상으로 하여 중국 조선족 문학과 한국 문학과의 영향관계를 밝힌 연구 성과들을 거의 찾아볼 수가 없는 것이다. 중국 조선족 문학이 한민족 문학의 일부라고 한다면 구체적인 작품들 사이에서 이러한 영향관계가 나타나지 않을 수 없을 것이지만 그럼에도 불구하고 아직까지 이러한 연구는 아직 걸음마 단계에 처해있는 것이다. 지금까지 살펴본 바로는 중국 조선족 소설문학과 한국 소설문학을 접맥시켜 진행된 연구로는 강옥의 2001년의 석사논문 「한국문학이 중국 조선족 문학에 끼친 영향」이라는 학위논문 한편 뿐이었다.[18] 또한 이 한편 마저도 지나치게 외적인 증거에 치우쳐 그 영향관계를 분석한 경향이 있는 것으로 보인다. 이는 최근의 외적인 사실로부터 문학작품 내면으로의 전이가 이루어지면서 양자를 조화롭게[19] 바라보는 시각과 비교

최병우, 「한중수교가 중국조선족 소설에 미친 영향 연구」, 『국어국문학』, 2009, 463-486쪽.

최병우, 안필규, 「한국 문학에 있어 외국 문학의 수용에 관한 연구」, 『국어교육』, 1994, 281-307쪽.

최병우, 「한중수교 이후 조선족 소설에 나타난 삶과 인식」, 『한중인문학연구 37』, 2012, 108-126쪽.

정문권·강옥, 「중국 조선족문학의 특성과 한국문학의 수용양상」, 『인문논의 16』, 배재대학교 인문학연구소, 2000년 12월.

황송문, 중국조선족 시문학의 변화양상 연구, 시문학, 『제32권 제5호 통권 370호-통권 377호』, 시문학사.

18) 강옥, 『한국문학이 중국 조선족문학에 끼친 영향』, 배재대학교 석사학위논문, 2001년 6월.

19) 시대의 추이에 따라 그 초점은 문학의 외적 사실로부터 문학작품 내면으로의 전이가 이루어지면서, 다른 한편에서는 이 양자를 조화롭게 바라보려는 노력들이 나타났다. 먼저 외적 사실을 중시했던 것은 문학에 끼친 영향의 존재를 분별해내기가 어렵기 때문에 가시적이고 구체적인 외적 사실을 통해 그것을 확인하기 위한 것이었고, 문학작품의 내면과 외적 사실에 대한 조화로운 시각이라는 것 역시 문학 외적 조건에 대한 고려가 문학 창조과정을 더 분명히 파악하기 위한 한 수단으로 삼기 위한 것이어서, 어느 경우나 지금까지 비교문학의 핵심이 문학에 있었다는 점은 일관되게 지속되어 온 셈이다.

해보면 많이 뒤떨어진 시각으로 보인다. 때문에 문학작품 내면과 외적인 사실을 조화롭게 진행한 연구가 시급히 필요한 것으로 생각된다.

1.3 연구대상 및 방법

1.3.1 연구대상

이 글에서는 위의 연구를 진행함에서 있어서 일차적으로 그 연구대상을 1980년대부터 2010년까지 중국 조선족 문단의 정기간행물(도라지, 장백산, 연변문학)에 실린 한국소설과 그 소설을 쓴 작가들의 작품, 채미화가 편찬하고 1986년 10월에 연변대학출판사에 의해 출판된 고등학교참고서 『남조선단편소설선집』 및 3대 순수문학 정기간행물에 실린 중국조선족작가들의 소설로 정한다. 그리고 전반적으로 한국 문학과 중국 조선족 소설의 연관성을 살펴보기 위해 이 3가지 부분의 연구대상에 대한 충분한 자료수집과 그에 대한 다양한 자료검토를 진행한 후 2차적으로 연구대상을 횡적으로는 98년도의 『도라지』 정기간행물에 실린 최국철의 「여우 보러 가자」, 조성희의 「부적」, 리동렬의 「그림자 사냥」 등 3편의 작품을 선택하고 종적으로는 산재지역의 리태복과 집거지역의 김혁 등 두 작가로 한정한다. 이러한 종횡의 다각적인 시각은 연구대상이 상대적으로 제한된 상황에서 비교적 전면적으로 한국 문학과 중국 조선족 소설 간의 관련 양상을 살펴볼 수 있을 것이라는 고려에 의한 것이다.

① 중국 조선족사회에서의 한국 문학에 대한 수용은 80년대 초 한

국의 일부 기업들과 사회단체들이 중국 조선족들에게 책보내기 운동
을 통해서 비롯되었다. 1980년 가을 한국의 태극출판사에서 출판한『한
국신문학전집』50권이 연변교육출판사 도서실에 들어왔다. 그리고 몇
년 후 연변인민출판사, 흑룡강조선민족출판사, 요녕민족출판사 등 출
판사에서는 한국 서적들을 직접 출판하기 시작하였으며 지금까지 그
종류가 너무나 많아 일일이 헤아릴 수 없다. 중국의 조선족 개인 또한
바깥세계를 하루라도 빨리 알고 싶은 욕망에 의하여 여러 가지 방법
과 도경을 통하여 한국의 도서와 신문잡지를 수입하였다. 하여 중국
조선족 문단에 흘러들어 온 한국 문학에 대한 총체적인 정리는 매우
힘든 일이고 어찌 보면 실현할 수 없는 작업일수도 있다. 왜냐하면 중
국 조선족에게 있어서 한국 문학은 비록 외국 문학의 범주에 속하긴
하지만 같은 언어로 쓰여졌기에 전문적인 번역을 거치지 않고도 독자
들은 한국 문학을 읽을 수 있으며 거기에다 중한 간의 활발한 민간 내
왕은 또한 중국 조선족 독자들로 하여금 쉽게 한국 문학을 접하고 수
용을 할 수 있는 기회를 제공하여 주었다. 때문에 한국 문학에 대한
접촉과 수용은 통계하기 어려운 개인적인 측면에서도 많이 이루어졌
을 것으로 짐작한다. 하지만 그 많은 개개인의 한국 문학의 접촉과 수
용경로를 일일이 캐내는 것은 결코 쉬운 일은 아니다. 이러한 상황에
입각하여 이 글에서는 비록 제한적이긴 하지만 중국 조선족 문단에서
의 한국 문학 수용을 중국 조선족 문단에서 영향력이 가장 큰 3대 순
수문학지『도라지』,『장백산』,『연변문학』에 게재된 한국 소설들을 중
심으로 중국 조선족 주류 문단에 소개되고 읽혀지는 한국 소설들을
살펴보기로 한다. 물론 순수문학지 잡지사에서 판매량을 제고시키기
위해 의도적으로『장백산』잡지사와 같이 추리소설 등과 같은 대중소

설을 많이 연재하는 경우가 없는 바는 아니지만 이 3대 순수문학지가
중국 조선족 문단에서 가장 중요한 위치를 차지하고 중국 조선족 문
단의 풍신기 역할을 담당하고 있는 만큼 그래도 많은 순수 문학을 게
재하였을 것으로 짐작되고 또한 이러한 소설들에 대한 통계는 전반적
인 수용 양상을 찾아볼 수 없는 상황에서 중국 조선족 문단에서의 대
체적인 한국 소설 문학의 수용 양상을 고찰할 수 있을 것으로 생각된
다. 그리고 이 글에서 그 많은 단행본에서 유독 채미화가 편찬한『남
조선단편소설선집』을 연구대상으로 선정하게 된 이유는 첫째는 연변
대학은 중국조선족집거구역인 연변지역에서 영향력이 가장 큰 대학인
만큼 연변대학의 조선언어문학전공의 참고서와 교학용으로 사용되었
던 이 책이 연변지역에서 활발히 문학활동을 진행하고 있는 조선족
문단에서 주력의 역할을 하고 있는 연변작가들에게 의해 접촉될 가능
성이 클 것으로 생각되기 때문이며 또한 중국조선족작가들 중 연변대
학교를 졸업하여 문학 창작활동을 활발히 진행하고 있는 작가들이 적
지 않은 상황 때문이기도 하다. 채미화가 편찬한 이 작품집에는 손창
섭의 「신의 희작」(1961), 「혈서」(1955), 하근찬의 「수난이대」(1957), 「왕릉
과 주둔군」(1963), 박경리의 「영주와 고양이」(1957), 박연희의 「증인」
(1956), 오영수의 「갯마을」(1953), 「화산댁이」(1952), 김승옥의 「무진기행」
(1964), 「서울, 1964년 겨울」(1965), 박태순의 「정든 땅 언덕 위」(1966), 김
정한의 「모래톱이야기」(1966), 「축생도」(1968), 천승세 「폭염」(1974), 황석
영의 「삼포 가는 길」(1973), 「낙타누깔」(1972), 윤정규의 「장렬한 화염」
(1972) 등 11명의 작가의 17개 작품이 수록되었다.

② 중국 조선족 문학은 대부분의 경우 역시 한국 문학과 마찬가지

로 한국어로 창작되기에 정기간행물에 실린 한국 소설과 그 소설들의 원전은 표기법과 띄어쓰기 등 면에서만 차이가 있을 뿐 다른 면에서 큰 차이가 없을 것으로 예상되기에 한국 원작이 아닌 조선족 정기간행물에 게재된 한국 소설을 연구대상으로 정하는 데는 무리가 없을 것으로 생각되고 또한 그 연구범위에 중국 조선족 정기간행물에 게재되지는 않았지만 독자가 정기간행물에 게재된 소설을 읽은 후 그 소설을 쓴 작가에 흥미를 가지고, 그 작가의 다른 작품까지도 열독할 수 있는 가능성을 고려해서 그 작가의 다른 작품까지 포괄시키게 되었다.

③ 1980년대 중반부터 2010년까지 중국 조선족 정기간행물에 실린 중국 조선족 작가들의 소설 작품을 연구대상으로 선정하는 것이 그 양적으로 너무 많을 것으로 생각될 수도 있지만 이것은 한국 소설에 대한 중국 조선족 문단의 수용 양상의 전면적인 검토에 필요한 작업이라고 생각되며 또한 2차적으로 선택되는 한국 소설과 밀접히 연관되는 98년도의 『도라지』 정기간행물에 실린 최국철의 「여우 보러 가자」, 조성희의 「부적」, 리동렬의 「그림자 사냥」 등 3편의 작품의 선택과 리태복과 김혁 등 두 작가의 선정에 있어서도 밑바탕이 되는 작업이라고 생각된다. 이 글에서 98년도의 『도라지』 정기간행물에 실린 3편의 조선족 작가들의 작품들을 텍스트로 선정하게 된 데는 영향은 반드시 동일시기에 곧장 일어나는 것이 아니라 일정한 간격을 두고 일어날 수도 있다는 사실을 염두에 두었기 때문이다. 다시 말해 조선족 작가들이 한국 문학의 영향을 받는 시기와 실제 창작으로 드러내는 시기에는 일정한 시간적 간격이 필요하다는 사실이다. 리태복과 김혁을 연구대상으로 선정하게 된 이유는 이 두 작가가 신생사물에 민

감한 20대에 한국 문학이 중국 조선족 문단에 흘러들어 오기 시작하였으며 또한 이들은 문학활동과 겸하여 기자활동을 하였던 기자인만큼 외계의 사조의 변화에 풍향계처럼 민감하게 반응할 수 있었기에 이 두 작가가 중국 조선족 문단에서의 한국 문학 수용면에서 대표성을 가진다고 생각되기 때문이기도 하다.

1.3.2 연구방법

최근 중국에서 출간된 비교문학이론 저서들에서는 해외의 화문(화문)문학과 중화모체문화의 비교연구를 중요한 비교연구의 대상으로 인정하고 있다.[20] 김관웅의 「중한수교이후 중국조선족 시문학에 끼친 한국 시문학의 영향」이란 논문에서 지적한 바 이런 논리를 적용한다면 중국 조선족 문학과 조선반도 모체문화의 비교연구는 당연히 비교문학 연구의 대상으로 되는 것이다.[21]

중국 조선족 문학은 문화적 연원으로 볼 때 조선반도의 전통문화와 긴밀하게 이어져 있다. 민족, 언어, 문화, 국가의 계선을 초월하는 비교문학 연구의 비교시역의 각도에서 볼 때 중국 조선족 문학은 우리글을 사용하며 조선반도 밖의 이민족 문화 속에서 영위되고 있기에 모국인 조선반도에서 영위되는 한국 문학이나 조선 문학과 많이 다르다. 동시에 중국 조선족 문학은 창작과정에서 조선반도 문화전통과 중국 문화전통을 융합하게 될 뿐만 아니라 배달민족으로서의 민족적 콤

---

20) 杨乃桥 主编, "比较文学概论", 北京大学出版社, 2002年, 275页。

21) 김관웅, 중국조선족문학우수작품집편집위원회, 「중한수교이후 중국조선족 시문학에 끼친 한국 시문학의 영향」, 흑룡강민족출판사, 2008년, 421쪽.

플렉스와 거주국인 중국의 사회생활경관, 인문경관, 자연경관을 융합하게 되는 바 문화, 사상, 감정면에서의 복합적 요소를 띠게 된다. 총적으로 중국에서 살아가는 중국 조선족 창작주체의 심리특징은 조선반도 본토의 전통문화와 중국 문화의 융합에 의한 복합성에 있다고 할 수 있다.[22]

바로 이러하기에 중국 조선족 소설문학과 한국 소설 문학과의 관련양상 비교연구는 당연히 비교문학 연구의 범주에 들어가게 되며 또한 실제 중국 조선족 문단에 전래된 한국 문학의 양상은 어떠하며 어떤 모습으로 작가들에게 투영되었는지 실증적으로 규명해보는 것도 가치있는 일인 것이다고 생각된다.

비교문학사에서 현재까지 주도적 위치를 차지하고 있는 학파는 프랑스학파와 미국학파라고 할 수 있다. 물론 역사의 흐름에 따라 그 주도권과 중심이 프랑스학파에서 미국학파로 전이되었음은 주지의 사실이다. 그러나 미국학파의 주도권 장악이 프랑스학파가 주장하는 비교문학의 몰락이나 비과학적임을 의미하는 것은 결코 아니다. 오늘날에와서도 프랑스학파의 비교방법은 여전히 유효하며 문학을 연구함에있어서 아직도 중요한 역할을 담당하고 있다.

프랑사학파의 비교방법을 한마디로 개괄한다면 그것은 두 나라의 문학, 두 작가의 문학에 대한 실증적 영향관계에 대한 비교적 연구를 그 요점으로 하고 있다. 그것이 일대일적인 비교이든, 방사선적인 비교이든지를 막론하고 이 요점은 언제나 불변하는 것이다. 귀아르의『비교문학』이나, 그 후 프랑스학파의 비교문학을 대표하는 발당스페르제

---

22) 김관웅, 중국조선족문학우수작품집편집위원회, 「중한수교이후 중국조선족 시문학에 끼친 한국 시문학의 영향」, 흑룡강민족출판사, 2008년, 421-422쪽.

등의 주장은 모두 크게는 이 실증적 영향관계를 연구하는 틀에서 벗어나지 않는다. 이들의 이론을 요약하면, 첫째, 국제간의 문학 교류사를 전제로 한다. 둘째, 영향과 수용을 입증할 수 있는 분명한 자료를 바탕으로 한다. 셋째, 문학작품 자체의 비교를 강조한다. 넷째, 영향관계가 없는 문학 간의 비교는 '비교'가 아니라 '대비'이다.

　본 연구는 상술한 비교연구의 영향연구 방법을 동원한다. 한국 문학과 중국 조선족 문학의 관계는 주로 한 쪽이 다른 쪽에 장기적으로 작용과 영향을 일으킨 관계로서 주로 중국 조선족 문학이 한국 문학의 영향을 많이 받으며 발전했다고 볼 수 있다. 때문에 중국 조선족 문학과 한국 문학과의 관련 양상 연구는 사실상 영향연구의 수용자[23]의 시각에서 중국 조선족 문학이 한국 문학을 어떻게 수용하고 있는가에 대한 연구로 논의될 수 있다. 또한 중국 조선족 문단에서의 한국 문학의 영향을 받게 된 원인 및 한국 문학의 수용과정은 사회 · 역사 비평 방법을 원용하여 해석하려 한다. 상술한 연구방법에 기초한 이 글의 구체적 연구 방법은 다음과 같다.

　① 영향은 문학 연구에서 음성적으로 작용하기 때문에 작품 자체의 직접적인 경험을 통해서만 정의될 수 있는 독특한 개성이라는 미학적 가치 구현을 우선하는 어려운 작업임이 분명하다. 때로는 아무런 시각

---

23) 수용자 연구는 한 작가가 외국문학에서 받은 영향, 요컨대 외국문학에서의 부채, 외국문학에서의 표절, 다시 말하면 원천 또는 재원연구를 말한다. 원천연구는 곧 도착점인 수용자로부터 출발점인 발동자를 발견하는 일이다. 원천 연구에는 독서적 영향과 실제적 영향이 있다. 독서적 영향 연구는 다시 개별적 원천연구와 종합적 원천연구로 나눌 수 있다. 개별적 원천연구는 특정한 문학형식이나 특정작가를 원천으로 하는 수용자의 연구를 말한다. 종합적 원천연구는 한 나라 또는 여러 나라의 문학작품을 원천으로 하는 수용자 연구를 말한다. 실제적 영향은 작가가 외국 여행에서 얻은 인상, 지식을 말한다.

적인 흔적을 남기지 않아 "양적인 측정이 불가능하며", "가장 수상쩍고 비방 받는 분야"로서 논란의 여지가 많기도 하다. 프랑스 비교문학자들이 자주 언급하는 발레리의 사자와 양고기론에서처럼 사자는 양이나 그 밖의 다른 짐승들의 고기를 먹었지만 사자 몸의 어느 부분이 양이고 어느 부분이 다른 짐승의 고기인가를 구분하기 어렵거니와, 이미 사자 몸의 일부가 되어버린 이상, 양의 의미는 더 이상 존재하지 않는다. 더욱이 그렇게 많은 중국 조선족 소설 작품 중에서 구체적인 한국 작품과의 영향관계를 일일이 열거하여 설명하기란 더더욱 어려운 작업이다. 때문에 이 글에서는 수많은 중국 조선족 소설 작품에서 가장 선명히 그리고 가장 대표적으로 한국 소설의 영향을 받은 몇몇 작품을 예로 들 계획이며 사자와 양의 관계와 마찬가지로 중요한 것은 작가가 무엇을 흡수했느냐보다 그가 흡수한 것으로 무엇을 어떻게 만들어내었는가에 중점을 둘 것이다.

③ 한 작가나 작품이 어느 다른 작가 또는 작품과 깊은 연관관계를 갖고 있다 하더라도 두 작가 또는 두 작품 사이의 유사성이 영향에 의한 것인지, 아니면 그 작가 고유의 것인지 구분해 내기도 어려운 것이다. 때문에 중한 수교이후 한국 문학이 물결처럼 흘러들어 온 역사적 사실을 근거로 문학적 관습이나 보편성에 기인한 유사성을 무조건 영향으로 간주하고, 영향과 원천의 탐색에 열중한 나머지 표면적인 유사 현상을 영향관계로 간주할 위험성을 방지하기 위해 그들의 접촉의 증거 즉, 사실 확인에 유의한다.

근대 서방 문학사조를 일찍 인입하여 본국의 풍토에 알맞게 단절

없이 줄곧 계속 변화, 발전시키면서 새롭게 가꾸어 온 한국 문학의 영향을 받게 된다.

심미적 취향이 어떻든 간에 그리고 글로벌화한 시대의 변화가 가져다 준 충격과 영향이 어떻든 간에, '중화민족 대가정의 일원'으로 한 세기 넘게 살아온 중국 조선족은 지난날도 그러하거니와 지금도 그리고 앞으로도 정치, 경제, 문화는 물론 그 심미적인 담론형태인 문학예술에서도 한족을 비롯한 기타 형제민족과의 상호 영향, 상호 침투, 상호 추진의 발달행정을 떠날 수 없다는 것은 주지하는 사실이다.

물론 중국조선족문학은 민족전통의 원류에 대한 승계와 발전, 20세기 70년대 이전까지의 조선문학과의 영향관계 그리고 개혁개방 이후 한국문학과의 영향관계에서 이루어진 조선족문학으로서의 상대적인 자립성과 자기 민족의 특성들을 보유하고 있는 것은 사실이지만 이와 함께 한 세기를 걸치면서 한족을 비롯한 중국 형제 민족 문학이 중국 조선족문학에 준 직접적인 영향도 중요시할 문제가 아닐 수 없다.

한 세기를 걸치는 중국 형제민족 문학의 영향은 지정학적인 문제라기보다는 역사적인 문제이며 동일한 하부구조와 정치, 철학, 도덕, 가치관, 심미적 취향 등 의식형태 제반 분야에서 미치는 영향으로 이루어진 문학사조의 변화발전 그리고 그 충격과 영향에 관여되는 심층적인 문제이기도 하다.

우선 거시적으로 고찰해보면 중국 조선족문학사조의 변화발전은 중국현대사의 사회운동과 사회조사 및 사상사조의 변화발전을 따르면서 한족을 비롯한 형제민족의 문학사조의 변화발전과 시간 그리고 창작방법 면에서 동행적이 아니면 선후 추적적인 관계에 놓여있었음을 간과할 수 없다.

물론 사조가 같다고 해서 그로 인해 이루어지는 혹은 그 사조를 이루는 구체적인 사회운동상황과 심미경험 그리고 그것이 이루는 문학의 형상체계가 동일한 것은 아니다. 거기에는 여러 민족의 부동한 역사발전과 생활양상, 부동한 문화전통과 서사전통이 결합되어 동일한 문학사조 아래 여러 민족의 문학은 상대적인 자립성을 가진 다종다양하고 정채로운 양상들을 개화, 발전시키게 된다.

이상의 관점에 토대하여 이 글은 중국현대문학사에서의 문학사조의 변화를 기본맥락으로 하고 대표적인 작품과 작가 그리고 문학비평 등 구체적인 사례를 결부하면서 중국조선족문학과 한국문학과의 관련 양상 및 한국문학이 중국조선족문학에 가져다 준 영향을 논술하려고 한다. 조선족문단의 문학 작품이 한국문학과 보여주는 유사성에 주목하여 한국문학작품과 조선족문학의 대표작품에 대한 분석을 통해 관련성을 해명하고자 한다.

이상과 같은 연구방법에 의거하여 이 글은 다음과 같은 체계로 한국문학과 중국조선족문학의 관련양상 연구를 진행해 나가려 한다.

제2장은 이 글의 기초연구로서의 성격을 지니게 되는데 여기에서는 중국 조선족 문단이 한국 문학을 수용하게 되는 원인, 중국 조선족 문단에 전래된 한국소설에 대한 통계 및 이를 바탕으로 이러한 소설들이 한국의 전반 문학에서 차지하는 위치와 경향을 확인하여 중국조선족문학의 한국문학 수용양상을 살펴보기로 한다. 이러한 세 가지 방향의 연구는 다음 장에서 진행하게 될 한국소설과 중국 조선족소설의 관련 양상 연구 특히 구체적 작품들 간의 관련 양상 연구를 진행함에 있어서 외재적 증거로서의 기능을 한다.

제3장은 2장에서 진행된 연구의 바탕으로 한국 소설과 중국 조선족 소설과의 관련 양상을 횡적으로 즉 동일한 시기에 한국 소설의 영향이 중국 조선족 소설에 어떤 모습으로 나타나고 있는가를 진행하기 위해 1998년도 『도라지』정기간행물에 게재된 중국 조선족 작가 최국철의 「여우 보러 가자」(『도라지』 제1기), 조성희의 「부적」(『도라지』 제2기), 리동렬의 「그림자 사냥」(『도라지』 제2기)를 선정하여 각각 한국 현대소설 이순원의 「말을 찾아서」(1995), 신경숙의 「풍금이 있던 자리」(1992), 이상의 「날개」(1936)간의 내재적 연관성을 살펴보기로 한다.

제4장과 제5장은 한국 소설과 중국 조선족 소설의 관련 양상 연구를 종적으로 진행하기 위해 각각 한 중국 조선족 작가의 전반적인 창작에 있어서 한국 문학의 영향이 어떠한 나타나고 있으며 그들의 문학창작에 있어서 한국 문학의 영향이 어떠한 비중을 차지하게 되는가를 살펴보기로 한다.

제4장에서는 중국 조선족 산재지역의 리태복 작가를 선정하여 그의 성장역정과 문학수신, 그의 문학창작과 경향 그리고 상호텍스트적이라는 맥락에서 김승옥의 「서울, 1964년 겨울」과 리태복의 「할빈, 1988년 여름」의 내재적 연관성에 관한 연구 등 면에서 리태복의 문학창작에 있어서 한국 문학의 영향이 나타나는 양상 및 한국 문학의 영향이 차지하는 비중을 고찰한다.

제5장에서는 중국 조선족 집거지역의 작가 김혁을 선정하여 그의 불우한 체험과 문학수신, 그리고 그가 우상으로 여기는 이상과의 관계 및 「천재죽이기」에 나타난 이상의 영향 등 면에서 김혁의 문학창작에 있어서 한국 문학의 영향이 나타나는 양상 및 한국 문학의 영향이 차지하는 비중을 고찰한다.

제6장은 결론부분으로서 상술한 연구에서 얻어진 내용을 중심으로 한국 문학과 중국 조선족 문학의 구체적 관련 양상을 규명하고 이러한 한국 문학의 영향이 중국 조선족 문학의 전반적인 발전에 있어서 담당한 역할을 밝히고 더 나아가 향후 통일시기 한국 문학이 조선 문학에 미치게 될 영향에 대해서도 전망을 해본다.

이 글에서 다루게 될 한국 문학과 중국 조선족 문학은 표기법과 띄어쓰기면에서 차이점을 가지고 있기에 혼란을 피하기 위해 이 글에서는 중국 조선족의 문학작품과 연구 성과의 인용은 중국 조선족 표기법과 띄어쓰기를 따르고 나머지 부분은 한국어 표기법과 띄어쓰기를 따르고 있음을 미리 밝혀둔다.

2

조선족문학지에 나타난 한국문학의 전래 양상

2.1. 중국 조선족문학의 정의 및 그의 성격

중국조선족 문학이란 19세기 중엽부터 한반도(조선반도)에서 중국으로 이주하여 정착한 조선인들과 그들의 후손들, 광복 이후 중국 소수민족의 하나로 인정받은 조선족들에 의해 창작된 문학을 가리킨다.[24] 어느 민족을 막론하고 일정한 사회 · 역사적 환경을 떠나서 존재할 수 없는 한 민족의 본질적 특성에는 특정된 시대의 사회 · 역사적 특성이 반영되게 된다. 따라서 동일한 민족일지라도 부동한 사회적 환경에서 생활하면 필연적으로 사회적환경의 영향에서 오는 부동한 특점이 생기게 된다. 월경민족으로서 이주민생활로부터 시작된 중국조선족문학은 본 민족의 전통을 토대로 본토와의 깊은 유대 속에서 산생 · 발전하였고 다른 한면으로는 중국의 정치, 경제, 문화권속에서 중국문화

---

24) 김춘선, 『개혁개방 후 조선족 문학의 변화 양상 연구』, 한국학술정보㈜, 2018년, 17쪽.

내지 문학의 직접적인 영향을 받으면서 발전했는 바 본토문학과 동질성이 많으면서도 다르고 중국의 한족문학과 이질성이 많으면서도 공통성이 많은, 중국 특색의 조선족문학으로 발전하였다. 그런 만큼 중국 조선족 문학은 중국에서 정착하며 살아가는 조선족의 삶과 역사 그리고 조선족의 사고방식, 가치관 등을 반영하는 이중적 성격을 지닌 문학이다.

문학사적인 시각에서 볼 때, 19세기말로부터 20세기 20년대까지는 조선 본토의 작가들이 중국 북간도를 문학의 활동무대로 하였지만 그들은 자기들의 문학활동을 중국문학의 한 부분으로서가 아니라 조선문학의 한 부분으로 삼고 본토문학과의 절대적인 연계 속에서 문학활동을 전개하였다. 례하면, 류린석, 김택영, 신정, 신채호 등 작가들은 국권회복-조선반도의 독립이라는 강한 이념으로 자기들의 작품에서 문명개화, 반일투쟁, 애국주의, 민족의식 등 사상을 집중적으로 표현하였는 바 그들의 작품은 한결같이 민족과 나라의 운명에 대한 관심과 사랑으로 충만되었다. 한마디로 이때의 문학은 조선문학의 연장선상에서의 문학활동이라고 할 수 있다.

1930년-1945년은 조선반도에서 들어온 작가들과 중국에서 성장한 작가들이 함께 문학활동을 전개하였는데 이들 작품 가운데는 조선반도의 생활을 반영한 작품도 있고 이주민들의 생활을 반영한 작품도 있다. 강경애의 「소금」, 「채전」, 「축구전」, 안수길의 「벼」, 「원각촌」, 「새벽」, 「북향보」 등 작품들에서는 부동한 측면에서 조선족 이주민들의 생활을 형상화하면서 민족의 수난과 그를 이겨내고 살아가려는 이주민들의 의지, 제2의 고향을 건설하려는 이상을 보여주기도 하였다. 특히 조선족 향토작가인 김창걸은 중국조선족의 시각에서 해방 전 조선족 이주민들의 수난의 생활과 그들의 애절한 망향의식과 복잡한 감정 정서를 진실하게 펼쳐 보인 것이 특징적이다. 한마디로 이 시기 작품들에서는 만주라는 새로운 풍토를 배경으로 조선족 이민, 개척민들의 피눈물나는 역사와 그들의 희로애락을 반영하였는 바 점차 본토문학과의 차이성을 보여주면서 시대적, 지방적, 민족적 특색과 향토 맛을 동시에 보여주었고 중국문화와의 관계도 어느 정도 밀착되기 시작하였다.

1945년 이후의 문학은 보다 많이는 중국사회와의 연관 속에서 이루어졌고 새 중국 건설 후 조선족문학은 사회주의 중국의 새로운 정치적환경 속에서 민족고유의 문화전통을 계승하면서도 보다 많이는 중국의 사회주의 이념과 문학관으로 인민을 위하고 사회주의를 위하는 문학의 길을 걷게 되었다. 한마디로 이 시기 문학은 민족적인 형식에 사회주의 내용을 담은 중국 특색의 조선족문학이라고 할 수 있다.

해방 후 한시기 체제의 대립과 특수한 역사, 사회적 환경으로 조선족문학이 상대적으로 조선반도와의 연계가 두절되었거나 적었을 때 조선족문학은 보다 많이는 중국 사회생활과 밀착시켜 반영하였고 이시기 중국문화의 침투가 가장 뚜렷하게 나타났다. 냉전의 결속과 함께 반도와 전면적이 접촉과 함께 반도와 전면적인 접촉과 교류가 활발히 진행되면서 조선족문학은 다시 조선반도문학과 깊은 연계를 가지면서 민족적인 동질성이 늘어나게 되였고 그러면서도 중국에서의 우리 민족의 생활을 무대로 하여 자기 고유의 창작적 특색을 살려가고 있다. 특수한 역사·문화적 배경 속에서 형성된 이중적 성격은 오늘도 중국 조선족사회에 전방위적으로 나타나고 있으며 사회생활의 전형적인 반영인 우리 문학은 이러한 이중적 성격을 더욱 선명하게 보여주고 있다.

중국조선족문학은 종적으로 문학사적인 면에서 조선반도문학과 밀
접히 연계되어 있을 뿐만 아니라 횡적으로 구체적인 문학활동을 보아
도 이중적 성격을 강하게 띠고 있는 바 우리 문학에 반영된 민족의식,
민족적인 성격과 정서, 민족전통과 문화 그리고 민족언어, 민족적인
형식은 조선반도의 문학과 밀접히 연관되어 있으며 중국 정치, 문화와
밀접히 연계된 그들 고유의 사유방식, 중국적사회생활 그리고 작가의
호적이나 행정적 관계는 두말할 것 없이 중국문학의 한 부분에 속한다.

중국조선족문학의 이중적 성격은 조선족 작가들에게 어려움과 함께
발전의 광활한 천지를 제공해주기도 한다. 중국조선족문학은 중국이
라는 현실에 튼튼히 발을 붙이고 중국문화의 우수성을 받아들일 뿐
아니라 세계 조선민족문학과의 깊은 유대 속에서 민족적인 특색을 살
려나가면서 더욱 풍부화, 다양화 시켜나갈 수 있다.[25]

2.2 한국문학의 영향을 받게 된 원인

중국 조선족 문단에서 한국 문학의 영향을 받게 된데는 아래의 몇
가지 원인이 있을 것이라고 생각한다.

첫 번째 원인으로는 중국 조선족 문학의 이중적 성격에 의한 것이
라고 말할 수 있다. "중국 조선족 문학은 종적으로 문학사적인 면에서
조선반도문학과 밀접히 련계되여있을뿐만아니라 횡적으로 구체적인
문학활동을 보아도 이중적성격을 강하게 띠고 있는바 조선족문학에
반영된 민족의식, 민족적인 성격과 정서, 민족전통과 문화 그리고 민
족언어, 민족적인 형식은 조선반도의 문학과 밀접히 연관되여 있으며

---

25) 위의 책, 471-473쪽.

중국 정치, 문화와 밀접히 련계된 그들 고유의 사유방식, 중국적사회 생활 그리고 작가의 호적이나 행정적관계는 두말할것없이 중국문학의 한 부분에 속한다."[26]

중국 조선족 문학의 이러한 이중성격에 대해 오상순은 "중국조선족 문학의 이중적성격은 우리 작가들에게 어려움과 함께 발전의 광활한 천지를 제공해주기도 한다. 우리 문학은 중국이라는 현실에 튼튼히 발을 붙이고 중국문화의 우수성을 받아들일뿐아니라 세계 조선민족문학과의 깊은 뉴대속에서 민족적인 특색을 살려나가면서 더욱 풍부화, 다양화시켜나갈수 있다."[27]고 그의 저서에서 주장한 바 있다.

중국과 한국 두 나라는 지리적으로 인근하여 고대시기 때부터 밀접한 관계를 맺어왔다. 원래 조선반도[28]에서 살던 중국 조선족의 중국으로의 이주 및 그 정착은 이것을 잘 설명해준다. 그러나 중한 양국은 1949년 중국공산당이 영도하는 혁명의 성공으로 중화인민공화국이 성립하고, 1950년 조선전쟁[29]의 발발과 함께 분단체제가 조선반도의 허리를 조이면서, 중국과 한국은 서로 다른 진영[30]에 속해 대립하게 됨으로써 양국의 문화적 교류는 단절된다. 근 반세기 동안의 교류의 단절은 원래 공통된 문화적, 역사적 연원과 전통을 갖고 있는 두 문학으

26) 오상순 주필, 『중국조선족문학사』, 민족출판사, 2007, 472쪽.
27) 오상순 주필, 위의 책, 473쪽.
28) 이 지역에 관한 호칭은 나라 별로 약간의 차이가 있다. 중국과 조선에서는 '조선반도'라고 호칭하며 한국에서는 '한반도'라고 부르기도 하는데 본문에서는 '조선반도'로 통일함을 여기서 밝힌다.
29) 이번 전쟁에 관해 중국에서는 '조선전쟁'으로 부르고 조선에서는 '조국해방전쟁'으로 부르며 한국에서는 '한국전쟁' 혹은 '6.25전쟁' 등으로 부르는데 본문에서는 통일함을 여기서 밝힌다.
30) 한국은 미국이 주도하는 자본주의 진영에 속하게 되고 중국은 구 소련이 주도하는 사회주의진영에 속하게 되어 서로 대립하게 된다.

로 하여금 부동한 모습으로 발전하게 하였다. 사회체제와 이념, 의식 형태 등 여러 가지 상황의 차이로 말미암아 1945년 또는 1949년 이후 그 내용이나 성격 면에서 한국 문학과 중국조선족 문학은 제각기 다른 변화 발전의 양상을 보이며 독특한 특징을 형성한 문학으로 발전해왔다. 그러면서도 같은 민족으로서 동일한 언어와 배달겨레의 고유한 정서를 공유하고 있기 때문에 조선족 문학과 한국 문학은 밀접한 연관성이 있다고 할 수 있다.31) 이런 동질성은 조선족 문단으로 하여금 개혁개방이후 중한 수교이후 흘러들어온 한국 문학에 깊이 매료되고 친근감을 느끼는 한 원인으로 작용하게 된 것으로 보인다. 이런 과정에서 본다면 한국 문학이 중국 조선족 문학에 대한 영향은 필연적이다. 중국 조선족들에게 '한국의 발견'은 처음에는 열광적인 충격이었다. 그리고 곧이어 그 충격은 꿈과 선망의 대상으로 한국을 떠오르게 만들었다. 1980년대 초부터 한국에 고향을 둔 사람들의 친인척 방문을 통해 조금씩 전해지던 한국의 문화는 1992년의 중한수교를 계기로 본격적으로 조선족 사회 속에 흘러들기 시작했다. 경제, 사회, 문화 등 모든 분야에서 중국과 한국의 관계가 긴밀해지면서 한국의 출판물들이 공적인 기증과 사적인 구입의 형식으로 조선족 사회 속에 무차별적으로 유입되기 시작한 것이다.

중국 조선족 문단에서 한국의 문학을 수용하게 된 두 번째 원인으로는 당시 중국이 처한 특수한 시대적 상황과 중국 조선족 문학의 발전의 수요에 의한 것이라고 할 수 있다.

---

31) 작가들은 같은 민족언어와 생활풍습과 민속전통을 공유하고 있다는 동질성 때문에 한국 문학에 쉽게 접근할 수 있었고, 한국문학을 통해 새로운 문학세계를 접하게 된다. 정덕준, 앞의 책, 366쪽.

그때의 중국의 실정은 90년대에 들어서면서 본격적으로 시장경제 체제 건립시기에 들어섰으며, 경제는 자본주의 생산과 일치하는 단계에 들어서게 되었다. 이에 따라 중국의 정치카리스마가 크게 해체되고, 문화는 급속히 분류되고 전 국민의 시민화가 크게 추진되었다. 게다가 시장화의 충격 속에서 사람들이 미처 예견하지 못했던 분배불공평, 금전지상, 도덕수준의 하강, 당정의 부패, 사회의 무질서 등 문제들이 엄중히 범람하였다.32)

중국의 한 젊은 석학은 80년대 중반으로부터 중국의 변화를 다음과 같이 개괄한바 있다.

> 80년대 중반이후 상품경제의 신속한 발전은 빈부지간의 차이를 낳았고 계층화가 갈수록 뚜렷해지게 하였다. 새로운 역사시기 초기에 사회에 차넘치던 락관적이고 느슨하던 기분은 생존여건에 대한 위기감과 현실에 대한 파악의 무력감으로 대체되어버렸다. 80년대말, 그 정치풍파를 겪은 후 이런 정서는 진일보 강화되었으며 90년대 특유의 문화풍경을 이루었는바 욕망과 열정은 기세가 드높아가고 비리성주의 정서는 보편적으로 만연되었다. 한 방면으로 돈을 벌려는 꿈을 구축하는 것을 주요내용으로 하는 해외문학은 한때 베스트셀러로 되고 다른 방면에서 무가내함과 무료감을 기본특징으로 하는 회색문화와 옛것을 그리는 제재가 성행하였다.33)

이 거대한 변화 속에서 중국 지식인의 사회역할과 생존방식 그리고 심리상태에 커다란 변화가 생기게 되었고 중국지식인의 문화계몽영웅의 시대는 서서히 끝나가고 있었다.

1980년대 말 1990년대 초 구소련의 해체와 동유럽 사회주의의 실패

---

32) 최삼룡, 「우리 소설에서의 지식인형상」, ≪문학과 예술≫, 1999.3, 8쪽.
33) 祁速裕, 『市场经济下的中国文学艺术』, 北京大学出版社, 1998, 70页.

를 징표로 한 탈냉전시대의 개시는 거의 한세기 동안 중국 지식인의 정신생활을 지배해오던 이념을 크게 흔들어 놓았으며 유토피아를 깨뜨려 버렸다. 그리하여 90년대에 들어오면서 중국 지식인의 내부문화가 시작되었으며, 대부분의 중국지식인들은 주류 이념에서 벗어나 계몽의식을 포기하기 시작했으며, 자원적이든 비자원적이든 평민화 되는 길, 즉 시민이 되는 길에 들어서게 되었다. 이러한 것은 중국지식인의 이념의 다원화와 생존 방식, 직업 방식의 다원화를 가능하게 만들었다. 창작 방면에서는 거시적인 역사 서술적 입장에서 개인의 다양한 정신세계를 서술하는 각도로 전환되었다. 신성불가침의 교조로 인정되던 관념들이 재인식되기 시작하면서 사상해방의 세찬 조류가 대세를 이루어 문학이론과 창작실천이 재정돈되었다. 작가들의 주체성이 날로 증대되어서 '치륜과 나사못', '로브트'가 아닌 생생한 인간을 묘사했고 줏대 있는 창작자로 변신하여 다시는 '정치의 시녀', '이데올로기의 노복'이 아닌 자립적인 창작활동을 펼쳤다.[34]

중국은 개혁개방 이후 사회주의 현대화를 내걸고 상품경제 또는 시장경제를 적극 도입하고, 특히 1990년대 이후 정보화·세계화의 조류를 적극 수용하여 전 지구적 자본주의와 연계되면서, 극심한 사회변화의 과정을 겪고 있다. 따라서 조선족 사회 역시 이에 영향을 받아, 과거 자신들의 공동체적 기반이었던 농촌의 붕괴 또는 해체 현상이 일어나면서 농경문화권으로부터 도시문화권으로 전환하는 과도기에 처해있다.

또한 이러한 사회정치적 변화와 더불어 당시 중국이 개혁개방정책

---

34) 강옥, 『한국문학이 중국 조선족문학에 끼친 영향』, 배재대학교 석사논문, 2001년, 18-19쪽.

으로 그동안 단절되었던 외래와의 연계가 점차 밀접해지면서 자본주의적 생활양식과 서방의 철학, 미학, 심리학 저서들이 사태처럼 수입되었고 19세기 상징주의, 이미지즘으로부터 모더니즘, 포스터모더니즘 유파와 사조들이 한꺼번에 밀려들었다.[35] 중국문학은 서방문학사조의 영향을 많이 받아 당시 중국문단은 유파와 사조가 많고 모방이 많고 시범이 많고 탐구가 많은 모습을 보였다.

따라서 조선족 문학 역시 농경사회의 농본적 성격에서 탈피하여, 서구의 진보적 문화 또는 도시문화들을 수용하여 그 성격들이 크게 바뀌어 가고 있다. 1978년 개혁개방이후의 그 10여 년 동안에 조선족문인들은 개방의 물결을 타고 주로 한족들의 도서와 간행물을 통해 20세기 외래문학의 모습과 맥락을 엿볼 수 있었다. 그러나 교통이 불편하고 정보가 느렸던 그때 당시 편벽한 연변 지역과 동북 지역에 위치한 중국 조선족 문단이 도시에 위치한 한족 주류 문단을 통해 외국문학과 사조를 수용하는 데는 일정한 기간이 걸렸다. 또한 많은 중국 조선족 작가들, 특히 연변조선족자치주에서 정착한 조선족 문인들은 중국어 수준이 상대적으로 낮아 한족문단을 통한 서방의 문학과 문학사조에 대한 수용은 어디까지나 제한적이었다. 하여 1980년대에 발행된 문학지와 도서를 헤아려보면 지금까지도 20세기 외래의 철학가, 사상가, 미학가, 비평가들의 글이 체계적으로 소개되지 못했으며 그들의 저작은 한권도 출판되지 못했다. 80년대 말까지 우리에게는 조선글로 된 세계문학전집이 쥐어지지 못하고 있었다. 이런 문학적 풍토 속에서 갈팡질팡 헤매던 조선족작가들에게 다가온 것이 바로 한국문학이었던

---

35) 김호웅, 「조선족소설문학, 1986년-2006년풍경」(중국조선족문학우수작품집편집위원회 편, 『2007중국조선족문학우수작품집』), 흑룡강조선민족출판사, 479쪽.

것이다. 한국문학의 발견은 조선족문인들에게 있어서 처음에는 열광적인 충격이었으며 그들로 하여금 자신들 문학보다 더 정예한 한국문학을 동경하게 되었다. 국제정치 배경의 변화와 국내문화 풍경의 변화, 그리고 서서히 한국문이 열리면서 들어오기 시작한 한국문학은 중국의 조선족작가들로 하여금 비로소 90년대에 이르러서야 사실주의 창작방법이 하나의 유일한 창작방법이 아니라는 것을 충분히 인식하게 한 결과를 가져왔다. 한국의 문학은 물밀듯이 밀려와서 의식영역에서 갈팡질팡하던 문학인들에게 많은 충격을 안겨주었다. 자신들이 모르고 있었던 문학적인 면에서의 충격이었다.

조선족문학은 주로 한국문학을 수용하는 문학수용자의 자세를 가졌는데 그 원인은 다방면에서 찾을 수 있다. 오랜 세월동안 사회주의사실주의 창작원칙을 견지하던 작가들은 다양하고 다채로운 생활을 묘사하는데 수다한 창작방법들이 있다는 것을 알게 되었을 뿐만 아니라 한국문학이 퍽 생활적이라는 것도 느끼게 되었고 그 경로로 한국문학을 수용한 것이다. 특히 세계와의 거리가 점점 좁아지는 현 세기에 와서 대부분 외래어를 일본어로 공부하고 영어를 외면해온 조선족 문인들한테 한국 문학의 수입은 여러모로 세계를 이해하고 현대적 창작방법을 도입하는데 지배적, 지침적 역할을 하였다. 이것은 수용과정에 있어서 수용주체의 의식에 독특한 복합적 구조를 형성시켜 주었다. 그리고 조선족문학은 그동안 중국이 처해왔던 특수한 상황으로 인해서 한국어와 한국적 정서의 원형을 많이 간직하고 있다. 정서가 비슷하고 특히 언어가 같은 한국문학은 조선족작가들에게 그 어느 나라 문학보다 쉽고도 빠르게 수용될 수 있는 원인으로 될 수 있었다.

중국에 알려진 한국 문학을 통하여 조선족 작가, 학자들은 새로운 문학관념, 방법, 기교와 수단을 공부할 수 있게 되었으며, 세계 문학의 최신 정보를 공부할 수 있게 되었다. 보편적으로 중국어와 일본어 외에 영어를 모르는 상황에서 한국 문학과 한국 문학 연구성과는 중국 조선족 작가, 학자들이 외부세계를 이해하고 신선한 공기를 받아들이는 창구가 되었다.

2.3 한국 문학작품의 전래

민족적 문화라고 하면 그것은 여러 가지 요소에 의해 구성되는데 문학은 다만 그중의 한 요소에 지나지 않는다. 문학의 출현과 약동, 흥성, 번영은 그것에 영감을 낳게 하고 자양분을 보태주고 환경을 마련해주는 여타 요소들의 배합이 있어야 가능하다. 예컨대 무용수로 말하면 무대배경 외에도 악사들과 여타의 배합자들이 있어야 자신의 재능을 충분히 발휘할 수 있는 것과 마찬가지이다.36) 한국문학도 음악, 회화, 철학, 건축 등의 배합 작용 하에 중국의 조선족문단에 등장했다.

조선족 사회에서 한국 문화의 수용은 한국음악에서 비롯되었다. 70년대 말 개혁개방과 함께 "흘러간 옛 노래"가 중국조선족사회에서 크게 유행하고 있었다.37) 중국 조선족 사회에서는 기존의 정치, 사상, 이념의 울타리에서 벗어나 "흘러간 옛 노래" 등을 매체로 하여 중국 조선족 사회와 한국 사회 간에 공통적인 유대를 찾기 시작하였다. 날이 감에 따라 한국의 유행가곡들이 조선족 사회 이곳저곳에서 흘러나오

---

36) 위욱승, 『한국문학에 끼친 중국문학의 영향』, 아세아문화사, 1994년, 12쪽.
37) "흘러간 옛 노래"는 그 시절 라디오 방송을 통해 들을 수 있었다고 한다. 많은 사람들이 라디오를 통해 듣게 된 원인 중의 하나가 그 프로그램 진행 가운데 이산가족에 관한 정보와 편지들이 읽혀진 것으로 알려진다.

기 시작했다. 그때까지 한국에 대해 잘 모르던 조선족들은 한국의 전통가요에서 같은 민족의 동질성을 느꼈던 것이다. 따라서 한국의 음성테이프들이 물밀듯이 들어왔다. 이 시기 신문, 방송 등 보도매체와 견학단의 파견 등을 통해 상호적인 리해도 할 수 있게 되었다.[38] 80년대 초에는 한국의 일부 기업들과 사회단체들에서 중국조선족들에게 책보내기운동을 전개했다. 또한, 1986년의 서울아시안게임과 1988년의 서울올림픽 개최 및 중국의 참가는 한국을 알 수 있는 중요한 기회가 되었다. 당시 텔레비전의 보급이 시작된 중국에 서울아시안게임과 1988년의 서울올림픽이 생방송으로 중계되면서 중국인들에게 가깝고도 낯선 나라였던 한국에 드리운 냉전 이데올로기를 거둬내는 효과를 가져왔다. '경제가 발달한 잘사는 나라', '문화 수준이 높은 우아한 나라'라는 인상을 심어주어 그전 시기 중국의 매스컴에 의하여 부각된 혼란스러운 군사독재국가라는 기존의 한국의 국가이미지를 쇄신하고, 한국에 대한 중국인, 특히 중국조선족들의 관심과 궁금증을 자극하였다. 중국의 조선족들은 바깥세계를 하루라도 빨리 알고 싶은 욕망에 의하여 여러 가지 방법과 도경을 통하여 한국의 도서와 신문잡지를 수입하였다. 『현대문학』, 『한국문학』, 『월간문학』, 『창작과 비평』 등 문학지가 쏟아져 들어왔는데 1980년대 중반에 이르러서 중국 조선족의 여러 대학, 연구소, 출판사, 신문사의 도서실과 자료실에는 벌써 다섯 자리를 헤아리는 한국도서들이 소장되고 수십가지 한국잡지와 신문이 진렬되었다.[39] 여기서 중국 조선족 평론가 최삼룡의 경우를 예

---

38) 강옥, 앞의 논문, 20-21쪽.
39) 최삼룡, 「화합과 갈등-한국과 중국 조선족 문학교류 20년 회고」, 『민족문학 교류의 현황과 전망』, 2002년, 314쪽.

로 들어 그때의 조선족 문단의 한국 문학에 대한 수용 상황을 살펴보
겠다.

  1981년 당시 필자는 연변교육출판사에서 조선어문 교과서 편집에 종사
하였는데 하루는 도서실에 들어갔다가 한국의 도서 수백권이 수입되었다
는 소식을 들었다. 표지설계도 현대적이고 인쇄도 1980년 가을 한국의 태
극출판사에서 출판한 ≪한국신문학전집≫ 50권을 읽어보기로 했다. 나는
밤을 새우면서 3개월간 이 책들을 통독하였다. 사실 이 50권 중 40권은
내가 꿈에도 보지 못하였던 것들이었다. 그때까지만 하여도 나는 한국을
지구의 부스럼이고 세계에서 제일 가난하고 더러운 나라라는 기성관념이
가득하였고 우리가 오래동안 옥수수밥도 배부르게 먹지 못하는것은 바로
한국과 같이 아직 해방되지 못한 3분의 2의 인류를 해방하기 위한 것이라
는 신성한 사명감에 잠겨있었으며 쏘련 중국 등 몇 개 사회주의 나라의 외
의 20세기 세계문학은 죄다 제국주의의 의식형태라고 생각했다. 그런데 이
50권의 책은 나의 기성관념을 뿌리채로 뒤흔들어놓고 말았다.
  그때 50권의 책은 나에게 있어서 배달겨레의 절반이었으며 조선반도의
절반이었으며 고국의 절반 모습이었다.
  이 한질의 책을 통독한후 나는 정음사 출판의 「세계문학전집」 100권을
통독하였다.
  이 150권의 책을 읽으면서 나는 시대, 인생, 민족, 자아에 대하여 리념상
에서 재정리를 하지 않을수 없었으며 그때까지 나의 마음속에 굳건히 뿌리
내린 많은 기성관념에 대하여 다시 검토하지 않을수 없었으며 인간의 삶과
문학에는 그래도 리념과 체제를 초월한 무엇이 있다는것을 각성하게 되었
고 ……
  80년대 초 한국문학을 통하여 얻은 나의 령혼의 각성과 문학관의 전변
은 결코 나 혼자만의 것이 아니라는 것을 여기서 감히 단언할수 있다. 40)

  중국조선족문단에서의 한국문학의 수용과정은 위의 한국정부와 기

---

40) 위의 책, 314쪽.

업들의 문화수출에 의한 경로 외에도 여행자[41] 즉 개인적인 수용, 중국 조선족출판사에서의 자체 출판과 조선족정기간행물을 통한 수용 및 중국문학정기간행물에 실린 한국문학 역문을 통한 수용 등 여러 가지 경로가 있을 것으로 생각한다.

먼저 개인적인 수용 즉 여행자의 측면에서 본다면 한국문이 열리면서 1980년대 후반기부터 한국의 기업인이나 문화단체 혹은 교수들의 도움을 받아 중국 조선족작가, 학자들의 한국 방문이 가능하게 되었으며 직접적인 문화교류와 학술교류가 가능하게 되었다. 일부 조선족 작가와 학자들의 고국방문은 한국의 문학서적을 열독할 수 있는 기회가 되었으며 또한 귀국할 때 많은 한국 문학서적을 많이 얻어 가져갈 수 있는 기회가 되었다. 또한 한국이라는 현장에서 한국 문학과 한국어로 편찬된 서방의 문학이론을 공부할 수 있는 훌륭한 기회를 갖게 된 것이다. 조선족이 한국에 유학을 갔다 오거니와 문인들이 창작활동으로 한국에 갔다가 온 것은 한국문학 영향의 전파와 밀접한 관계가 있는 주요활동이었다. 예하면 중국 조선족문단의 여류작가 리혜선도 1993년에 한국에 처음 다녀온 다음에 한아름이나 되는 한국 책들을 안고 귀국했는데 그 다음부터는 창작에 한층 철학적 의미가 깊어졌다. 이런 무형의 요소는 해마다 누적되어 점차 조선족문학동산의 밑거름이 되면서 조선족문학의 건실한 성장을 촉진하였다. 뿐만 아니라 중국과 한국간에 서로 오고가는 길이 열리자 한국의 작가, 예술가 및 많은 문화단체들이 중국조선족사회를 방문했다. 북경, 서울, 연길, 부산, 할빈,

---

41) 여행자는 문학 교류의 매체가 되면서 동시에 타자로서 상이한 문화와 만나면서 보여주는 시각과, 이에 덧붙여 자연스럽게 드러낼 자신이 소속된 문화적 특성 때문에 비교문학이 문화연구로 방향을 전환시키고 있는 최근에 새로운 관심을 환기시키고 있다.

대전, 심양, 대구 등지에서 여러 가지 방법으로 중국조선족 작가, 시인, 평론가들과 한국 작가, 시인, 평론가들의 만남이 이루어질 수 있었다. 그리고 중한수교 이후 거의 매년마다 연변대학, 연변작가협회, 북경대학과 중앙민족대학에서는 국제학술토론회를 주최하였으며 1990년대로 들어선 이후 많은 학회에서도 국제학술토론회를 주하였는데 그 일부를 예로 든다면 국제교류학회, 한중인문학회, 현대문학연구학회 등 학회에서 주최한 여러 차례의 국제학술토론회는 세계에 널려있는 우리 동포 문학자들의 만남의 광장, 교류의 무대가 되었다. 정길운, 조성일, 리근전, 김철, 김성휘, 리상각, 김학철, 박화, 송정환, 남연준, 한춘, 최국철, 조성희, 리동렬, 리태복, 김혁 등이 앞다투어 한국에 다녀왔고 일부 작가들은 한국에서 문학활동을 하였으며 또 박경리, 조정래, 박완서, 김승옥, 조병화, 박범신, 권영민, 조동일, 서영은 등, 수백 명의 한국 작가 시인, 평론가들이 연길을 찾아 솔직하고 성실한 문학대화를 진행하였다.

연변작가협회에서 창설한 연변민족문학원은 1993년 8월 한국의 한·중문화협회와 한국문화예술진흥원의 후원으로 세워진 것으로서 해마다 한국의 유명한 작가들이 와서 창작강의를 하곤 한다. 한국 작가, 학자들의 왕래는 중국조선족 문단으로 하여금 한국 문학작품을 정확히 이해하는데 큰 도움이 되었으며 학자문인들의 거래가 한국문학이 조선족문단에 수입되는데 결정적인 역할을 했다고 해도 과언이 아니다.

지금까지도 수많은 조선족 작가, 학자들이 한국을 방문하고 있으며 한국의 문학인들이 중국을 방문하고 있다.

한편 조선족사회에서는 개인적으로 한국의 서적을 수입했을 뿐만 아니라 일부 서적들은 자체로 출판해서 널리 전파하기도 하였다. 처음으로 1980년대 초에 료녕인민출판사에서 김지하의 대표작 「오적」을 출판하였으며 그 후로 오늘날에 이르기까지 연변인민출판사, 흑룡강 조선민족출판사, 료녕민족출판사에서 출판한 한국서적들은 그 종류가 너무나 많아 일일이 헤아릴 수 없어 여기서는 단지 채미화가 편찬하여 연변대학교무처에서 출판한 『남조선단편소설선집』에 관해서만 간략히 언급하기로 한다. 이 글에서 유독 이 단행본을 언급하게 된 이유는 앞의 서론 부분에서도 밝혔듯이 연변대학은 중국조선족집거구역인 연변지역에서 영향력이 가장 큰 대학인만큼 연변대학의 조선언어문학 전공의 참고서와 교학용으로 사용되었던 이 책이 연변지역에서 활발히 문학활동을 진행하고 있는 조선족문단에서 주력의 역할을 하고 있는 연변작가들에게 의해 접촉될 가능성이 클 것으로 생각되기 때문이며 또한 중국조선족작가들 중 연변대학교를 졸업하여 문학창작활동을 활발히 진행하고 있는 작가들이 적지 않은 상황 때문이기도 하다. 채미화가 편찬한 이 작품집에는 손창섭의 「신의 희작」(1961), 「혈서」(1955), 하근찬의 「수난이대」(1957), 「왕릉과 주둔군」(1963), 박경리의 「영주와 고양이」(1957), 박연희의 「증인」(1956), 오영수의 「갯마을」(1953), 「화산댁이」(1952), 김승옥의 「무진기행」(1964), 「서울, 1964년 겨울」(1965), 박태순의 「정든 땅 언덕 위」(1966), 김정한의 「모래톱이야기」(1966), 「축생도」(1968), 천승세 「폭염」(1974), 황석영의 「삼포 가는 길」(1973), 「낙타누깔」(1972), 윤정규의 「장렬한 화염」(1972) 등 11명의 작가의 17개 작품이 수록되었다.

1980년대 중기로부터 중국 조선족의 출판물들과 잡지에 한국문학을 직접 소개하고 발굴하는 것이 가능하게 되었다. 1986년 1월호에 간본으로 된 황석영의 대하소설 「장길산」의 단행본이 조선족의 정기간행물 『장백산』에 의해 몇 기를 걸쳐 장편연재된 후로부터 여러 신문과 정기간행물들에 오영수의 「갯마을」(1953), 하근찬의 「수난이대」(1957), 「흰 종이 수염」(1959), 이규정의 「아무 데나 봐 형님」, 박태순의 「삼두마차」(1967) 등 해방 후 단편들이 소개되었다. 1980년대 중반에서 2010년까지 중국조선족의 3대 순수문학 간행물 『도라지』, 『연변문학』, 『장백산』에 게재된 한국소설작품을 본다면 부록의 도표 1, 2, 3과 같다.

그중의 격월간 『도라지』에 게재된 한국작품을 자세히 정리해보면 다음과 같다. 가장 먼저 게재되고 있는 것이 역시 해방 전 문학인 1920년대 작품이었다. 이광수의 「가실이」가 1987년 제1기에 김봉웅의 평론과 함께 게재되었다. 그 뒤 김동인의 「감자」가 1987년 제2기에, 현진건의 「불」이 1987년 제3기에, 나도향의 「물레방아」가 1987년 제4기에 게재되었으며, 이어 1988년 1월호에 최서해의 「매월」이, 1990년 제4기에 이기영의 「원보」가, 1990년 제5기에 한설야의 「씨름」이 실렸다.

그리고 1990년 제3기에서는 채만식의 「레디메이드인생」과 같은 1930년대 작품을 게재되었다. 주요섭의 「사랑방 손님과 어머니」가 1991년 제4기에 실렸으며 계용묵의 1935년 작품 「백치아다다」가 1991년 제5기에 실렸다.

1940년대 작품으로는 1949년에 발표된 염상섭의 「두 파산」이 1987년 제 6기에 게재되었고, 1941년에 발표된 안수길의 작품 「원각촌」이 2004년 제3기에 게재되었다.

1994년 제3기에는 6.25전쟁 후 작품 이범선의 「오발탄」(1959)이 게재되었고, 선우휘의 「나도 밤나무」도 1995년 제1기에 게재되었다.

한국의 1960년대 작품과 1970년대 작품은 게재되지 않았고 이어 게재된 것이 1980년대 문학이다.

1987년 제5기에서부터는 김성종의 1980년대 장편추리소설 「미로의 저쪽」을 장편연재하기 시작하였으며, 1989년 제3기에서 또 김성종의 장편추리소설 「피아노 살인」(1985)을 장편연재하기 시작했다. 한국의 인기 대중소설가 최인호의 1986년의 작품 「천국의 계단」이 1990년 제2기부터 장편연재 되었으며 신달자의 「물 위를 걷는 여자」(1989)도 1992년 6기부터 장편연재 되었다. 그 외 1980년대 작품으로 한국에서 『추억의 이름으로』라는 영화로까지 찍혔던 유흥종의 소설 『추억의 이름』(사실 소설 제목은 「추억의 이름」이고 영화의 제목이 『추억의 이름으로』이다.) 이 1994년 제4기부터 장편연재 되었으며 박범신의 「불의 나라」라는 작품도 『도라지』 1998년 제1기부터 장편연재 되기 시작했다. 한국의 1990년대 장편소설 양귀자의 「나는 소망한다, 내게 금지된 곳을」(1992) 이 1993년 제3기에서부터 장편연재 되었고 김진명의 「무궁화꽃이 피었습니다」(1993)가 1995년 제5기에서부터 장편연재 되었으며 최철영의 「자오선」이(1995) 1997년 제2기에서부터 장편연재 되었다.

1996년 제4기에 와서는 1995년 이상문학상 대상 수상작품인 윤후명의 「하얀배」를 게재하였다. 이로부터 『도라지』에서는 한국에서 영향력이 가장 큰 순수문학상인 이상문학상수상작품집의 작품들을 게재하기 시작한다. 이어 게재된 것이 1996년 이상문학상 대상 작품인 윤대녕의 「천지간」이 1996년 제5기에 게재되었다. 그 기에 동시에 1996년 이상문학상 수상작품집의 이순원의 「말을 찾아서」, 차현숙 「나비, 봄을 만나다」, 그리고 1995년 이상문학상 수상작품집의 이윤기의 「나비넥타이」가 게재되었다. 1995년 이상문학상 수상작품집의 차현숙의 「나비의 꿈, 1995」과 서하진의 「제부도」도 1998년 제2기와 『도라지』 1997년 제1기에 나누어 게재된다. 1997년 제3기에서는 1994년 이상문학상 수상작품집의 공선옥의 「우리 생애의 꽃」이 게재되고 제4기에서는 1994년 이상문학상의 대상작품인 최윤의 「하나코는 없다」가 게재되었으며 제5기에서는 97년 이상문학상 수상작품집의 김이태의 「식성」이 게재되었다. 1998년 이상문학상 대상 작품인 은희경 「아내의 상자」가 1998년 제4기에 그해의 이상문학상 수상작품집의 공지영의 「존재는 눈물을 흘린다」가 1998년 제5기에 실렸으며 은희경의 「그녀의 세 번째 남자」가 1998년 제6기에 실렸다. 1999년 제3기에서는 99년 이상문학상 대상인 박상우의 「내 마음의 옥탑방」이 게재되었다. 그 외 게재된 이상문학상 수상작품집의 작품들은 2002년 이상문학상수상작품집의 권지예의 「내 가슴에 찍힌 새의 발자국」이 2002년 제4기에 게재되었고 그 해의 대상인 권지예의 「뱀장어 스튜」가 『도라지』 2003년 제2기에 게재되었다. 그외 2005년 이상문학상 대상 작품인 한강의 「몽고반점」이 2005년 제1기에 실리고 2007년 이상문학상 대상 작품인 전경린의 「천사는 여기 머문다」가 『도라지』 2007년 제3기에 실렸다.

그 외 『도라지』 정기 간행물에 게재된 한국소설로는 1994년 동인문학상후보 작품인 윤대녕의 「신라의 푸른 길」(1997년. 제2기), 1996년 동인문학상 대상작품인 이순원의 「수색, 어머니 가슴속으로 흐르는 무늬」(1998년 제3기), 1998년 동인문학상 대상 작품인 이윤기의 「숨은 그림 찾기」(1999년 제1기), 정찬 「슬픔의 노래」(2001년, 제1기), 김주영 「외장촌기행」(2001년 제2기), 한국신라문학대상수상작품인 이혜선의 「서울막」(2003년 제3기), 2005년 제12회 이수문학상 대상 수상작품인 김인숙의 「감옥의 뜰」(2006년 제4기), 김영하의 「비상구」(2002년 제1기), 정찬의 「가면의 영혼」(2002년. 제3기), 강준용 「무의 셈본」(2002년 제6기), 하성란의 「저 푸른 초원우에」(2002)(2003년 제5기), 임병애의 「체취」(2003년 제6기), 마르

시아스 심 「베개」(2004년, 제3기), 윤석원의 「토종이 어딧냐고?」(2009년,
제6기), 이종복의 「인천의 섬 영종도」(2009년, 제4기), 최경주의 「지미와
까르미의 저공비행」(2009년, 제4기), 정태헌의 「강물에게 길을 묻다」
(2008년 제5기), 이해선의 「새벽길」(2009년 제2기) 등이 있다.

조선족 문단에서 그외 한국문학을 접촉할수 기회는 중국의 외국문
학 전문잡지에 게재된 한국문학작품의 역문이라고 할수 있다. 1993년
3월 『역림』(《译林》)이라는 정기간행물에서 리춘남이 번역한 일인칭
시점으로 모 회사 직원 오독이가 수입주방가구를 운영하는 생활 및
그 파란만장한 경력을 묘사하는 「광란시대」가 게재되었다. 이 소설은
처음으로 "한국문학"이라는 명칭으로 공개 발표된 첫 작품이였다. 이
어 『세계문학』(《世界文学》) 정기간행물에서는 1994년 제3기에『한국문
학소집』(《韩国文学小辑》)이라는 제목으로 김지견의 「배꽃질 때」, 황순원
의 「소나기」, 오영수의 「갯마을」, 김동리의 「무녀도」 등 4편의 단편소
설들이 게재되었으며 매 단편소설의 본문 앞에는 작가의 사진과 간략
한 소개가 게재되었고 그 외 한국의 1950년대로부터 1980년대까지의
한국문학의 발전맥락과 륜곽을 상세히 소개한 최성덕(崔成德)의 「한국
문학40년개람」이라는 문장이 게재되었다. 이것은 중국독자로 하여금
한국순수문학을 이해하는데 중요한 역할을 하였다.

그 후 『세계문학』, 『외국문예』(《外国文艺》), 『역림』,42) 『외국문학』(《外
国文学》) 등 외국문학전문잡지에서는 육속으로 한국문학작품을 소개하
였지만 그 수량이 구미와 일본작품에 비해서 현저히 적었다. 또한『세
계문학』, 『외국문예』, 『역림』 등 중국의 외국문학 전문 잡지에서 게재

---

42) 『세계문학』, 『외국문예』, 『역림』에 게재된 한국작품의 모습을 상세히 살펴보려면 부록의
표 3에서 표 5를 참조하기 바란다.

된 작품들을 살펴보면 조선족 정기간행물에 게재된 작품과 많이 중복
됨을 발견할 수 있다. 김지하의 「시 15수」가 1979년 2월에 『세계문학』
에 게재된 후 1980년대 초에 료녕인민출판사에서 김지하의 대표작 「오
적」이 출판되었음을 감안할 때 한국 문학작품의 수용 초기에는 확실
히 조선족 문단에서 중국문단의 인도를 받았음을 확인할 수 있다. 그
러나 중한수교이후 중국의 사회환경이 점차 개방되고 외국문물에 대
한 통제가 예전에 비해 점차 느슨해짐에 따라서 조선족문단에서의 한
국문학 수용이 중국문단에서의 한국문학 수용에 비해 앞서가고 있음
을 보여준다. 부록 표3의 1999년 이상문학상 대상 수상작품인 박상우
의 「내 마음의 옥탑방」이 『도라지』에서는 1999년 제3기에 게재되었지
만 『역림』에서는 2001년 1월에 게재되었고 2002년 이상문학상 대상
수상작품인 권지예의 「뱀장어스튜」가 『도라지』에서는 2003년 제2기
에 게재되었지만 『역림』에 와서는 그것이 2004년 5월에야 게재되었
으며 이만교의 「표정관리주식회사」가 『연변문학』에서는 2005년 9월
호에 게재된데 비해 『역림』에서는 2007년 7월에야 게재되었다. 이것
은 중국문단에서 한국문학의 수용이 조선족문단에서의 한국문학수용
에 비해 평균 2-3년 늦은 것으로 보여진다. 그 외 『외국문예』에 2005
년 1월에 게재된 2003년 이상문학상 대상 수상작품인 김인숙의 「바다
와 나비」가 『연변문학』에서는 2003년 4월호에 게재되었고 『외국문예』
(≪外国文艺≫) 2007년 3월에 게재된 2005년 이상문학상 대상 수상작품
인 한강의 「몽고반점」이 『연변문학』에서는 2007년 3월호에 게재되었
다. 위의 몇 가지 사실로부터 우리는 조선족문단에서 한국문학에 대한
수용이 중한수교이후 중국문단에 비해 앞서가고 있음을 확인할 수 있다.
　그러나 조선족 문학간행물과 신문에 소개되는 작품과 한족 정기간

행물에 게재된 작품 즉 상업이익을 위해 선택되는 이런 작품에서보다 작가들은 개별적으로 얻은 한국의 문학서적과 그리고 한국을 방문해서 직접 고른 책들에서 더욱 많은 자양분을 섭취하고 영향을 받았을 수 있다. 하지만 이러한 개인적인 수용의 구체적인 통계와 파악이 어려운 까닭에 유감스럽지만 이 글의 시야 속에 넣지 못했음을 여기에 밝혀둔다. 비록 개인적인 수용에 대해서 여러 가지 제한된 요인으로 구체적으로 살펴보지는 못했지만, 1996년부터 『도라지』에서 한국에서 영향력이 가장 큰 이상문학상수상작품집의 작품을 게재하였다는 점에서 정기간행물을 통해서도 대체적인 조선족 문단에서의 한국문학의 수용을 살펴볼 수 있을 것으로 생각된다.

개혁개방 후 특히 중한 수교 후 조선족문학은 그 자체의 역사발전과 문화발전의 요구로 인해 부단히 한국의 선진적인 문학을 받아들여 조선족문학의 변화발전에 중요한 촉매제의 역할을 하였다.

2.4 전래 양상을 통해 본 중국 조선족 문단의 한국 문학 수용 양상

개혁개방이후 조선족은 예전과 달리 한국의 문학연구 성과 및 문학 작품을 수용할 수 있게 된다. 예컨대 1980년 초기에는 한국에서 출간된 한국문학전집을 비롯하여 『현대문학』, 『한국문학』, 『월간문학』, 『창작과 비평』 등의 문학잡지가 들어온다. 그리고 80년대 중기 이후에는 앞의 서술에서 확인할 수 있듯이 조선족이 간행하는 문학잡지에 한국문학을 발굴하여 직접 소개하는 작업이 이뤄지기 시작했다. 물론 이러한 작업이 가능했던 것은 중국 주류문단의 한국현대문학에 대한 번역과 수용이 먼저 이루지고 있었기 때문이기도 하다. 1980년 『외국문예』

1기에는 김동인의 「배따라기」, 김동리의 「까치소리」, 박영록의 「낡은 주전자」, 서기원의 「이 성숙한 밤의 포옹」, 안수길의 「제3인간형」 등 "남조선단편소설5편"이 게재되었고 1983년에는 상해역문출판사에서 『남조선소설집을 출간하였는데 1920년대부터 1970년대 발표된 총 17편의 작품을 수록하였다. 김동인의 「배따라기」, 계용묵의 「백치 아다다」, 김리석의 「실비명」, 주요섭의 「사랑방 손님과 어머니」, 염상섭의 「두 파산」, 박영록의 「낡은 주전자」, 안수길의 「제3인간형」, 김동리의 「까치소리」, 서기원의 「이 성숙한 밤의 포옹」, 하근찬의 「수난이대」, 김승옥의 「서울, 1964년 겨울」, 천세승의 「폭염」, 김정한의 「모래톱 이야기」, 유현종의 「거인」, 유현종의 「거인」, 이병주의 「망명의 늪」, 전광용의 「나신」 등 작품들이 수록되었다. 중국조선족문학은 비록 민족전통의 원류에 대한 승계와 발전, 20세기 70년대 이전까지의 조선문학과의 영향관계 그리고 개혁개방 이후 한국문학과의 영향관계에서 이루어진 조선족 문학으로서의 상대적인 자립성과 자기 민족적 특성들을 보유하고 있는 것은 사실이지만 이와 함께 한 세기를 걸치면서 중국 문학의 영향을 간과할 수 없기 때문에 한국문학에 대한 수용 역시 주류 문학의 영향을 받지 않을 수 없었다.

이러한 관점을 토대로 이 글에서는 중국조선족문단에서 수용하게 되는 한국문학의 양상을 중국당대문학에서의 문학사조의 변화와 결부하면서 해방 전 작품과 해방 이후의 작품으로 나눠 살피고자 한다.

2.4.1 해방전 한국 문학의 수용 양상

1980년대 이전까지 조선족 문단은 해방 이전의 한국문학[43]에서 주로 카프 문학만을 주목해왔다. 예를 들면 식민지 시기 리기영, 조명희, 최서해, 송영, 강경애 등 프로계열 작가의 작품들만이 주로 수용되었다. 그러나 80년대 이후 이들 외에 다양한 경향의 작가들이 수용이 되는데 이들을 유형별로 나눠 살피면 다음과 같다.

우선, 이기영의 「원보」, 최서해의 「매월」을 비롯한 "신경향파", "카프" 등 무산계급문학의 작가, 작품들을 지속적으로 수용함과 동시에 조선족 문단은 망명지 중국을 근거로 활동했던 작가들의 작품들을 적극적으로 수용한다. 이는 곧 이들이 중국 조선족 문학의 전통과 정체성을 밝혀줄수 있는 작가들이기 때문이다. 안수길, 강경애, 현경준 등 작가들의 작품이 수용되고 있다.[44]

그리고 과거 친일 작가로 조선문단에서 배격되었던 이광수의 「가실이」와 순수문학으로 배격되었던 김동인의 「감자」, 현진건의 「불」, 나도향의 「물레방아」 등 1920년대 작품들을 수용하고 있다.

수용된 1930년대 문학으로는 풍자소설가로 이름을 떨친 채만식의 「레디메이드인생」, 주요섭의 「사랑방 손님과 어머니」, 계용묵의 「백치 아다다」, 정비석의 「반처녀」 등 작품이다. 주요섭 등은 비판적 사실주의 경향의 작가라는 사실과는 무관하게 그가 한때 중국을 근거로 작가

---

43) 대한민국이 1948년에 세워졌기 때문에 해방전 조선반도의 문학을 한국문학으로 보기엔 이견이 있을 수 있으나 한국문단에서 해방전 문학이 최급되고 있으며 또한 해방전 일부 문학은 조선의 문단에서 배제되어 한국과의 내왕이 이루어져서야 조선족 문단에 소개되었기에 이러한 작품들을 한국작품으로 생각하기엔 무방하다고 생각된다.

44) 양문규, 앞의 논문, 306쪽.

활동을 한 경력이 있다는 점을 들어 그의 문학에 관심을 둔다. 그리하여 그의 「사랑방 손님과 어머니」 같은 작품을 주제적 성향에 관계없이 소개한다. 이러한 작품의 소개는 후술할 계용묵 소설을 소개한 것과 비슷한 맥락에서 풀이할수 있다. 계용묵의 「백치 아다다」(1935), 정비석의 「반처녀」같은 작품들은 대체로 자본주의 근대로부터 낙오되고 소외된 인물, 또는 순박하고 어리석은 농촌인물들을 주인공으로 설정하여 조선민족의 전통적 농촌세계 및 정서 특히 인정주의 등의 세계를 환기하고 있다. 따라서 조선족문단에서의 이러한 작품에 대한 선호는, 한편으로는 이러한 작품들이 중국의 조선족들로 하여금 민족정체성을 느끼게 하였고, 또 한편으로는 자본의 논리가 급속하게 관철되고 있는 그때 당시 중국 사회의 세태에 대한 반발로, 인정이 살아있는 농촌의 것에 대한 향수에서 비롯된 것이 아닐까 싶다.

2.4.2 해방이후의 한국 문학의 수용 양상

전술한 바 프로 계열의 작가를 제외한 식민지 시대의 작가들이 조선족의 시야에 들어오기 시작한 것은 1980년대에 들어선 후이다. 따라서 분단 이후 전개된 한국의 문학도 이 시기 이후에야 조선족 연구자들이 접해볼 수 있게 된다. 이를 시기별로 살펴보자면, 우선 분단직후인 1950년대 한국소설에서는 오영수의 「갯마을」(1953), 하근찬의 「수난이대」(1957), 이범선의 「오발탄」(1959), 선우휘의 「나도 밤나무」 등 작품이 소개된다. 이러한 작품들이 1950년대 소설작품 속에서 어느 위치에 놓이며 어떠한 경향의 성격을 가지고 있는 소설인가 관심을 가지면서 1950년대 한국의 소설문학의 기본흐름에 대해 살펴보기로 한다.

조선전쟁후의 한국 사회에 대응한 1950년대 소설 문학의 주요 흐름을 살펴본다면 다음과 같은 4개 부류의 소설들로 분류할 수 있다.

첫째, 휴머니즘과 반공 이데올로기를 형상화한 소설이다. 이러한 경향의 소설의 대표적 작품은 김동리의 「홍남철수」(1955), 선우회의 「불꽃」(1957), 오상원의 「유예」(1954), 이범선의 「학마을사람들」(1957) 등 작품이다. 이 작품들은 대체로 고전소설의 선악대립구조를 자유진영과 공산진영의 대립으로 대체하면서 자유와 휴머니즘의 가치를 옹호하는 형식을 취하였으며 소박한 인도주의와 반공 이데올로기의 개입에 의해 현실을 흑백의 논리로 인식하였고 소설 속의 공산주의자 또는 사회주의 진영의 인물은 비인도적인 악의 인물로 등장하고 자유주의 진영의 인물들은 인간애를 지닌 선인으로 묘사되었기에 당연히 사회주의 중국에 살고 있는 조선족문단에 의해 거부될 것이다.

둘째로는 순수하고 인정이 넘치는 향토적 서정 소설이다. 이 부류의 주요작가와 대표적 작품으로는 오영수의 「갯마을」(1953), 황순원의 「학」(1953), 정한숙의 「고가」(1956) 등 작품이다. 위의 서술에서도 알 수 있다싶이 조선족 문단에서는 이 부류의 작품 중 오영수의 「갯마을」을 수용하였다. 조선족 연구자들은 대체로 이 작품이 고난의 현실 앞에서도 낙천적이며 인정을 잃지 않고 살아 나가는 주인공들의 품성을 소박한 언어를 통하여 형상화함으로써 조선 민족의 특징을 잘 드러냈다고 본다. 특히 「갯마을」을 특유의 지방특색을 통하여 그러한 특성을 대표적으로 드러내는 작품으로 평가한다. 조선족이 한국의 1950년대 작품 중 오영수 등의 작품을 좋게 평가하는 이유는, 일단 이러한 작품들에서 보이는 산업화 이전 한국의 시대적 분위기 및 인정미들이, 아직 농촌사회의 잔재가 남아있는 중국조선족이 살고 있는 지역의 그것

과 흡사하기 때문이 아닌가 싶다. 또한 향토적 정서가 담긴 문학에 주
목하는 것은 조선족 자신의 민족적 정체성에 대한 확인 및 향수에서
비롯되는 듯하다.

　세 번째 부류의 소설은 새로운 기법에 의한 모더니즘 경향의 소설
이다. 이 부류의 주요작가와 작품으로는 장용학의 「요한시집」(1955), 김
성한의 「오분간」(1955), 손창섭의 「비오는 날」(1953), 「생활적」(1954), 「혈
서」(1955), 오상원의 「유예」(1954) 등이 있다. 앞의 서술에서도 알 수 있
는바 지식인의 분열된 의식을 다루는 1950년대 실존주의 등 현대주의
성향의 이 부류의 작품에 대해서는 수용되지 않는다. 물론 연변대학교
내부의 대학교재 참고자료에는 손창섭의 「혈서」와 「신의 희작」(1961)
등이 소개되어 있어,[45] 이러한 유형의 작품을 대중적으로 인정하지는
않지만 그 독특한 문학적 특성에 대해서는 주목한다.

　네 번째는 전후의 부정적 현실을 고발하고 비판하는 사실주의 소설
이다. 이 부류의 주요작가와 작품들은 박경리의 「불신시대」(1957), 하근
찬의 「수난이대」(1957), 「흰종이수염」(1959), 안수길의 「제3인간형」(1953),
이범선의 「오발탄」(1959), 송병수의 「쑈리 킴」(1957) 등이 있다.

　부록의 정기간행물에 실린 한국 소설문학을 정리한 도표를 살펴보
면 우리는 한국의 1950년대 소설작품에서 조선족 문단에서는 주로 하
근찬의 「수난이대」와 이범선의 「오발탄」(1959)을 수용하였음을 확인할
수 있다. 특히 하근찬의 「수난이대」의 경우는 조선족들에게 여러 가지
지면을 통해 자주 소개되는 작품이기도 하다. 이는 조선족문단에서 한
국의 문학가운데서 한국근대사의 모순, 즉 식민지와 분단의 모순을 온

---

45) 서영빈, 「중국에서의 한국문학」, 『해방 50주년 세계속의 한국학』, 인하대학교 한국학 연
　　구소, 1995년, 432쪽.

몸으로 담아낼 수밖에 없었던 민중들의 수난사를 다룬 작품에 주목하는 경향을 반영하고 있다. 특히 어떤 역경에도 굴하지 않고 자신의 삶을 이겨나가는 민중의 낙관적 세계관을 그린 작품들을 높게 평가한다. 하근찬의 「수난이대」는 뒤에서 서술하겠지만 조선족 작가들의 창작에도 그 영향을 크게 미쳤다.46)

1960년대 한국소설 문학의 주요 흐름을 살펴보면 대개 3부류의 소설로 나뉘어진다.

첫째는 사회현실의 모순과 불합리를 객관적으로 조명한 사실주의적 지향을 나타내는 소설이다. 주요 작가와 작품으로는 최인훈의 「광장」(1960), 이호철의 「판문점」(1961), 전광용의 「꺼삐딴 리」(1962), 하근찬의 「붉은 언덕」(1964), 김정한의 「모래톱이야기」(1966), 남정현의 「분지」(1965) 등이 있다.

둘째는 실험적 창작 기법을 과감하게 도입한 모더니즘적 경향의 소설들이다. 이 부류에 속하는 주요작가와 작품들로는 서정인의 「후송」(1962), 김승옥의 「무진기행」(1964), 「서울, 1964년 겨울」(1965), 이청준의 「병신과 머저리」(1966) 등이 있다.

셋째로는 서방의 현대 소설 수법의 영향과는 관계없이 자기의 창작 궤도를 따라 나간 기성 작가들의 민족주의적 경향의 소설들이다. 황순원의 「나무들 비탈에 서다」(1960), 서기원의 「이 성숙한 밤의 포옹」(1960), 박경리의 「시장과 전장」(1964), 안수길의 「북간도」(1967), 유주현의 「조선총독부」(1967) 등 작품들이 이 부류에 속하는 소설들이다.

---

46) 이 글의 제4장 제2절에서 다루게 될 「리태복의 문학창작과 그 경향」 부분에서 그의 작품 「황혼의 언덕」에서 3세대를 거친 수난의 모습이 하근찬의 「수난이대」와 비슷한 양상을 보인다는 면에서 간략히 언급하고 된다.

조선족문단에서 수용한 1960년대 작품으로는 역시 이 시기의 기념
비적 작품으로 평가받는 모더니즘 경향의 작품인 김승옥의 「서울,
1964년 겨울」(1965), 「무진기행」 등이 『남조선단편소설선집』에 의해 소
개된다. 특히 「서울, 1964년 겨울」의 경우는 중국어로 번역, 소개되기
도 한다. 그 외 안수길이 중국에 머물렀던 적이 있고 또한 그의 「북간
도」가 조선민족의 이주사를 다루었기에 「북간도」도 수용하게 된다.
사실 조선족 소설가 리근전이 창작한 『고난의 연대』나 최홍일의 「눈
물 젖은 두만강」 등 작품들은 창작동기와 창작과정에서 조선의 리기
영의 「두만강」과 안수길의 「북간도」의 영향을 크게 받았다고 할 수
있다.47) 본절에서는 주로 조선족문단에서의 한국문학 수용상황에 관
해 살펴보기에 위의 작품사이의 영향관계에 대해서는 다음장에서 언
급하도록 한다. 이밖에 조선족문단에서는 이청준의 「병신과 머저리」
와 같은 프로이드의 정신분석학 방법으로 인간의 내면세계, 무의식의
세계를 그려 보이는 심리주의 소설도 수용하는데, 리혜선의 장편소설
『빨간 그림자』가 바로 그 영향의 산물이라고 말할수 있다.48)

그런데 조선족은 1960년대 이후의 한국문학을 소개하면서부터, 1950
년대 문학에 비해 상대적으로 체계를 제대로 잡지 못한다. 이는 조선
족이 접할 수 있는 앤솔러지49)(丛书)가 제한되어 있기 때문이 아닌가
싶다.50)

---

47) 서영빈은 그의 논문 『남북한 및 중국조선족 역사소설 비교연구-「북간도」, 「두만강」, 「눈
물 젖은 두만강」』에서 최홍일의 「눈물 젖은 두만강」은 이기영의 「두만강」과 「북간도」에
대한 거부에서 창작되었다고 주장하고 있다.
48) 정덕준, 「개혁개방 시기 재중 조선족 소설 연구-1970년대 후반-1990년대 전반기 작품을
중심으로」, 『한민족 문화권의 문학 2』(김종희 저), 국학자료원, 2006년, 367쪽.
49) 앤솔러지란 문학용어로서 민족·시대·장르별로 수집한 짧은 명시(名詩) 또는 명문의
선집을 가리킨다.

이어 1970년대 한국 소설문학의 주요 흐름을 살펴보면 다음과 같다.

첫째, 작가들의 사회적 관심이 확대되면서 불합리한 사회 현실을 폭로, 비판하는 소설이 주된 흐름을 형성하였다. 황석영의 「삼포 가는 길」(1973), 「객지」(1971), 이 문구의 「관촌수필」(1977), 조세희의 「난장이가 쏘아올린 작은 공」(1978), 윤흥길의 「아홉 켤레의 구두로 남은 사내」(1977) 등이 있다.

둘째, 소년기 체험 세대의 활발한 창작에 의해 분단문학이 새로운 높이에 올라섰다. 윤흥길의 「장마」(1973), 김원일의 「어둠의 혼」(1973), 장편소설 「노을」(1978), 전상국의 「아베의 가족」(1979), 조정래의 「황토」(1974) 등이 있다.

셋째로는 급속한 산업화의 충격에 배금주의가 만연되고 전통적인 삶의 방식과 사고방식이 급격하게 깨지는 현실이 주목되어 세태소설이 하나의 흐름을 형성하였다. 최일남의 「우화」(1978), 「서울 사람들」(1975), 박완서의 「도시의 흉년」(1979), 「휘청거리는 오후」(1978), 이범선의 「청대문집개」(1970) 등이 있다.

넷째는 본격 문학보다는 대중소설에 더 가까운 소설들이 등장하였다. 최인호의 「별들의 고향」(1973), 조선작의 「영자의 전성시대」(1974), 조해일의 「아메리카」(1974), 박범신의 「죽음보다 깊은 잠」(1979) 등이 있다.

---

50) 가령 조선족이 한국 문학과 만나게 되는 최초의 계기가 1980년대 태극출판사가 간행한 한국신문학전집 50권이 (어문각 간행의 『신한국문학전집』을 착각한 듯함.) 들어오면서부터였다고 한다. (최삼룡, 위의 글, 5쪽.) 따라서 조선족이 남한 문학사의 흐름을 인지하는 데, 1950년대 시기까지는 시기별·작가별로 나름이 체계적 편집 체제를 갖춘 이 전집에 많은 영향을 받았을 것으로 짐작된다. (양문규, 「중국 조선족의 한국 현대문학 인식 및 향후 수용 전망」, 『배달말 통권 제28호』, 2001년6월, 310쪽 인용.)

조선족문단에서의 1970년대 한국 소설문학의 수용에 대해서 일찍이
정덕준은 "새 시기 재중 조선족 소설에 가장 많은 영향을 끼친 한국문
학은, 작가에 따라 정도의 차이는 있지만, 한국사회의 산업화과정에서
발생한 부조리한 현실, 계층갈등 및 인간소외 등 '뿌리뽑힌 사람들'
'떠나가는 사람들'의 암울한 삶을 그려낸 1970년대 산업화사회의 문학
이다."[51]고 서술한 바 있다. 사실 그의 말대로 개혁 개방 이후 조선족
사회는, 1970년대 한국 사회처럼, 산업화·도시화 물결에 휩쓸려 농경
사회의 전통이 빠른 속도로 무너진다. 농민, 특회 젊은 농민들은 농촌
을 떠나고, 비옥한 땅은 타민족의 소유로 변하면서 농촌사회가 붕괴되
어가고 있었던 것이다. 이 시기의 조선족문단은 시장경제의 확산에 따
라 문학이 고유의 지위를 잃게 되자 심각한 고민에 빠져 있었고, 그래
서 1970년대 한국문학에 특히 주목, 많은 영향을 받게 된다. 황석영의
「객지」, 「삼포 가는 길」을 비롯하여, 조세희의 「난장이가 쏘아 올린
작은 공」, 이문구의 「관촌수필」, 「으악새가 우는 사연」, 조해일의 「왕
십리」, 박태순의 「정든 땅 언덕 위」, 박완서의 「도시의 흉년」 등은 그
대표적인 작품이다.[52] 이들 작품은 생존 그 자체가 위협받을 정도로
비인간적인 대우를 받고 있는 노동자들, 또는 산업화·도시화로 치닫
는 사회 분위기에 휩쓸려 하루아침에 삶의 터전을 잃고 뿌리가 뽑힌
사람들의 애환을 다룬 것들로, 조선족사회의 정서와 흡사했기 때문이
다. 중국 조선족 소설 고신일의 「흘러가는 마을」, 허련순의 장편소설

---

51) 정덕준, 앞의 책, 366-367쪽.
52) 한국의 도시화·산업화 시대의 문학의 변화양상에 대해서는 염무웅의 「도시-산업화 시대
    의 문학」, 『민중시대의 문학』, 창작과비평사, 1979, 참조.
    정덕준, 「개혁개방 시기 재중 조선족 소설 연구-1970년대 후반-1990년대 전반기 작품을
    중심으로」, 『한민족 문화권의 문학 2』(김종희 저), 국학자료원, 2006년, 366-367쪽 재인용.

「바람꽃」 등 작품은 바로 중국 조선족 농촌공동체의 해체를 그리고 있는 작품 들이다.

다음으로 1980년대 한국 소설문학의 주요 흐름을 살펴보면 다음과 같다.

첫째, 1980년 광주 민주화 운동의 비극적 체험, 그리고 1980년대 후반부터 일기 시작한 민주화 운동 및 정치적인 체제의 개방으로 하여 한국사회의 부조리와 갈등을 보여준 소설이 주된 흐름을 형성하였다. 주요작가와 작품으로는 강석경의 「숲속의 방」(1985), 임철우의 「봄날」(1984), 이문열의 「우리들의 일그러진 영웅」(1987), 양귀자의 「원미동사람들」(1987), 유순하의 「생성」(1988), 방현석의 「새벽출정」(1989) 등이 있다.

둘째, 소년기 체험세대와 미체험세대의 활발한 창작에 의해 분단문학이 새로운 높이에 올라서게 되었다. 조정래의 「태백산맥」(1988), 임철우의 「아버지의 땅」(1984), 윤정모의 「님」(1987), 김원일의 「겨울골짜기」(1987), 이문열의 「영웅시대」(1984), 박완서의 「그해 겨울은 따뜻했네」(1982) 등이 있다.

셋째, 도회인의 현대적 생활과 심리적 갈등을 반영한 소설들이다. 주요작가와 작품으로는 서영은의 「먼 그대」(1983), 박완서의 「서있는 여자」(1985), 이제하의 「광화사」(1986), 최인호의 「깊고 푸른 밤」(1982), 김채원의 「겨울의 환」(1989), 김향숙의 「겨울의 빛」(1986) 등이 있다.

넷째, 대하 장편소설이 하나의 흐름을 이루게 되었다. 이 부류 소설의 주요 작가와 작품으로는 박경리의 「토지」(1969-1994, 전 16권), 조정래의 「태백산맥」(1983-1989, 전 10권), 황석영의 『장길산』(1974-1984, 전 10권) 등이 있다.

사실 조선족문단에서 수용된 1980년대 한국 소설들의 양상은 일반

화하기가 쉽지는 않다. 단지 작품 외적 사정부터 살펴보자면, 1980년
대 초기부터 여러가지 경로를 통해 유입된 한국의 잡지들, 주로『현대
문학』,『한국문학』 등의 잡지와 관련된 작가 및 작품들이 소개되는 빈
도가 높다. 예컨데 이규정의 「아무데나봐 형님」(1985), 윤정모의 「아들」
(1984), 전상국의 「왜」(1985), 고원정의 「껍데기?」(1987), 이문열의 「시인
과 도둑」 등이 대체로 앞의 잡지들에 게재된 작품들이다.

　작품 내적 측면에서 보자면, 수용 작품들은 대체로 한국 사회의 부
조리한 현실에서 소외된 인간군상을 그린 작품들이 주된 경향을 이룬
다. 그리고 부조리한 현실이란 좌익 또는 진보적 세력을 억압하는 체
제 현실 및 자본주의 사회 하에서 일어날 수 있는 여러 부정적 현실-
정치, 경제, 교육적 부패, 성의 상업화, 계층 갈등들로 이뤄져 있다. 그
리고 소설의 주인공은 현실에 패배, 소외당함으로써 비관적 성향이 부
각된다. 이는 현재 조선족소설들이 과거 혁명적 낭만주의에서 보여주
던 낙관주의와는 달리 상품경제의 충격과 그로 인해 빚어지는 일상적
삶, 그리고 그 안에 놓인 인물들의 비관적 색채와 암울한 정서가 그
주조를 이루는 것과 경향을 같이 한다. 중국의 평론가들은 이러한 조
류를 '잿빛 리얼리즘'이라고 부른다.53)

　이러한 잿빛 리얼리즘은 비록 적극적인 것은 아니지만 서구의 의식
의 흐름 수법을 차용하여 소설의 시화(詩話) 현상들을 지향하기도 하는
데54) 현실 비판을 다소 환상적, 은유적 방식으로 형상화한 고원정의 「껍
데기?」같은 작품의 수용은 이러한 조선족 저간의 사실을 얼마간 반영

53) 이욱연, 「문학으로 가는 먼 길-신중국 50년의 문학」,『황해문화』, 1999년 가을, 67쪽.
54) 중국에서는 이러한 수법의 문학을 '황당과 문학'이라고 지칭하기도 한다.
　　양문규, 앞의 논문, 310-311쪽.

한다.

그리고 흥미로운 것은 한국의 추리소설 작가인 김성종의 「미로의 족」, 「제5의 사나이」, 대중소설가인 최인호의 「천국의 계단」, 유홍종의 「추억의 이름으로」, 박범신의 「불의 나라」, 최종철의 「애첩, 무대에서 사라지다」, 소엽청의 「건달수업」 등의 추리소설과 대중소설이 정기간행물에 연재되었으며 독자들의 인기를 끌었다.

이는 개혁개방이후 중국 사회를 지배하는 상품화의 논리에 문학 역시 편입되고 있는 현상을 보여준다. 왜냐하면 김성종의 추리소설에 대한 수용은 현재 조선족 소설 일각에서 소설의 새로운 주제 또는 소재의 돌파구로 인간의 세속생활과 치정에 대한 묘사를 기본으로 하는 통속문학에서도 그 출로를 찾고 있다[55]는 사실을 환기할 필요가 있다. 또한 조선족문단의 한국 통속문학에 대한 수용은 중국문단의 영향과도 갈라놓을 수 없을 것이다. 이미 1985년에 홍콩과 대만의 무협소설, 애정소설이 대륙에서 대량으로 출판되면서 상업화한 대중문화의 폭발적인 붐으로 이어졌다. 상업화한 대중문화의 폭발적인 붐으로 이어지면서 통속문학은 문학독자의 대부분을 빼앗아가 버렸다. 더욱 심각한 것은 심각한 것은 작가들 자신이 그 붐의 영향 하에 빠른 속도로 대중문화에 투항해가고 있다는 사실이다.[56]

반면 황석영의 「장길산」(1984)이 『장백산』 잡지에 의하여 간본으로 게재되고, 그 외에도 박경리의 「토지」, 조정래의 「태백산맥」 등이 소개되고, 그에 대한 연구들이 활발히 진행된다. 이러한 사실로 미뤄볼 때, 조선족이 적어도 한국문학이 산출한 정통 리얼리즘에 기초한 대하

55) 김봉웅, 「모대기고 있는 소설문단」, 『문학과예술』, 1987년 제4기, 27쪽.
56) 전형준, 홍정선, 임동철, 앞의 논문, 276쪽

역사소설의 성과를 적극적으로 수용하고 있음을 확인할수 있다. 조선 족문단에서는 한국의 대하역사소설 중에서도 특히 「태백산맥」을 적극 적으로 평가하는데, 이 평가의 내용을 통해 조선족이 한국문학의 어떠 한 측면에 주목하고 있는가를 짐작해볼 수 있다. 조선족은 물론 「태백산 맥」이 갖고 있는 민중성에 주목한다. 더불어 현재의 관점에서 이 작품 이 분단극복의 실마리를 제공할 수 있는 작품이라는 사실을 역시 가 장 중요하게 여긴다. 예컨대 이 작품은 해방 직후 조선전쟁 사이 빨치 산 운동으로 이어지는 좌익운동의 실상을 공정하게 표현하여 빨치산 또는 사회주의자 역시 분명한 인격을 갖춘 인간이었고 그들은 민중의 해방을 위한 역사적 선택을 했던 우리의 형제였다는 점을 형상화하여 민족의 동질성에 바탕한 통일 전망을 내세우고 있다[57]고 본다.

그리고 작가의 생각을 가장 잘 대변하는 인물로 '김범우' 같은 중도 파 지식인 인물에 연구의 초점을 맞춰 그 인물이 비록 여러 가지 역사 적 한계를 가지고 있지만, 그를 통해 이데올로기를 넘어선 혈육 및 민 족 우선의 가능성을 발견할 수 있다[58]고 본다. 특히 김범우를 단순히 민족주의자, 또는 중도파의 전형적 인물로 결론짓는 것은 표면에 머문 속단이며, 오히려 그는 해방 직후 정국으로부터 조선전쟁을 통과하면 서 여러 객관적 상황과 시대 주제의 판단에 따라 수많은 곤혹과 고뇌 를 거치며 중도파로부터 벗어나 자기적인 이념적 선택을 감행했다고 본다. 리광일은 그것이 바로 "민족적 사회주의"로 오늘의 현실에서 바 로 이러한 입장이야말로 분단을 극복할 수 있는 길[59]이라고 결론을

---

57) 리상범, 「「태백산맥」의 빨찌산 형상 특징에 대한 고찰」, 『문학과예술』, 1992년 제2기, 52쪽.
58) 전성호, 「「태백산맥」의 렴씨일가의 양상」, 『문학과예술』, 1991년 제5기, 54쪽.
59) 리광일, 「역사의 갈림길에서 어려운 선택-「태백산맥」에서 김범우의 사상에 대한 진맥」, 『문학과예술』, 1992년 제1기, 34쪽.

내린다.

물론 조선족 스스로도, 한때 식민지 시기 중국으로 이주한 조선족 동포들의 이민사와 반제, 반봉건 투쟁을 형상화한 역사소설 창작이 그 주요한 문학적 경향의 하나를 이룬적이 있다. 리근전의『고난의 연대』, 김학철의『격정시대』, 최홍일의『눈물 젖은 두만강』등이 그 대표적 예다.

이미 2절에서 서술한바 1995년부터 중국 조선족의 정기간행물에서는 한국에서 영향력이 가장 큰 순수문학상 이상문학상과 기타 문학상의 수상작품집에 수록된 작품들을 중심으로 게재하고 있다. 이는 조선족문단이 한국문학의 수용에 있어서 1990년대에 이르러서는 예전의 주는대로 받아들이고 선택의 여지가 없이 닥치는 대로 읽던 상황이 극복되었음을 말해주며 작품의 우열을 분별할 수 있는 능력을 갖추게 되었음을 의미한다. 2009년 10월『연변문학』에 게재된 김애란의「그곳에 밤 여기의 노래」가 2010년 이상문학상 수상작품집에 수록되었음은 중국 조선족 문단에서의 작품 우열을 분별할 수 있는 능력을 갖추게 된 사실을 잘 증명해준다.

1990년대 소설 문학의 주요 흐름은 다음과 같다.

첫째, 소련과 동구권의 대변혁 이후 정신적 공황에 빠진 운동권의 내면을 그리는 후일담 소설이 하나의 경향을 이루었다. 주요 작가와 작품으로는 최윤의「회색 눈사람」(1992), 박일문의「살아남은 자의 슬픔」(1992), 김영현의「비둘기」(1993), 공지영의「고등어」(1994), 공선옥의

이외에도 조선족 문단에서의「태백산맥」에 대한 연구로는 최삼룡의「민중 -「태백산맥」의 산과 맥」(『문학과 예술』, 1992년 제4기, 60-62쪽)과 현동언의「민족분단의 역사에 대한 심층적 사고「태백산맥」의 예술적 공간」(『문학과 예술』, 1991년 제6기, 40-41쪽) 등이 있다.

「목마른 계절」(1993), 김소진의 「열린 사회와 그 적들」(1993), 신경숙의 「외딴방」(1995), 김남일의 「세상의 어떤 아침」(1997) 등이 있다.

둘째, 소설가가 주인공으로 등장하여 소설 쓰기의 어려움을 토로하고 글쓰기에 대한 자의식을 드러내는 이른바 '소설가소설'이 하나의 흐름을 이루고 있다. 이 부류 소설의 주요작가와 작품으로는 조성기의 「우리 시대의 소설가」(1991), 양귀자의 「숨은 꽃」(1992), 구효서의 「깡통 따개가 없는 마을」(1994), 박상우의 「호텔 캘리포니아」(1996), 주인석의 「소설가 구보 씨의 하루」 연작(1995) 등이 있다.

조선족 소설가 리여천의 「비 온 뒤의 무지개」(2000)와 허련순의 「그 남자의 동굴」(2006) 등과 같은 작품에서도 소설가가 주인공으로 등장하고 있다. 이는 비록 정기간행물에는 게재되어 있지는 않지만 작가들이 개인적인 경로로 1990년대 한국 소설문학에 대해 수용하였음을 나타낸다.

셋째, 여성적 체험의 서사화와 소외된 타자에 대한 관심을 보여주는 여성소설이다. 주요 작가와 작품으로는 박완서의 「그 많던 싱아는 누가 다 먹었을까」(1992), 최윤의 「하나코는 없다」(1994), 은희경의 「새의 선물」(1995), 김인숙의 「칼날과 사랑」(1993), 공지영의 「오지리에 두고 온 서른살」(1993), 김형경의 「담배 피우는 여자」(1995), 윤영수의 「벌판에 선 여자」, 이남희의 「슈퍼마켓에서 길을 잃다」(1996) 등이 있다.

정기간행물에 실린 작품의 수를 통계해보는 것으로도 조선족문단에서 1990년대 문학의 여러 갈래중에서 이 부류의 소설을 많이 수용하였음 알 수 있다. 1993년의 이상문학상 대상 수상작이며 대표적 여성소설이라는 최윤의 「하나코는 없다」(1994)가 『도라지』1997년 제4기에 게재되었고, 1998년 이상문학상 대상 수상작인 「아내의 상자」가 『도라지』1998년 제4기에 게재된 상황을 감안하면 여성의 성장을 다룬 성장소설인 은희경의 「새의 선물」이 장편인 원인으로 정기간행물에 게재되지 않았지만 개인적으로 수용되었을 것으로 추측된다.

넷째, 일상적 체험과 개인의 내면적 진실을 형상화한 소설이 중요한 흐름을 이루었다. 주요 작가와 작품으로는 신경숙의 「풍금이 있던 자리」(1992), 윤대녕의 「은어낚시통신」(1999), 김영하의 「호출」(1997), 송경아의 「책」(1996), 김연수의 「7번국도」(1997), 배수아의 「푸른 사과가 있는 국도」(1995), 조경란의 「불란서 안경원」(1996), 성석제의 「내 인생의 마지막 4.5초를」(1995), 은희경의 「타인에게 말 걸기」(1997) 등이 있다.

80년대까지만 해도 서사형태상에서 기본적으로 당시 사회정치 실천의 문학적 논증에 그쳤던 조선족작가들에게 있어서 1990년대 소설의 흐름에서 이 부류의 소설은 실로 신선한 충격이었다. 하여 이 부류의 소설들은 조선족작가들에게 큰 영향을 끼쳤으며 조선족문단에서도 90년대에 들어서서 일상적 영역을 다룬 소설들이 나타나기 시작했다. 저명한 조선족 여류작가 리혜선이 1998년도에 내놓은 역작 「병재씨네 빨래줄」은 바로 이러한 일상적 영역을 다룬 대표작이라고 할 수 있다. 이어 2000년대에 와서는 많은 여성신진들의 작품에서 내면화의 경향이 두드러지는데 리진화, 박초란, 김서연의 소설들은 대체적으로 이런 경향을 강하기 드러낸다.[60] 조선족문단에서 이러한 경향의 소설이 나타나게 된 원인을 장춘식 평론가는 일찍이 그의 평론 「청출어람-신세대작가들의 소설세계」에서 "소설의 내면화경향은 엷어지는 이야기성이라는 표현이 가능할 정도로 우리 시대 소설의 기본적인 특징이라

---

60) 장춘식, 「청출어람-신세대작가들의 소설세계」(중국조선족문학우수작품집편집위원회 편, 『2007중국조선족문학우수작품집』), 흑룡강조선민족출판사, 470쪽.

보는 사람도 있지만, 우리 소설의 내면화경향은 앞에서 론의한 개인사적인 관심 혹은 신변사에 대한 주목과도 밀접한 관련을 가지고있으며 이는 또한 우리 소설의 사소설화경향과 마찬가지로 1990년대 한국소설의 내면화 경향과도 무관하지 않은것 같다."[61]고 지적한 바 있다.

조선족 문단에서의 2000년대의 한국문학 수용은 역시 1990년대의 한국문학의 수용과 유사하게 정기간행물에서도 『이상문학상 수상 작품집』, 『현장비평가 뽑은 올해의 좋은 소설』, 『동인문학상수상작품집』 등 엄선을 거친 작품들을 일부 수용하지만[62] 90년대의 몇년간의 게재를 거쳐 조선족문단에서 이미 『이상문학상 수상 작품집』에 대해서 널리 알려졌기에 이 부류의 작품들에 대한 수용은 많이는 개인적인 수용으로 이루어졌을 것이라고 생각된다. 정기간행물을 유심해서 살펴본다면 많이는 강준용 등과 같은 개성적인 작가들의 작품과 윤석원의 「토종이 어딧냐고?」와 같은 특이한 기법으로 인간의 내면을 그린 작품들을 많이 수용하였던 모습을 확인할 수 있다. 이것은 조선족 문단이 한국의 주류문학의 흐름을 파악함과 동시에 자신의 수요에 근거하여 일부 특색이 있는 소설문학에 대한 수용도 놓치지 않으려는 자세로 볼 수 있다.

이상으로 조선족 문단에서의 한국 소설문학에 대한 수용에 대해 간략히 살펴보았다. 조선족 문단에서의 총체적인 한국문학의 수용양상을 간략히 개괄한다면 다음과 같다.

첫째는 역시 문학의 인식교양적 기능을 강조하며, 내용중심의 주제

---

61) 장춘식, 위의 책, 470쪽.
62) 90년대의 조선족의 3대 정기간행물에 실린 『이상문학상 수상 작품집』에 수록된 작품들은 총수는 13개 작품이고, 2000년대는 10개 작품이다.

론적 서술의 작품을 선호하고 있다. 중국 조선족 문단에서는 비록 맑스-레닌주의의 관점이 후퇴하고, 진보와 애국주의의 관점 역시 상대화되어 가고 있지만, 그래도 후자는 아직도 문학작품을 평가하는 중요한 기준이 되고 있다. 이것이 바로 조선족이 현대 한국작품 중 「장길산」, 「토지」, 「태백산맥」 등의 이념성 또는 민중성이 강한 대하 역사 장편을 선호하는 이유가 된다.

둘째, 해외 동포로서의 조선족은 자신의 민족적 정체성을 확인할 수 있는 향토성이 강한 문학을 선호한다. 이러한 수용 양상은 향후 지속되리라고 본다. 이는 조선족이 이전과 달리 프로소설과는 그 경향이 판이한 김소월, 이효석 등의 향토성이 강한 서정적 작품, 최태웅, 계용묵, 오영수 등의 따뜻한 인정미를 드러내는 작품에 관심을 두는데서 짐작해볼 수 있다. 특히 이러한 작품들의 수용은 비단 민족적 정체성의 확인에서 만이 아닌, 현재 시장경제로의 급격한 전환 속에 자본 또는 상품의 논리가 급속하게 관철되고 있는 중국사회의 세태에 대한 반작용에서 비롯된다고 볼 수 있다.

셋째, 조선족뿐만 아니라, 중국 한족문학 내부에서는 도시화, 산업화로 인한 부정적 현실에 대한 비판적 입장을 드러낸 작품들이 주요한 한 흐름이 되고 있다. 따라서 중국문단 및 조선족 문단은 자신들에 앞서 도시화, 산업화를 겪으면서 발생한 여러 사회의 모순을 비판적으로 그린 한국 소설문학에 관심을 드러내며 이 부류의 소설들을 많이 수용하였다.

넷째, 조선족은 기법이 탁월한 한국의 현대문학에 관심을 많이 두고 있다. 조선족문단의 경우는 상술한 서방의 철학과 사상, 유파와 사조들을 중국의 주류문학을 통해 수용하는 경우도 있었지만 중한수교 이후 주로 같은 언어로 창작되고 편찬되는 한국의 작품과 이론서적을 통해 쉽게 접할 수 있었다. 손창섭, 하근찬, 최인훈, 김승옥, 이청준, 황석영, 박완서, 조정래, 박경리의 소설이 널리 읽혔다. 또한 조선족 작가들은 안방에서 한국의 TV들을 시청할 수 있게 되었으며 특히 인터넷문화는 조선족작가들에게 언제든지 세계와 소통할 수 있는 여건을 마련해주었다.63)

다섯째로는 여성작가의 작품과 일상적 영역을 다룬 작품을 많이 수용하는 특징을 보인다. 이것은 1990년 이후 『이상문학상』이 제14기에서 제34기에 이르기까지 총 19명의 수상작가를 선출하였는데 그중 여성작가의 수가 12명으로서 전체 인원수의 63%를 차지한다는 점에서 1990년 이후 한국에서의 여성문학이 중요한 위치에 놓였던 객관적인 상황과도 밀접한 연관이 없지 않으나 1990년에 들어선 후 조선족문단에서의 급격히 늘어난 여성 작가들의 수와도 밀접한 영향이 있을 것으로 짐작된다. 또한 이것은 1980년대 말 1990년대 초 동구라파의 해체와 소련의 붕괴 및 사회주의진영의 분열은 거시적 담론에서 미시적 담론으로 이행된 당시 시대 분위기와도 밀접히 연관된다. 때문에 앞에서 서술한 적이 있듯이 1990년대 이후 조선족문학의 흐름 중에서 일상적 영역을 다룬 내면화 경향의 소설들이 주조를 이룬다.

하지만 조선족문단에서의 한국문학의 수용은 일부 문제점을 찾아볼 수가 있다. 수십 년의 반목과 외면으로 하여 조선족 문학은 상술한 바와 같은 한국문학의 흐름을 그 순서대로 접할 수 없었다. 내왕이 시작되면서 그동안의 한국문학은 조수마냥 일시에 들어왔다. 이는 마치 중

---

63) 김호웅, 「조선족소설문학, 1986년-2006년풍경」(중국조선족문학우수작품집편집위원회 편, 『2007중국조선족문학우수작품집』), 흑룡강조선민족출판사, 479-480쪽.

국문학에서 외국의 사조를 접수하던 경우와 흡사하다. 서양에서 수십 년간 여러 가지 문학사조와 문예이론들이 나왔는데 이는 앞의 사조를 부정하면서 뒤의 사조가 나오고 이는 또 그 뒤에 오는 사조에게 부정을 당했었다. 이러한 선형발전 궤적을 중국에서는 무시한 채 그 모든 것을 일시에 들여오게 되었다. 그리하여 한 시기 외래사조는 중국에서 원래의 질서를 무시한 채 함께 춤추는 활극이 벌어지기도 하였다. 한국문학을 접수하는 조선족 문학의 자세가 그러했다. 한국문학의 발전단계성은 무시되었고 한국문학의 권위연구자의 지도가 결여된 상황에서 한국문학의 내면구조와 법칙을 그대로 접수하지 못하고 닥치는 대로 직수입하였다.64) 초기의 조선족 문단의 한국문학의 이러한 맹목적인 수용은 한국문학연구자들의 부단한 노력으로 어느 정도 제어되어가고 있는 상황이다. 중국조선족 문단에서는 80년대 말기부터 한국문학에 대한 연구가 시작되었다. 많은 신문, 잡지들에서 한국문학 특히는 현대문학에 대한 평론이 발표되기 시작되었으며 한국의 작가들의 창작체험, 평론가들의 습작지도 같은 글이 대량 발표되기 시작하였다. 그리고 80년대 후반부터 연변대학 조선언어학부에서 수십 년간 조선체계의 현대문학사로써 조선현대문학사를 대체하던 상황을 극복하고 한국문학에 대하여서도 강의하기 시작하였으며 90년대 초반에는 리해산, 채미화 두 분 교수의 『남조선문학개관』이 1992년에 정식 출판되었고 한국현대문학사까지 포괄한 조선현대문학사저작이 김병민, 위욱승, 김춘선 등 교수들에 의하여 출판되었다. 그리고 아주 특수한 예로 되지만 조정래의 장편대하소설 「태백산맥」 연구가 연변문학예술연구

---

64) 리광일 저, 앞의 책, 170-171쪽.

소의 연구원들에 의하여 시도되어 논문 10여 편이 91-92년『문학과 예술』잡지에 발표되었다. 이밖에도 10년간 연변대학 조선언어학부, 중앙민족대학교 석, 박사 논문들 중에도 한국현대문학을 연구한 것이 적지 않다. 이런 평론, 논문, 논저들은 중국 조선족들이 한국 문학을 정확히 수용하는데 지도적 역할을 하였으며 중국 조선족 작가, 시인들이 한국 문학을 공부하고 성공적인 창작방법과 기교를 따라 배워 자기의 창작수준을 제고시키는데 큰 역할을 하였다.

3

조선족 작품에 나타난 한국 문학의 영향

　본장에서는 한국문학이 조선족문단에 가져다준 영향을 횡적으로 살펴보기 위해 1998년 『도라지』 정기간행물에 실린 조선족작가들의 3편의 소설작품을 텍스트로 선정하였다. 이 글에서 1998년의 『도라지』 정기간행물에 게재된 작품을 연구대상으로 선택하게 된 원인은 이 시기가 한국문학이 중국조선족문단에 흘러들어오게 된지 일정한 기간이되고 또한 이 시기가 예전에 비해 중국 조선족 문단의 분위기가 상대적으로 자유로운 면, 그리고 영향은 반드시 동일시기에 곧장 일어나는것이 아니라 일정한 간격을 두고 일어난다는 사실을 염두에 두었기때문이다.

　중국 조선족 문학과 한국 문학과의 관련 양상 연구는 사실상 영향연구의 수용자의 시각에서 논의될 수 있기에 본장에서는 이순원의 중편소설 「말을 찾아서」(1996)와 최국철의 단편소설 「여우 보러 가자」(『도라지』, 1998년 제1기), 신경숙의 단편소설 「풍금이 있던 자리」(1992)와 조성희의 단편소설 「부적」(『도라지』, 1998년 제2기), 이상의 단편소설 「날개」(1936)와 리동렬의 단편소설 「그림자 사냥」(『도라지』, 1998년 제2기) 등 작품들을 텍스트로 선정하여 상술한 한국작품의 영향이 중국조선족작품에 어떠한 모습으로 나타나고 있으며 어떻게 수용되고 있는가를 고찰하는 것을 목적으로 한다.

3.1 이순원의 「말을 찾아서」와 최국철의 「여우 보러 가자」

필자가 본절에서 다루게 될 이 두 작품을 연관시키기 된 계기는 강옥의 「한국문학이 중국 조선족문학에 끼친 영향」이라는 석사논문중의 다음과 같은 논술에서 힌트를 받았기 때문이다.

　　상징적 이미지로 소설의 특색을 보여준 최국철의 「여우 보러 가자」를 읽으면 한국작가 이순원의 「말을 찾아서」라는 소설이 연상된다. 아마 이 두 소설이 모두 그 어떤 상징적 의미로 쓰여졌기 때문인 것 같다. 최국철이 "여우 보러 간다" 한 것이 고향행의 목적이 아니듯이 이순원의 진정한 마음도 "말을 찾는 것"이 아니다. 지나간 역사가 다 휘황한 것만이 아니듯이 과거 사람들의 인식도 다 정확한 것만은 아니다. 최국철의 「여우 보러 가자」는 오늘의 시점에서 부모와 선배들이 살아온 역사의 단편들을 깊은 사고 속에서 재조명해 보고 있다. 주인공에게 고향은 탄식과도 같은 크나큰 아픔이었다. 그 아픔은 과거의 고향에서 비롯된 것이지만 또 오늘의 고향에서도 느끼게 된다. 그런 면에서 소설은 고향의 어제와 오늘에 대한 주인공의 감정풍파록이라고도 할 수 있다. 주인공의 고향행은 단지 이장만을 위한 것이 아니라 "동년의 기억과 수수께끼"를 풀러 간 것을 의미한다. 즉 악패에게 울던 "여우"를 보러 간 것이다. "여우", 그것은 곧 가난과 무지였고, 그 시대의 착오 적인 정책과 사상이었다. 작자의 착안점은 "여우"만이 아닌 그 "여우"에 항거하고 그 "여우"를 잡기 위해 죽음을 두려워하지 않고 싸운 큰아버지 세대의 희생이었다. 소설은 상징적인 의미로서의 "여우"

의 특성과 이미지를 특색 있게 보여주었고, 기발한 착상으로 고향의 현재
와 과거를 하나의 끈으로 잇고 있다.[65]

　하지만 단지 두 작품의 제목이 모두 상징적 의미를 가진다는 하나
의 공통점만으로 최국철의 「여우 보러 가자」라는 소설이 이순원의 소
설 「말을 찾아서」의 영향을 받았다고 확정하기엔 약간 억지스러운 느
낌이 없지 않다. 두 작품의 영향관계를 증명하기 위해서는 적어도 최
국철과 이순원의 「말을 찾아서」이란 소설과의 접촉의 외적 증거가 우
선시 되어야 하며 또한 두 작품에 대한 충분한 검토를 통해 두 작품에
서 나타나는 유사점을 찾아내야 할 뿐만 아니라 더욱 중요한 것은 최
국철의 「여우 보러 가자」라는 소설에서 이순원의 「말을 찾아서」를 어
떻게 수용하고 있으며 그것이 작품에서 어떤 효과를 자아내고 있는가
를 분석해내야 하는 것이다.

　하지만 한 작가와 어떤 작품과의 접촉의 외적 증거를 찾기란 여간
쉽지가 않다. 보편적인 경우는 그 작가의 창작담이나 독서필기, 일기
등 자료를 바탕으로 진행되고 또한 작가에 대한 인터뷰를 통해서도
외적 증거를 찾을 수 있겠지만 최국철을 아직 한 번도 만나보지 못한
필자로서는 그러한 방법을 통해 외적 증거를 찾는 것은 불가능한 일
이다. 1998년 『도라지』 제1호에 최국철의 「여우 보러 가자」라는 소설
과 함께 창작담이 게재되었기는 하지만 거기에서도 단지 연변출판사
류연산의 소재를 빼앗아 소설화하였다는 것과 제목에 대한 해석이 실
려 있을 뿐 이순원의 「말을 찾아서」라는 작품과의 연관성에 관해서는
언급하지 않고 있어 최국철과 이순원의 「말을 찾아서」의 외적 증거를

---

65) 강옥, 『한국문학이 중국 조선족문학에 끼친 영향』, 배재대학교 석사논문, 2001년, 49-50쪽.

수집하는 데에는 한층 어려움이 더해진다. 하지만 이러한 상황 하에서도 필자가 「여우 보러 가자」가 이순원의 「말을 찾아서」를 패러디한 작품이라고 주장하고 있는 것은 다음과 같은 두 가지의 이유 때문이다. 첫째는 이순원의 「말을 찾아서」는 1996년 『도라지』 제6기에 게재된 바 있고 더욱이 1996년 제20대 이상문학상수상작작품집의 추천 우수작으로서 조선족문단에 널리 잘 알려졌을 것이고 많은 조선족 문인들에게 특히 지금까지의 조선족문학작품들과 다른 모습을 추구하는 작가들에게 읽혀질 가능성이 크다. 중한수교 전후 최국철은 마침 30대의 문인으로서 시대정신이 강하여 그때 당시 한국에서 흘러들어온 이색적인 문학작품에 흥미를 가지게 되었을 것이고 거기에서 부단히 문학의 자양분을 섭취하였을 것이다. 특히 문학에서 자신의 개성을 추구하고 부단히 자신의 문학수양을 제고시키기 위해서는 그때의 중국문학과 중국조선족문학과 한국문학작품과 한국문학이론저서들의 독서는 필요한 작업일 것이다. 이러한 최국철의 모습은 다음과 같은 인용문에서 찾아볼 수 있다.

> 최근에 리상의 작품을 읽어봤는데 저로서는 리해하기 어려웠습니다. 30대의 작가시인들은 열심히 공부하여 자기의 지식차원을 높일 필요성을 느껴야 합니다.
> 40대에 비하면 30대의 작가시인들에게는 개성이 형성되지 못하였습니다. 86년도부터 소설을 쓰기 시작하였으니 인젠 10년이 지났는데 참 자기의 독특한 무엇을 찾지 못했으니 좀 당황해집니다. 요즈음에는 자꾸만 소설이란 무엇인가? 하는 문제를 생각해봅니다.[66]

> 창작을 하다보면 왕왕 자기의 의도대로 되지 않습니다. 지난날에는 문학

---

66) 문학대화, 「우리 문단의 30대」, 『문학과 예술』(1997년 제5기), 5쪽.

의 교육작용과 인식작용을 강조하였는바 저도 그 영향을 많이 받았습니다. 지금 느낌은 문학은 문학일뿐 다른 무엇이 아니라는것입니다. 그렇지만 저의 문학의식은 여전히 낮은 차원에 머물러있습니다. 여기에 앉아있는 김혁이나 김옥희에 비하여도 저의 문학의식 혹은 문화의식은 퍽 뒤졌다는것을 승인하지 않을수 없습니다.[67]

자신의 부족점을 알고 부단히 노력하는 최국철의 모습은 한 측면에서 그와 이순원의 「말을 찾아서」라는 작품과의 접촉의 가능성을 말해 준다.

둘째는 작품을 놓고 볼 때도 「여우 보러 가자」와 이순원의 「말을 찾아서」는 앞에서 언급했던 제목의 상징성외에도 부자관계의 설정, 서사 구조, 일을 시작하게 된 계기 등 여러 가지 면에서 비슷한 점을 찾아볼 수 있다. 하여 앞에서 제시한 최국철과 이순원의 「말을 찾아서」의 접촉의 외적 증거가 불충분하다고 보여질 수도 있겠지만 「여우 보러 가자」가 이순원의 「말을 찾아서」를 패러디한 작품이라고 주장하는 바이다.

따라서 본절에서는 이순원의 「말을 찾아서」와 최국철의 「여우 보러 가자」를 서사구조, 부자관계의 성격, 동물의 상징성 등을 중심으로 패러디의 관점에서 분석하고자 한다.

「말을 찾아서」는 주인공의 노새와 노새를 끄는 당숙에 대한 반감이 있지만 양자가 되었던 유년의 경험을 통해 자아의 성장 과정을 보여주고 있는데, 성장하면서 경험하는 이런 양자 맺기로 인한 좌절과 아픔이 수호의 무의식 속에 어떻게 자리 잡고 있는지 자아에 대한 진지한 탐색을 추구하고 있다. 이 작품은 주인공이면서 관찰자인 이수호가

---

67) 문학대화, 위의 책, 7쪽.

현재시점에서 과거의 유년 시절을 회상하고 다시 현재 시점으로 전환하는 서술 구조이다. 이야기의 발단은 수호가 잡지사로부터 "말에 관한 이야기"를 써 달라는 원고 청탁을 받지만 자신이 유년 시절 봉평에서 살았던 가슴 아픈 사연과 정초의 불길한 말 꿈 때문에 거절하다 잡지사 후배의 간곡한 부탁으로 어쩔 수 없이 원고 청탁을 수락하는 데서 시작한다.[68] 이 부분의 내용이 작품 전체의 38쪽에서 대략 18쪽 정도의 분량을 차지하게 된다.

작품 줄거리는 대체로 주인공 수호가 유년시절 아들이 없는 노새를 끄는 아부제(당숙)와 부자 관계를 맺는 과정에서 심리상에서 겪은 여러 갈등과 그러한 갈등을 해결하면서 마침내 화해에 이르는 내용이다. 이 부분의 내용 역시 작품 전체의 18쪽 정도를 차지하고 있다. 아부제는 항상 성실하고 부지런하여 경제적으로 여유가 있지만 마흔이 넘었어도 숙모가 자식을 가질 수 없기 때문에 후손이 없어 자신의 장래에 대한 걱정으로 언제나 의기소침한 상태이다. 그러다 가족회의에서의 할아버지와 작은 할아버지를 비롯한 어른들의 일방적인 결정으로 수호는 당숙의 양자로 되는 것이 결정된다. 그러나 어린 수호는 양자 입장에 대해 거부감을 갖는다. 이런 거부감은 일방적인 어른들의 결정에 대한 반발로도 볼 수 있겠지만, 주요하게는 당숙이 노새를 끌므로 주위에서 '노새 아비'라 부르기에 그의 양자가 된다는 것이 치욕스럽게 느껴졌기 때문이다. 왜냐하면 한국에서는 전통적으로 뿌리 깊은 유교 사상에 젖어 있어 마소와 관련된 직업을 천대시하였다. 더구나 노새는 생육을 못하는 동물로서 그에 비유된다는 것은 커다란 치욕으로 느껴

---

68) 신익호, 『현대문학과 패러디』, 제이앤씨, 2008, 269쪽.

진다. 그래서 수호도 한사코 양자 입양을 마음속으로 거부하였던 것이다.

하여 수호는 평소에도 길거리에서 양부로 맺어진 아부제를 만나면 자리를 피하거나 고개를 숙이는 소극적인 행동을 취하였다. 그러던 어느 하루 수호가 학교에서 집으로 돌아가는 길에 아부제를 만나게 되고 아부제는 마침 수호를 자신의 동료들에게 자랑할 뜻으로 그를 불러 세워 수호에게 100원을 넘겨주며 자기 집 세대주라고 많은 사람들 앞에서 자랑하지만 수호는 많은 동창들 앞에서 노새를 끌고 다니는 당숙의 양자라는 사실을 공개하는 것이 수치로 여겨져 아부제의 동료 앞에서 자신이 양자가 되지 않겠다는 말을 내뱉게 된다. 아부제는 수호의 이런 당돌한 행위에 당혹감을 느끼며 큰 상처를 입게 되었고 이번 사건을 계기로 친자식을 얻겠다며 아예 집을 나가 딴살림을 차린다. 자신의 헌신적인 사랑과 관심이 소용없게 되고 자신이 선택한 의지가 실현될 수 없음을 아부제는 알고 친자식에 대한 강렬한 욕구가 한결 더 커지게 된다. 아부제의 이러한 의식은 전통적인 유교 사상의 가부장제에 따른 남아선호 사상이 아직도 현대인의 의식에 사라지지 않고 중요한 자리를 차지함을 보여준다. 아부제의 갑작스런 가출은 수호에게도 크나큰 충격이었다. 수호는 당숙모와 아버지, 어머니와의 대화 속에서 아부제의 가출이 자신의 철없는 행동으로 인한 것임을 알고 스스로 가책을 느끼며 자신의 행동으로 당숙 집안에 분열이 생기고 가정이 파탄될 수 있다는 말에 두려움까지 생기게 되었으며 또한 예전에 절대로 안 된다던 둘째 형마저 양자로 대신 갈 생각을 가지게 되자 자신도 어느덧 아부제의 양자로 되는 것이 그렇게 수치스러운 일이 아니라는 생각을 가지게 되어 당숙모의 부탁대로 아부제를 찾아나선다. 이런 수호의 결정과 행동은 어른들의 일방적인 통고와는 달리

자신의 심경 변화에서 비롯된 자신의 의지에 의한 것이다. 이러한 수
호의 능동적인 수소문 끝에 '진부옥'이라는 식당에서 딴살림을 차리고
있는 아부제를 만나 서슴없이 부를 수 있는 계기가 되며 수호의 아부
제라는 그 말 한마디는 그들의 갈등을 해소시킨다. 아부제는 수호와
함께 노새를 타고 집으로 돌아오는 길에 수호에게 거듭 어른들이 시
켜서가 아니라 스스로 찾아온 것이냐고 거듭 확인하며 집으로 돌아온
후 그들은 정식으로 부자 관계를 맺고 수호가 아예 아부제 집으로 들
어가 같이 생활한다.

한편 「말을 찾아서」를 패러디한 「여우 보러 가자」는 주인공 호수가
유년의 기억을 통해 그의 출생의 비밀을 비롯한 그 고장의 역사, 선배
들의 집체식당시기의 기아, 문화대혁명시기의 피해 등을 보여주고 있
는데 그의 불운한 출생과 성장하면서 경험한 그 시절의 아픔들이 세
월이 지나도 잊혀지고 있지 않고 상처로 남아있음을 전달한다. 이 작
품은 호수가 고향으로 가는 현재 시점에서 시작하다 그가 고향에 가
게 된 계기가 소개되다가(과거) 예전의 살던 고향과 완연 달라진 모습
을 보고 서글퍼하며 윤노인을 만나 고향의 현재 모습에 대한 이야기
를 나누는 현재 시점으로 돌아오고 또한 현재 시점에서 개장을 준비
하고 있는 호수와 윤노인의 모습이 서술되고 있다. 그리고 거기에서
또다시 과거시점으로 이동해 장춘 - 훈춘 고속도로 총지휘부에서 내려
보낸 이장통지서를 받고 오래 동안 성묘하지 않았고 산소를 쓴지도
반세기나 지났던 사실에 망설였던 모습과 이장을 오게 된 다른 계기
도 소개되고 있다. 그러다 다시 현재 시점으로 돌아와서 윤노인의 무
덤을 파는 모습이 묘사되고 그 무덤에 묻혀 있는 큰아버지 리달수로
부터 다시 과거로 돌아가 그 고장의 역사를 보여주고 있으며 리달수

제 2 부 한국 현대소설의 중국 유입이 중국 사회에 끼친 영향 147

등 사람이 기봉이라는 선창군의 도움으로 장가를 들게 되는 모습과 호수의 출생에 대해서 소개되고 있다. 그러다 또 무덤을 파고 있는 현재 시점으로 돌아와 무덤에서 해골을 꺼내 광목으로 칠성판과 해골을 꽁꽁 감는 모습이 그려지고 또다시 호수가 소학교를 졸업하는 해로 돌아와 그때 시절 겪었던 기근에 대해 전경화 하고 있으며 여우가 울면 사람이 죽는 기이한 현상에 대해 설명하고 있다. 그후 시점은 또 이장을 하고 있는 윤노인을 비롯한 세 사람의 일하는 정경이 그려지고 또다시 과거로 돌아가 리달수를 비롯한 사냥꾼 세 사람이 장가를 들게 되는 원유가 밝혀지고 그 장가를 든 것이 화근으로 되어 장가를 들게 된 세 사람이 문화대혁명기간 많은 피해를 받는 모습(특히 장본인인 기봉이는 뼈마디가 절걱절걱 소리까지 날 정도로 맞아 비참하게 세상을 마감한다.). 그리고 여우를 잡으러 간 호수의 큰아버지 달수의 죽음이 전경화되다 시점이 현재 시점으로 돌아와 호수는 윤노인을 비롯한 세 명의 일군에게 노임을 계산해주고 이 고장에서의 지난 과거를 모두 청산하려는 결의를 보이면서 고장을 떠난다.

　소설의 줄거리는 위의 서술에서도 약간 언급된 것처럼 주인공 호수가 이장통지서를 받고 또한 자신의 가슴속에 남은 오래된 의문을 풀기 위해 고향으로 내려가 이장을 하는 과정에 자신의 유년시절의 일을 떠올리는 내용이다. 사실 이 작품에서 주된 이야기는 역시 호수의 출생비밀이다. 작품에서는 호수의 회상을 통해 호수의 출생비밀이 밝혀지는데 호수는 선창군 기봉이의 중매로 리달수에게 시집온 여자가 아홉 달 만에 낳은 아이였다. 그 여자는 사실 선창군 기봉이가 수하의 동생들을 장가보낼려고 일본인 경찰서장과 노루 세 마리로 바꾸어 온 여자 셋 중의 한 사람인데 사실 그 여자는 경찰에게 붙잡혔다 변절한

사람으로서 리달수에게 시집오기 전 이미 호수를 임신하고 있었던 것
이다. 리달수는 사실을 알고 있지만 그것을 비밀로 간주하였고 호수를
자기의 친자식처럼 열심히 키워주었으며 온 사회가 엄청난 기아로 시
달리던 시기에도 굶주리면서도 호수를 더 많이 먹이며 키워왔다가
"여우가 울면 사람이 죽는다"고 여우 사냥을 나갔다 죽게 된다.

[도표 3-1] 두 작품 속의 핵심적 요소 비교

	말을 찾아서	여우 보러 가자
주인공과 관계를 맺게 되는 인물	아부제- 당숙모	리달수 - 호수가 한 번도 만나 본 적이 없는 엄마
매개동물	노새	여우, 부엉이
인연	수호의 의지	리달수가 이미 임신한 호수 어머니와 결혼
주인공	수호	호수
관계	양자	양자

도표 3-1에서 알 수 있듯이 「여우 보러 가자」는 부자관계 이야기,
동물의 상징적 암시 등 면에서 「말을 찾아서」와 비슷한 양상을 보이
기에 「말을 찾아서」를 패러디 한 것으로 인지할 수가 있다. 앞의 서술
에서도 밝히고 있듯이 「말을 찾아서」가 말을 찾는 것이 목적이 아니
듯이 「여우 보러 가자」 역시 여우를 보러 가는 것이 목적이 아니다.
작품의 내용에 근거하면 이순원의 「말을 찾아서」는 주인공 수호가 '말
꿈'을 꾸게 된 원형을 찾는다는 뜻이고 「여우 보러 가자」 역시 겉으로
는 주인공 호수가 꿈속에서 들은 '여우 울음소리'의 주인 붉은 여우를
보러 간다는 뜻이지만 사실은 "여우가 울면 사람이 죽는" 그 시절의
추억을 쫓아가 자신의 출생의 비밀을 찾으러 간다는 뜻이다. 수호는
작품 서두에서부터 원고 청탁을 받지만 자신이 유년 시절 봉평에서

살았던 가슴 아픈 사연과 정초의 불길한 말 꿈 때문에 거절하다가 후
배와의 친분 관계로 마지못해 원고를 쓰게 된다. 호수 역시 그가 고향
으로 내려가게 된 것은 역시 자의보다도 이장(移葬)통지서가 그 계기로
된다.

> 물론 그 계기는 한장의 종이, ≪이장(移葬)통지서≫다. 하지만 그 ≪이장
> 통지서≫와 그의 괴상한 소원은 끈끈한 물리적인 뉴대가 있었고 그것에 충
> 격이 된것이다.[69)]

> 장춘 - 훈춘 고속도로 총지휘부에서 내려보낸 ≪이장(移葬)통지서≫를
> 받고 잠간 망설인 호수였다. 마지막 성묘를 한지 거의, 십년이 지났고 산소
> 를 쓴지도 반세기가 흘렀는지라. 포기해도 될것 같았다. 하지만 육중한 불
> 도젤의 견인줄밑에 무자비하게 깔리울 일을 상상해보니 그것이 가슴에 못
> 이 박히였다. 아무리 포기한 산소라도 이럴수는 없었다. 더우기 이번의 이
> 장은 안해가 더 적극적으로 났다. (「여우 보러 가자」, 10쪽)

호수 역시 이장(移葬)통지서를 받고 선선히 고향행을 결정한 것이 아
니다. 그는 처음에는 "마지막 성묘를 한지 거의, 십년이 지났고 산소를
쓴지도 반세기가 흘러서" 이장을 포기하려다 큰아버지가 "육중한 불
도젤의 견인줄밑에 무자비하게 깔리울 일을 상상해보니 그것이 가슴
에 못이 박히였고" 또한 이번의 이장은 아내도 적극적으로 나섰지만
호수에게 있어서 가장 중요한 것은 이장을 계기로 고향에 돌아가 지
금까지 의문으로 오랫동안 가슴속에 남은 수수께끼를 풀려는 것이다.

오랜 세월동안 그의 가슴속에 남아 그를 괴롭힌 동년의 기억과 동년의

---

69) 최국철, 「여우 보러 가자」, 『도라지』(1998년, 제1기), 6쪽. 본문 이하 인용문은 페이지수
　　만 밝힘.

수수께끼를 다시 한번쯤 뒤집고 거기서 자신에게 완벽한 답을 유도해보는 일이 첫째일것이다. 묘지 안에 누워있는 큰아버지를 죽는 순간까지 줄곧 큰아버지로 알고있었지만 친어머니의 얼굴도 모르는 호수에게 있어서 큰 아버지는 친아버지와 다름없었다. 아니, 친아버지일것이다. 셈이 들면서 호수는 문뜩문뜩 이런 생각을 해보았고 지금은 그것을 확신하고있었다. 진짜 아버지라고. 그런데 어째서 아버지를 숨기고 큰아버지로 행세했을가. 이점 호수에게는 지금 제일 궁금한 일이였… (「여우 보러 가자」, 10쪽)

인용문에서도 확인할 수 있듯이 그동안 호수를 곤혹시킨 것은 그의 출생에 관한 비밀이다. 호수가 태어났을 때부터 호수 곁을 떠나지 않고 리달수가 어린 호수에게 있어서는 아버지 같은 존재였는데 달수는 왜서 호수에게 자신이 죽을 때까지 호수를 양자로 여기고 큰아버지 행세를 하였는지 호수는 성년이 된 지금까지 그 수수께끼를 풀어내지 못했다.

양자모티브는 「말을 찾아서」에서 등장하고 있다. 주인공 수호는 부모가 있는 상황인데도 당숙모의 불임으로 당숙을 양부로 맞이하라는 어른들의 강요로 인해 어린 나이에 가치관의 혼란과 갈등을 겪으면서 당숙에 대한 연민의 동정, 자책, 그리고 책임감에 의해 스스로 타협적인 방법으로 당숙과 부자 관계를 맺는다. 아부제(당숙)는 노새와 같이 자식을 갖지 못하는 운명에 대해 힘든 삶의 무게를 느끼며 자식에 대한 열망으로 양자 수호에 대해 헌신적인 애정과 관심을 쏟아붓게 된다.

호수는 사실은 큰아버지 리달수에게 시집온 어머니가 낳은 자식으로서 상리로 말하면 응당 리달수의 아들이 된다. 하지만 호수의 어머니가 달수에게 시집갔을 때는 이미 호수를 가지고 있었으며 이 사실을 달수는 알고 있었다. 하여 리달수는 호수의 큰아버지로 행세를 하게 되었고 그러면서도 호수를 자신의 친자식처럼 대해주었다. 이것은 어린 호수로 하여금 혼란을 가져오게 하였고 성년이 된 후에도 그 영문을 몰라 그의 가슴속에 수수께끼로 남았다.

「말을 찾아서」의 주인공 수호는 비록 아부제와 양자관계를 맺었지만 노새와 아부제가 노새를 끄는 일을 기꺼이 마음속으로 받아들이지 못하였으며 이것은 수호로 하여금 어른이 된 지금 '말꿈'으로 잠재의식 속에 자리 잡게 하였으며 지난날의 자신을 진솔하게 돌아보게 한다.

이러한 동물 꿈 모티브는 「여우 보러 가자」에서도 등장한다.

≪캥 - 캥 -≫
당장 다리를 분질러먹은듯 악패게 울어대던 그 울음소리는 이날밤 호수의 꿈속으로 또 한번 찾아왔다. 호수는 그 불색여우를 쫓아 끝없이 펼쳐진 황야를 걷고 또 걸었다… (「여우 보러 가자」, 8쪽)

동년시절의 아픈 기억은 호수에게 '여우꿈'으로 자리잡는다. 하여 「말을 찾아서」의 주인공 수호와 마찬가지로 호수에게 있어서 고향 역시 커다란 아픔으로 다가온다.

여직껏 수많은 작가들이 그려낸 고향은 종달새 노래하고 진달래 피는 그런 전원풍경이였지만 호수가 그려낸 고향(?)은 목가적이 아니였다.
고향은 - 그것은 호수에게는 커다란 아픔이였다. 그리고 탄식과도 같은 그런것이였다. 이속에서 괴상한 그의 소원이 탄생된것이다. (「여우 보러 가자」, 6쪽)

전체적으로 볼 때 「여우 보러 가자」는 원작과 비슷한 분위기를 가지고 있다. 원작에서 느끼는 인위적인 양자 맺기의 경험 속에서 좌절과 아픔이 한 인간의 무의식속에 어떻게 자리 잡고 있는가를 보여주고 있는 것과 마찬가지로 「여우 보러 가자」라는 작품에서도 표층적으로는 지난 어려운 시절의 상황을 그리고 있는 것으로 보이나 심층적으로는 역시 리달수와 호수의 양자관계로서의 삶의 모습과 호수의 출생비밀을 독자들에게 전달하는 것을 통해 역시 유년시절의 아픔이 호수의 무의식속에 어떻게 자리 잡고 있는가를 보여주고 있는 것이다.

두 작품의 서사구조에서도 앞의 서술에서 알 수 있듯이 「말을 찾아서」나 「여우 보러 가자」 모두 현재시점과 과거시점을 교착시킨 심리시간의 순서로 이야기를 진행하고 있어 역시 비슷한 모습을 보이고 있다.

하지만 비록 최국철의 「여우 보러 가자」가 상술한 몇 가지 점에서 패러디의 모습을 보이고 있으나 이러한 형식이 소설의 이야기 속에 자연스럽게 용해되어 중국의 특정시기의 사회상황을 생동감 있게 독자들에게 전하고 있으며 그러한 어려운 상황 속에서도 서로 도우며 살았던 사람들의 모습은 독자들을 한결 감동시키고 있고 그때까지만 해도 사회주의사실주의가 주를 이루고 거시적 담론에만 매달려 있던 조선족문단의 분위기에서 개인의 내면적인 모습을 그렸다는 측면에서는 마땅히 긍정되어야 한다고 생각한다.

3.2 신경숙의 「풍금이 있던 자리」와 조성희의 「부적」

한국문단에서 "90년대 문학"의 전형적인 작품이자 그 신호탄에 해당한다는 평가를 받은 신경숙의 「풍금이 있던 자리」[70]는 중한수교가

---

70) 1992년 문예지에 발표되고 이듬해 동명의 소설집에 묶인 이 작품은 신경숙의 소설을

이루어졌던 1992년의 여름에 『문학과사회』에 발표되었다. 때가 마침 중한수교로 인해 한국의 문물이 중국으로 대량으로 흘러들어오는 시기였는지라 「풍금이 있던 자리」가 한국문단에서 커다란 영향을 일으킨 상황을 감안했을 때 이 작품이 신속히 중국조선족문단에 알려졌을 것이며 중국 조선족 문단의 많은 문학인들에게 읽혀졌을 것으로 예상된다. 특히 1982년 연변대학 조문학부를 졸업하여 『연변문학』 순수문학 정기간행물에서 편집을 맡고 있고 여성작가로서 조선족문단에서 활약하고 있는 조성희에게 있어서 「풍금이 있던 자리」라는 작품의 접촉은 더 말할 나위가 없을 것으로 추측된다. 또한 이것은 그녀의 평론 「새시기 중국조선족 녀류소설문학에 대한 통시적연구-녀류소설문학 작품에서 나타난 의식의 변화를 중심으로」[71]와 같은 다음의 인용문으로도 측면에서 증명할 수가 있다.

> 90년대 중국사회의 변화는 조선족사회에 지각변동을 가져왔다. 이 시기 개혁의 심입에 따라 사회구조적인 변화와 함께 도시화에 가속도가 붙고 개방과 함께 우리 조선족 사회에 불어 닥친 <한국바람>과 <연해바람>은 연변의 문학인들로 놓고 말하면 한국을 통해 자본주의의 문화와 사고방식을 접할 수 있는 계기로 되었으며 근 반세기 동안 소통되지 못했던 다른 반쪽 모국문화를 접할 수 있는 계기로 되었다.
> … (중략) … 조선족 여성작가들 대부분은 개혁개방이후 대학을 졸업한 여성작가들이었고 그들이 창작을 시작할 때는 바로 도시화 물결의 충격을 받을 때였다. 또한 시대의 조류에 따라 여성작가들은 한국행을 하면서 한국문화를 접촉하게 되었고 한국소설과 우리의 소설을 비교하게 되고 사고

1990년대 문학의 아이콘으로 만들었던 특징들-쉼표와 말줄임표의 빈번한 사용으로 나타나는 '더듬는 문체', 섬세한 내면의 묘사 등을 고스란히 보여준다.

71) 조성희, 「새시기 중국조선족 녀류소설문학에 대한 통시적연구-녀류소설문학 작품에서 나타난 의식의 변화를 중심으로」, 『2006중국조선족문학우수작품집』, 흑룡강민족출판사, 2007년

하게 되었다.72)

이로 미루어 한국 문학과의 접촉은 조성희 작가에게 커다란 영향을 가져다주었을 것으로 생각된다.73) 하지만 편폭상의 제한으로 여기서는 텍스트를 단지 1998년『도라지』제2호에 게재된 조성희의 소설「부적」만으로 한정하고 이 작품에서 나타난 신경숙의「풍금이 있던 자리」의 영향의 흔적을 찾아보려고 한다. 시각적으로 안겨오는 소설의 제목으로는 두 작품 사이에 아무런 연관이 없는 것으로 보이나 두 작품을 모두 읽어본 사람이면 두 작품의 주인공의 형상, 특히 주인공의 언행 면에서 많은 유사한 점이 있을 뿐만 아니라 또한 두 소설 속에서 모두 큰 비중을 차지하여 서술되고 있는 '미혼녀'의 형상이 매우 비슷함을 발견할 수가 있다. 이외에도 두 작품의 형태구조나 기법면에서 살펴보면 두 작품의 서사구조는 모두 현실상황과 과거회상이 교차반복되어 진행되며 결말은 과거회상에서 현실 상황으로 끝을 맺고 있음을 찾아볼 수가 있다. 하여 본절에서는 상술한 두 작품의 몇몇 유사점에 유의하면서 조성희의「부적」에서 나타나는 신경숙의「풍금이 있던 자리」의 영향의 흔적을 세부적으로 고찰하고자 한다. 이러한 작업을 진행함에 앞서 이 두 작품이 다루고 있는 이야기를 살펴볼 필요가 있다.

신경숙의「풍금이 있던 자리」의 주된 이야기는 유부남과 미혼녀 '나'의 불륜적 사랑을 그리고 있다. 이러한 이야기를 서술화자인 '나'

---

72) 조성희, 「새시기 중국조선족 녀류소설문학에 대한 통시적연구-녀류소설문학 작품에서 나타난 의식의 변화를 중심으로」, 『2006중국조선족문학우수작품집』, 흑룡강민족출판사, 2007년, 486쪽.

73) 조성희의 소설집 『파애』(료녕민족출판사, 2002)에 수록된 작품들 중의 몇몇 작품들에 그 느낌을 받을 수가 있다.

가 사랑하는 '그'에게 붙이지 못할 편지를 쓰는 서간문형식을 취함으로써 독자들의 흥미를 끌고 있는 점이 특징적이다. 마치 남의 비밀스런 편지를 엿보는 느낌으로 독자는 숨을 죽이고 그들의 사랑의 자취와 '나'의 어린 시절의 남다른 기억들을 쫓게 된다. 유부남인 상대방은 '나'에게 둘만의 사랑을 찾아 외국행을 제안한다. 몇 번의 다툼 후, 승낙을 보류한 채, 고향에 내려와 있는 '나'에게 그와의 도피를 가로막으며 그녀를 놔주지 않는 유년의 어떤 기억이 하나 있다. 그것은 일곱 살 즈음 어머니 대신 열흘 간 아버지의 아내 노릇을 하고 떠나버린 어떤 여자에 대한 것이다. 그녀는 확연히 시골의 아낙들과는 구분되었는데, 그 여자의 새로움에 이끌리었던 어린 시절을 '나'는 돌이켜 본다. 그런 그녀의 모습이 좋아 보였던 어린 '나'는 그 여자와 같은 여자가 되리라는 철없는 꿈을 꾸었고 어느덧 자신이 그런 그녀의 모습을 닮은 사랑을 하고 있음을 깨닫게 된다. 그러나 남편에게 버림받은 채 평생을 고통 속에 살단 간 점촌 할머니와 그 열흘 동안의 어머니의 심정을 헤아릴 수 있을 만큼 성장한 그녀로서는 '당신'의 제안을 선선히 받아들이지 못한다. 그렇게 사랑과 죄책감 사이에서 망설이던 도중 그와 출국하기로 했던 날짜는 지나가버리고, 그의 집에 전화를 건 '나'는 수화기 너머에서 차분한 그의 아내 목소리, 그리고 그의 딸아이 '은선'의 이름을 듣는다. 결국 '나'가 택한 것은 아버지를 도와 고향과 자연의 품에서 사랑의 상처를 치유하며 살아가는 것으로 이야기의 끝을 맺고 있다.

조성희의 「부적」의 줄거리는 다음과 같다. 마흔이 되었지만 결혼하지 않고 어머니와 함께 살고 있는 숙영이는 비오는 휴일날 서랍에서 30대 후반의 한 여자의 초상화를 꺼내어 바라보며 마음속에서 그녀를 향해 말을 한다. 30대 후반의 그녀는 어릴 때 그의 집에서 지냈던 그의 아버지와 같은 학교에서 근무하고 있는 어머니와 나이가 비슷한 김미란이라는 사람이었는데 그녀는 어머니와 같은 시골아낙들과는 구분되는 학교의 음악선생이었다. 숙영이는 그녀에게 어린 시절 어머니와 많이 다른 그녀를 모방하였던 일들을 전달하고 있으며 또한 어머니에게 딸이라는 이유 하나로 항상 소외되었던 자신을 발견해주었다는 사람이 그녀라고 얘기한다. 어머니로부터 방금 황씨가 전화왔다는 말을 전해 듣고 숙영이는 다방에 황씨를 만나러 간다. 친구의 소개로 알게 된 황씨는 이혼한 경력이 있는 의학원 교수겸 병원 의사였다. 숙영이는 다방에서 황씨에게 관심을 가지지 않으며 그와 할 이야기도 없다면서 일어서려 하지만 황씨의 "비가 오니까 갑자기 외로워지더군요. 난 숙영씨도 퍽 외로울 거라고 생각했어요."라는 말에 또다시 어린 시절에 몰래 보았던 아버지의 품에 안겨 울고 있는 그녀의 모습을 떠올린다. 그녀에 대한 추억이 떠오른다. 그녀는 후에 도망가는 기차에서 학교측의 사람들에게 맞아 죽었는데 숙영이는 어머니가 학교측에 일러바쳐서 그녀가 죽게 되었다는 생각에 어머니와의 사이가 그냥 좋지 않았음을 새삼스레 떠올린다. 그러던 어느 날 숙영이는 자신이 그동안 가슴속에 간직했던 말들을 황씨에게 털어놓는다. 그리고 차집에서 나와 우연히 어머니를 발견하게 되고 어머니를 미행하다 어머니의 이상한 행동을 목격하게 된다. 어머니가 자신을 위해 액막이를 하고 있다는 사실을 알게 되고 그동안 어머니에게 상처를 준 자신의 행동에 후회하며 마음속에서 어머니에게 사죄한다. 황씨의 도움으로 그녀가 묻힌 작은 산에서 숙영이는 초상화를 불태우고 새로운 출발을 하리라 다짐한다.

이상 두 작품의 줄거리를 간략히 살펴보았는데 우리는 두 작품 모두에서 '아버지와 불륜의 관계를 가지고 있는 미혼녀'가 등장됨을 확인할 수가 있으며 그리고 주인공들의 회상으로 그려지고 있는 '미혼녀'의 형상은 상당부분 비슷한 점을 가지고 있음을 찾아볼 수가 있다. 아래에서는 두 작품에서 이러한 '미혼녀'의 형상이 어떻게 부각되고 있으며 그들이 주인공들에게 어떠한 영향을 가져다주었는지에 대해 살펴보기로 한다.

「풍금이 있던 자리」와 「부적」은 여러 측면에서 유사성을 보여준다. 먼저 두 작품에서는 '미혼녀'에 대한 주인공의 첫인상이 유사성을 띠고 있다.

> 그 여자 …… 그 여자 얘길 당신에게 해야겠어요.
> … (중략) …
> 저는 마루 끝에 엉덩이를 붙이고 앉아 누군가 열린 대문을 통해 들어와 주기를 바라고 있었습니다. 그토록 간절히 바란 것으로 보면 어쩌면 어머니를 기다렸던 건지도 모릅니다. 바로 그때 그 여자가 나타났던 것입니다. 그 여자가 열린 대문으로 들었을 때 제 발끝에 매달려 있던 검정 고무신이 툭, 떨어졌습니다. 여자는 마당의 늦봄볕을 거느린 듯 화사했습니다. 그때까지 저는 그토록 뽀얀 여자를 본 적이 없었어요. 마을 단 한번 벗어나본 적이 없는 어린 저는, 머리에 땀이 밴 수건을 쓴 여자, 얼굴의 주름 사이로까지 땟국물이 흐르는 여자, 호박 구덩이에 똥물을 붓고 있는 여자, 뙤약볕 아래 고추 모종하는 여자, 된장 속에 들끓는 장벌레를 깨물어도 그냥 삼키는 여자, 샛거리로 먹을 막걸리와, 호미, 팔토시가 담긴 소쿠리를 옆구리에 낀 여자, 아궁이의 불을 뒤적이던 부지깽이로 말 안 듣는 아들을 패는 여자, 고무 신에 황토흙이 덕지덕지 묻은 여자, 방바닥에 등을 대자마자 잠꼬대하는 여자, 굵은 종아리에 논물에 사는 거머리가 물어뜯어 놓은 상처가 서너 개씩은 있는 여자, 계절 없이 살갗이 튼 여자 …… 이렇듯 일에 찌들어 손금이 쩍쩍 갈라진 강퍅한 여자들만 보아왔던 것이니, 그 여자의 뽀얌

에 눈이 둥그렇게 되었던 건 당연한 것이었는지도 모릅니다.[74]

　제가 당신을 처음 보았을 때 세상에 엄마보담 더 아름답고 더 멋있고 더
훌륭한 여자가 있다는것으로 고민했어요. 당신의 몸매는 풍만했고 당신의
살결은 희였으며 당신의 머리는 긴파마로 굽실굽실했지요. 당신의 윤기나
고 맑았으며 당신이 희고 포동포동한 손으로 피아노를 치면 여러가지 아름
다운 노래가 흘러나왔어요.
　… (중략) …
　저는 당신이 잠잘 때 얄포름한 잠옷을 입는다는걸 알았습니다. 별일없이
저녁에 당신의 방으로 들어갔다가 보았었지요. 당신은 무용복같은 그런 고
운 옷을 입고 잠자리에 들면서 ≪숙영아, 이젠 자야지. 나졸려.≫라고 부드
럽게 말하셨습니다.[75]

　「풍금이 있던 자리」의 주인공에게 화사한 용모와 향기로 기억되는
그 여자의 첫인상은 살림과 농사일에 찌든 어머니의 추레하고 강팍한
몰골과 대비되어 소녀의 마음을 사로잡는다. 어린 소녀에게 그 여자는
선망의 대상이 되고 "그 여자처럼 되고 싶다"는 것이 소녀의 희망이
된다.

　조성희의 「부적」에서의 음악선생 김미란에 대한 어린 숙영이의 첫
인상 역시 위의 글에 언급되고 있는 '미혼녀'처럼 역시 숙영의 어머니
와는 많이 대조되는 모습이다. 어머니에 비해서도 더 아름답고 또한
피아노를 치는 우아하고 멋있는 모습은 무식한 어머니와 대조되어 어
린 소녀 숙영의 마음을 사로잡는다.

　두 작품에서는 외모와 기질 외에도 가정일, 특히 밥을 짓는 일을 하

---

74) 신경숙, 「풍금이 있던 자리」, 『풍금이 있던 자리』, 문학과지성사, 1994년, 14-15쪽. 본문
　　이하 인용문은 페이지수만 밝힘.
75) 조성희, 「부적」, 『도라지』(2014년, 제2기), 38쪽. 본문 이하 인용문은 페이지수만 밝힘.

는 '미혼녀'의 모습과 어머니의 모습이 대조되는 설정에서도 유사성을 나타내고 있다.

> …… 그 여자처럼 되고 싶다……
>
> 이것이 제 희망이었습니다. 그 여자가 우리집에 와서 심어놓고 간 일들을 구체적으로 간추려서 뭐라고 써야 하나? 이것이 고민스러워 우두커니 앉아 있곤 했던 것입니다. 끝끝내 그걸 간추릴 단어를 저는 그때 알고 있지 못했어요. 그래서 다른 아이들처럼 어느 때는 은행원, 어느 때는 학교 선생님, 어느 때는 발레리나라고 써넣을 수밖에 없었습니다만, 그렇게 표현되는 그때그때의 희망들은 모두 그 여자를 지칭하고 있었습니다.
>
> 그 여자는 우리집에 살기 시작한 지 열흘 만에 큰오빠만 빼고 모두를 끌어안아버렸어요. 백일이 갓 지난 울 줄밖에 모르던 그네 속의 막내동생까지요. 그 여자의 손이 닿아 제일 먼저 화사해진 게 아기 그네였습니다. 어머니께서 그네 밑에 깔아놓으셨던 닳은 아버지 내복을 그 여자는 맨 먼저 걷어냈어요. 그리고는 어디서 났는지, 잔꽃이 아른아른 한 병아리색 작은 요를 깔았어요. 그네 하면 어린애의 울음 소리와 그 닳아빠진 내복이 생각났었는데, 그 여자는 뽀송한 기저귀가 옆에 있는 환한 병아리색 이미지로 바꿔놓은 거예요. … (중략) … 도마질만은 무척 서툴렀습니다만, 그 여자는 도마질을 잘하는 어머니 맛하고는 다른 맛의 음식을 만들어냈습니다. 밥을 한 가지 해내도 그 여자가 한 밥은 표가 났습니다. 어머니의 밥은 한 가지였지요. 보리와 쌀이 섞인 쌀보리밥이 그것입니다. 어머니께선 미리 보리를 삶아놓았습니다. 그러면 밥뜸을 안 들여도 되었거든요. 그것도 한꺼번에 며칠 것을 삶아두셨어요. 논일 밭일에 언제나 어린애가 있던 집이어서 보리 삶는 시간도 아끼셔야 했던 분입니다. 삶아놓은 보리를 밑에 깔고 쌀을 한켠에 얹어서 지은 다음에 나중에 밥그릇에 풀 때 서로 섞는 것입니다. 어머니는 언제나 아버지 밥그릇과 큰 오빠 밥그릇은 따로 챙겨두셨다가, 그 두 밥그릇엔 쌀밥이 더 들어가게 섞으셨지요. 그 여자는 보리를 미리 삶아놓지 않았습니다. 밥을 지을 때마다 그때그때 보리를 먼저 물에 불려놓았다가 돌확에 갈아 지었습니다. 그리고 알맞을 때에, 밥뜸 불을 밀어넣어줘서 밥은 늘 고슬고슬했어요. 그 열흘 중의 어느 날은 보리를 다

빼고 쌀에 수수를 넣은 밥을 지었으며, 또 어느 날은 입에 쏙쏙 들어가기 좋을 만큼의 크기로 만두를 빚어서 밥 대신 만두국을 내오기도 했습니다. 지금도 환하게 생각납니다. 그 여자는 마치 우리집에 음식을 만들러 온 여자 같았어요.

(「풍금이 있던 자리」, 24-25쪽)

엄마는 밥통채로 밥상에 밥을 올려놓습니다. 식구들의 숟가락이 밥통으로 들락거립니다. 동생은 늘 숟가락의 밥을 깨끗이 빨지 않습니다. 숟가락에 붙은 밥알이 그대로 밥통에 떨어집니다. 그리고 우리 식구중 누군가가 그 밥알을 떠먹습니다. 또 엄마는 장국만 끓입니다. 장국에 배추시래기를 넣고 끓이는데, 그래서 흰 거품이 떠있는 그런 국이었습니다. 그러나 당신이 차린 식탁은 황홀한 식탁이었습니다.
당신은 저희들께 저마끔 한접시씩 밥을 떠주었습니다. 사발도 공기도 아니고 접시였습니다. 그리고 당신은 그우에 여러가지 채를 떠주었습니다. 파란빛갈의 오이채, 붉은 빛갈의 도마도채, 자주빛갈의 가지채… 저희들은 마치도 소꿉놀이하듯이 밥을 비벼먹었습니다. 저는 그때 그 밥이 너무도 맛있어서 자꾸자꾸 먹고는 숨도 바로 쉬지 못했습니다. 웬지 그 맛을 살릴 수가 없었습니다. … (중략) …

(「부적」, 40쪽)

어머니의 가출은 성장하는 아이들에게 정서적 혼란을 야기하며 심각한 정신적 외상으로 남아 분리불안을 겪게 한다. 이처럼 어머니의 가출로 인하여 분리불안에 시달려야 할 「풍금이 있던 자리」의 과거 기억 속의 '나'는 어머니가 사라졌음을 알면서도 오히려 익숙지 않은 타자를 어머니상으로 인식하며 그 여자를 동경하고 있다. '나'가 그녀를 좋아하게 되는 원인은 위의 인용문에서 서술한 "아기 그네에 병아리색 이불을 깔아서거나, 숙주나물에 청포묵을 얹어줄 줄 알았던 여자인것" 뿐만은 아니다. 세 아들에 이어 막내로 태어난 딸에게 주어진

무관심과 부재감으로부터 자신을 구해내고, 하나의 독립된 인격체로
호명해 준 최초의 여자가 바로 그녀였기 때문이다. 이러한 양상은 조
성희의 「부적」에서도 나타난다.

> …… 그 여자같이 되고 싶다……
> 그 희망은 그 여자가, 아기 그네에 병아리색 이불을 깔아서거나, 숙주나
> 물에 청포묵을 얹어줄 줄 알았던 여자여서만은 아닙니다. 그 여자는 오빠
> 들 속에 섞여 있는 저를 알아봤던 것입니다. 위로 오빠 셋만 있는 집의
> 여자아이란 어디에 있어도 보이지 않게 마련이지요. … (중략) …그 여자가
> 저를 알아봤기 때문이에요.
>
> 　　　　　　　　　　　　　　　　　　　　　（「풍금이 있던 자리」, 29쪽)

> 엄마는 아들을 선호합니다. 저는 아들선호를 반대합니다. … (중략) …
> 저는 엄마가 아들을 낳으려고 딸만 넷을 낳았다는걸 멸시하고있습니다. …
> (중략) … 뭘 바라고, 위해서 낳았고 바라는 것이 아니여서 랭대를 하고 구
> 박을 주고. 그렇다면 난 불행의 씨앗이 아닌가! 불행의 그 깊이를 누구나가
> 다 아는것은 아닙니다.

> 제가 문뒤에서 기분이 엉망이 되었을 때 당신은 저의 어깨를 다독여주었
> 습니다.
> … (중략) …
> 당신은 절 형제들중 제일 이쁘게 생겼다고 했지요? 사실 전 이쁘기도 하
> 거니와 그때 당신이 배워준 노래를 잘 불러서 학교에서 무용대에 뽑히군
> 했답니다.
> … (중략) …
> 당신의 눈은 기대에 차있었습니다. 난 그때 꼭 당신이 기뻐하는 모습을
> 보기 위해서라도 열심히 해야겠다고 생각했습니다. 사실 저의 형제중에서
> 대학까지 공부한 사람은 저밖에 없습니다. 남동생도 재수를 하다가 중도에
> 포기했지요.
>
> 　　　　　　　　　　　　　　　　　　　　　　　（「부적」, 44쪽)

이 작품에서 역시 숙영이로 하여금 '미혼녀'를 좋아하게 된 것은 「풍
금이 있던 자리」의 주인공과 마찬가지로 위의 인용문에 제시된 어머
니와 다른 기질, 어머니와 다르게 예쁘게 음식을 할 수 있었기 때문만
은 아니다. 음악선생 역시 딸이 이미 셋이나 있는 아들을 낳으려다 낳
은 딸로서 가정에서 특히 어머니에게서 소외되고 있는 숙영이를 발견
했으며 그녀의 발견과 격려로 인해 숙영이는 목표가 생기고 집에서
유일하게 대학을 나오게 된다. 또한 어린 시절의 '숙영'은 초라하고 무
식한 어머니와 어머니가 일러바쳐 음악선생이 죽게 되었다는 이유로
도덕적으로나 제도적으로 떳떳하지 못한 인물임에 틀림없는 '당신'사
이에서 오히려 후자를 택하게 되며 그로 인해 어머니와 30여 년이 갈
등한다. 음악선생 김미란과 아버지의 사랑을 도덕이라는 잣대로 폄하
하는 것이 아니라 진실한 사랑이었다고 기억해내기도 한다. 이러한 상
황의 설정은 어쩌면 신경숙의 「풍금이 있던 자리」의 영향의 산물이
아닌가고 생각된다. 왜냐하면 당시 중국의 사회상황으로 보아 이러한
경우는 절대로 불가능할 것으로 보아지기 때문이다.

　두 작품의 주인공에게 있어서 어린 시절 그들의 선망의 대상이고
희망의 대상인 '미혼녀'는 두 사람의 인생에 커다란 영향을 끼친다. 「풍
금이 있던 자리」의 유부남을 사랑하고 있는 여주인공은 그와 비행기
를 타고 먼 나라로 뜰 계획이었으므로 고향에 돌아와서 부모님께 일
종의 하직 인사를 드리고자 한 고향 걸음이었다. 그런데 고향에 머무
는 날들이 하루 이틀 늘어가고 남자에게 보내는 편지가 길어지면서
여주인공의 내면에는 뜻밖의 파문이 생긴다. '나'의 내면을 가장 거세
게 뒤흔든 것은 일곱 살 봄날의 기억이다. 파란 페인트칠이 벗겨진 대
문을 통해 낯선 여자가 들어오고 대신 어머니가 자취를 감추었던 열

흘 남짓한 날들에 관한 기억들이다.

　　…… 여기에 오지 말았어야 했습니다. 이 마을은 저를, 저 자신을 생각하
게 해요. 자기를 들여다봐야 하다니요? 싫습니다. 저는 지쳤어요. 그 여자
가 떠나던 날, 그 여자에게 칫솔을 건네주던 때, 그때 저는 그 여자와 무슨
약속을 했다고, 지금이 그 약속을 지킬 때라고…… 이 생각을 당신이 있는
그 도시에서 제가 어떻게 해낼 수 있었겠어요. 그 여자가 그때 떠나주지
않았다면 우리들은 어떻게 됐을까? 어머니와 우리 형제들은? 그 여자가
떠나주지 않았어도 과연 우리 가족들이 지금 이만한 평온을 얻어낼 수 있
었을까? 여기에 오지 않았으면 이런 생각들을 하지 않았을 거예요.
　　그 여자가 우리집을 떠나고 나서 아버지는 오랫동안 술에 취해 계셨습니
다. 아무데나 마구 토해서 부축할 수도 없었어요. 예전이나 지금이나 아버
지 인생에서 가장 환했던 때는 그 여자가 있던 그 시절이라고 생각됩니다.
하지만 사랑하는 당신, 그것만이 우리 삶의 다라고 여길 수 없는 불편한
부분이 이 마을에는 흐르고 있어요. 여기에 오지 않았으면 모를까, 이미 저
는 그 불편함에 의해 끔찍해져 있는 겁니다…… 여기에, 여기에 오지 말았
어요 했어요. 그것밖에 달리 제마음을 어떻게 쓴단 말인가요. 양잿물을 들
이마신 것같이 당신이 그리워요. (「풍금이 있던 자리」, 38-39쪽)

　「풍금이 있던 자리」에서 '나'가 유부남 '당신'과의 해외 도피를 감행
하지 못하고 그와 이별을 택한 이유는 오랫동안 잊고 있었던 '그녀'의
그녀와의 "나…… 나처럼…… 되지 마"라는 당부가 생각났기 때문이
며 사랑만이 삶의 전부가 아니라는 사실을 상기하였기 때문이다. '나'
는 자신의 사랑으로 괴로워 할 사람이 있음을 인식하고 그와의 결별
을 선택한다. '나'는 점촌 할머니, 그리고 자신의 어머니가 이 땅의 여
성으로서 겪어야 했던 그 긴 세월의 고통과 인내를 누군가에게 되돌
려주지 않기 위해 비록 마지막 순간까지 고민과 갈등은 크고 깊었지
만 '미혼녀'가 선택했던 길을 따라 결국 '당신'과의 도피행을 포기한다.

「부적」에서 음악선생인 김미란이 숙영에게 끼친 영향은 마흔이 되도록 결혼을 하지 않으려고 고집하는 태도에서 찾아볼 수가 있다.

가끔 저는 떨고있는 당신의 가엾는 어깨를 생각합니다. 그리고 당신이 뭣때문에 독신을 고립했는지를 리해할것만 같습니다.
가정이라는게 없어서 남을 (그녀는 남이라고 생각했다.) 위해 신경쓸 필요가 없고 다른 사람에게 잘 보이려고 할 필요도 없었다. 사람마다 제 사는 방식이 따로 있는거다. 구태여 한 모식으로 살아가라는 법은 없지 않은가. (「부적」, 45쪽)

아들만 선호하고 딸에 대해 무관심하는 엄마에 대한 반발, 여성으로서 독립적인 자아로 살겠다는 의지 등 숙영이의 형상의 부각은 「풍금이 있던 자리」의 영향 외에도 당시의 사회상황과 조선족 문단에 많이 흘러들어온 페미니즘사상의 영향으로 충분히 가능할 것으로 예상되지만 오늘날까지도 조선족 사회에서 40이 되어도 시집을 가지 않는 현상을 곱지 않게 보고 있는 상황인데 더군다나 1998년에 창작된 「부적」에서 이러한 형상을 부각하고 있는 것은 약간은 과장된 것이 아닌가라는 생각을 가진다. 이것은 김미란의 영향을 약간은 억지스럽게 설정하고 있는 것으로 보인다.

이외에도 작품을 자세히 살펴보면 전후의 상황설정이 모순이 되는 서술을 한군데 찾아볼 수가 있다.

엄마도 이따금 아버지때문에 운적이 있습니다. 그때 저는 엄마가 무엇때문에 울었는지 알수는 없었습니다. 엄마는 아버지와 화를 내고있었습니다. 저는 엄마의 눈물이 가짜라고 생각했습니다. 우리하고는 그렇게 사납게 굴던 엄마가 눈물이 꼭 가짜였다고 저는 단언했습니다.(「부적」, 42쪽)

오늘 저는 엄마의 눈물을 처음 보았습니다. 아버지가 세상떴을 때도 눈물을 보이지 않았습니다. 오히려 그때문에 전 어머니를 더 미워했지요. 그러나 어머니는 오늘 흐느껴 울었습니다.(「부적」, 47쪽)

이러한 상황이 나타나게 된 원인은 작가가 앞의 서술상황을 무시한 것과도 연관이 있겠지만 많이는 앞에서의 숙영이와 어머니의 약간은 억지스러운 갈등설정에 의한 것이라고 생각된다.

「풍금이 있던 자리」와 「부적」은 다음과 같은 주인공의 깨달음과 뉘우침에서도 유사성을 보이고 있다.

따지고 보면 세상에는 가까이 가선 안 될게 얼마나 많은지요. 그 안된다는 것 때문에 또 얼마나 애가 타는지요.(「풍금이 있던 자리」, 40쪽)

이제야 알것 같습니다. 사람에겐 누구나가 다 잊지 못할 사연이 있습니다. 그것은 대개 생활에 적극적인 충격을 줄수 있습니다.(「부적」, 48쪽)

「풍금이 있던 자리」가 일인칭으로 되어 있어 내면화의 성격의 특성을 띠는 것은 두말할 것 없으며 「부적」은 비록 3인칭으로 서술되고 있지만 작가가 숙영이라는 인물에 초점화하여 그의 내심활동을 펼치고 있기에 읽는 독자로 하여금 역시 일인칭이라는 느낌을 주기도 한다. 「풍금이 있던 자리」에서의 '나'가 '당신'에게 지금 쓰고 있는 편지는 부치지 않을 것이라는 '나'의 의지에서도 알 수 있는바 수신자가 없기에 자신의 그러한 고민과 어려운 선택의 경과를 상대방이 알 수 없다는 것을 의미하며 또한 편지라는 양식은 앞에서도 서술했는바 마치 남의 비밀스런 편지를 엿보는 느낌으로 독자는 숨을 죽이고 그들의 사랑의 자취와 '나'의 어린 시절의 남다른 기억들을 쫓게 된다. 이러한 느낌은 조성희의 「부적」이라는 작품에서도 느낄 수가 있다. 우선 이 소설에서는 초상화를 어머니마저 포괄된 다른 사람이 볼 수 없도록 서랍에 보관해둔다는 설정은 독자들에게 비밀스런 느낌을 전달해주며 숙영이가 초상화를 보고 마음속으로 '미혼녀'에게 하는 전달될 수가 없는 가슴속에 숨겨둔 말을 통해 독자들은 숙영이의 어린 시절의 남다른 기억들을 좇아간다.

이외에도 흥미로운 것은 「풍금이 있던 자리」에서도 등장하지 않았던 음악선생이 「부적」에서 등장한다. 이것은 어쩌면 측면에서 「부적」이라는 작품이 「풍금이 있던 자리」의 영향의 산물이라고 추정할 수 있는 것이 아닐까고 생각한다.

이상 「부적」에 나타난 「풍금이 있던 자리」의 영향에 관해서 살펴보았는데 우리는 「부적」은 내면화의 문체 및 '미혼녀'의 형상 부각과 주인공들에게 끼친 '미혼녀'의 영향 등 면에서 「풍금이 있던 자리」라는 소설의 영향을 많이 받았음을 확인할 수가 있었다. 그러나 조성희의 「부적」이 비록 상술한 여러 면에서 한국 문학의 영향을 받은 흔적이 드러나긴 하지만 이것은 어디까지나 맹목적인 모방이 아니고 중국의 사회 상황과 잘 결부시켜 새롭게 쓰자는 의도이며 여성의 내면을 그린 이 소설은 그때 당시 아직 전통적인 창작사유에 얽매어 있던 조선족 문단의 많은 여성작가들의 창작의 시야와 범위를 넓혀주었을 것으로 짐작한다. 때문에 중국 조선족 문단에서 소설가이면서도 평론가이기도 하고 순수문학월간지 『연변문학』의 편집으로 활동하였던 조성희의 이러한 시도는 중요한 의의가 있다고 생각된다.

3.3 이상의 「날개」와 리동렬의 「그림자 사냥」

원래 서란에서 중학교 교원, 교육 TV PD 등을 역임하다가 지금 한국으로 가서 서울 동북아 신문 편집국장으로 있는 리동렬 작가는 현재 한국에서 문화인으로서 활약하면서 우리 민족을 위해 자신의 빛과 열을 이바지하고 있다. 중국작가협회 회원인 리동렬은 장편소설집 『고요한 도시』, 『락화류수』, 중편소설 「눈꽃서정」, 단편소설 「워리워리」 등 50여 편을 발표하였다. 그리고 선후하여 연변작가협회 문학상, 연변자치주 문학상. 한국 한민족글마당 소설상 한국 재외동포재단 재외동포문학상. 천지문학상. 도라지문학상 등 10차에 걸쳐 수상했다.

작가는 텍스트를 창작하는 과정에 의식적·무의식적인 영향 관계 속에서 수많은 텍스트들을 병합할 뿐만 아니라 변형해 새로운 텍스트에 역동적인 생산성을 부여한다. 리동렬은 1990년대 조선족 문단에서 두각을 나타낸 작가로서 그 역시 중국조선족문인으로서 중국의 주류문학(한족문학)과 조선족 문단 선배들의 영향 및 마침 개혁개방과 중한 수교로 인해 물밀듯이 흘러들어온 지금까지 접촉하지 못하였을 뿐만 아니라 중국문단의 양상과 많이 상이한 한국문학의 영향을 받았을 것으로 생각한다. 특히 한국문학의 영향을 받았다는 점은 그가 창작한 소설작품 외에도 그의 소설집 『눈꽃서정』에서의 다음과 같은 작가의 말에서도 확인할 수 있다.

한국의 리상문학상 수상작가 박상우씨는 이렇게 쓰고 있다.
"소설가들은 그들이 쓰는 소설속에서 점차 죽어갈것이다. 육체적언행도 정신적설들력도 잃고, 이윽고 그들의 심신은 소설속에 스며들어 소리없이 소멸될것이다. 하지만 이와 같은 소멸이 소설가들에게는 가장 행복한 숙명

일수 있으리라."

나는 그런 숙명만은 감히 바라지 못한다. 또 자기가 그런 소설가가 아니기를 바란다. 하면서도 달가이 나에게 주어진 길을 걸어갈것을 다져본다.[76]

'이상문학상'은 이상의 이름을 취해서 만든 문학상인만큼 '이상문학상'을 접촉하고 그의 영향을 받았다는 사실은 적어도 '이상문학상'의 래력을 알고 있을 것이고 이상의 문학을 다소나마 알고 있을 것으로 생각된다. 더구나 본장의 1절에서 이미 언급된 최국철이나 5장에서 다루게 될 김혁 등 조선족작가들이 그 시기 이상의 문학작품을 읽었다는 사실은 리동렬과 이상의 문학작품과의 접촉의 가능성을 한결 더 높여주고 있다.

리동렬의 「그림자 사냥」은 이상의 「날개」에서 힌트를 얻고 상당 부분을 모방하고 있으면서도 차별성을 두고 있다. 작품 서두부터 이상의 「날개」의 프롤로그처럼 작품의 내용을 넌지시 암시하면서 독자의 호기심을 자극시킨다. 그 외에도 주인공의 성격이나, 아내의 직업, 배경설정 그리고 무료한 일상성 등에서 쉽게 패러디 관계를 인지할 수 있다. 또한 「날개」는 주인공의 자아 분열이 의식의 흐름을 통해 펼쳐지고 있는 것처럼 「그림자 사냥」 역시 이중성격의 주인공의 의식의 흐름을 통해 왜곡된 시대상황과 모순에 찬 현실을 신랄히 야유하며 조소하고 있다. 본절에서는 리동렬의 「그림자 사냥」에서 한국문학의 영향이 특히 이상(李箱)의 문학의 영향이 어떻게 나타나고 있으며 그의 작품에서 이상의 문학을 어떻게 수용하고 있는가를 주인공 성격, 공간

---

76) 리동렬, 「작가의 말」, 『눈꽃서정』, 흑룡강조선민족출판사, 2001년, 2-3쪽.

과 사건 구성 등을 중심으로 고찰하고자 한다.

1998년『도라지』제2호에 게재된 리동렬의 「그림자 사냥」은 일인칭 주인공인 '나'가 동남아경제위기로 인해 실업을 하게 되어 아내의 박대와 괄시를 받게 되며 지어는 '나'가 집에 있는 상황에서도 손님을 끌어들여 미닫이로 갈라놓은 방에서 접대하는 황당한 이야기와 그러한 아내의 무시와 박대에 탈출하려고 '나의 그림자'가 성무역부의 김부장으로 가장하여 김부장 행세와 대접을 받다 탄로가 난다는 우스꽝스런 이야기를 통해 왜곡된 부부관계와 부패하고 모순에 찬 사회현실을 폭로하고 신랄히 야유하는 소설이다. 이 작품에 등장하는 주인공의 성격은 「날개」의 주인공과 너무 흡사하다. 「날개」의 주인공은 아무런 능력이나 의욕도 없는 무기력한 자로서 윤락여인 아내에 얹혀 하루하루를 살아간다. 주인공 '나'와 아내는 '발이 맞지 않는 절름발이'처럼 비정상적인 부부이다. 작품 배경은 흡사 유곽 같은 33번지, 한 번지에 있는 18가구 중 햇볕이 잘 안 드는 음산한 집이다. 주인공 '나'는 햇빛도 들지 않는 어두운 방에서 온종일 이불 속에 처박혀 누워 자거나, 그렇지 않으면 아내가 외출한 틈에 아내의 방에 들어가 화장품 냄새를 맡거나, 손거울로 장난치거나, 돋보기로 그슬려 불장난을 하는 것으로 무료하게 삶을 보낸다. 주인공 '나'는 또한 아내가 미닫이 갈라놓은 아랫방에 사나이를 끌어들여 이상한 짓을 해도 분노할 줄을 모른다. 이런 그의 생활에서 외출은 큰 전환점을 이룬다. 외출(5회)은 바깥 생활과 단절된 그에게 새로운 세계와 사물에 대한 인식과 관계를 형성해 준다. 그는 외출을 통해 아내의 사생활과 비밀을 알게 되었고, 마지막 외출에서 비로소 아내에게 종속된 삶을 탈출하게 된다.

이처럼 두 작품 속의 남자 주인공은 모두 음양 관계가 전도되어 아내에게 억압당하는 남성들이다. 그러나 「날개」의 주인공은 남성이 거세된 무기력함에서 벗어나기 위해 현실로부터 탈출을 향한 상승적 비상의지를 나타내지만, 「그림자 사냥」의 주인공은 아내에게 억압당하고 있는 현실에서 탈출하기 위해 김부장으로 가장하여 한동안은 구겨진 자신의 자존심을 일으켜 세우지만 아내에게 밖에서 받고 있는 과시하는 과정에 가장의 신분이 탄로되고 만다. 또한 「날개」에서는 한 인간의 자아가 분열되어 그 의식의 흐름이 펼쳐져 있는 것과 마찬가지로 「그림자 사냥」에서도 주인공 '나'의 의식의 흐름으로 이야기가 펼쳐진다.77)

두 소설은 모두 1인칭주인공시점으로 이야기를 진행하고 있으며 비록 상황은 다르지만 모두 경제적인 생활능력의 결여자로서 아내한테서 소외당하는 인물이다. 두 작품에서 등장하는 주인공은 처음에는 모두 할 일 없이 잠만 자는 모습으로 등장한다.

> 그 여자가 주는 음식물을 먹고 그 여자가 깔아주는 요우에서 코를 박고 내처 잠만 잤었다.78) (리동렬, 「그림자 사냥」)

> 침침한 방 안에서 낮잠들을 잔다. 그들은 밤에는 잠을 자지 않나? 알 수 없다. 나는 밤이나 낮이나 잠만 자느라고 그런 것은 알 길이 없다.79)
> (이상, 「날개」)

그리고 모두 아내와 내객의 소외와 위협을 받는다.

---

77) 이것은 이 작품에서 나누는 대화가 인용부호가 없이 그대로 쓰여져 있는 상황으로도 판단할 수가 있다.

78) 리동렬, 「그림자 사냥」, 『도라지』(1998년 제2호), 60쪽. 본문 이하 인용문은 페이지수만 밝힘.

79) 이상, 「날개」, 『날개』, 14쪽. 본문 이하 인용문은 페이지수만 밝힘.

아내에게 내객이 있는 날은 이불 속으로 암만 깊이 들어가도 비오는 날
만큼 잠이 오지 않았다. (「날개」, 19쪽)

저래요 바보같이, 보름동안 정신을 못추고 있거든요. 아이구 이 내 팔자
야! … 그 여자는 누구와 속삭이고있었다. (「그림자 사냥」, 60쪽)

이러한 소외와 위협을 극복하기 위해서 두 작품의 주인공들은 외출
을 감행하며 어느 정도 효과를 보게 되는데 여기서 두 작품은 다른 양
상을 보이고 있다. 「날개」에서의 주인공은 5회에 걸친 외출을 통해 아
내의 직업을 알게 되고 마지막 외출에서 아내와의 관계가 더 이상 회
복 불가능임을 깨닫게 되어 아내의 품을 떠나 새로운 욕망을 향한 날
갯짓을 보여주고 있다면 「그림자 사냥」에서의 주인공의 외출은 한동
안 그로 하여금 밖에서 집에서와는 완전히 대조되는 대우를 받는 흥
분으로 집에서 구겨졌던 자존심을 회복하게 되지만 이러한 대우받는
모습을 아내에게 과시하려 하다 들통이 나게 된다.

내가 이렇게까지 내 아내를 소중히 생각한 까닭은 이 33번지 18가구 가
운데서 내 아내가 내 아내의 명함처럼 제일 작고 제일 아름다운 것을 안
까닭이다. 18가구에 각기 별러 들은 송이송이 꽃들 가운데서도 내 아내는
특히 아름다운 한 떨기의 꽃으로 이 함석 지붕밑 별 안 드는 지역에서 어
디까지든지 찬란하였다. 따라서 그런 한 떨기 꽃을 지키고 - 아니 그 꽃에
매어달려 사는 나라는 존재가 도무지 형언할 수 없는 거북살스러운 존재가
아닐 수 없었던 것은 물론이다. (「날개」, 15쪽)

「날개」에서는 아내를 아름다운 꽃으로 비유하며 그 주위에서 아내
가 가장 아름답기 때문에 자신은 소중히 생각하면서도, 한편으로는 버
거운 생각이 든다는 자신의 콤플렉스를 반어적으로 서술하였다.

　　언젠가 당신은 저를 대신해서 세상의 비바람을 막아줄수 있겠지요? 그
럼 저는 당신의 우산아래에서 한송이 꽃으로, 한송이 채송화로 피여날거에
요…(「그림자 사냥」, 64쪽)

　　그녀는 천사인가, 요귀인가. 어제날 깨드득깨드득 내가의 실버들이 터지
고있었다. 그 여자는 그랬었다. 버들가지처럼 노긋노긋하고 단풍잎처럼 얄
팍하고 삼단같이 풀어져있고 초생달같이 휘우듬했고 마늘쪽같이 상큼하고
앵두같이 깜찍하고… (「그림자 사냥」, 61쪽)

　　「그림자 사냥」에서 주인공의 아내 역시 ‘한송이 채송화’로 비유되어
주인공은 그녀를 위해 세상의 비바람을 막아줄 각오가 되어 있다. 하
지만 주인공이 실업을 하게 되어 생활능력을 상실하게 되자 그녀는
천사에서 요귀로 탈바꿈한다.

　　「그림자 사냥」이 이상의 「날개」의 영향을 받은 흔적이 가장 선명히
드러나는 곳은 역시 아내의 형상을 부각하는 면이다.

　　「날개」의 주인공의 아내는 윤락녀이다. 그녀의 직업은 매춘이고, 그
매춘을 통해 ‘나’를 먹여살리고 있다.

　　내객들은 장지 저쪽에 내가 있는 것을 모르나 보다. 내 아내와 나도 좀
하기 어려운 농을 아주 서슴지 않고 쉽게 내던지는 것이다. (「날개」, 19쪽)

　　깨달았다. 아내가 쓰는 돈은 그 내게는 다만 실없는 사람들로밖에 보이
지 않는 까닭 모를 내객들이 놓고 가는 것에 틀림없으리라는것을 나는 깨
달았다. (「날개」, 20쪽)

　　「그림자 사냥」의 주인공의 아내 역시 ‘매춘’이 직업이다.

　　저쪽방에서 닫고 그 여자와 그 남자가 숭얼숭얼거렸다. 가만히들 키들거

린다. 오골오골한 여자의 몸뚱아리가 빠직빠직 돋아나는 땀방울에 애로애롱 비친다. 그 여자는 나만이 알고있는 팬티마저 벗고있다. 채송화 속살 오붓이 가리고있던, 그 여자의 살맛이 찔찔 절은, 검은 바탕에 빨간 꽃무늬가 섬뜩섬뜩 돋은 팬티를 벗고 있다. 그리고 나는 승냥이같이 음흉한 눈길이 빨각빨각거리는것을 본다. 딸라와 엔이 그 남자의 시선에서 줄기차게 번져지겠지! (「그림자 사냥」, 65쪽)

그녀들은 모두 남편보다 우월한 존재로, 종속 상태에 놓여 있는 남편 위에 군림하는 가학적인 여성이다. 이러한 여성형상을 부각시키기는 데서 두 작품에서는 언어묘사와 외모묘사에 비해 많이는 행동묘사에 의거하고 있다.[80)]

나는 중산복을 벗어 옷걸이에 걸어놓고 그대로 자빠졌다. 하루일과처럼 자빠져서 짐짓 코를 골았다. 그 여자가 일어나서 저쪽방으로 건너가는 낌새가 있고 미닫이 문이 드르릉 닫기였다. (「그림자 사냥」, 64쪽)

나는 그대로 눈을 감아버렸다. 벼락이 내리기를 기다린 것이다. 그러나 쌔근하는 숨소리가 나면서 푸스스 아내의 치맛자락 소리가 나고 장지가 여닫히며 아내는 아내 방으로 돌아갔다. (「날개」, 25쪽)

창녀인 그녀들은 미닫이로 방을 나눈 집이건만 손님을 아무런 꺼림없이 집으로 끌어들인다.

나는 내 방으로 가려면 아내 방을 통과하지 아니하면 안 될 것을 알고 아내에게 내객이 없나를 걱정하면서 미닫이 앞에서 좀 거북살스럽게 기침

---

80) 이상의 「날개」에서는 확실히 '아내'의 형상의 부각은 아내의 언어묘사와 외모묘사가 거의 없고 주로 행동묘사를 통해 이루어지고 있지만 리동렬의 「그림자 사냥」에서는 행동묘사 외에도 언어묘사가 일부 들어가 있다.

을 한 번 했더니 이것은 참 또 너무 앙상스럽게 미닫이가 열리면서 아내의 얼굴과 낯설은 남자의 얼굴이 이쪽을 내다보는 것이다. (「날개」, 23쪽)

까작까작 씹어도 비린내나지 않을것 같은 그 여자가 금방 동그랗게 벌어지는 자기 입에다 사과나무잎같이 깜찍하고 예쁜 손바닥을 가져다댔다. 그리고 그 여자뒤에서 얼핏 비쳤다 사라지는 그림자를 나는 보았다. 그 그림자가 들어오면서 이런 말을 바람결같이 날렸던것이다. 나아쇼우즈 치이라이러마(그 자식 일어났소?) (「그림자 사냥」, 62쪽)

그녀들은 손님을 집으로 끌어들일 뿐만 아니라 집에서 오입쟁이들과 정사를 나누며 또한 그 정경은 남편인 '나'에게 발각된다.

저쪽방에서 미닫이를 닫고 그 여자와 그 남자가 숭얼숭얼거렸다. 가만히 들 키들거린다. 오골오골한 여자의 몸뚱아리가 빠찍빠찍 돋아나는 땀방울에 애로애롱 비친다. 그 여자는 나만이 알고있는 팬티마저 벗고있다. 채송화 속살 오붓이 가리고있던, 그 여자의 살맛이 찔찔 절은, 검은 바탕에 빨간 꽃무늬가 섬뜩섬뜩 돋은 팬티를 벗고 있다. 그리고 나는 승냥이같이 음흉한 눈길이 빨각빨각거리는것을 본다. 딸라와 엔이 그 남자의 시선에서 줄기차게 번져지겠지!
나아쇼우즈 치이라이러마(그 자식 일어났소?)
베관타, 싸라바지디!(그 자식 관계말아요, 머저리 같은게.) (「그림자 사냥」, 65쪽)

부리나케 와보니까, 그러나 아내에게는 내객이 있었다. 나는 너무 춥고 척척해서 얼떨김에 노크하는 것을 잊었다. 그래서 나는 보면 아내가 좀 덜 좋아할 것을 그만 보았다.[81] (「날개」, 31쪽)

위의 두 인용문에서 확인할 수 있듯이 리동렬의 「그림자 사냥」은

---

81) 이상, 앞의 책, 31쪽.

이상의 「날개」에 비해 그 정경이 상세히 다루어지고 있으며 「날개」에는 없는 언어묘사까지 첨가되고 있다.

그리고 주인공들의 생활공간도 「날개」에서 장지 사이로 햇빛 드는 아내의 방과 어두운 내 방이 미닫이로 구분된 것처럼 「그림자 사냥」에서도 미닫이로 아내의 방과 내 방이 두 공간이 나누어져 있다.

이처럼 「그림자 사냥」은 한국의 문학작품 특히 이상의 소설 「날개」의 영향의 흔적이 미닫이로 아내의 방과 주인공의 방으로 갈라놓은 생활공간, '창녀 아내 모티브'와 아내가 미닫이문으로 갈라놓은 방에서 손님을 접대하는 상황의 설정 그리고 이를 바탕으로 부각되는 아내의 형상 등 면에서 선명하게 나타난다. 특히 작품 전체를 관통하고 있는 「날개」와 비슷한 서사구조와 작품의 분위기는 두 작품을 여러 번 읽어본 필자로서도 이런저런 내용이 「그림자 사냥」이란 소설에서 출현한 것인지 아니면 「날개」라는 소설에서 나오는 것인지 헷갈릴 정도이다.

리동렬의 「그림자 사냥」은 비록 상술한 여러 형식면에서 「날개」를 패러디하고 있긴 하지만 이러한 형식은 소설의 내용과 탈리되지 않고 잘 용해되어 있다. 「날개」의 의식의 흐름수법으로 진행되는 서사 구조와 황당한 이야기의 차용은 리동렬이 1997년을 전후한 당시 사회의 타락하고 부조리한 현실을 고발하고 풍자하려는 의도적 장치라 할 수 있다. 한국 작가들에게 있어서 조차 난해하기 그지없는 이상의 문학에 접근하여 자신의 소설에 용해하고 있다는 점은 정말 과감한 시도라고 하지 않을 수 없으며 리동렬의 한국 문학의 이러한 심층적인 수용은 중국 조선족 문단에서의 한국 문학 수용을 한 차원 이끌어 올리고 있다고 해도 과언이 아닐 것이다.

아래의 4장과 5장에서는 한국 문학이 중국 조선족 문단에 준 영향을 보다 구체적으로 조명하기 위해 몇몇 대표적인 중국 조선족 작가들의 문학수신과 그들의 작품 간의 유기적인 관계에 관해 살펴보려고 한다. 이러한 연구는 비록 근년의 텍스트와 저자의 분리, 텍스트 내부에 제한된 연구를 주장하는 신비평주의나 구조주의 연구 방법의 대두와 유행으로 어딘가 시대에 뒤떨어지거나 진부한 감을 주기도 하지만 영향연구를 진행함에 있어서 저자의 체험과 그의 문학수신, 그리고 그들의 작품과의 유기적 관계에 대한 연구는 필수적 전제이며 우선적인 키워드로 될 수 있다고 생각한다. 왜냐하면 일반적으로 작가가 일반인에서 작가(문학인으로)로 되기까지는 많은 작품들을 열독하게 되고 또한 그러한 작품들을 읽는 와중에 부단히 문학적 자양분을 흡수하게 된다. 이것은 이미 창작을 시작한 작가의 경우도 마찬가지다. 이들의 문학이 이들의 생활경험과 너무나 가까운 곳에 위치해 있기에 인생경력과 생활체험에 대한 연구를 떠나서는 이들의 작품세계로 진입하기가 거의 불가능하기 때문이다. 또한 작가는 또 하나의 독자라는 사실을 염두에 두면서 작가의 성장환경, 교육, 생활경력 등을 다각도로 살펴보면서 주로 그들이 어떠한 시기에 어떠한 작품을 접촉하였는가에 유의한다. 그중에서도 한국문학과의 접촉의 사실을 중점적으로 살펴보려고 한다. 그리고 그 작가의 창작작품을 구체적으로 살펴보면서 한국적인 요소가 차지하는 비중을 살펴볼 것이고, 나중에는 한국 작품과의 밀접한 영향이 있는 작품들을 골라서 작품 내적으로 비교 분석하려고 한다. 이러한 연구를 진행함에 있어서 중국조선족의 여러 가지 특성을 고려하여 산재지역의 작가로서 리태복 작가를 집거지역 작가로 김혁 작가를 실례로 들어 살펴보려고 한다.

4

리태복의 성장역정과 그의 문학수신

4.1 리태복의 성장역정과 그의 문학수신

문학을 성립시키는 요소 중의 하나로 중요한 역할을 담당하고 있는 것이 바로 작가와 독자이다. 작가는 또 하나의 독자이며 독자 또한 작가로 될 수 있다. 한 작가가 작가이기전 지어 그가 작가로 된 후까지도 그 역시 독자의 한 사람인 것이다. 한국의 저명한 작가 이문열은 2012년 8월 북경에서 개최된 한-중 수교 20주년 기념 문학행사에서 자신은 한국의 여러 동료작가들처럼 서구문학을 수신하는 것으로 문학적 삶을 시작하였다고 밝힌 적이 있다. 본절에서는 작가 또한 하나의 독자라는 관점을 염두에 두고 리태복 작가의 문학수신을 지금까지의 그의 생활경력과 결부시켜 살펴보려고 한다.

동년은 모든 사람에게 주어지는 인생 역정의 첫 번째 단계이다. 따라서 동년의 성장 환경과 또렷한 추억들은 한 사람의 성격 형성과 심령의 바탕, 심지어 가치취향에 이르기까지 여러 방면으로 심대한 영향을 끼치게 된다. 특히 리태복[82]과 같이 자신의 유년시절을 보낸 중국 조선족농촌공동체의 무너져가는 상황을 문학작품으로 재구성해 표현하는 작가에게 있어서 동년의 추억은 그의 문학사유의 출발점 중 하나가 되기도 한다. 중국조선족 중견작가인 리태복은 1966년 할빈 교외의 어느 조선족 마을에서 태어났다. 그가 태어나서 동년을 보낸 시기는 조선족집거촌이 생존이 보장되는 상대적으로 풍요롭고 외계와 상대적으로 단절되었으며, 가족, 친구들과 오손도손 모여 사는 생활공간이었다. 그때 당시 사람들은 밖으로도 잘 안 나가고 마을마다 청년활동이 활발하였으며 마을에 활동실도 있었고, 도서실도 있었다. 리태복이 문학의 길을 들어선 계기로는 역시 셋째 누님의 영향이 컸다고 한다. 왜냐하면 그때 그가 살고 있던 마을의 도서실을 관리하는 사람이 마침 리태복 작가의 셋째 누님이었기 때문이다. 그래서 어렸을 적부터 도서실을 자주 다니며 책 읽는 게 가장 좋구나 하는 생각을 가지게 되었고 문학작품과 가까이할 수 있는 계기가 되었다. 그는 거기에 있는 문학작품들을 많이 읽었으며 그 많은 작품들 중에서도 많이는 조선의 문학작품을 읽었다. 예를 들면 석개울의 「새봄」, 리기영의 소설, 황건의 「개마고원」, 「철쇄를 마쉬라」 등 소설을 읽어보았다. 이런 조선문학 작품들을 읽는 과정에서 리태복은 독서에 흥미를 가지게 되

---

82) 사실 리태복 작가는 초기에는 시 작품으로 문학의 길에 들어서게 된다. 그리고 흑룡강신문에 성장과정에 관한 글 「달과 함께 별과 함께」이란 연작수필이 게재된 적도 있으며 그동안 진행했던 평론도 있다. 하지만 이러한 기초자료 수집의 어려움이 있어 아쉽지만 이글에서는 리태복의 작품집 『어둠으로 가는 렬차』와 2013년 제2호에 실린 「조선족 사회제반 길항관계에 대한 분석」과 2013년 제3호에 실린 「오늘의 한국문학과 중국문학」, 그리고 2013년 10월 18일 리태복 작가와의 대담을 리태복 작가를 연구하는 주요 텍스트로 선정하였음을 밝혀둔다.

었으며 금후 작가의 길로 들어설 수 있게 되는 문학의 첫 자양분을 섭취하게 되었다. 때문에 조선문학 작품의 접촉과 열독은 리태복으로 하여금 문학에 흥미를 가지게 하였고 그로 하여금 문학의 길로 들어서게끔 인도하는 역할을 했다고 해도 과언은 아니다.

할빈1중을 다닐 적 고현숙이라는 선생님이 글쓰기를 장려하였고 고등학교에 올라갔는데 바로 앞에 앉은 여학생이 전학을 왔는데 그녀가 내가 시를 몇 십수를 써놓고 있으니까 자기를 달라고 해서 몇 수를 줬는데 송화강에 발표가 되었다. 후에 알고 보니 그 여학생이 송화강 잡지사 주필 리삼월 시인의 둘째 딸이었다. 고2 때부터 송화강과 흑룡강일보에 작문, 수필을 발표하기 시작했다. 그때부터 리태복 작가는 문학을 하고 살아야 한다고 생각해서 연변대학을 지원을 한다.[83]

연변대학 재학시절 리태복은 한국 소설도 좀 읽었지만 그보다는 중국소설을 많이 읽었다고 한다. 그때 당시 『소설선간』(≪小说选刊≫)으로부터 해서 주로 잡지를 많이 읽었다. 리태복이 생각하기엔 잡지가 현실을 가장 빠르게 반영하는 것 같아서 『종산』(≪钟山≫), 『수확』(≪收获≫) 등 잡지에 실린 작품들을 한기도 빠뜨리지 않고 다 봤다. 연변대학의 도서관에 한 개 코너가 당시는 연구생 이상의 학생들만 열독하게 했는데(지금도 있겠지만) 즉 연구생과 교사만 보게 하는 코너가 있었는데 특별히 리태복을 거기에 가서 독서하게 했다. 그때 그는 거기서 많은 문학작품을 봤다. 그때의 상황을 리태복은 다음과 같이 말하고 있다.

그때가 84년도라서 그때만 해도 한국 책이 별로 없었고 또한 할빈사람

---

83) 그때 점수로 민족대학을 갈 수는 있으나 문학을 공부하려면 역시 연변대학이 더 낫다는 주변사람의 권유로(1984년) 연변대학을 지원하였다 한다. 2013년 10월 18일 2013년 10월 18일 리태복 작가와의 대담.

이니까 중국어가 괜찮으니까 중국 책들을 많이 읽었습니다. 어렸을 때는
조선책, 연변책을 많이 보고, 연변에 가서는 한어 (중국어)로 된 중국문학
을 많이 봤습니다. 세계명작들도 저는 한국어로 본게 아니고 오히려 중국
어로 봐서 한국사람들과 이야기 하다보면 이름을 맞추기가 힘들었습니다.
그래서 얘기가 잘 안되는 경우도 있었습니다. 그리고 그때 당시에 전문 리
론만으로 된 전문 리론잡지가 있었는데 그런 책도 많이 봤습니다. 그때 刘
再复84)이라는 평론가가 한창 이름을 날릴 때였는데 그때 그게 재미가 났
습니다. 평론이론 잡지 같은 건데 조금 어렵지만 어려운 용어와 단어들은
사전을 찾아가며 거의 한기도 안 빼고봤습니다. 그게 후에 신문사에 와서
월평을 쓰는데 도움이 많이 되었던 것 같고요.85)

그 자신이 밝힌 바에 의하면 그의 소설집 『어둠으로 가는 렬차』를
보면 다분히 중국소설의 맛이 나는데 그중의 「고향(3편)」과 「정든 땅(3
편)」 같은 두 작품은 그때 당시 이렇게 소설을 쓰는 중국문단의 영향
의 산물이라고 한다.

그때 당시 중국문단에서는 그 고장의 문화를 보여줄수 있는 문화소설이
라는 짧은 소설을 쓰는 바람이 불었습니다. 문화적으로 그 고장의 문화를
알려줄수 있는 소설을 쓰는 바람 말입니다. 그 대표가 중국문단에서는 汪
曾祺86)라는 소설가입니다. 모두가 사실 있는 것이고 약간 과장적인 면도
있지만 다 원형이 있는 것입니다. 그래서 저도 조선족 마을의 세태와 고유
하고 있던 문화를 여기에 담아서 쓴 것입니다.87)

연변대학 재학시절 리태복은 바로 그중의 「고향」이란 작품으로 87

---

84) 80년대초에 류재복이 문학본체론을 처음 제기하였습니다. 주로는 언어본체와 생명본체
   를 되찾자는것이었습니다, 대담 「어떻게 하면 문학이 더 문학답게 될수 있을가」, 『문학
   과 예술』, 1997년 제1기, 11쪽 참조.
85) 2013년 10월 18일 2013년 10월 18일 리태복 작가와의 대담.
86) 中国当代文学史上著名的作家、散文家、戏剧家。
87) 2013년 10월 18일 2013년 10월 18일 리태복 작가와의 대담.

년 연변작가협회에서 1년에 한 번씩 주는 신인상을 받았다. 그래서 어느 정도 작가로서의 자리를 굳히게 되었고 그후 또 「광야의 길」이라는 작품으로 '천지문학상'을 받았다.[88] 때문에 청장년 시절의 리태복은 주로 중국문학에서 문학의 자양분을 섭취하였으며 그것을 통해 작가의 위상도 올렸다고 할 수 있다.

그렇다고 하여 연변대학 재학시절 리태복은 다만 중국문학을 접촉한 것만은 아니다. 앞의 서술에서도 밝혔지만 연변대학 재학시절 그는 중국 문학 외에도 한국 문학도 접촉하였다. 다만 중국문학과의 접촉에 비해 그 정도가 상대적으로 빈약하다는 뜻이다. 리태복은 자신의 한국 문학에 대한 접촉을 다음과 같이 밝히고 있다.

> 저가 대학다닐 때 채미화 선생이 한국문학을 가르쳤습니다. 정확히는 한국문학사를 가르쳤던것 같습니다. 그리고 한국문학선독도 있었구요. 하여 많은 한국작품을 읽어보지 못했더라도 이미 작품이 어떠한 내용인지는 이미 알고 있었습니다. 흑룡강신문사에 취직하여 거기에 많은 한국작품을 읽어봤는데요, 사실은 많은 작품들의 내용은 이미 알고 있었고요, 단지 그러한 내용을 작가가 어떻게 문학화하였는지가 궁금하여 다시 자세히 읽어봤던 기억들이 납니다.[89]

리태복이 대학시절 어떠한 한국작품을 접촉하였는지는 고증하기 어렵기에 여기에서는 다른 측면에서 리태복이 어떠한 작품들을 접촉할 수 있었는가에 대해 살펴본다. 리태복의 한국 문학 접촉의 가장 중요한 단서로 될 수 있는 것은 역시 리태복 자신이 말했던 채미화 선생의

---

88) 지금과 달라 그때 당시에는 천지문학상이 가장 권위적이었다. 지금까지도 천지문학상을 받은 사람 중에서 최연소의 나이를 기록하고 있다.
89) 2013년 10월 18일 2013년 10월 18일 리태복 작가와의 대담.

한국문학 강의를 통해서일 것이다. 1984년에 연변대학에 입학한 리태복은 채미화 선생의 강의를 통해 한국 문학작품들에 대해일부 알게 되었고 또한 채미화가 편찬한 1986년 10월 연변대학출판사에서 출판된 고등학교참고서『남조선단편소설선집』90)을 접촉하였을 것으로 생각된다. 왜냐하면 리태복이 1990년 3월에 발표한「할빈 1988년 여름」이란 작품이 위의 작품집에 수록된 김승옥의「서울, 1964년 겨울」(1965)이란 작품의 제목과 너무 흡사하기 때문이다. 또한 리태복은 이 두 작품사이의 관계에 대해서「할빈 1988년 여름」은 김승옥의 작품을 모방해서 창작을 하였다고 이야기한 바 있다.91) 이 두 작품의 구체적 관계는 3절에서 다룰 계획이어서 여기에서는 생략하기로 한다.

1988년 리태복은 흑룡강신문사에 취직한다. 본인의 서술에 의하면 신문사에 와서는 한국작품을 많이 봤다고 한다.92) 신문사 자료실이 꽤나 컸고 그때 당시만 해도 한국에서 도서지원을 많이 하여 신문사

---

90) 그 작품집에는 손창섭의「신의 희작」(1961),「혈서」(1955), 하근찬의「수난이대」(1957),「왕릉과 주둔군」(1963), 박경리의「영주와 고양이」(1957), 박연희의「증인」(1956), 오영수의「갯마을」(1953),「화산댁이」(1952), 김승옥의「무진기행」(1964),「서울, 1964년 겨울」(1965), 박태순의「정든 땅 언덕 위」(1966), 김정한의「모래톱이야기」(1966),「축생도」(1968), 천승세「폭염」(1974), 황석영의「삼포 가는 길」(1973),「낙타누깔」(1972), 윤정규의「장렬한 화염」(1972) 등 11명 작가의 17개 작품이 수록되었다.

91) 2013년 10월 18일 리태복과의 대담에서 선생님의「할빈 1988년 여름」과 한국 김승옥 작가의「서울, 1964년 겨울」과의 제목이 많이 비슷하다는 말에 리태복은「할빈 1988년 여름」은「서울, 1964년 겨울」을 모방해서 창작한 것이라고 말씀하셨다. 하지만 작품 속의 주인공 홍국이는 사실은 원형이 있는 그때 당시 역전에서 구운 닭고기를 파는 친구였다고 말하였다.

92) 흑룡강신문사에서 문예부간을 맡은 리태복 작가는 평론을 써야 하는 관계로 조선족작가들의 작품은 당연히 봤을 것이다. 때문에 조선족작가의 작품에서도 어느 정도 문학적 수신을 했을 것이라고 판단된다. 그리고 흑룡강신문은 조선어로 출판되는 신문이여서 실제적으로 수준 높은 조선어 구사능력이 필요한 상황이며 또한 마침 그때 당시 한국에서도 도서지원을 많이 하였던 시기라 한국작품들을 자연히 많이 읽게 되었을 것이다. 2013년 10월 18일 2013년 10월 18일 리태복 작가와의 대담.

자료실에는 많은 한국작품들이 진렬되었다고 한다.

『세계문학전집』60권하고『한국문학전집』몇십권을 한권도 안빼고 다 본 것 같습니다. 88년도에 신문사에 왔고 기숙사에 3년이나 있었으니까요. 기숙사가 신문사 안에 있었기에 하나씩 계속 가져다 보았습니다. **내용은 이미 다 알고 해서 그중 가장 인상이 깊었던 것을 골라 한번 다시 보았습 니다.** 그리고 그때 우리 말로 말하는 고전이 아닌 지금의 책들을 많이 읽 었습니다. 그후의 작가들, 80년대 작가들의 작품을 보면서 소설을 이렇게 써도 되는구나 하는 생각을 가지게 되었구요. 그중에서 제일 인상깊었던 건 신경숙의 소설들인데, 다른 것 보다도 「기차는 7시에 떠나네」란 소설이 있어요. 그때 충격을 좀 받았거든요. 소설을 이렇게도 쓸수도 있구나. 책을 처음 읽어볼때는 왜 이렇게 썼는지 알수가 없습니다. 중간쯤에 가야 이 작 가가 왜 이렇게 썼는지 무슨 얘기를 할려는지 알리거든요. 89년 학생 데모 가 지난지 얼마 안되는데. 보면 혈기있는 사람들이 나라의 운명을 관심하 고 해서 한국에서 데모도 하다가 점점 생활화되는 그때 내가 나이가 어려 서 그런지 정말 깊은 감동을 받았습니다. 특히 양파껍질 벗기듯이 한가지 한가지 독자들에게 알려주는 이야기가 상당히 재미났습니다. 구수한 것 그 런건 아니고 방식면에서 기교적으로 상당히 재미납니다. 젊은 사람들 한테 감동도 좀 있고. 그외 이문열작가의 소설들도 재미나게 봤습니다. 재미났 던 것들은 김주영의 「객주」라고 상당히 긴 소설인데 재미나게 봤습니다. 우리가 보기엔 재미는 이게 재미나더라고요. 내가 볼 때는 김주영의 「객주」 와 박효신 「불의 나라」 두 작품이 가장 재미났습니다.[93]

위의 인용문의 "내용은 이미 다 알고 해서 그 중 인상이 깊었던 것 을 골라 어떻게 이야기를 진행해나고 있는가"에 주의점을 두었다는 것은 리태복이 연변대학시절 이미 한국 문학작품 혹은 한국문학사를 접촉하였음을 말해준다. 리태복은 연변대학 졸업 후 흑룡강신문사에 취직하여 흑룡강신문 문예부간에서 6년간 편집을 맡게 되며 1년 동안

93) 2013년 10월 18일 2013년 10월 18일 리태복 작가와의 대담.

월평도 쓰게 된다. 위에서도 언급되었듯이 연변대학시절 중국 문학리
론 서적을 다량으로 본 적이 있기에 그것이 마침 리태복에게 있어서
월평을 쓰는데 도움이 컸다. 리태복은 기자이면서도 그동안의 문학창
작과 여러 갈래의 문학적 수신을 통해 평론에도 참여할 수 있었는데
당시 조선족 문단에서는 이러한 현상을 '기자문학평론'94)이라고 불렀
다. 흑룡강신문사에 취직한 후 리태복은 1년에 2편, 3편 정도의 소설을
쓰고 작가후진을 양성하는데 주의를 돌렸다. 그동안의 성과가 결국은
2000년에 새시기조선족중견작가작품대계시리즈의 하나인 『어둠으로
가는 렬차』라는 작품집으로 출간하게 된다. 이 작품집은 그동안 리태
복이 창작한 소설들로서 15편의 작품들이 수록되어 있다. 작품집의 작
가의 말에서 리태복은 "자신이 "토끼와 거부기"중의 토끼와 상사하다
는 느낌이 들기도 한다. 고중때부터 정식간행물들에 문학작품을 발표
하기 시작한것이 거의 20년이 지난 오늘에야 책 한권을 묶어내게 되
었으니 말이다."95) 말처럼 이 작품집은 확실히 오랜 기간을 걸쳐서야
세상에 나왔다. 하지만 "어쩌면 서면우의 문학보다 문학인으로서 마땅
히 갖추어야 할 인격수립과 순수한 영혼세계의 구축 그리고 문학수양

---

94) 요즘 우리 문단을 살펴보면 또 하나의 새로운 움직임이 있다. 지난날에는 잡지나 신문의
   문예부문에서 평론가들에게 부탁하여 평론글을 쓰게 하던데로부터 요즘에는 문예부문의
   기자들이 평론가들에게 글을 요청할 사이가 없이 앞가슴을 활짝 헤치고 직접 나서서 문
   학평론활동에 적극 참여하는 추세를 보이고있다. ……기자문학평론이란 곧바로 기자로
   일하면서 작가들에 대한 채방활동을 통해 창작정보를 수집한후 신문이나 잡지를 통해 직
   접 작가나 작품에 대해 소개하고 평론을 하는 평론행위방식을 말하는것이다. 기자평론으
   로 비교적 유명한 기자로서는 연변일보사의 강정숙, 김혁, 최룡관, 흑룡강신문사의 리태
   복 등을 들 수 있을것이다. 이들은 모두 기자의 관찰의 예리성과 민감한 문학감수성에 의
   해 우리 문단을 제때에 진맥하는데 크게 기여한것으로 나는 알고있다, 전국권, 「문학평
   론에 선도성을!」, 『문학과 예술』, 1997년 제3기, 33-34쪽 참조.
95) 리태복, 『어둠으로 가는 렬차』, 흑룡강조선민족출판사, 2012년, 작가의 말 참조.

닦기에 보다 많은 정력과 시간을 들였는지도 모른다. 또한 문학사에서
의 성과도 애타게 기대하지만 참다운 문학인으로서 자기완성을 그보
다 한층 중히 여기고 더 나아가 인생의 목표로 내세우기까지 하는 나
이기도 하다."96)는 리태복의 말처럼 그는 자신을 더 업그레이드시키
기 위해 2000년 한국으로의 유학의 길을 선택하게 된다. 하여 그전까
지 간간이 창작되던 소설마저도 중단되고 말았다. 한국에서 석, 박사
7년을 공부하고 3년을 중국어 강사로 10년간 한국에서 체류하게 되는
데『중국 조선문 신문의 위기와 그 해결책에 관한 연구』라는 석사논
문으로 한양대 석사학위를 수여받았고,『욱달부와 염상섭 소설의 비
교 연구』라는 박사논문으로 한양대 박사학위를 수여받는다.

중국에 돌아와서는 흑룡강대학 한국어학과 전공의 교수로 한국학
후학 양성에 심혈을 기울이게 되고 평론 청탁도 받게 되며 흑룡강 문
학의 많은 평심에서 평심위원장을 맡으며 후진 양성에 심혈을 기울이
게 된다. 귀국 후 그가 쓴 평론들을 살펴보면 근 10년간의 한국 생활
을 거친 후의 그의 새로운 문학 주장을 찾아볼 수 있다.97)

2013년『송화강』제2기에 실린 평론「조선족 사회 제반 길항관계에
대한 분석-흑룡강지역 조선족 소설작품에 대한 일고」에서는 흑룡강
조선족 작가들이 창작한 소설들에서 나타나는 과거형 질서의 추구는
첫째는 상실한 것들에 대한 아쉬움과 속수무책의 허무함이고, 둘째로
는 회귀본능의 발현이라고 주장한다.98) "과거 개혁개방전 조선족집거

---

96) 리태복,『어둠으로 가는 렬차』, 흑룡강조선민족출판사, 2012년, 작가의 말 참조.
97) 여기서는『송화강』에 실린 그의 평론 두 편을 텍스트로 한다. 그 2013년 제2호에 실린
「조선족 사회 제반 길항관계에 대한 분석-흑룡강지역 조선족 소설작품에 대한 일고」와
2013년 제3호에 실린「오늘의 한국문학과 중국문학」이다.
98) 리태복,「조선족 사회 제반 길항관계에 대한 분석-흑룡강지역 조선족 소설작품에 대한

촌의 형태는 생존이 보장되는 상대적 풍요(충족함), 외계와 상대적으로 단절된 환경(안전함), 가족, 친구들과 오손도손 모여 사는 생활패턴(안온함), 이러한 동굴이미지들은 그들의 회귀본능을 유혹하기에 충분하다. 그러나 이러한 회귀본능적 과거형 가치의 실현이 불가하다는 것을 그들도 잘 알고 있을 것이다. 아무리 악이 넘쳐난다고 해도 인간들의 집단적 추구는 절대적인 물질적 풍요를 선택하기 마련이기 때문이다. 동방의 원시적 대동세계의 복원 추구가 정신적인 차원에만 머물고 실현 가능이 전무하다는 것을 잘 알고 있듯이. 소설 속의 인물들이 과거지향적인 정신의 추구와는 향배를 달리하여 혼돈의 현실에 뛰어들 수밖에 없는 이유가 바로 여기에 있는 것이다."고 한다. 하여 그는 자신의 앞으로의 창작에 있어서 조선족공동체가 무너져가는 모습을 형상화하는 소설은 이젠 충분하다고 생각한다며 조선족은 현 시점에서 응당 농촌을 버리고 도시주민으로 거듭나야 한다고 주장한다.

> 요즘 내가 연구하고 싶은 것은 신라방에 관해서입니다. 당나라때 엄청 많은 신라사람들이 이주해왔습니다. 신라사람만은 아니고 백제, 고구려가 망하면서 당나라에서는 수많은 포로들을 잡아왔습니다. 하북을 위주로 하는 지역에서 조선족 마을과 같은 부락들이 생겼는데 그것을 통틀어 신라방이라 하는 것입니다. 그것이 세월이 흐르면서 얼마는 돌아가고 얼마는 동화되어 지금은 흔적도 없이 사라졌습니다. 저가 볼때는 역사는 반복이 됩니다. 어느선에서 반복이 되는 건 고증을 해봐야 알겠지만 총체적으로는 반복이 되는 것은 사실입니다. 이러한 운명적인 과정을 문학이 외면해서는 안된다고 저는 생각합니다. 신라방이 사라지는 과정이 백년 2백년을 필요하지 않았나 이렇게 주장하는 사람도 있습니다. 우리는 근데 몇십년 밖에 안 겪었거든요. 물론 지금은 그렇게 흔적까지 사라지기도 쉽지가 않습니다.

일고」, 『송화강』 2013년 제2호, 40쪽.

시골은 없어질 수 있습니다. 그런데 도시민족으로 거듭이 난다말입니다. 신문사에서 토론을 할 때 나는 농촌을 버려야 된다는게 내 주장입니다. 우리가 농촌에서 우리가 개척한 땅이랑 아까와서 그것만 지키고 있으면 우리만 낙후한 민족으로 전락해서 시대에 뒤떨어질수 밖에 없어 아예 버리고 도시의 민족으로 거듭나야 한다는게 내 주장입니다. 그렇지만 우리가 도시민족으로 거듭나는 것은 엄청 빠른 동화를 반면으로는 초래할 수 있습니다. 그래서 우리가 한국에서도 이미 없어진 우리 이쪽이 한국에보다도 고유의 문화가 더 많이 남아있었거든요. 그게 사라지는 것은 어쩔수 없는 것이고 유감스럽고 서글픔 만은 분명합니다. 그렇지마는 그걸 버리지 않으면 안된다는 것입니다.99)

한편 2013년 『송화강』 제3기에 실린 평론 「오늘의 한국문학과 중국문학」에서는 "진실에 대한 조명은 언제나 비교와 대비에 의해서만이 실질적으로 가능해진다. 그러한 의미에서 오늘의 조선족 문학에 대한 보다 정확하고 합리적인 판단과 인지는 어쩌면 그 내면을 들여다보는 것 보다 그것과 유대적 관계를 이루고 있는 그 밖의 세계를 살펴보는 것이 한층 효과적인 방법일 수도 있을 것이다. 또한 지정학적으로 한국 문학, 중국 문학과 불가분의 위치에 처해 있는 조선족 문학의 입지에서 이러한 방법론은 일층 설득력을 얻는다. 그리고 이러한 조명의 목적은 결코 한층 깊은 절망을 부추기기 위한 것이 아니라 절망의 심연에서 벗어나기 위한 새로운 통로의 모색에 있음을 밝혀둔다."며 오늘날의 한국문학과 중국문학의 상황과 그 발전추세에 관해 살펴보는 것을 통해 조선족 문학이 부딪히고 있는 고충의 해결방법 및 앞으로의 조선족문학발전의 방향을 모색한다. 거의 10년간의 한국에서의 문학공부와 체류는 리태복으로 하여금 가까운 거리에서 한국문학을 접

99) 2013년 10월 18일 2013년 10월 18일 리태복 작가와의 대담.

촉할 수 있게 하였고 한국 문학의 현재의 상황, 그리고 문제점 등을
꿰뚫어 볼 수 있는 가능성을 제공해 주었다. 다음의 서술에서도 리태
복이 한국문단의 현재 상황에 대해 상당히 잘 알고 있음을 알 수 있으
며 한국문단의 상황과 현재 조선족문단의 상황을 비교하면서 조선족
문단의 부족점을 찾고 그것을 극복하려는 노력이 보인다.

> 우리가 한국 문학을 하면서 중국문학도 읽었으면 좋겠고, 새로운 문학리
> 론들을 부지런히 공부했으면 합니다. 저가 『송화강』의 한 평론의 주해에
> 쓰게 있습니다. 한국의 작가들은 정말 공부를 열심히 합니다. 저가 한국의
> 유명한 작가들 몇몇 사람들을 만나서 밥 먹고 했는데 그 사람들은 정말 박
> 식합니다. 최신 이론을 다 알고 있더라고요. 구조주의부터 거의 모든 리론
> 을 다 알고 있다는 얘깁니다. 교수들이 아니라 작가들이. 알고 쓰고 모르고
> 쓰는 것의 차이는 천양지차입니다. 구조주의로부터 신화비평에 이르기까지
> 그 작가들은 모르는게 없습니다. 정신분석학 같은 것도 모르는게 없습니다.
> 그래서 상당히 놀랐습니다. 한국에서는 그렇게 공부하지 않으면 안되거든
> 요. 이렇게 되여 좋은 점이 90%로 라면 나쁜면이10%가 있습니다. 한국소
> 설이 특히 단편소설이 지금 독자가 없는 문학을 하고 있습니다. 그렇게 어
> 렵게 쓰니까 일반독자들은 재미가 없고 어려워합니다. 하여 일반독자와의
> 거리가 멀어집니다.100)

「오늘의 한국문학과 중국문학」에서 리태복은 문학의 위기와 곤경을
타개하기 위하여 한국문단이 경주한 노력은 다음과 같은 몇 가지로
찾아볼 수 있다고 한다. 첫 번째의 출구를 장편소설의 약진으로 보고
있다. "지금 한국 문단에서는 '2010년대는 장편소설을 꽃피울 수 있는
절호의 기회다." "지난 5년동안 한국에서는 장편소설 붐이 일어났다"
고 말하는 논자들이 있을 정도다. 그리고 이러한 '장편소설 붐'이 앞으

---

100) 2013년 10월 18일 리태복 작가와의 대담.

로 적어도 5년 이상은 지속될 것이라고 예언하는 이들도 있다.”며 신경숙의 「엄마를 부탁해」, 김훈의 「남한 산성」, 김애란의 「두근 두근 내 인생」, 성석제의 「위풍당당」, 배수아의 「서울의 낮은 언덕들」, 한강의 「희랍어 시간」, 권여선의 「레가토」, 공선옥의 「꽃 같은 시절」, 최진영의 「끝나지 않는 노래」 등 성과작의 배출이 그것을 증명한다”고 서술한다. 두 번째의 노력으로는 르포문학으로의 이동으로 보고 있다. “소설에 대한 독자층의 이탈을 견제하고, 독자 및 현실과 한층 가까운 장르를 선택하여 벌어진 간격을 줄여보고자 하는 노력의 일환이 르포문학에 대한 선택이다”고 보고 있으며 그 성과를 올린 작가를 공지영으로 꼽고 있다. 1990년대 초 「무소의 뿔처럼 혼자서 가라」라는 작품으로 한국에서 큰 인기를 누렸고 조선족 문단에도 잘 알려진 공지영은 근간에 장애인 학교의 비참한 실태를 조명한 「도가니」와 쌍용 자동차 노동자들의 파업, 해고 사건을 다룬 「의자놀이」, 이 두 편의 작품으로 일약 새롭게 각광 받는 르포작가로 부상했다.[101] 그 다음으로의 노력을 포르노문학에 대한 새로운 관심으로 보고 있다. 리태복은 한국 문단에서 총체적으로 이 세 가지로 독자들과의 거리를 줄이기 위해 노력을 하고 있다고 보고 있다.

현재 중국 조선족 문단이 당면한 문제와 조선족 문단의 한국 문학 수용에 대해서 리태복은 다음과 같이 주장하고 있다.

한국 문학작품을 열독하면서 중국 문학작품도 소홀히 대하지 말았으면 좋겠고요. 우리의 문학은 한국을 배울 때 어떤 수법들은 한국 문학의 수법들을 따라배워야 하며 공부를 해야 합니다. 지금 소설들을 보면서 저는 내

---

101) 리태복, 「오늘의 한국문학과 중국문학」, 『송화강』, 2013년 제3호, 38-39쪽.

용을 배울 필요가 없다고 봅니다. 왜냐하면 생활은 변하니까요. 하지만 문학의 형상화하는 방법은 배워야 합니다. 사실 사람들을 끌고 하려면 어떤 방면에서는 형식이 중요하거든요. 현재 조선족 문학은 거의 독자가 없습니다. 하여 독자들을 끌려면 독특한 형식이 중요하다고 생각됩니다. 그리고 언어, 우리의 언어면에서 한국어를 많이 배워야 합니다. 내가 이 책을 다른 사람 앞에서 꺼내기 부끄러운 것은 언어가 너무 서툴기 때문입니다. 조선족은 장기간 상대적으로 밀폐된 환경에서 살았기에 변화가 크지 않지만 한국의 언어는 엄청 많이 진화되었습니다. 그리고 문학언어와 생활언어가 구별되어야 합니다. 우리 주변에 있는 많은 작가들은 전문적이고 수려하고 재치있는 문학 언어를 사용하는 데는 많이 부족됩니다.[102]

위의 인용문에서 리태복은 조선족 문단의 한국 문학 수용에 있어서 형식 외에도 언어면의 수용도 중요하게 생각하고 있음을 알 수 있다. 이러한 리태복의 태도는 사실 1997년 제2기의 『문학과 예술』에 게재된 「민족비운에 대한 깊은 반추, 현실변화에 대한 적중한 포착」이라는 평론에서도 엿볼 수 있다.

바람꽃이 다른 한면에서 성공한것은 언어선택에서 새로운 시도를 한것이다. 경제발전과 발달국가들과의 교류가 빈번해짐으로 하여 우리의 생활에 새롭게 주입된 언어들, 한국과의 관계가 한층 민가화되고 생활화됨에 따라 우리의 언어행위에 대량으로 들어온한국현재사용의 언어들이 소설에서 많이 나타나고 있다. 이는 소설이 취급한 사회지리적환경 한국이였기에 더욱 필요했던것이며 또한 한국에서 얼마간 문학창작에 몰두해온 작자였기에 새로운 단어의 숙달된 사용이 가능했던것이다. 녀성특유의 세심한 세부관찰과 그로부터 녀성저인 정감주체를 거쳐 반사된 소설창작은 이러한 새로운 언어사용과 표달방식의 바탕으로 캐리어로 되여주었다.[103]

---

102) 2013년 10월18일 리태복 작가와의 대담.
103) 리태복, 「민족비운에 대한 깊은 반추, 현실변화에 대한 적중한 포착」, 『문학과 예술』, 1997년 제2기, 34쪽.

이상 리태복의 문학수신을 그의 인생역정과 결부시켜 보았는데 리
태복에게 있어서 조선문학의 수신은 리태복으로 하여금 문학에 관심
과 흥미를 가지게 하였으며 리태복을 문학의 길로 들어선 계기적인
역할을 하고 한족 문학의 수신은 사실주의를 바탕으로 한 문화소설을
창작하는 계기가 되었고 이는 또한 리태복으로 하여금 조선족 문단에
서의 위치를 굳게 하였으며 한국 문학의 수신은 리태복의 소설창작
에 있어서 형식면에서의 새로움에 대한 시도와 언어면에서의 한국화
추세를 나타나게 하였다고 할 수 있다. 한국에서 10년간 체류하면서
석, 박사 학위를 취득한 리태복의 다음 작품들이 기대된다.

4.2 리태복의 문학창작과 경향

1절에서 살펴본 경력과 문학수신을 거친 리태복의 작품들을 지금
살펴보는 것은 현존작가로서 아직 시기가 이른 감이 없지 않지만 리
태복의 경우 오랜 기간 한국에서 공부를 하고 있는 사이 그의 창작은
10 여 년간 중단되어 아직도 새로운 작품이 나오고 있지 않은 상황이
며 또한 설령 금후에 작품이 창작되더라도 그것은 리태복이 오랜 공
백기를 거쳐 창작한 작품인 만큼 특히 한국에서의 장기체류 후 창작
된 문학인만큼 그의 전후시기 작품의 변모양상을 연구하는데도 기초
적인 작업을 하는데 의미가 있을 것으로 생각한다. 하여 여기서는 조
선족 중견 작가임에도 불구하고 여러 가지 이유로 지금까지 거의 조
명이 되지 않은 리태복의 소설작품들을 묶은 소설집 『어둠으로 가는 렬
차』[104]를 텍스트로 선정하여 그의 창작 성향을 살펴보려고 한다.

104) 본문에서는 2000년 흑룡강조선민족출판사에 의해 편찬된 『어둠으로 가는 렬차』를 텍

『어둠으로 가는 렬차』에는 총 15편의 중단편소설이 수록되어 있는 데 그 작품의 경향에 따라 분류해 놓으면 대체로 다음과 같은 두 가지 계열로 볼 수 있다.

하나는 사실을 바탕으로 창작된 픽션적 작품으로서 여기에는 「고향 (3편)」(1987), 「정든 땅(3편)」(1989), 「광야의 길」(1988), 「사랑극장」(1988), 「한 담구역」(1992), 「무풍시대」(1996), 「황혼의 언덕」(1998), 「먼길」(2000), 「어 둠으로 가는 렬차」(1999) 등 작품들이 있는데 이 계열의 작품들은 많이 는 중국의 격변의 시대에 조선족마을이 어떻게 변화되어 가고 있고 그 사람들이 어떤 사유로 새로운 시대를 직면하고 있는가를 보여주고 있다.

다른 하나는 논픽션적 작품, 즉 허구적인 문학, 생각해서 쓴 문학, 갑자기 떠올라서 쓴 문학으로서 「강가의 사색자」(1988), 「령혼만이 내 것이다」(1989), 「할빈 1988년 여름」(1990), 「슬픈 안녕」(1993) 등 작품들 이 이 계열에 들어간다. 이 계열의 작품들은 리태복이 평소 고민하고 생각했던 것들을 소설화한 작품들로서 리태복의 예술적인 실험 및 그 의 문학 형상화의 다양성을 나타내는 작품들이다.

첫 번째 계열에 속하는 「고향(3편)」(1987), 「정든 땅(3편)」(1989)은 1절 에서도 이미 밝혔는바 이 두 작품은 그때 당시 그 고장의 문화를 보여 줄 수 있는 문화소설을 쓰는 중국 주류 문단의 분위기의 영향의 산물 이다. 「고향(3편)」(1987)에서는 박서기, 백과부 등 두 인물과 「공동묘지」 등 하나의 장소가 묘사의 대상이 된다.

「박서기」에서는 1930년대에 스무 살도 안 되어 혁명에 참가한 행복

스트로 선정한다.

촌의 당지부서기 겸 촌장인 박서기의 연대기를 간략하게 묘사하고 있다. 키도 작고 살집이 좋은 박서기는 고지식하며 말보다 행동으로 움직이는 고향의 한 독특하고 개성 있는 인물성격과 그의 인생역정을 통해 그동안의 중국사회의 변천을 보여주고 있으며 그 고장의 독특한 문화를 독자들에게 전달해준다.

「백과부」에서는 체약한 남편이 일찍 죽게 되어 남편없이 딸들을 키우며 살아가는 백과부의 힘겨운 과부생활을 그리면서 그렇게 힘겨운 상황에서도 마을사람들을 즐거움을 가져주다 간 '백과부'라는 한 인물의 개성을 잘 살리고 있다. 이 소설에 등장한 과부모티브는 리태복의 그후의 많은 작품에서도 자주 등장한다.

「공동묘지」는 공동묘지에 대한 간략한 묘사를 통해 공동묘지에 대한 마을 사람들의 독특한 인식양상과 그 공동묘지에 대해 가지고 있는 남다른 감정 그리고 그에 대한 인식변화를 통해 사회의 변천을 측면으로 보여주고 있다.

「정든 땅(3편)」(1989)에서는 「내기」, 「홀아비 홍석수」, 「최건달」 등을 묘사대상으로 하고 있다.

「내기」에서는 '내기'를 남달리 즐기는 고향사람들의 생활습관, 그중의 대표적인 한 인물 김수철의 '내기'로 인해 죽음으로 가게 된 김수철의 '내기'경력을 그리면서 '내기'의 폐단을 독자들에게 전달한다.

「홀아비 홍석수」에서는 도박을 좋아하지만 인정이 많고 부지런한 홍석수라는 한 인물이 아내와 딸의 잇단 사망으로 정신이 이상해져 이상한 행동을 보이는 모습을 그리면서도 아내와 자식들에 대해서는 끔직한 모습을 부자간의 사랑, 가족 간의 돈독한 사랑과 불우한 이웃을 돕는 고향마을 사람들의 미풍양속을 그리고 있다.

「최건달」에서는 최봉수라는 인물의 도박인생을 그리는 것을 통해 도박을 즐기는 사람은 도박을 통해 벼락부자가 될 수도 있지만 언젠가는 또 모든 것을 잃을 수도 있으며 더 나아가 도박의 해독성을 독자들에게 전달해준다.

중국문단의 汪曾祺처럼 리태복 역시 이러한 인물들과 그 자신의 고향마을의 세태와 고유한 문화를 담아서 이 두 작품을 창작한 것으로 볼 수가 있다. 중국문학의 영향을 크게 받은 이 두 작품은 리태복 문학의 출발점이고 리태복으로 하여금 조선족문단에서 작가로서의 자리를 굳히게 하였다. 리태복의 이후 창작에서도 그의 고향마을의 정경과 생활모습은 자주 등장하게 된다.

「광야의 길」(1988)과 「한담구역」(1992) 이 두 단편소설은 시대의 변천과정에서 조선족 마을이 어떻게 변모되어 가고 마을의 젊은이들이 어떻게 격변의 시대를 맞이하고 있는가를 보여주는 작품들이다.

3인칭 서술로 진행된 「광야의 길」(1988)에서는 배경 장소를 할빈과 할빈교외의 농촌마을을 정하고 있으며 주요 인물로는 대학생 원식이와 성만이, 재훈이, 상호 그리고 춘자와 영화 등 6명의 동년배친구들이 등장한다. 어려서부터 농촌에서 함께 자란 그들은 사이가 좋아 여름이나 겨울의 농한기가 되면 여름과 겨울방학에 고향으로 돌아오는 원식이까지 합류되어 함께 모여 마작을 놀면서 시간을 보내군 한다. 그러던 어느 하루 원식이가 고향에 약혼녀를 데리고 오게 되는데 성만, 재훈, 상호 그리고 춘자와 영화는 자신의 모습과 판연히 다른 원식이의 약혼녀를 보고 어딘가 허전함과 도시생활에 대한 동경과 부러움이 마음 한가운데에 자리하게 되었다. 하여 식구가 적어 땅이 얼마 되지 않는 성만이는 춘자를 데리고 농촌에서 탈출하려고 할빈으로 떠나게 된다. 그들은 할빈에서 성만이는 건축노동자로 춘자는 식당의 도우미로 취직하여 고생스러우나 이 고비를 넘기면 진정으로 할빈시민으로 되는 꿈과 희망을 이룰 수 있다는 생각으로 몇 달간은 서로 위로해 주며 잘 이겨낸다. 하지만 날이 갈수록 농촌에서 탈출하여 도시에 왔지만 생활은 여전히 달라진 것이 없고 도시의 많은 것은 단지 도시사람만이 누릴 수 있는 것이지 농촌사람들인 그들에게는 거리가 먼 것을 새삼스레 느끼게 된다. 춘자는 자신들의 자그마한 존재에 실감하게 되고 도시사람과의 차별에 큰 감촉을 받게 되며 신분상승과 돈을 벌기 위해 애인 성만이를 배신해 돈 많은 개발공사의 경리와 가까이하고 그와 함께 여행을 떠난다. 여행길에서 춘자는 그가 아내가 있는 사실을 알게 되고 개발공사경리와 헤어지고 고향으로 다시 돌아오게 된다. 성만이 역시 사랑하는 연인의 배신으로 하여 도시에서 고달프게 살아가는 의미를 잃게 되고 며칠을 술로 보내다가 몇 달간 번 돈을 대학생 친구인 원식이에게 넘겨주고 고향에 돌아오게 된다. 재훈이와 상호는 성만이와 춘자의 할빈행에 큰 충격을 받게 되며 도시로 진출한 두 친구를 부러워한다. 아버지와 형님의 엄한 목소리와 거친 손으로 그동안 그들의 결정에 따랐고 아버지와 형님의 분부에 따라 고분고분 일해 왔던 상호마저도 이제는 혼자서 결정하려고 한다. 이것은 농촌의 젊은이들에게 할빈이라는 대도시의 유혹은 굉장히 컸다는 것을 시사해준다. 성만이의 번개 같은 할빈행은 재훈에게 나태해지고 목표 없이 거미처럼 살아가는 자기를 놀랍게 느끼도록 했다. 사실 재훈 역시 도시생활에 대한 동경은 컸다. 하지만 재훈이는 할빈으로 떠난 성만이와는 달리 그의 집은 농촌에서 갑부이기에 생활이 어려운 성만이와는 상황이 달랐고 또한 그러한 이유로 도시로 진출하려는 의향이 상대적으로 약하며 필요성을 크게 느끼지 못하고 있다. 하여 상호는 농촌에 남아 농촌의 건설에 힘을 이바지 하겠다고 결심한다. 영화, 성만이, 원식이가 할빈으로 출발하는 기차역으로 가는 모습이 그려지고 있는 소설의 결말부분은 그 시대의 도시에 대한 농촌의 젊은이들의 동경과 농촌 청년들의 도시로의 진출 그리고 농촌처녀들이 도시에 대해 갖고 있는 한결 더 큰 동경을 실감나게 보여주고 있으며 앞으로 농촌에 거주하는 젊은 여성들이 적어질 것임을 시사해준다.

「광야의 길」에 비해 4년 늦게 나온 「한담구역」(1992)은 역시 3인칭 서술로 이야기가 전개되고 있으며 배경장소를 할빈 교외의 농촌마을로 설정하고 있다. 작품에 주로 등장하는 인물로는 전진촌의 4명의 친구 박춘성, 준호, 봉수, 동만이 등 4명의 인물들이다. 그들은 농한기 때면 한담장소에서 장기를 두고 한담하군 한다. 하지만 어느 순간 개혁의 바람이 그들이 살고 있는 농촌마을에까지 미치게 되자 한담군들이 하나하나씩 적어진다. 시대의 변화에 민감한 4명의 농촌 젊은이들은 일년 농사를 뼈 빠지게 해봐도 생활이 달라지지 않는 상황에 자신의 취미와 성향, 그리고 형편에 근거하여 제각기 새로운 길을 모색하게 된다. 그중 준호는 장락비닐제품공장을 세우고 봉수는 장리돈을 빌어 록용, 사향장사를 시작하였으며 동만이는 마을에서 2천원의 장리돈을 꿔서 일 년에 2만원을 쉽게 벌 수 있다는 수리남이라는 자그마한 나라에 2년간 노무수출로 간다. 그리고 다른 친구들이 농사를 버리고 다른 일을 선택한 반면 춘성이는 역시 「광야의 길」의 재훈이처럼 농사에 매달린다. 하여 "계절이 바뀌어도 한담구역은 계속 들끓었던" 전진촌의 예전의 모습은 소설의 결말부분에 "그런데 담배를 한 대 다 피워도 나오는 사람이 없었다. 두 대를 묘사하고 있는 다 피워도 여전히 없었다"로 묘사되고 있는 것처럼 매우 한적한 모습으로 변모되었으며 이는 농촌이라는 공동체가 격변기를 맞이하여 예전에 비해 많이 한적해져가고 있음을 보여주고 있으며 더 나아가 이러한 청장년의 농촌탈출로 농촌이 앞으로 황폐화 되어갈 것을 독자들에게 전달해주고 있다. 소설은 바로 이러한 4명의 인물의 격변기에 직면하여 한 선택을 중심으로 그리는 것을 통해 격변기 시대에 대응하는 농촌마을 사람들의 대응양상과 조선족 마을의 변모양상을 독자들에게 보여주고 있다.

「사랑극장」(1993)은 일인칭 소설이며 또한 작품내에 아내 후남이가 남편 '나'에게 보내는 편지내용이 전경화되어 있어 액자소설의 형식을 갖춘 소설이기도 하다. 이 소설은 앞의 4편의 소설이 순차적으로 이야기가 전개되는 상황과 달리 전통적 슈제트 구성을 타파한 심시시간의 순서에 의해 이야기가 전개되고 있다. 딸 경옥이를 보러 갔다 병원에 입원하고 있는 아내를 보살피려 가는 길에서의 '나'의 심리활동으로 시작되는 이 소설은 다음과 같은 이야기를 그리고 있다. 문화대혁명시기 할빈 교외의 농촌마을에서 생활하며 할빈에서 대학을 다니던 '나'는 이웃집에서 살고 있는 후남이와 그의 친구 애영이의 음모로 감옥에 가게 된다. '나' 감옥에 들어간 후 가족들 마저도 자주 오지 않는 면회에 후남이는 감옥에 있는 '나'를 보름이면 한번 면회를 오고 '나'는 처음엔 자신을 모함한 후남이에게 질책하고 지어는 때리기도 하다가 나중에는 후남이의 집착에 감동되어 출옥 후 후남이와 함께 예전의 살던 마을을 떠나 낯선 동네로 가서 결혼하여 생활한다. 결혼 후 그들은 서로 도우면서 행복한 나날들을 보내지만 그러한 행복한 나날은 불치병에 걸린 후남이의 죽음으로 얼마 지속되지 못한다. '나'는 후남이가 사망 후 병원의 간호원에게서 후남이가 남기고 간 편지를 넘겨받는데 그 편지에서 후남이의 팔이 잘려 한쪽 팔을 잃은 불구자로 된 후남이의 이러한 불우한 경력, 그리고 '나'에 대한 후남이의 사모와 후남이 계책으로 '내'가 어떻게 감옥에 들어가게 된 구체적 사연과 비밀이 밝혀진다. 이처럼 소설은 다른 사람에게 있어서는 황당하다고 느껴질지도 모르는 이러한 이야기를 감동적으로 그리고 있다. 그 외에도 이 소설은 형식면에서 순차적 서술로 진행된 앞의 몇몇 소설에 비해 이 소설은 현재-과거-현재와 같은 형식을 이루고 있어 이색적이다. 이 소설집에서 「사랑극장」과 같이 소설 속에 편지의 내용이 펼쳐지고 있는 이런 액자소설 형태는 이외에도 「광야의 길」(1988), 「강가의 사색자」(1988), 「령혼만이 내것이다」(1989), 「할빈 1988년 여름」(1990), 「무풍시대」(1996), 「먼길」(2000) 등 작품에서도 사용되고 있어 이러한 형식은 리태복의 이 소설집에 있어 중요한 위치를 차지하고 있음을 확인할 수가 있으며 소설에서 이야기를 진행함에 있어서 편지(일기)모티브가 매우 중요한 역할을 담당하고 있음을 알 수가 있다.

「미안해 그리고 잘살어줘」(1994)에서는 무대를 할빈 교외의 마을로 설정하고 있으며 '나'와 아내라는 두 인물의 농촌의 행복한 가정이 파탄되어 가는 과정을 다루고 있는 소설이다. '나'와 아내(향중심학교 교원)는 시골에서 오붓하게 잘 살다가 우연한 기회에 '나'가 장문혁을 알게 되고 지금보다 더 낳은 생활을 추구하려고 시골인인 '나'가 도시로의 진출을 시도하다 도시에서의 불량한 문화에 영향을 받아 애인을 찾게 되고 그것이 아내에게 발각되어 가정이 처참히 파탄되고 지어는 생명까지 잃을 뻔하게 된다는 이야기를 일인칭 시점으로 순차적으로 그리고 있다.

「무풍시대」(1996)에서는 배경장소가 할빈시로 설정되었으며 주로는 어릴적 한 마을에 살았던 창원이와 정희를 중심으로 벌어지는 이야기를 그리고 있다. 한 고향에서 자란 창원이와 정희는 사춘기 때 서로에게 이끌려 금과까지 맛보지만 창원이의 대학입시의 합격으로 벌어지는 신분차이와 창원 부모의 극력한 반대로 헤어지게 된다. 그러던 어느 하루 할빈의 시장에서 김치장사를 하던 정희는 창원이가 아내와 그들의 아이를 손에 잡고 시장을 거니는 행복한 모습을 목격하고 지난날 착오를 같이 범했지만 자신만 불행한 살아야만 하는 현실에 불만을 품고 계책을 사용하여 창원이의 행복한 가정을 파탄시킨다는 내용이다. 전체적으로 볼 때 이 작품은 3인칭시점으로 순차적으로 이야기를 진행하고 있으며 위의 논술에서도 이미 밝혔듯이 이 작품에서도 결말부분에 가서 창원이에게 비밀을 밝히고 있는 정희의 편지내용이 그대로 펼쳐지고 있다.

소설 「먼길」(2000)의 서사구조는 역시 앞에서 다루었던 「사랑극장」의 서사구조와 비슷한 양상을 띤다. 우선 두 작품은 모두 일인칭시점을 사용하고 있다. 또한 두 작품 모두가 병원으로 가는 버스 위에서 예전의 일들을 회상하는 구조와 아내가 남긴 편지 혹은 어머니의 일기를 보고 자신이 몰랐던 지난날의 비밀들을 알게 된다는 점에서 많은 유사성을 보이고 있다. 이 소설의 주된 줄거리는 할빈교외의 홍광촌이라는 마을에서 평생을 생활한 어머니가 문화대혁명 때 명세라는 인물에 의해 입은 심한 타격으로 얻은 심장 질환으로 병원에 입원하다 생을 마감하는 이야기인데 거기에 '나'가 어머니가 임종을 앞두고 지난 날 남편의 목숨을 가져가고 자신에게 커다란 상처를 가져다 준 명세를 미워하고 저주하고 그의 딸에 미움을 많이 줬던 자신의 지난 과거에 후회한다는 말과 "마음을 맑게 가지고 어려운 길을 흔들림 없이 가라"는 어머니의 부탁으로 어머니의 장례식에 참석하러 온 명세를 들어오지 못하게 하는 누님을 설득시켜 방안으로 들어오게 한다는 이야기가 부차적으로 펼쳐지고 있다. 특히 소설에서 명세의 딸 련숙이가 어머니의 령위 앞에 꿇어앉아 정히 술을 따르고 큰절을 두 번 곱게 하는 모습, 명세의 참회의 눈물을 흘린다는 설정은 리태복이 현실사회에서는 이루어지지 않은 두 가족의 화해를 도모하고 있는 것으로 생각된다.105)

"돌아온다, 돌아와. 결국은 돌아온다니까."라는 장씨의 말버릇처럼 하는 말로 시작되는 「황혼의 언덕」(1998)에서는 역시 앞의 여러 소설과 마찬가지로 배경을 할빈 교외의 조선족 농촌 마을로 설정하고 있으며 이야기의 주된 줄거리는 송기환, 영수, 영희 3대에 걸쳐 이어지는 떠돌이 생활과 귀환을 중심으로 이루어지는 시대의 변화에 따른 농촌마을의 변모양상과 마을 주민들의 대응양상을 그리고 있다. 장씨의 남편 송기환은 부모들이 지어준 장씨와의 혼인에 만족하지 않고 아들 영수가 태어난 후에도 어릴 적부터 함께 자라 오면서 정을 쌓아온 월순이와의 치정을 끊지 않아 부친한테 매를 얻어맞은 후 월순이와 함께 마을을 탈출하였다가 3년반 만에 고향으로 돌아온 경력이 있다. 임종을 앞두고 송기환은 월순이와 함께 3년 만에 고향으로 돌아오는 길에 토비를 만나게 되어 월순이를 토비들에게 빼앗긴 사실을 밝힌다. 장씨의

---

105) 리태복 작가와의 면담에서 그는 「먼길」이라는 작품에 관해 다음과 같이 이야기하고 있다. "「먼길」이라는 소설은 내가 다녔던 성고자 조선족학교의 일을 문학화한것입니다. 작품에서의 딸이 와서 사과했던 내용을 나두고는 이야기가 현실과 똑 같습니다. 수해자는 그때 당시 우리 학교의 교도주임였습니다. 가해자는 현재는 교회에 다니고 휠체어 타고 다닙니다. 량가집의 원한이 상당히 깊어서 자식들끼리도 말을 안할 정도입니다. 지금은 다 한국에 나가 있고 두 가족은 아예 만나질 않습니다. 마을에 살때는 그렇게 못살게 굴었으니까 감정적으로 마음이 안 열리지요."

아들 영수는 스물여섯의 열혈나이에 매일매일 차려지는 주먹세례와 각종 수모로 인한 마음의 아픔과 분노를 억누를 수 없어 집과 마을을 탈출하여 전국을 전전하다 7년 만에 고향으로 돌아온다. 귀향한 영수는 개혁개방의 시기를 맞이하게 되고 나라의 호도거리의 실시로 희열을 느끼며 몇 년간 열심히 영농을 한다. 그러다 한국으로 가는 붐이 마을에서도 일어나게 되고 영수는 더 좋은 생활을 동경하는 마음에서 장리돈을 내어 한 마을의 봉수와 한국행을 떠나지만 고된 일과 한국 생활의 부적응, 그리고 처자식과의 생이별로 인한 고독을 술로 달래다가 어느 날 술에 취해 난동을 부리게 되며 그로 인해 강제출국을 당해 고향으로 돌아오게 된다. 고향으로 돌아온 영수는 자책감으로 거의 매일이다시피 술을 과음하다 어느 날 밤늦게까지 술을 마시고 집으로 돌아가는 길에 넘어져 뇌출혈로 세상을 마감하게 된다. 원래 마을의 학교에서 선생으로 있던 장씨의 손녀 영희는 동생 동석이의 학비 마련과 영수의 한국행으로 빌렸던 장리돈을 갚으며 어머니 김씨의 치료 비용을 쓸 돈을 마련하기 위해 학교를 그만두고 북경이나 연해도시로 전전하면서 가족들과 오랫동안 연락을 끊다 3년 만에 아이를 안고 귀향하게 되며 촌장의 부탁으로 마을의 학교에 선생으로 다시 복귀한다. 이처럼 대체적으로 장씨의 회상으로 시작되어 순차적 서술[106]로 이야기가 진행되고 있는 이 작품에서는 3대에 이어지는 떠돌이생활과 사회의 변천을 밀접히 결합시켜 시대의 변화에 따라 변화되어가는 마을의 정경과 마을사람들의 생활을 독자들에게 전달해주고 있다. 작품에

---

106) 이 작품은 장씨의 회상으로 시작되어 임종을 앞둔 송기환이 월순이 아버지에게 월순이가 토비들에게 빼앗기는 이야기와 영수와 봉철이가 반년 만에 고향으로 돌아오게 된 이유가 작품의 가운데 회상의 형식으로 삽입되어 있을 뿐 다른 부분은 거의 모두가 순차적으로 이야기가 진행되고 있다.

서의 3대에 이어지는 떠돌이 생활은 장씨가 송기환에게 한 말 "종자가 그 종자니 별수 없지."라는 말과 같이 거역할 수 없는 그것은 어쩌면 거역할 수 없는 운명임을 암시하고 있다. 이러한 형식은 아들 성기의 역마살이를 제거하기 위해 옥화가 갖은 노력을 하지만 결국은 유랑의 길에 들어선다는 이야기를 다루고 있는 한국 현대작가 김동리의 「역마」라는 작품을 연상케 한다. 또한 송기환, 영수, 영희 3대에 걸친 수난의 구조는 자연스럽게 부자가 전쟁으로 잇달아 불구가 되는 이야기를 다루고 있는 한국 현대작가 하근찬의 「수난이대」를 떠오르게 한다. 앞의 제1절에서도 밝혔는바 리태복은 연변대학 재학시절 채미화가 편찬한 『남조선단편소설선집』을 접촉하게 되는데 이 소설집에는 상술한 두 작품이 수록되었다. 하여 「황혼의 언덕」의 이러한 문학적 형상화는 『남조선단편소설선집』의 독서적 영향에 인한 것으로 짐작되며 이것은 의도적인 모방보다도 열독을 통한 인상에 의한 무의식적인 영향의 범주라고 생각된다.

총 14장으로 구성된 「어둠으로 가는 렬차」(1999)는 조선족 마을의 김성도 영감의 일가와 딸부자 심씨네 일가 및 박관식 노인일가의 격변하는 시대에 대응하는 모습을 그리고 있는 중편소설이다. 소설의 각 장의 간략한 내용을 보면 다음과 같다. 소설의 제1장에서는 김성도 영감의 내력, 성격이 소개되고 무서운 꿈을 꿔 이른 새벽 둘째 딸 집으로 향하여 급히 가고 있는 심씨가 소개된다. 제2장에서는 반신불수인 박관식 노인일가의 일상생활과 호성과 마누라가 나누는 (김서기와 일수 어머니가 좋아한다) 대화를 마침 김서기의 딸 봉화가 엿듣게 되는 이야기를 그리고 있다. 제3장에서는 심씨네 막내딸 길녀와 그의 대상자 홍철이가 현성에서 하던 옷장사를 그만두고 로씨야에 가서 장사를 하려고 하나 돈이 부족하여 돈을 꾸려 심씨네 집을 방문하는 내용이 펼쳐지고 있다. 제4장에서는 2장에서 성도영감네 집의 자녀들이 성도 영감과 함께 한자리에 모여 성도영감과 일수어머니의 일에 관하여 토론하는 모습이 그려지고 있다. 제5장에서는 호성이 내외가 아무리 노력해도 달라지지 않는 가정생활에 대한 출로를 의논하는 모습과 갈증이 심한 박관식 노인이 불편한 몸으로 물을 가져다 넘어졌는데도 인차 일어세울 대신 박노인에게 너무 지나친 말을 해버리는 아내를 구타하는 호성이의 모습, 그리고 남편의 매를 맞고 영희가 가출하는 이야기가 전경화되고 있다. 제6장에서는 성도영감의 며느리와 두 딸이 안씨를 구타하는 이야기와 이로 인하여 성도영감과 자녀들간의 격렬한 충돌의 모습을 그리고 있다. 제7장에서는 길녀와 용철이가 형부 두만이에게 돈을 빌려내는 이야기와 길순이가 한국으로 밀입국하게 된다는 내용이 주를 이루고 있다. 제8장에서는 가출한 영희가 봉화네가 현성에서 식당을 꾸리는데 도와달라는 권유에 봉화, 문혁이를 따라 현성으로 출발하는 이야기를 그리고 있다. 제9장에서는 심씨네 둘째딸 길순이를 비롯한 한국으로 밀입국하려는 일행이 밀입국하는 배가 세찬 바람에 번져져 죽게 되는 모습이 전경화되고 있다. 10장에서는 아들딸과 격렬한 충돌이 있은 후 성도영감은 아예 짐을 싸서 안씨네 집에 들어가 살림을 차리고 자녀들과 연락을 끊는 이야기와 호성이가 현성 봉화네 식당에서 일을 하고 있는 영희를 찾아가는 이야기가 그려지고 있다. 제11장에서는 예전과 달리 인심이 많이 박해진 농촌마을의 모습, 몹쓸 병에 걸려 죽게 되는 성도영감과 그의 장례식의 장면, 림씨와 한국에 가려고 문혁이와 이혼하는 봉화, 그리고 이혼 후 아들의 부양문제 등 이야기가 주로 펼쳐지고 있다. 제12장에서는 아내 영희의 불귀로 인한 호성이의 고역의 생활과 그러한 아들의 모습을 가슴 아파하다 자살하는 박노인의 모습이 펼쳐지고 있다. 제13장에서는 둘째딸의 죽음으로 크나큰 타격을 입은 심씨가 둘째 사위 태만의 출현과 외손자 성만이를 데려가는 일로 한층 더 큰 충격을 받는 모습을 전경화하고 있다. 제14장에서는 아내 영희를 찾으러 떠나는 호성이의 이야기와 심씨의 막내딸 길녀가 출산한 아이가 로씨야 사람의 아이라는 사실이 밝혀지고 연달은 강타로 인해 기운을 못쓰는 심씨의 모습, 그리고 그러한 어머니에게 백인으로 외모가 드러난 딸애를 그냥 두고 집과 고향마을을 나서고 있는 길녀의 모습이 그려지고 있다. 총체적으로 개괄한다면 이 작품은 농경사회로 대표되는 집단생활을 하던 조선족의 거주환경이 격변기를 맞이하면서 어떻게 한걸음 한걸음 쇠퇴되고 사라져 가는가를 농촌마을에 사는 세가족의 현실 대응양상을 통해 독자들에게 보여주고 있는 것이다. 또한 형식면에서 이 작품은 전체적으로 볼 때 3인칭 시점으로 이야기가 순차적으로 진행되고 있는 중편소설이라는 상대적으로 큰 스케일의 장르로서 중국 조선족 문단의 전통적인 리얼리즘소설이기는 하지만 작품을 유심히 살펴본 독자들은 이 작품에서 리태복의 다른 작품에 나타나지 않았던 과거형의 문장과 현재 진행형의 문장이 같은 단락 내에서 여러 군데서 찾을 수 있다. 이러한 과거형 문장과 현재 진행형 문장의 교차적인 사용은 긴 소설을 읽는 독자들의 주의력을 환기할 수 있으며 또한 현재 진행형 문장은 특정 상 아직 행동이나 상태가 완료되지 않고 지금 진행하고 있는 상황인 것처럼 느끼게 하여 현장감을 가해준다.

「강가의 사색자」(1988)에서는 2인칭수법으로 대학 진학과정에서의 전공선택 및 대학졸업후의 일자리 선택에 있어서 독단적으로 결정하는 전통적인 가부장적 아버지에 대해 반항한 한 인물이 집에서 돈을 보내오지 않자 굶주리며 연인 순자와의 연애 그리고 미래 지향의 상이로 인한 이별의 경유와 아버지의 출판사에서 책을 출판하려는 문학개론을 가르치는 김선생과의 대화가 전경화 되고 있다. 이 작품은 그 시대 그 나이 청년들이 갖고 있는 심리를 잘 그려놓았다고 할 수가 있다.

「령혼만이 내것이다」(1989)는 일인칭 수법으로 주로는 대학시절 '나'와 춘애, 영애 두 자매 사이에 있었던 일들을 그리고 있다. 2년간 사랑을 가꾸어 오던 '나'와 춘애는 졸업을 앞두고 앞길의 선택에 있어 의견이 일치하지 않아 헤어지게 되고 '나'는 그 실련의 고통을 못이겨 매일 저녁 술로 고달픈 마을을 달랜다. 그러던 어느 하루 춘애의 동생 영애가 맥주집에서 술을 마시고 있는 '나'를 찾아왔고 매일 술로만 허송세월을 보내고 있는 '나'의 모습을 보고 소설가로서 너무 나약하다며 비웃으면서도 '나'를 위로해준다. 영애와 무척 가까워진 후 '나'는 어느 하루 영애가 넘겨준 체육장 입장권을 가지고 영애가 참석한 여자축구경기를 보게 되며 열심히 뛰는 영애의 모습에 감동을 받게 되고 춘애로부터 영애의 성격과 축구와의 사연을 전해 들으며 춘애보다 이악스럽고 활달한 영애의 성격에 호감을 갖게 된다. 영애는 졸업 후 무엇을 해야 할지 몰라 갈팡질팡한다. 춘애로부터 영애가 졸업 후 제 멋대로 살아가고 있다는 말을 듣게 되고 그런 영애를 찾아 그녀를 위로하고 달래준다. 얼마 후 대학을 졸업한 '나'는 역에서 동창들과 영애의 배웅 하에 북국의 고향으로 돌아가게 되며 영애에게서 '그녀가 사용해오던 거울'을 선물 받는다. 고향으로 돌아온 나는 현성에서 교편을 잡고 한 학교의 여교사와 결혼하여 낮에는 아이들을 가르치면서 저녁에는 글을 쓴다. 대학생활에 관한 글을 쓰다 영애와 춘애를 떠올리게 되며 영애가 준 거울을 자주 바라보게 되고 어느 하루 그 거울을 보다 생각에 잠겨 조는 바람에 거울에 바닥에 떨어져 깨어지자 사진 뒤에 끼여 있던 영애가 보낸 편지를 발견하게 된다. 편지에서 자신을 사모하고 있다는 영애의 마음을 알게 되고 또다시 '나'는 영애를 찾아오길 기다린다. 이처럼 이 작품은 그 시대 젊은이의 심리상태를 독자들에게 숨김없이 전달해주고 있으며 전반적으로 볼 때 소설은 순차적으로 진행되고 있고 다만 결말부분에 예전의 영애가 한 "가져가서 잘 보세요!"라는 말을 회상하는 형식을 취하고 있다. 그리고 이 작품에서도 '나'에게 보낸 편지의 내용이 펼쳐지고 있어 액자소설의 형태도 갖추고 있다. 그 외에도 소설에서 의인화 수법이 많이 사용된 점이 특징적이다.

「할빈 1988년 여름」은 격변기시대 홍국이와 성림이 그리고 귀화 등을 비롯한 대학의 문을 들어서지 못한 조선족 젊은이들의 고뇌를 그린 작품이다. 제목에서도 우리는 이 작품은 1960년대 한국을 들썽케 한 한국의 작가 김승옥의 「서울, 1964년 겨울」이라는 소설을 패러디한 작품이라는 느낌을 받을 것이다. 이 작품의 형식과 내용에 관한 구체적 분석은 3절에서 진행될 예정이여서 여기서는 생략하고 넘어가기로 한다.

「슬픈 안녕」(1993)에서는 이미 앞에서 다루었던 첫번째 계열에 속하는 「무풍시대」(1996)와 비슷한 내용인 자신을 버린 남자에 대해 복수를 하는 한 여자의 이야기를 그리고 있다.[107] 하지만 두 작품은 형식

---

107) 두 작품의 내용은 비슷하지만 복수의 정도에서는 차이를 보이고 있다. 「무풍시대」에서는 지난 연인 창원이의 행복한 가정을 파탄시키는 데에 그치지만 「슬픈 안녕」에서는 지난 연인과 함께 죽는다.

면에서 약간의 차이점을 보이고 있다. 「무풍시대」에서 단지 편지와 회상부분에서 과거시점으로 서술하고 있다면 「슬픈 안녕」에서는 현재시점과 과거시점이 부단히 교착되어 이야기가 진행되고 있다. 소설의 주인공 '여인'은 대학을 졸업한 중년 지식인 여성이다. 작품은 지금의 시점에서 여인이 자신을 버린 남자를 찾아와 이젠 떠날 시간을 2시간 앞두고 있는 모습으로 시작되고 있다. 그녀는 눈앞의 그를 보면서 10년 전 '그'와의 연애하던 장면을 회상하고 있다가 다시 지금으로 돌아와 10여 년이 지났건만 자신을 버린 그를 잊지 못하고 이렇게 다시 찾아온 상황을 생각한다. 그러다 또다시 10년 전의 그와의 이별의 정경을 회상한다. 거기에 이어 현재시점에서 '여인'은 사나이에게 남기고 간 혈서에 대해 언급하고 과거시점에서 사나이와 분리된 후 사나이의 버림을 받게 되고 배 속의 아이를 지우는 장면들을 회상한다. 그리고 심한 출혈로 쓰러진 여자를 옆방의 사나이가 구해주고 그것이 인연이 되어 그들이 결혼을 하기까지의 상황을 회상하고 있다. 그러다 또다시 현재시점으로 돌아와 '여인'은 사나이의 몸에서 예전의 대범함과 정열을 찾으려고 한다. 하지만 '여인'은 사나이가 그것들을 자신에게 주려고 하지 않음을 느낀다. 이어 과거시점에서 웅장한 체구와의 결혼생활을 회상한다. 그리고 아이가 없어지자 매일 여자에 손을 대는 웅장한 체구를 독약을 물에 태워 죽이는 장면도 회상한다. 그러다 또다시 현재시점으로 돌아와 사나이와 함께 독약이 들어있는 맥주를 들이켜서 함께 죽는다. 이처럼 이 작품은 어떻게 보면 전통적 슈제트 구성을 완전히 타파해버리고 인물의 심리시간의 순서에 따라 즉 인물의 심리활동 궤적에 따라 슈제트를 구성하고 있다.

『어둠으로 가는 렬차』 소설집의 15편의 소설 중에서 두 계열에 속하지 않는 새로운 작품이 있는데 그것이 바로 「진통」(1996)이라는 소설이다. 이 소설은 조선족문단에서 처음으로 외국자본과 국내노동자의 노사문제를 다루었던 소설로서 일본에서도 출판되었다. 이 작품은 기자로 사회활동을 하던 리태복이 20여 일간 연해에 진출한 조선족과 중국에 진출한 한국기업에 관해서 조사를 할 때 천진에 가서 열흘정도 있으면서 천진에 진출한 한국기업과 거기에서 취직한 조선족들을 취재하면서 보고 들은 것을 형상화한 소설이다. 소설의 내용은 대성전자유한회사(한국독자)의 회장 김우룡을 비롯한 한국측 고위급 관리원들과 산재지역에서 자란 순남, 조선족자치주에서 온 작업조장 영실 등을 포함한 노동자들이 노임인상과 노동조합결성문제면에서의 갈등하는 장면과 그러한 갈등에서 중학교 교사 10년에다 독자기업 총무과장 2년을 한 중간관리자의 위치에 놓인 조선족 관리인 임성수가 같은 민족으로서 한국편을 들어야 할지 아니면 국적이나 경제적인 편인 노동자측에 서야 될지 어떻게 해야 할지 모르는 모습을 그린 소설이다. 전체적으로 볼 때 이 작품은 3인칭시점으로 이야기를 순차적으로 전개하고 있다.

이상 리태복의 창작경향을 소설집 『어둠에 가는 렬차』에 수록된 15편의 소설들에 대한 분석을 통해 살펴보았다. 리태복의 작품은 총체적으로 그 무대가 할빈이나 할빈교외의 마을로 정해지고 있으며 내용면에 보면 개혁개방이후 작가의 고향사람들의 당면한 문제, 의식의 변모, 작가 고향의 인정세태 등을 다루고 있다. 이는 한편으로 그때 당시 기자로도 활동하고 있은 리태복이 격변기에 들어서서 날로 황폐화 되어가는 조선족마을의 변화를 풍향계처럼 민감히 포착할 수 있었고 또한 리태복이 민족의 운명에 대한 짙은 우려의식을 가졌던 원인과도 무관하지 않겠지만 다른 한편으로는 거의 모든 작품들이 거의 원형108) 이 있고 창작방법에서 주제, 내용, 표현에 유리한 사실주의 창작방법 을 취하고 있다는 점은 어쩌면 역시 그의 문학적 출발에 있어서 사실 주의를 중시하는 조선문학과 중국문학의 수신이 커다란 영향을 가져 다주었음을 증명해주며 또한 일부 소설에서 기법이나 소설의 형상화 방식 면에서의 탐구도 보이고 있다는 것이 아닌가 한다. 내용적 측면 에서 다른 한 부류는 대학생활을 그린 작품들이다. 이 부류의 작품들 은 많이는 대학을 다니던 그때 당시 젊은이들의 사색과 고민의 내용 이 주를 이룬다. 형식면에서는 순차적 서술로 이야기가 진행된 작품들 이 다수를 차지하고 있으나 전통적 플롯 구성을 타파한 심리시간으로 이야기를 진행된 작품도 있으며 일부 작품에서는 한국 소설의 영향을 받은 흔적이 나타나는데 이것은 리태복은 작가뿐만 아니라 문학 월평 을 했던 평론가로서 문학 예술성의 다양한 탐구와도 직접적인 연관이 있다고 본다. 그 외 리태복의 소설에서는 액자구조를 애용하고 배신모 티브가 자주 등장하고 있다. 리태복은 그의 작품에서 배신모티브가 자 주 등장하는 원인을 다음과 같이 말하고 있다.

한국붐이 불면서 우리 동창들 년령대의 사람들이 충격을 가장 많이 받았 지 않았는가 생각합니다. 그땐 지금처럼 한국에 맘대로 나갈수 있는 게 아 니라서 많은 동창들이 부부가 떨어져서 살게 되었습니다. 한 사람은 나가 있고 한사람은 남아서 애들 공부시키고 하면서 말입니다. 언젠가 동창모임 을 할때 내가 한번 통계를 해보았습니다. 마을에서 같이 큰 친구들이 34명

108) 코에 생살이 나 죽게 되는 서기 모티브의 두 번의 반복은 이 인물이 현실생활에서 실제 존재했던 인물임을 짐작케 한다.

인데 몇이 놔두고 다 리혼하였습니다. 리혼한 비중이 놀랍게도 85%를 넘
더군요. 서른이 안돼 한국 나가고 갈라져서 사는데 그 나이는 일년만 갈라
져 살아도 문제가 생기는 나이였어요. 내가 90년도에 한국 갔다가 91년도
에 왔는데 그때 나이가 27세였습니다. 그때 동창들이 이미 20명이 한국에
가 있었습니다. 그때 대학을 안 갔으니까 결혼을 다 한 상황이고 몇년씩
갈라져 있으니까 거의 다 리혼하였던 것입니다. 그래서 아마 소설들 속에
자기도 모르게 그러한 것들이 들어갔던 것 같습니다.109)

4.3 김승옥의 「서울, 1964년 겨울」과 리태복의 「할빈, 1988년 여름」

모든 작가는 텍스트를 창작하는 사람이 되기에 앞서 먼저 다른 작
가들의 작품을 읽는 독자가 되지 않을 수 없기 때문에 어느 한 텍스트
는 그동안 저자가 읽어온 여러 텍스트들의 영향을 받지 않을 수 없
다.110) 상호텍스트성에 의하면 한 텍스트는 어쩔 수 없이 이전 텍스트
의 영향을 받게 된다. 그래서 많은 텍스트에서는 예전 텍스트의 흔적
이 나타나게 된다. 리태복은 연변대학 재학시절 한국 문학을 접촉하고
또한 기자로 지내면서 많은 한국 문학을 열독하였기에 그의 소설들을
유의하면 그의 소설들 중에서 한국 문학의 자취와 흔적이 나타난 작
품들 찾아볼 수가 있다. 그중 가장 선명한 게 바로 「할빈, 1988년 여름」
이라는 작품이다. 리태복의 소설 「할빈, 1988년 여름」의 제목만을 보

---

109) 2013년 10월 18일 리태복 작가와의 대담.
110) [네이버 지식백과] 상호텍스트성 [intertextuality] (선샤인 지식노트, 2008.4.25., 인물
    과사상)
    '상호텍스트성'의 일반적 정의는 한 텍스트가 다른 문학 텍스트와 맺고 있는 상호관련
    성이라고 할 수 있다. 상호텍스트성이라는 말은 주로 문학비평가들에 의해서 발달된 개
    념으로 '모든 문학 작품은 다른 문학 작품과의 상호관계망 속에서 존재하기 때문에 독
    립적으로 떼어놓고 읽기는 불가능하며 이러한 상호관계망 속에 있는 다른 작품과 함께
    감상할 때에만 참된 가치와 의리를 발견할 수 있다'는 개념이다.

고도 우리는 곧 한국에서 60년대의 대표적 작가로 불리우는 김승옥의 「서울, 1964년 겨울」을 쉽게 떠올릴 수 있다. 또한 김승옥의 글을 읽은 이라면 시각적으로 들어오는 제목만으로도 리태복의 「할빈, 1988년 여름」은 「서울, 1964년 겨울」을 패러디한 작품이라는 것을 짐작할 수 있을 것이다.[111]

지금까지 한국에서도 김승옥이 쓴 「서울, 1964년 겨울」을 패러디한 작품은 그동안 많이 창작되었는 바 전진우의 「서울, 1986년 여름」, 임영태의 「서울 1994년 여름」이 바로 그러한 작품들이다. 사실 「할빈, 1988년 여름」이라는 작품의 제목은 「서울, 1964년 겨울」이라는 작품에 비해 1987년 당시 해직 기자였던 전진우의 「서울, 1986년 여름」이라는 작품과 더 가깝다. 하지만 전진우의 「서울, 1986년 여름」이라는 작품이 김승옥의 「서울, 1964년 겨울」에 비해 한국에서도 큰 주목을 받지 못하였다는 점, 또한 당시 아직 중한수교가 이루어지지 않는 상황에서 그 작품이 중국 조선족문단으로 흘러들어 왔을 가능성이 낮음을 고려하여 비록 작품의 창작이 시간적 순서로는 비록 「서울, 1986년 여름」이 1987년에 창작되었고 「할빈, 1988년 여름」이 1990년에 창작되었지만 여기서는 다만 「할빈, 1988년 여름」을 김승옥의 「서울, 1964년 겨울」과의 연관성에 대해 살펴보기로 한다.

'전후문학의 기적' '살아 있는 신화' '현대문학의 고전' '단편미학의 전범' 등 화려한 수식어를 동반하고 이야기되는 작가, 독자들뿐 아니라 후배 작가들에게도 늘 선망의 대상이 되어오고 있는 김승옥의 소설은 팽팽한 긴장의 언어와 내밀한 갈등의 구조로 되어 있다. 김승옥

---

111) 위의 서술에서도 지적하였는바 리태복과의 대담에서 리태복은 「할빈, 1988년 여름」은 김승옥의 「서울, 1964년 겨울」을 모방해서 창작한 소설이라고 밝히고 있다.

소설의 주요 내용은 꿈과 낭만을 좇는 개인과 그것을 용인하지 않는 관념체계, 사회조직, 일상성, 질서 사이의 갈등이다. 김승옥의 소설은 감각적인 문체, 언어의 조응력, 배경과 인물의 적절한 배치, 소설적 완결성 등 소설의 구성원리 면에서 새로운 기원을 열었다고 평가된다. 본절에서는 이런 김승옥의 작품 중 대표작이라 할 수 있는 「서울, 1964 년 겨울」과 이 작품을 패러디한 리태복의 「할빈, 1988년 여름」을 상호 텍스트112)적인 맥락에서 서술시점 및 서사구성, 인물관계 설정, 소외 양상 등을 중심으로 한국의 1960년대의 대표적 작가 김승옥의 원작을 조선족 작가 리태복은 어떻게 패러디했는지, 이 두 작가의 글쓰기에서 어떠한 공통점과 차이점들이 있는지에 초점을 맞추어 비교 분석하고 자 한다.

동인문학상 수상작(1965)인 「서울, 1964년 겨울」113)은 이러한 이야기

---

112) '상호텍스트성'이란 한 텍스트가 다른 텍스트와 맺고 있는 상호 관련성으로 그 텍스트들 간에 모든 지식이나 예술의 총체성을 내포한다.

이 글에서는 다음과 같은 상호텍스트성의 개념을 전제로 한다. 한 텍스트가 다른 텍스트 와 맺고 있는 상호 관련성을 기본 틀로 하되, 좁은 의미에서는 다른 텍스트가 인용이나 언급의 형태로 명시적으로 드러나 있는 경우를 가리키고, 가장 넓은 의미에서는 텍스트 와 텍스트, 주체와 주체 사이에서 일어나는 모든 지식 혹은 예술의 총체를 가리킨다. 여 기서 모든 지식 혹은 예술의 총체란 텍스트가 쓰여진 시대의 모든 지식, 그리고 당대에 통용되고 있는 모든 담론의 양식, 즉 역사나 철학·과학·예술 등을 포함한다. 그리고 그것들을 구체화하여 정리하면 다음과 같다.

첫째, 직접적 언급이나 인용을 통해 관련성을 나타내는 것.

둘째, 이전 작가의 작품을 읽고 감명을 받아 이전 작가의 작품을 '다시쓰기'하여 쓴 것.

셋째, 세상의 모든 텍스트는 이전의 텍스트 혹은 다른 텍스트의 모방으로 '상호텍스트 아닌 텍스트는 없다'라는 입장이다.

이 글에서 다루게 될 몇 텍스트는 직접적 언급과 내용이 있다는 면에서 첫 번째 정의와 조건을 만족시키며 다른 텍스트에 대한 패러디라는 점에서 세 번째 정의에 해당한다고 판단한다.

113) 본문에서는 채미화 편찬의 『남조선단편소설선집』(연변대학출판사, 1986년)에 게재된 「서 울, 1964년 겨울」을 텍스트로 함을 밝혀둔다.

를 다루고 있다. 1964년 겨울밤, 서울의 한 포장마차에서 25세의 구청 직원인 '나'와 부잣집 장남이며 '나'와 동갑인 대학원생 '안'이 우연히 만나 술을 마시며 이야기를 주고받는다. 그들이 무의미한 대화를 나누는 중 30대의 중년 사내가 대화에 끼어든다. 그는 월부책 판매 사원으로 급성뇌막염으로 죽은 아내의 장례비용이 없어 그 시신을 병원에 팔아 받은 4천원을 오늘밤에 모두 써버려야겠다며 같이 쓰고 싶다고 말한다. 그들은 중국집을 나와 밤거리를 헤매며 양품점에서 넥타이를 사고, 귤을 사먹고 불구경을 하다가 남아 있는 돈을 불 속에 던져 버린다. 그 후 같이 있어 달라는 사내의 부탁으로 그들은 여관에 투숙하지만 같은 방에 들자는 요구는 거절한다. 결국 고독과 슬픔을 이겨내지 못한 그 사내는 다음날 자살한 시체로 발견되고, '안'과 '김(나)'은 책임을 회피하기 위해 몰래 여관을 빠져 나온다. '나'는 버스를 타고 가고 '안'은 그 자리에서 생각에 잠긴다.

「서울, 1964년 겨울」을 패러디한 「할빈, 1988년 여름」[114]은 이러한 이야기를 다루고 있다. 구운닭 장사를 하는 홍국이는 하루의 고된 일로 고달프지만 사랑했던 연인의 배신으로 인한 고독한 마음을 달래려고 술을 마시려고 문을 나섰는데 우연히 길에서 옛 동창 성림이를 만난다. 둘은 할빈의 저녁길을 거닐다가 '영홍조선식당'에 들어가 술을 마시며 이야기를 주고받는다. 식당에서 나와 가로등이 환한 거리를 배회하다 둘은 무도장에 들르게 되고 거기서 귀화라는 키 큰 애와 키가 상대적으로 작은 여자애를 만나게 되며 그들은 함께 무도장과 한마장 떨어진 개인 여관에 이동하게 된다. 여관에서 홍국이는 자신을 떠나간

---

114) 본문에서는 리태복의 소설집 『어둠으로 가는 렬차』(흑룡강조선민족출판사, 2000년)에 게재된 「할빈, 1988년 여름」을 텍스트로 한다.

연인과 닮은 얼굴을 가진 자고 있는 귀화의 뺨을 때리고 성림이와 여관에서 나와 길을 배회하다 처녀 셋을 데리고 다니는 총각 둘을 아무 이유 없이 두드려놓고 달아난다. 아동영화관 앞의 간이음식매대에서 둘은 술을 마시며 대화를 나누다 헤어진다. 이 작품은 비록 원작처럼 결말에 자살하는 충격적인 장면은 없지만 두 사람이 우연히 만나 여관에서 머물다 헤어지는 스토리 구조와 여관모티프, 아무런 방향 없이 길거리를 배회하는 행동, 등장인물의 상리에 어긋나는 행동, 제목형태 등에서 김승옥의 「서울, 1964년 겨울」을 차용하고 있음을 알 수 있다.

위의 두 작품의 간략한 줄거리를 통해서 「서울, 1964년 겨울」은 작중인물 중하나인 '나'의 시선을 통해 모든 이야기가 전개되고 독자들에게 이야기가 전달되기에 이 작품은 '김'의 관찰자 시점에서 진행되고 있음을 알 수 있다. 한편 「할빈, 1988년 여름」은 작품 밖에서 작가가 외적 관찰자로 등장인물의 사상이나 감정 속에 들어가 이야기를 진행하고 있기에 작가관찰자 시점으로 볼 수 있다. 이 두 작품의 더 구체적인 서사구성을 살펴보기 위해 두 소설의 서사구조를 각 소설별로 도표로 정리해보았다.

[도표 4-2] 서울, 1964년 겨울」의 서사 구조

서사 단락	공간	단락 내용
전반부	포장마차	① 60년대 겨울 서울 도심의 선술집 배경 및 등장인물 소개. ② 선술집에서 '나'와 안이 말을 주고받으며 자기소개.(만남) ③ '나'가 질문하면서 시작된 유희적이면서도 단절된 대화. -- "안형, 파리를 사랑하십니까?"(대화) -- "김형, 꿈틀거림을 사랑하십니까?" -- '나'는 젊은 여자의 아랫배가 오르내리는 것(꿈틀거림)을

		사랑한다고 답함. -- '안'은 '데모'를 꿈틀거리는 것이라고 말하며 서울을 '모든 욕망의 집결지'라고 함. -- '안'은 우리('나'와 '안')가 거짓말을 하고 있었다고 생각하지 않느냐 물으며 다른 이야기를 하자고 함. -- 평화시장 가로등불 -- 화신백화점 육층의 창 등 -- 서대문 버스 정류장 사람들 -- 단성사 골목 쓰레기통의 초콜릿 포장지 -- 적십자 병원 앞 부러진 호두나무가지 -- 을지로 3가 술집의 미자 이름 -- 서울역행 전차의 트롤리 불꽃 튀기 -- 영보빌딩의 변소문 손잡이 손톱자국 -- 밤거리를 왜 배회하는지에 대한 의문 -- 삶의 의미 찾기
후반부	서울거리 (길 위)	④ 누추한 중년 사내가 끼어들어 같이 동행함. (만남) ⑤ 세 사람이 길거리를 배회. (이동) ⑥ 사내가 중국집에서 일행에게 저녁 식사 권유 (대화) ⑦ 아내가 죽게 된 사연과 사내의 처지 고백 ⑧ 넥타이, 귤을 산 후 소방차 따라 불구경함. (이동) ⑨ 사내가 같이 투숙하기를 청하며 숙박비 마련하기 위해 월부책 값 받으러 감. (이동) ⑩ 일행이 여관방에 각자 투숙함. ⑪ 다음 날 아침 '안'이 사내가 자살한 것을 발견하고 내게 말함. (대화) ⑫ 사내가 자살한 시체로 발견되자 일행이 몰래 여관을 빠져나감. (이동) ⑬ 사내의 죽음에 대한 '안'과 '김'의 대화. (대화) ⑭ '안'과 '김'이 헤어짐. (헤어짐)

[도표 4-2] 할빈, 1988년 여름」

서사 단락	공간	단락내용
전반부	할빈 거리	① 홍국이와 성림이가 길에서 우연히 만나다. (만남) ② 할빈거리를 걷는 둘을 통해 88년도 여름, 할빈 거리의 풍경을 교대. (이동) ③ 홍국이와 성림이의 대화. (대화)
	영홍조선족 식당	④ 둘은 식당으로 들어간다. (이동) --성림이의 물음으로부터 홍국이의 닭구이 장사 교대. (대화) --성림이 소개. --태양도에 관한 이야기.
후반부	금성호텔	⑤ 홍국이와 성림이가 식당에서 무도장으로 옮김. (이동) ⑥ 무도장 안 묘사 ⑦ 홍국이, 성림이와 귀화 등 두 처녀와의 만남. (만남)
	개인여관	⑧ 4명이 개인여관으로 이동. (이동) ⑨ 홍국이와 귀화의 대화. (대화) ⑩ 홍국이가 잠든 귀화의 모습에서 옛 연인 해숙을 떠올리며 그녀와 있었던 일을 생각하며 그녀의 배신을 회상한다. ⑪ 홍국이가 해숙이를 닮은 자고 있는 귀화의 뺨을 치고 나온다. (헤어짐)
	할빈 거리	⑫ 홍국이와 성림이가 여관에서 나와 거리를 걷다 처녀 셋을 데리고 다니는 총각 둘을 아무 이유 없이 두드려 놓고 달아난다. (이동)
	간이음식 매대	⑬ 아동영화관 앞 간이음식매대에서 성림이와 같이 술을 마시며 홍국이가 성림이의 앞으로의 계획을 묻는다. (대화) ⑭ 둘은 헤어져 제각기 집으로 돌아간다. (헤어짐)

도표 4-1에 근거하면 '김'의 관찰자 시점으로 전개되는 「서울, 1964년 겨울」은 사실 상 두 개의 서사 단락으로 나누어 볼 수 있다. 즉 하나는 포장마차에서 우연히 만난 '김'과 '안'이 서로 주고 받는 대화 부

분이고 다른 하나는 두 사람의 대화에 서적 외판원인 중년 사내가 끼어들어 같이 밤거리를 배회하다 여관에 투숙한 후 사내의 죽음에 대한 책임을 회피하기 위해 몰래 여관을 빠져나와 헤어지는 내용이다. 전반부의 배경 장소는 폐쇄된 포장마차 안으로서 주로 '김'과 '안'이 주고받는 대화가 중심을 이룬다. 그런데 이러한 대화는 도표 4-1에서 확인할 수 있듯이 무의하면서도 유희적인 대화들로서 이것은 소외와 고독으로 인한 주체 위기라는 주제를 뒷받침해주는 효과적 기능을 나타낸다. 후반부의 배경 장소는 전반부의 폐쇄된 공간의 대화 중심에서 벗어나 탁 트인 길거리에서 주인공의 성격이 행동으로 구체화 되는 곳으로 황량하고 삭막한 '서울거리'가 중심을 이룬다. '김'씨의 일행의 시선에 의해 그려지는 이 '서울거리'는 "어떤 빌딩의 옥상에서 소주 광고와 네온사인이 열심히 명멸하고 있었고" 그러한 휘황찬란한 불빛 아래의 "완전히 얼어붙은 길 위에는 거지가 돌덩이처럼 여기저기 엎드려 있었고, 그 돌덩이 앞을 사람들은 힘껏 웅크리고 빠르게 지나가"는 인심이 박한 황량한 분위기로 휩싸여져 있다. 이런 분위기는 주위에 무관심하면서도 고독한 현대인의 내면의식을 잘 반영하고 있다. 그리고 전반부가 정적인 상태에서의 대화가 주를 이룬다면 후반부에서는 중년 사내가 '김'과 '안'의 일행에 끼어들어 세 사람이 길거리 배회, 중국집에서의 식사, 소방차를 따라 불구경, 숙박비를 마련을 위해 월부책 수금 등 여러 사건이 동태적인 상태에서 순차적으로 진행되고 있다. 이러한 사건은 전반부에서 암시되었던 소외나 단절감을 더 구체화하면서 현대인의 무기력, 무지향성, 물신주의적 사회 풍조, 무관심 등을 총체적으로 반영하고 있다. 총체적으로 볼 때 이 소설의 플롯 구조는 전체적인 긴장감이나 갈등 구조에 따른 극적 반전이 없는 시종

일관 평면적인 서사 구조로 나열되어 있다.

「할빈, 1988년 여름」의 서술형태는 앞에서도 간략히 밝혔듯이 이야기 속의 인물이 아닌 작가관찰자 시점으로서 작품 밖에서 작가가 외적 관찰자로 등장인물의 사상이나 감정 속에 들어가 이야기하고 있다. 작가는 자신의 주관을 배제하고 시종일관 객관적 태도로 주인공의 행동이나 모습과 같은 외부적인 사실이나 어떤 상황만을 구체적으로 관찰·묘사하므로 설명이 주되는 추상적 관념을 극복할 수 있다. 작가관찰자 시점으로 씌어진 이 작품은 역시 「서울, 1964년 겨울」처럼 두 개의 서사단락으로 나누어 볼 수 있다. 전반부는 할빈 거리에서 홍국이와 성림이가 우연히 만나 영홍조선족식당에서 나누는 대화 및 그 대화 중간에 홍국이의 구운닭 장사하는 장면이 삽입되는 부분이다. 후반부는 영홍조선식당에서 나온 홍국이와 성림이가 할빈의 거리를 배회하다 무도장에 들어가서 귀화를 포함한 두 처녀를 만나게 되어 그들과 함께 근처의 여관으로 이동하는 내용과 옛 연인의 얼굴모습을 닮은 귀화의 잠든 모습을 보고 며칠간 옛 연인의 배신으로 고통에 시달리던 홍국이가 귀화를 해숙으로 잠깐 착각하고 그의 뺨을 때리고 여관에서 나와 성림이와 할빈의 거리를 배회하다 헤어지는 내용이다.

전반부의 배경장소는 할빈의 거리와 영홍조선족식당으로서 ②에서는 8월의 할빈의 저녁거리의 풍경이 소개되고, ④에서는 홍국이의 구운닭 장사하는 모습과 홍국이와 성림이의 대화가 주를 이룬다. 여기서는 비록 원작의 '나'와 '안'이 나누는 대화처럼 무의미한 대화도 있긴 하지만 홍국이와 성림이의 대화는 원작에서의 '나'와 '안'이 나누는 단절된 대화와는 다르다.

"홍국아, 너 요새 태양도 가봤나?"

"아니, 그잘난델 뭘 하러 가."

"자주 가보래. 재미나는것 많아. 별의별 놈 다 있다. 강 중간에 버들숲 있잖나. 배를 그속에 띄워놓고 조용히 있어보래. 입맞추는 놈으로, 간나한테 애걸복걸하는 놈으로, 희한한 놈 다 있어. 에라, 이놈들 어디 놀라봐라 하고 큰소리로 노래를 갑자기 불러제끼면 여기서 스르르 저기서 스르르 배들이 산지사방으로 흩어져 달아난다. 영 재미나."[115]

후반부의 배경 장소는 금성호텔의 무도장, 금성호텔 근처의 개인여관 및 할빈의 거리와 아동영화관앞의 간이음식매대이다. ⑥에서는 무도장안의 수심이나 정중한 기색을 하고 있지 않은 사람들에 관한 묘사가 이루어지고 ⑨에서는 홍국이와 귀화의 대화를 통해 중학교를 나와 적당한 일자리를 찾지 못해 귀화 같은 처녀들이 직업무녀의 길에 들어설 수밖에 없었음을 이야기하고 있으며 ⑩⑪에서는 마치 영화의 회상 장면처럼 홍국이가 대학시험에서 낙방되어 사랑하는 연인의 버림을 받게 되는 경유를 독자들에게 전달하고 있고 홍국이의 내면의식을 통해 그의 고뇌와 옛 연인의 배신에 대한 분노가 나타난다. 이 부분은 대화가 거의 없이 서술이나 묘사 중심의 지문으로 직접 화법과 간접 자유문체로서 구성되어 있다. 일반적으로 소설 문장에서 서술만 하면 구체적 형상화나 리얼리티의 환상을 잃기 쉽고, 묘사만 하면 플롯 전개가 어렵고 속도가 느려 생략과 압축 효과가 낮을 수 있는데, 이런 양면성의 단점을 잘 극복하고 있다. 서술이 사건 전개에 역동성을 부여한다면, 묘사와 대화는 극적 장면을 이루어 생생한 리얼리티 효과를 주기 때문이다. ⑬에서는 홍국이와 성림이가 간이음식매대로

115) 리태복, 「할빈, 1988년 여름」, 『어둠으로 가는 렬차』, 흑룡강조선민족출판사, 2000년, 116쪽. 본문 이하 인용문은 페이지수만 밝힘.

옮겨 대화를 나누는 가운데 임시로 며칠씩 일해보고는 몇 달이고 놀며 살아가는 성림이를 걱정하는 홍국이의 모습과 그러한 친구의 걱정에도 마다하고 아직까지 자신의 앞으로의 출로를 찾지 못하는 성림이의 모습을 엿볼 수 있다. 총체적으로 이 작품에서는 중국조선족 1980년대의 젊은이들의 삶의 모습과 그들의 내면의식을 잘 반영하고 있다. 그리고 「서울, 1964년 겨울」에 비해 훨씬 생생한 묘사와 구체적인 표현으로 스토리가 전개되고 있으며 「서울, 1964년 겨울」의 회상으로 시작되나 시간적인 순서로 진행되는 평면적인 서사와는 달리 이야기를 진행하다가 홍국이의 회상이 삽입되고 이미 지나간 이야기를 이야기의 중간에 삽입시켜 「서울, 1964년 겨울」에 비해 상대적으로 입체감을 가져다주는 느낌이다. 또한 작가는 한 인물에게만 성격의 초점을 집중시키지 않고 수평적 입장에서 초점을 맞추어 이동시킴으로써 독자가 다각적인 위치에서 상황을 파악하도록 도와준다. 성림이와 귀화의 처지와 상황을 통해 무기력한 소시민의 한계를, 홍국이의 고뇌와 갈등을 통해 현실인식에 대한 각성을 보여주고 있다. 그리고 「서울, 1964년 겨울」에서 중심을 이루는 대화 위주보다 서정적이고 감각적인 치밀한 묘사 문체가 중심을 이루고 있다.

> 8월의 무더위는 황혼이 깃들기 시작하는 얼음도시에서 고집스레 떠나기를 거부하고있다. 송화강다리너머로 서서히 떨어지는 저녁해가 얼굴을 붉히며 온 시내를 조용히 지켜보고있다. 북방도시는 종일 달아오른 몸을 식히느라고 뜨거운 열을 확확 내뿜고있었다. (「할빈, 1988년 여름」, 112쪽)

> 아빠트앞정원에는 저녁시가를 끝마친 사람들이 군데군데 모여앉아서 야단이다. 안노인들은 통 너른 반바지만 입고 큰 부채를 휘휘 저으며 며느리흉, 손자자랑에 침이 튕겨나가고있었고, 나그네들은 "장훈", "명훈"은 부르

느라고 목에 피대를 세웠다. 한가한 인간들은 이 장미색 황혼에 생의 흐름
을 멋없이, 그러나 기꺼이 부어넣고있었다.

(「할빈, 1988년 여름」, 113쪽)

달빛이 희미한 송화강가 차거워진 란간에 두 소꿉친구가 기대여섰다. 송
화강물은 쉽없이 동으로 흘러갔다. 어디선가 밤길을 떠나는 배의 고동이
달빛어린 강면에 울려퍼졌다. (「할빈, 1988년 여름」, 121쪽)

위 세단락의 서정적이고 감각적인 묘사는 읽는 독자에게 마치 한장
의 그림이나 영화의 한 장면을 펼치는 것처럼 안겨온다.

도표 4-1에 근거하여 「서울, 1964년 겨울」의 서사를 '만남, 대화, 이
동, 헤어짐'으로 정리하면 「서울, 1964년 겨울」은 '만남-대화-이동-대
화-대화-이동-대화-헤어짐'의 양상을 보인다. 또한 이들의 공간적 이동
경로는 '선술집 → 광고로 채워진 거리 → 중국 요리집 → 양품점과
귤장수가 있는 거리 → 택시 안 → 화재의 현장 → 남영동의 골목길(월
부책 값 받으러 감) → 여관 → 새벽의 거리'로 재구성할 수 있다.

도표 4-2에 근거하여 「할빈, 1988년 여름」의 서사를 '만남, 대화, 이
동, 헤어짐'으로 정리하면 구체적으로 '만남-이동-대화-이동-대화-이동
-만남-이동-대화-헤어짐-이동-대화-헤어짐'으로 정리할 수 있다. 또한
그들의 공간적 이동 경로는 '할빈거리 → 영홍조선식당→ 할빈거리
→ 금성호텔 → 개인여관 → 아동영화관앞 간이음식매대 → 할빈의
거리'로 재구성할 수 있다. 원작에 비해 공간적 이동이 상대적으로 적
은 편이다.

인물관계 설정면에서 본다면 「서울, 1964년 겨울」에 등장하는 주요
인물로는 고교 졸업후 육군사관학교에 지원했으나 실패하고 군복무를

마치고서 지금은 구청 병사계에서 근무하는 25살의 '나', '나'와 동갑내기이고 부잣집 장남이며 대학원에 재학 중인 '안', 그리고 뇌막염으로 죽은 아내의 장례비용이 없어 그 시신을 4천원에 병원에 팔게 되어 그 죄책감으로 상리에 어긋나는 행동을 하다 마지막에는 여관에서 자살을 하는 '그'라는 서적 외판원 셋이다. 셋은 모두 어떤 구체적 이름을 갖고 있지 않는 익명으로 설정되어 있다. 소설 속에서 '나(김)'는 어떤 상황에 적극적으로 개입하기 보다는 주로 방관자의 입장에서 관망하거나 동조하는 뚜렷한 '자기세계'를 갖지 않은 인물로서 이성적인 '안'과 감성적인 '아저씨' 사이를 오가며 상상이 되지 않는 전공을 가진 안의 말투와 행동을 모방하면서 자신의 주관이 없이 주변환경이나 상황에 휩쓸리는 소시민의 모습을 보여준다. 한편 소설 속의 다른 한 인물 '안'은 죽을 줄 알면서도 사내를 혼자 있게 방치하는 냉정하리만치 차가운 모습을 보여준다.

「할빈, 1988년 여름」의 인물설정은 「서울, 1964년 겨울」의 경우와는 달리 구체적 이름이 지어져 있으며 지어는 익명으로 처리할 수도 있는 무녀마저도 귀화라는 구체적 이름을 가지게 된다. 또한 「서울, 1964년 겨울」에서의 주인공인 동갑내기의 '안'과 '김'은 원래는 서로 모르는 사이로 설정되고 있다면 할빈에서의 주인공은 역시 같은 동갑내기로서 구체적 이름이 지어진 홍국이와 성림이며 그들은 예전의 고중 동창생으로 설정된다. 그리고 「서울, 1964년 겨울」에서의 '김'과 '안'의 방관하는 모습과 다르게 인물관계에서 홍국이와 성림이는 적어도 상대방과 소통하려는 모습을 보이고 있다.

「서울, 1964년 겨울」을 전반적으로 볼 때 작품 속에서의 우연의 요소가 큰 비중을 차지한다. 먼저 서두의 도입부에서 제시하는 것처럼 이야기는 다음과 같은 '우연한 만남'으로 시작된다.

> 1964년 겨울을 서울에서 지냈던 사람이라면 누구나 알 수 있겠지만, 밤
> 이 되면 거리에 나타나는 선술집 - 오뎅과 군참새와 세 가지 종류의 술 등
> 을 팔고 있고, 얼어붙은 거리를 휩쓸며 부는 차가운 바람이 펄럭거리게 하
> 는 포장을 들치고 안으로 들어서게 되어 있고, 그 안에 들어서면 카바이트
> 불의 길쭉한 불꽃이 바람에 흔들리고 있고, 염색한 군용 잠바를 입고 있는
> 중년사내가 술을 따르고 안주를 구워주고 있는 그러한 선술집에서, 그날
> 밤, 우리 세 사람은 우연히 만났다.[116]

상호 자기소개가 끝난 후 주인공 '나'가 '안'에게 처음으로 건네는
말("안형 파리를 사랑하십니까?")은 "새카맣게 구워진 군참새를 집을 때"
우연히 떠오른 문구다. 이후로도 '나'와 '안'의 행적은 '우연에 대한 탐
색'이라 볼 만하다. 우연히 동행하게 된 '사내'와 거리를 걷다가 "발
밑에 떨어"진 "어느 비어홀의 광고지"를 본다. '사내'는 그날 "급성뇌
막염"으로 죽은 아내는 재작년 "우연히 알게"되었다고 말한다. 중국집
에서 나온 일행은 마침 "중국집 곁에 양품점의 쇼윈도"가 있는 걸 보
고는 "넥타이를 하나씩 들"고 나오며 마침 "양품점의 앞에는 귤장수가
있"어서 귤을 산다. 택시에서 내리자 "거리의 저쪽 끝에서 요란한 사
이렌 소리가 나타나서 점점 가깝게 달려"들고, 그 바람에 일행은 불구
경을 간다. 화재현장에서 '사내'는 즉흥적으로 가진 돈을 모두 불 속에
던진다. 이제 돈을 모두 썼으니 '사내'와 헤어져야겠는데, 하필 그곳이
남영동이라 '사내'의 월부책 책값 수금에 동행하게 되고 결국 그 '사
내'가 자살하는 장소인 여관에까지 함께 간다. 이러한 일련의 조우, 우

---

116) 채미화, 「서울, 1964년 겨울」, 『남조선단편소설선집』, 연변대학출판사, 1986, 263-264
  쪽. 본문 이하 인용문은 페이지수만 밝힘.

연한 동행, 우연한 행위 등 '우연'이 전체 구조의 핵심전략임을 알 수
있다.

「할빈, 1988년 여름」 역시 '우연의 요소'가 작품에서 큰 비중을 차지
한다. 고달픈 마음을 달래려고 거리에 나온 홍국이가 우연히 성림이를
만나는 설정이라든가 영홍조선식당을 나와 아무런 목적도 없이 길을
가다가 금성호텔에 우연히 들어가게 되고 거기서 우연히 옛 연인의
얼굴모습을 닮은 모습을 보게 되는 점, 그리고 누구라도 걸치기만 하
면 죽도록 때려주고 싶은데 마침 처녀 셋을 데리고 길을 걷는 두 총각
을 보게 된다는 점 등 원작 못지않게 '우연'이 작품 속에 큰 비중을 차
지하고 있다.

두 작품의 서사구조는 배회, 여관 모티프 등 면에서 공통분모로 갖
고 있으며 인물에서는 제3자의 인물 합석으로 인한 이야기가 전개되
고 있다. 이외 세부적인 면에서 두 작품의 연관성을 찾아본다면 두 작
품 모두에서 등장인물들은 뚜렷한 목적지가 없어 거리를 배회한다.

> "이제 어디로 갈까?"
> 하고 아저씨가 말했다.
> "어디로 갈까?"
> 안이 말하고
> "어디로 갈까?"
> 라고 나도 그들의 말을 흉내냈다.
> 아무 데도 갈 데가 없었다.
>
> (「서울, 1964년 겨울」, 281-282쪽)

> "어데 갈래?"
> 성림이의 물음이다.

"아무데나 가지 뭐."

홍국이의 심드렁한 대답.

둘은 이것저것 지껄이며 가로등이 환한 거리를 쓸었다.

(「할빈, 1988년 여름」, 116쪽)

또한 두 작품 모두에서는 모두 아무런 목적 없이 길을 배회하는 인물들에 대한 묘사 뒤에 길거리에 대한 묘사가 뒤따른다.

우리는 갑자기 목적지를 잊은 사람들처럼 사방을 두리번거리면서 느릿느릿 걸어갔다. 전봇대에 붙은 약 광고판 속에서는 이쁜 여자가 '춤지만 할 수 있느냐'는 듯한 쓸쓸한 미소를 띠고 우리를 내려다보고 있었고, 어떤 빌딩의 옥상에서는 소주 광고의 네온사인이 열심히 명멸하고 있었고, 소주 광고 곁에서는 약 광고의 네온사인이 하마터면 잊어버릴 뻔했다는 듯이 황급히 꺼졌다간 다시 커져서 오랫동안 빛나고 있었고, 이젠 완전히 얼어붙은 길 위에는 거지가 돌덩이처럼 여기저기 엎드려 있었고, 그 돌덩이 앞을 사람들은 힘껏 웅크리고 빠르게 지나가고 있었다.(「서울, 1964년 겨울」, 276-277쪽)

"어데 가나?"

"아무데도 안 가."

둘은 이것저것 지껄이며 가로수잎들이 축 처진 인행도를 느적느적 걸었다. 아빠트앞정원에는 저녁시가를 끝마친 사람들이 군데군데 모여앉아서 야단이다. 안노인들은 통 너른 반바지만 입고 큰 부채를 휘휘 저으며 며느리흉, 손자자랑에 침이 튕겨나가고있었고, 나그네들은 "장훈", "명훈"은 부르느라고 목에 피대를 세웠다. 한가한 인간들은 이 장미색 황혼에 생의 흐름을 멋없이, 그러나 기꺼이 부어넣고있었다.

(「할빈, 1988년 여름」, 113쪽)

그 외에도 두 작품에서 공통으로 나타난 특징이 바로 경물에 대한 의인화수법의 사용이라고 할 수 있다.

> 전봇대에 붙은 약 광고판 속에서는 이쁜 여자가 '춤지만 할 수 있느냐'
> 는 듯한 쓸쓸한 미소를 띠고 우리를 내려다보고 있었고, 어떤 빌딩의 옥상
> 에서는 소주 광고의 네온사인이 열심히 명멸하고 있었고, 소주 광고 곁에
> 서는 약 광고의 네온사인이 하마터면 잊어버릴 뻔했다는 듯이 황급히 꺼졌
> 다간 다시 커져서 오랫동안 빛나고 있었고…… .
>
> (「서울, 1964년 겨울」, 266-267쪽)

> 8월의 무더위는 황혼이 깃들기 시작하는 얼음도시에서 고집스레 떠나기
> 를 거부하고있다. 송화강다리너머로 서서히 떨어지는 저녁해가 얼굴을 붉
> 히며 온 시내를 조용히 지켜보고있다. 북방도시는 종일 달아오른 몸을 식
> 히느라고 뜨거운 열을 확확 내뿜고있었다. (「할빈, 1988년 여름」, 112쪽)

> 거리의 가로등들은 졸음을 모르고 어둠을 쫓고있었다.
>
> (「할빈, 1988년 여름」, 127쪽)

「서울, 1964년 겨울」이 1960년대 젊은이들의 소외 의식과 방황을 감각적 필치로 담았듯이 「할빈 1988년 여름」이란 작품 역시 1980년대 젊은이들의 소외양상을 담고 있다. 여기서는 두 작품에서 엿볼 수 있는 구체적 소외양상에 대해 살펴보려고 한다.

「서울, 1964년 겨울」의 소외는 주인공들이 나누는 대화와 황량한 서울의 길거리에 대한 묘사와 자살할 줄도 알면서도 방치하는 등 모습에서 단절감과 고립성으로 나타나고 '김'과 '안'의 아무런 목표도 없이 이곳저곳을 기웃거리며 표류하는 모습에서 무기력으로 나타난다. 전반부의 ③에서 열거되는 자기소개가 끝난 후 '김'과 '안'이 나누는 대화는 일상적 담론형태가 아니라 유희적이면서 논리적인 연계성이

없는 화젯거리를 교대로 반복하는 단절된 대화의 형태이라고 할 수 있다. '김'과 '안'은 상대방이 쉽게 화자의 의중을 파악할 수 있게 대화를 나누려는 것이 아니라 상대방을 어리둥절하게 만드는 것이 목적이기에 "아시겠습니까?", "잠깐 무슨 얘기를 하시자는 겁니까?" 등의 확인 과정의 의문형 어투나 질문투의 문장이 부자연스럽게 대화 중에 끼어들었다. 하지만 이런 단절된 대화를 나누면서도 이상하게 '김'과 '안'은 크게 당황하는 모습이 그려지고 있지 않는데 이것은 그들의 내면 의식에 소외와 절망감이 가득 있기 때문이다.

작가가 이러한 무의미하고 유희적인 대화의 반복을 통해 의도하고자 했던 바는 협력보다는 경쟁 관계가 더 지배적인 양상으로 드러나는 도시적 인간관계의 불모성과 비인격성을 통해서 근대적 주체의 위기를 압축적으로 드러내고자 한 것이라고 할 수 있다.[117]

작품에서의 고립성은 많이는 '안'과 '김' 서울의 밤거리를 동행한 '아저씨'의 모습에서 드러난다. 불쑥 중간에 끼어드는 낯선 중년 사내의 초라한 모습은 '안'과 '김'에게는 안중에도 없다. '아저씨'(그)가 식사를 사겠다고 했을 때도 '안'과 '김'은 '그가 어떤 꿍꿍이속이 있지 않을까 의심한다'.[118] 그들이 선술집을 나온 뒤 중국음식점에서 어색한 침묵에 쌓여 있을 때 중년 사내가 그 침묵을 깨며 아내와의 삶, 급성뇌막염으로 인한 아내의 죽음, 아내의 시신을 팔아 돈을 받았다는 이야기를 진지하게 토로한다. 그는 누가 묻지 않았는데 자신의 심경을 토로하지 않으면 견딜 수 없기에 단지 말하고자 하는 욕망에 따라 이야기한다. 남이야 어떻든 말한다는 그 자체가 목적이 되는 것이다. '김'과

---

117) 신익호, 앞의 책, 311-312쪽.
118) 채미화, 앞의 책, 278쪽.

'안'은 겉으로는 그에게 동정심을 갖는 것 같지만 그의 고독과 절망을 외면한 채 서로 귀찮다는 듯이 눈짓을 보내면서 자리 뜰 궁리만 한다. 밀린 책값을 받으러 갔다가 문적박대 당한 '사내'가 결국 울음을 터트릴 때에도 '열 발짝쯤 떨어진 곳'에서 그가 울음을 그치기를 기다릴 뿐이다. 두 사람은 어쩔 수 없이 '사내'와 여관까지 동행하지만 한 방에 같이 있어 달라는 '사내'의 청은 거절한다.

> 「모두 같은 방에 들기로 하는 것이 어떻겠어요?」
> 내가 다시 말했다.
> 「난 지금 아주 피곤합니다.」
> 안이 말했다.
> 「방은 각각 하나씩 차지하고 자기로 하지요.」
> 「혼자 있기가 싫습니다.」
> 라고 아저씨가 중얼거렸다.
> 「혼자 주무시는 게 편하실 거예요.」
> 안이 말했다.
> (…중략…)
> 「화투라도 사다가 놉시다.」 헤어지기 전에 내가 말했지만
> 「난 아주 피곤합니다. 하시고 싶으면 두 분이나 하세요.」
> 라고 안은 말하고나서 자기의 방으로 들어가 버렸다.
> <나도 피곤해 죽겠읍니다. 안녕히 주무세요.」
> 라고 나는 아저씨에게 말하고 나서 내방으로 들어갔다.
> (「서울, 1964년 겨울」, 291-292쪽)

'김'은 처음 방 하나를 사용하자는 제의가 '안'에 의해 거절당했음에도 혼자 있기 싫어하는 아저씨가 걱정되어 화투를 청하기는 하나, '안'이 피곤하다며 인사도 없이 방을 들어가자 다시 화투를 거둬들이고 역시 '안'의 피곤을 그대로 모방하며 피곤하다고 방으로 들어가 버리

고 그 '사내'를 혼자 방치해둔다. 그 '사내'는 다음날 자살한 시체로 발견되는데, '안'은 그 '사내'가 아내의 시체를 병원으로 팔아넘긴 죄책감과 아내 잃은 슬픔과 외로움을 견디지 못해 자살하리라는 것을 알았는데 휘말리기 싫어서 방관했다는 것이다.

> 「그 양반, 역시 죽어버렸습니다.」
> 안이 내 귀에 입을 대고 그렇게 속삭였다.
> 「예?」
> 나는 잠이 깨끗이 깨어버렸다.
> <방금 그 방에 들어가 보았는데 역시 죽어버렸습니다.」
> 「역시……」
>
> (「서울, 1964년 겨울」, 292쪽)

'역시'라는 단어의 세 차례의 반복은 '사내'의 절박한 처지를 이해하거나 도와주고자 할 생각이 추호도 없이 방치하는 안의 잔인하고 냉정한 모습을 보여주며 더 나아가 당시 사회의 풍조와 그 시대 젊은이들의 닫힌 의식을 보여주고 있다.

「할빈 1988년 여름」에서도 소외 속성중의 무의미성과 고립의 양상을 엿볼 수가 있다. 무의미성은 주로 고중을 졸업하여 3년이 지났지만 아직 마땅한 일자리도 찾지 못하고 여기저기 돌아다니며 노는 성림이를 통해 나타나고 있다. 홍국이와 만나서 영홍식당에서 홍국이에게 들려주는 무의미한 이야기, 홍국이가 그의 앞으로의 계획의 물음에 "내가 아나. 될대로 되라지. 될 때가 있겠지."라고 대답하는 모습에서 무의미성을 확인할 수 있다.

고립은 대학을 가지 못해 사랑하는 옛 연인의 버림을 받는 홍국이와 고중을 졸업한 후 3년이 지났지만 여태껏 마땅한 일자리를 찾지 못하는 성림이, 그리고 초중을 졸업하고 고중을 붙지 못하여 임시공으로 일을 하다가 노임이 적어 직업무도녀로 윤락하게 된 귀화의 상황에서 찾아볼 수가 있다. 1980년대 중국은 한국의 60년대와 마찬가지로 산업화와 도시화에 따른 거대한 변화의 시기였다. 예전의 농촌사회에서 아무런 걱정 없이 살아갈 수 있는 상황이 능력과 유용성만으로 개인을 평가하고, 사회의 의미체계에 도움이 되지 않는 인간들을 떨구어내는 상황으로 되어가기 때문에 그들은 사회로부터 고립을 당할 수밖에 없었던 것이다.

무력감은 개인이 현대 사회에서 정치적·경제적·사회적으로 아무런 영향력을 미칠 수 없는 상태로 자신의 행위가 사회적 보상이 생기도록 통제할 수 있는 데에 대한 낮은 기대감이다. 따라서 자신의 활동을 통해 그가 추구하는 결과를 얻지 못하므로 외부적인 힘이나 강력한 타자에 의해 운명에 맡겨져 있는 것처럼 보인다. 「서울, 1964년 겨울」에서 이런 무기력하면서도 방향 감각을 상실한 무지향성은 지난날 입시에 실패한 후 미아리 하숙 생활을 한 '김'이나 무작정 밤거리를 배회하다 여관에서 자는 '안'의 생활에서 엿볼 수 있다. '김'은 자신의 앞날을 걱정하는 일이나 복잡한 일을 생각하는 것을 도피하기에 아무런 목적도 없이 하숙집을 나와 그냥 시가지를 배회하면서 무미건조한 말을 주고받으며 잠시의 해방감에 기뻐한다. 그의 이러한 아무런 뚜렷한 목표도 없이 현실의 답답한 상태를 벗어나기 위해 행동하는 모습에서 참담한 사회현실에 대한 소시민의 무기력을 엿볼 수 있다. 작품에서의 무기력한 모습은 부잣집 장남이며 대학원생인 '안'의 모습에서도 찾아낼 수 있다. 그냥 뭔가 뿌듯해지는 느낌 때문에 밤거리를 배회하다 여관에 자는 것이 일과인 '안' 역시 '김'과 마찬가지로 진정한 삶의 가치를 찾지 못하고 무료하게 일상을 살아간다.

> "이제 어디로 갈가?"
> 하고 아저씨가 말했다.
> "어디로 갈까?"
> 라고 나도 그들의 말을 흉내냈다.
> 아무데도 갈 데가 없었다.
>
> (「서울, 1964년 겨울」, 281-282쪽)

'김'과 '안'의 아무런 목표도 없이 이곳저곳을 기웃거리며 표류하는 모습은 「할빈 1988년 여름」에도 발견할 수 있다. 이것은 위의 서술에서도 여러 번 등장하였던 바 홍국이와 성림이가 영홍조선식당에서 나온 후 어디에 가야 할지 몰라 할빈거리를 배회하는 모습에서 바로 그것을 확인할 수가 있다.

이상 김승옥의 「서울, 1964년 겨울」과 리태복의 「할빈 1988년 여름」을 상호텍스트적인 시각에서 그들의 이동점을 살펴보았다. 살펴본 결과 리태복의 「할빈 1988년 여름」에서 비록 제목, 서사 구조, 소외 양상, 배회모티프 등 몇 가지 면에서 김승옥의 「서울, 1964년 겨울」의 영향을 받은 흔적을 찾아볼 수도 있었지만 두 작품은 인물관계 설정 면에 차이를 보이고 있으며 대화가 주를 이루는 「서울, 1964년 겨울」에 비해 대화, 행동, 서술의 적절하게 이루어지고 있어 일부 다른 점도 나타냄을 확인할 수가 있었다. 하여 리태복의 「할빈 1988년 여름」은 김승옥의 소설 「서울, 1964년 겨울」에 대한 창조적 모방, 즉 패러디적인 측면으로 귀결할 수 있으며 리태복이 이러한 서사 구조를 통해 1980년대 말 1990년대 초 격변하는 중국 사회에서의 조선족 청년의

고뇌와 방황을 진솔하게 그려내려고 시도하였다는 점은 긍정적 의의
가 있다고 본다. 특히 시각적으로도 한국 소설들과 연관되는 소설 제
목을 과감히 취한다는 점에서 리태복은 적극적으로 한국 문학을 수용
하였다는 자세를 보아낼 수 있으며 중국 사회의 상황에 근거한 한국
문학에 대한 적극적인 수용은 그때 당시 중국 조선족 문단에 신선한
공기를 불어넣었다고 할 수 있다.

5

김혁의 문학창작과 한국 문학의 관련 양상

5.1 김혁의 체험과 그의 문학수신

5.1.1 불운한 체험과 성장사

김혁은 19세에 처녀작 「피그미의 후손들」이 『청년생활』에 발표되면서 문단에 데뷔한 이래 지금까지 조선족 문단 내에서 이미 「적」, 「천재죽이기」, 「뜨거운 양철지붕에 올라앉은 고양이」 등 중편소설과 「조모의 전설」, 「타인의 시간」 등 단편소설을 100여 편, 「마마꽃, 응달에 피다」, 「국자가에 서있는 그녀를 보았네」, 「시인 윤동주」, 「완용 황후」 등 장편소설 5편과 시, 수필 300여편을 발표하였으며 30여차에 걸쳐 국내외 문학상을 수상한 바 있는 유명한 중견작가이다. 하여 이러한 업적을 이룰 수 있는데 바탕이 된 그의 체험과 문학수신활동에 대한 접근은 무의미한 작업이 아닐 것이다. "문학을 성립시키는 요소 중의 하나로 중요한 역할을 담당하고 있는 것이 바로 작가와 독자이다. 작가는 또 하나의 독자이며 독자 또한 작가로 될 수 있다."[119]는 김혁의 말처럼 작가는 작가로 되기 앞서 독자로서 많은 책과 경력을 통해서 부단히 문학적 자양분을 섭취하게 된다. 본절에서는 이런 관점에 입각하여 지금까지 왕성한 창작활동을 보인 김혁의 문학수신활동을 그의 불우한 출생과 성장사와 결부시켜 살펴보려고 한다. 중국 조선족문단에서 중견작가로 입지를 굳혀가고 있는 김혁 작가의 출생과 성장사에 대해서는 이미 많은 평론가와 연구자들에 의해 연구가 진행[120]되었기에 여기서는 성장사에 관해서는 간략하게 살펴보고 김혁의 문학수신활동을 중심으로 살펴보려고 한다.

1965년 9월 9일 김혁은 시인 윤동주의 고향으로 이름이 알려져 있는 룡정시에서 태어났다. 경찰관인 아버지(양부)를 두었고 문학의 길에 걸음마를 떼어준 어문교사인 어머니(양모)를 둔 그의 동년은 불우[121]했지만 행복했다.[122] 신체가 약한 어린 김혁한테 심심풀이로 어머니가 글을 배워준 덕에 다섯 살에 조선어를 익혔고 여섯 살에는 독서가 가능하여 신안소학교 입학시에는 선생님들 앞에서 당시에는 명작으로 불리우던 장편서사시 「서사군도에서의 싸움」[123]을 줄줄 암송해 모두를 놀라게 했다. 「들소를 불태우라」는 만화책(连环画)[124]을 읽고 소설속

119) 김혁, 「문학아고라」(칼럼), 김혁의 네이버 블로그.
120) 김혁의 문학자서전 「시지포스의 언덕-문학, 그 궁극적인 짓거리」(김혁의 네이버 블로그)와 김은자의 「김혁과 그의 작품세계」(김혁의 네이버 블로그) 및 우광훈의 「버려진자의 고뇌-김혁의 소설집 출간에 부쳐」(김혁의 네이버 블로그) 등 자서전과 논문에서는 김혁의 성장사에 관해 비교적 구체적으로 다루고 있다.
121) 김혁의 불우한 출생에 관해서는 김은자는 그의 「김혁과 그의 작품세계」라는 글을 참조하기 바란다. 그 글에서 김혁의 출생에 관한 상세한 소개가 있다.
122) 김은자, 「김혁과 그의 작품세계」, 김혁의 네이버 블로그.
123) 「서사군도에서의 싸움」은 张永枚가 1974에 창작한 장편서사시 ≪西沙之战≫을 가리킨다.

의 주인공처럼 자기 집 헛간에 불을 질러 "불조심"이라는 별명을 붙이고 있는 개구쟁이, 양부가 페인트 칠해 고쳐 만들어준 신발책장과 찬장책장에 잃어질세라 서배에 번호를 만화책(连环画)을 차곡차곡 꽂아둔 책들이 천여 권에 달하여 "룡정에서 책이 가장 많은 아이"로 불리우던 아이, 범문만 써내고 학교의 예술써클에서 활약자로 순회공연까지 해보이던 싹수 보이는 남자애, 그의 이야기를 들으러 방과 후 모여든 반 급애들에게 중국 옛찻집의 평서(评书) 이야기꾼처럼 「수호전」을 장회로 내리엮군 하던 소년이었다. 그러나 이러한 소소한 행복은 오래가지 못하였다.125)

소학을 마칠 무렵, 경찰관을 거쳐 농업국의 간부로 일하던 친아버지 같은 존재였던 양부가 '문화대혁명'때 "5.7"간부학교에서 치른 옥고를 빌미로 장기간 투병 끝에 한 많은 눈을 감게 되었다. 양부가 세상 뜬 5년 만에 그에게 우호적이지 못한 의붓아버지가 가장으로 들어오고 김혁에게 오누이를 만들어준다면서 3살짜리 여자애를 수양했다. 불우한 사람들로 이루어진 특수한 가정이라 남보다 더 잘 보듬어야 했지만 그렇지 못했다. 가정은 점차 화목을 잃게 되고 설상가상으로 김혁은 자신이 주어온 아이, 생부생모에 의해 무정하게 거리바닥에 버려진 아이란 사실을 알게 된다. 어린 나이에 그 아름찬 정신적 충격을 감내하지 못해 김혁은 삐뚤어지기 시작하였으며 결국 고중2학년 때 말발굽산에서 있은 어느 한차례의 큰 무리싸움의 주모라는 "죄장(罪状)"으

---

124) 사실 「들소를 불태우다」는 그때 인기를 많이 끌었던 만화책(连环画)이지만(大文革1974 年版, 浙江人民出版社出版, 根据许胤丰小说≪小勇≫改编, 衢县美术创作组绘画) 김은자 의 「김혁과 그의 작품세계」와 우광훈의 「버려진자의 고뇌-김혁의 소설집 출간에 부쳐」 등에서는 소설로 오인하고 있다. 여기서 특별히 밝혀둔다.
125) 김은자, 앞의 논문, 김혁의 네이버 블로그.

로 학교에서 퇴학을 당한다. 애를 망치나보다고 부모들은 난리였지만 그는 고리끼처럼 사회대학을 다녀 유명작가가 될 거라고 단연 선언한다. 그 후로부터 한 달도 못돼 그가 쓴 작문이 제1회 전국중학생작문 콩클상을 수상하여 학교교무처의 선생들과 담임 선생님이 상품인 반도체라지오와 상장을 들고 집까지 찾아가 학교에서 다시 받아들일 의향을 말했으나 색안경을 끼고 불량배 대하듯 하는 학교가 싫어 거절한다. 김혁은 당시를 회억하면서 "천지분간 못하는 애숭이였던 나는 스스로 다가오는 어떤 기회를 잘라던졌고 그 기회를 잃고 나는 여직까지 큰 대가와 무거운 부하를 겪어야 했다."[126]고 말하고 있다.

1986년 19세의 김혁은 윤효식 선생의 추천으로 『길림신문』사의 기자로 취직을 하게 된다. 조건은 2년간 월급이 없다는 것이었다. 그럼에도 김혁이는 달갑게 그 조건을 접수하고 견습기자로 필객(筆客)의 대렬에 들어선다. 연길시의 교외에 자리 잡은 동광부화공장에서 병아리를 부화하던 부란공이 기자로 된다는 것은 인생의 구도를 바꾸는 작업이기도 하였다. 부화기 앞에서 쓴 「피그미의 후손」, 「노아의 방주」, 「까막골 박Q」를 창작하여 발표하기까지 오랜 문학공부가 있었지만 이제야 어떤 기회가 들이닥친 것이었다. 그러나 생활은 기회는 주었지만 생활의 모든 것을 준것은 아니었다. 어려운 생활에 새로운 생명인 딸 소정이가 뛰어들었고 생활난에 도전해 어렵사리 시작해놓은 '쉐익스피어서점'은 부도를 내고 이를 악물고 시작한 '소정음식점'은 1년 만에 2만5천원의 빚만 남겨주고 다른 사람의 손으로 넘어갔다. 설상가상으로 1994년에는 엄마와 누이가 한국행을 하면서 김혁이는 완전한 고

---

126) 김혁, 「문학, 숙명의 돌 굴리기」, 『도라지』(2002년 제5기), 39-40쪽 인용.
　　 김은자, 「김혁과 그의 작품세계」, 2쪽 재인용.

아가 된다. 이렇게 그는 그렇게 갈망했던 것은 아닌 이 세상에 동댕이 쳐진다.[127] 이런 엄혹한 현실은 그로 하여금 이 세상에 대해 할 말이 너무 많게 만들었고 그것이 뜨거운 암장으로 작가의 가슴속에서 굼실이다가 종당에는 어느 순간에 문학이라는 형식으로 하나하나의 작품으로 뽑겨져 나왔다. 하여 창작에서 김혁작가는 누구보다 집요하고 강렬한 창작욕구를 가지게 되었고 누구보다도 풍부한 창작에너지를 소유하게 되지 않았는 가고 생각된다.

5.1.2 김혁의 문학수신

위에서 우리는 김혁의 불우한 성장사에 관해 살펴보았다. 하지만 불우한 성장사만 가지고 있다 해서 모두가 김혁작가처럼 훌륭한 작가로 된다는 것은 아니다. 중요한 것은 그것의 바탕에서 문학과의 접목이다. 김혁은 자신의 삶에서의 문학의 위치를 다음과 같이 말하고 있다.

> 문학은 내가 컴컴한 생의 동굴속에서 변신을 이루게 하는 쑥과 마늘이였고 내 삶의 절망속에서 희망을 바란 자기투척이였고 내 무채색의 삶을 채색으로 만들어주는 조색판이였다. 아픈 나날에 내 흩어지는 마음과 행동을 붙들어주고 위로해준것이 바로 그 문학이였고 초라니같던 나를 어엿이 증명해준것이 바로 그 문학이였고 끊임없는 생활의 의욕의 에너지를 준것이 바로 그 문학이였고 상처투성이 내 삶을 표구(表具)할수 있게 해준것이 바로 그 문학이였다. 나에게 삶을 주시고 그것을 볼수 있는 시선을 주신 문학에 나는 감사한다.[128]

---

127) 우광훈, 「버려진 자의 고뇌」, 김혁의 네이버 블로그.
   김혁의 구체적인 경력과 성장사는 그의 문학자서전 「시지포스의 언덕-문학, 그 궁극적인 짓거리」(김혁의 네이버 블로그)와 김은자의 「김혁과 그의 작품세계」(김혁의 네이버 블로그)를 찾아보기 바란다.

나를 고통의 류황불에서 빠져나오게 한 구원의 빛이 바로 문학이었다. 절망의 정체를 저울질하게 하는 도구, 말 못할 사정과 가슴 터질 슬픔을 상쇄해주는 엔돌핀이 바로 문학이었다. 문학, 그 비 실제적인 효응에 대한 매혹을 기르며 어떤 가치보다 우위에 놓고 탐미해들었다.129)

김혁의 위의 글에서 우리는 문학이 김혁에게 있어서 차지하는 위치와 문학에 대한 김혁의 생각을 엿볼 수 있다.

김혁은 지금의 작가로 이르기까지 부단한 문학수신을 하였고 여러 분야에서 그의 문학적 자양분을 섭취하였다고 할 수 있다. 한 작가의 문학수신활동을 추적하는 일이란 많은 실증적 증거가 기초된 상황에서 진행되어야 하기에 어려운 작업임에 틀림없으며 또한 어떻게 보면 불가능한 작업일지도 모른다. 하지만 다행히 김혁의 경우 그는 많은 수필과 칼럼 그리고 창작담에서 그의 문학수신에 관한 이야기를 언급하고 있어 가능할 것으로 보인다. 이 글에서는 바로 이러한 자료를 중심으로 김혁의 문학창작활동에 영향을 가져다 준 그의 문학수신활동을 추적해보려고 한다.

많은 유명 작가들이 동년시절 문학작품을 접촉한 경우와 마찬가지로 김혁의 첫문학수신도 역시 동년시기였다.

병원 장 출입에 온 몸 어디라 없이 주사바늘을 꽂고 부어오른 곳을 뜨거운 물에 담근 수건으로 찜질을 해주며 아파서 우는 나를 달래는 방식의 하나가 바로 그림책을 사주는 것 이였다. 나는 병원에서 집에서 내내 그림책하고 벗해 지냈다. 어찌 보면 련환화(連環畵) 읽기는 내 동년의 전부라 할 수 있었다. 48권으로 된 「삼국연의」며, 40권으로 된 「수호전」이며, 22권으

---

128) 김혁, 「문학, 숙명의 돌 굴리기(문학자서전)」, 『도라지』, 2002년 제5기, 46쪽.
129) 김혁, 「춤추는 엔돌핀(수필)」, 『연변문학』, 2004년 7월호, 111-112쪽.

로 된 「서유기」며, 15권으로 된 「악비전」과 같은 고전명작들, 그리고 구쏘
련 작가 고리끼의 자서전적 3부작 「동년」, 「인간세상」, 「나의 대학」이며를
나는 맨 처음 모두 그림책으로 접했다.130)

위의 인용문에서 확인할 수 있듯이 김혁의 문학수신은 고리끼의 작
품과 같이 외국문학도 있으나 주로는 중국명작을 중심으로 윤색한 만
화책의 접촉에서 시작되었다. 그때 당시 김혁을 매료시켰던 「삼국지」,
「수호지」, 「악비전」, 「손오공이 백골정을 세번 치다」 등 그림책들은
지금도 그의 '청우재'에 보존되어 있다고 한다.131) 그때 시절 많지 않
은 아동도서 중에서 김혁은 가장 인상 깊게 읽은 것이 구 사회를 경유
해온 이의 자서전적 소설 「고옥보」였다고 그의 문학자서전에서 밝히
고 있다.132)

어린이들의 심성에 맞는 아동도서가 지금처럼 많지 못했던 그 시절
인지라 김혁은 초등학교 4학년 때부터 이미 성인들의 책을 읽기 시작
했다. 「들끓는 광산」, 「안명호반」, 「홍남투쟁사」, 「백양정의 용사들」, 「상
앙의 이야기」, 「공가점의 둘째주구 맹자」 등 어른들의 책들이 바로 그
시절 김혁이 읽어보았던 책들이다.133) 그러다 얼마 후 비판용으로 앞
머리에 모택동주석의 어록이 붙은 『수호전』을 접하게 되었는데 김혁
은 그때 「수호전」에 깊이 매료된 상황을 다음과 같이 이야기하고 있다.

그러다 비판용으로 앞머리에 모택동주석의 어록이 몇 페지나 붙은 「수
호전」이 나왔는데 그 록림호걸들의 이야기는 나를 환혹시키기에 족했다. 「수

---

130) 김혁의 네이버 블로그.
131) 김혁의 네이버 블로그.
132) 김혁의 네이버 블로그.
133) 김혁, 「시지포스의 언덕(2)」, 김혁의 네이버 블로그.

호전」을 줄줄 외우다시피 했다. (그때 우리 학교선생들이 아직도 철자를 바로 익히지 못하고 있는 아이들을 훈시하는 말의 한마디가 아무 반급의 혁이라는 애는 장편을 왕왕 내리읽는다던데 너희들은 이게 무슨 꼬라지냐?였다.) 반급 애들이 내게서 「수호전」 이야기를 들으러 방과 후면 우리 집에 가맣게 모여들곤 했다. 개구쟁이들이 한 구들 모여 앉은 그 양말 구린내가 천지를 진동하는 방에서 재봉침우에 올라앉아 나는 중국 옛 찻집의 평서(評書) 이야기꾼처럼 장회체로 「수호전」을 내리엮곤 했다.

어린 시절의 문학수신은 김혁으로 하여금 학교의 작문 짓기에서 큰 기량을 보이게 하였으며 그가 작문에만 그치지 않는 본격적인 창작에도 시도할 수 있는 바탕이 되었다.

　　당시 일본추리영화와 무협영화가 처음 나와 우리 또래는 그에 열광했다. 하여 나는 무협소설과 추리소설을 쓰기 시작했다. 집에서도 썼고 학교에서는 내가 싫어하는 수학시간에도 썼다. 반년도 안되는 사이에 각각 3만 여자에 달하는 무협소설 「소사연의(小寺演義)」, 추리소설 「경각사에 비낀 음영」을 써냈다. 「소사연의」는 무협영화의 고루한 형태의 본을 내여 절을 배반하고 나간 무림계의 흑세력을 동자중들이 성장하여 타승 하는 내용을 「수호전」처럼 장회체로 썼고, 「경각사에 비낀 음영」은 당시 중국에서 가장 흥행했던 일본영화 「추격」과 문화혁명 때 수사본으로 유행되었던 반 간첩 소설 「꽃신」을 한데 버무려놓은 모방작들이었다. 그중에도 나름대로의 창의성이 보인다면 주인공이 나처럼 남의 집 양자로 자랐다가 아버지를 찾고 보니 자기가 대결하고 있는 흑세력의 두목이었다는 그런 나만의 정감을 부여한 점이었다.[134]

앞에서도 서술했는 바 초등학교를 마칠 무렵, 양부가 돌아가고 그 후로 5년 후에 김혁에게 우호적이지 않던 의붓아버지가 복잡한 가정

---

134) 김혁, 「시지포스의 언덕(2)」, 김혁의 네이버 블로그.

에 들어온 데다가 그 무렵 자신이 입양아이라는 사연을 알게 된다. 사춘기의 나이에다 한 가슴 가득 찬 실의를 이기지 못해 김혁은 그 시절 사회의 불량배들과 어울리게 되고 그러다 고중2학년을 다니다가 무리 싸움을 했다는 이유로 퇴학을 당하게 된다. 이처럼 가정의 소외와 학교의 버림을 받은 김혁의 소년기는 외로움과 고독감으로 충만되었다. 이런 김혁을 달래준 것은 역시 문학작품이었다.

> 그 고독감을 달래준 것이 또 책이었다. 이때는 온 나라가 동란의 부진을 씻고 좌적인 철쇄에서 벗어난 시기라 좋은 작품들이 많이 나왔고 금서로 치부되었던 세계명작들이 본격적으로 소개되기 시작했다.
> 나는 신들린 사람처럼 걸탐스럽게 독서를 했다. 세계명작들을 거의 다 이 시기에 읽었다. 어머니가 명심해 주문하는 『인민화보』, 『연변문예외에도 연변인민출판사에서 나오는 『세계문학』과 『아리랑』, 민족출판사에서 나오는 『진달래』 총서들을 빠짐없이 사들였다. 그 잡지와 총서들을 통해 나는 세계문학과 중국문학, 중국조선족문학에 대해 알게 모르게 대량 접촉하기 시작했다.
> 그때 나에게 화약 같은 인상을 남긴 작품들로는 다니엘 디포의 「로빈손 크루소」, 엑또르 말로의 「집 없는 소년」, 로신의 「벼린 검」과 구소련작가 라 쁠레예브의 「마흔한 번째」, 중국 작가 량효성의 「여기는 신비한 땅덩어리」, 진국개의 「난 어쩌면 좋아요?」와 일본작가 모리무라 세이이치의 추리소설과 호시가라 싱이치의 꽁트들, 그리고 연변작가들의 작품인 김성휘의 「떡갈나무 아래에서」와 림원춘의 「몽당치마」였다.135)

동년기와 소년기의 부단한 문학수신은 대학의 문턱에 발도 들여놓지 못한 김혁으로 하여금 10대의 나이에 유명잡지에 처녀작을 낼 수 있게 만들었으며 또한 같은 해에 3편의 단편을 발표하여 문단에서 일

---

135) 김혁, 「시지포스의 언덕(2)」, 김혁의 네이버 블로그.

정한 승인도 받게 된다.

　　처녀작을 발표하던 19살 그해에 련이어 「노아의 방주」, 「맥주 두병」 등
3편의 단편을 발표했다. 『개간지』 잡지에서 잡지 뒷면에 나의 작가사진을
실어주었고 작가협회 기관지 『천지』에서 조직한 문학 강습반에서는 우수
학원으로 선정되어 중국의 대문호 로신의 반신상을 상패로 수상했다.
　　그 석고상을 부란실의 창턱에 놓고 바라보며 문학이 주는 즐거움과 성취
감에 나는 가정에서의 소외감이며 번중한 로동의 고달픔이며를 잊어버렸다.
　　그리고 그때로부터 운명의 신은 나와 글쓰기라는 짓거리를 단단한 동아
줄에 옭매듭으로 칭칭 얽동여놓았다.[136]

　문학이 주는 즐거움과 성취감에 김혁은 가정에서의 소외감이며 번
중한 노동의 고달픔을 잊어버렸고 또한 이것은 나중에 『길림신문사』
의 기자로 취직을 할 수 있는 계기와 바탕이 된다. 신문기자로 발탁된
후 그의 문학수신은 더 열광적으로 진행되었다.

　　신문기자로 발탁된 이듬해 연길로 이사 오면서 나는 28개의 사과배광주
리에 나의 전부의 가산인 소장한 책들을 담아 싣고 왔다. 그때로부터 지금
까지 나는 내내 붙박이로 책 더미에 내 옹근 몸뚱아리를 부장품처럼 묻어
버렸다,
　　나의 일상에서 독서가 없는 나날이란 상상할 수도 없다. 나는 편집광적
인 독서광이다. 언감 이 세상에 나오는 모든 좋은 책들을 모조리 읽고자
망상하고 있다. 시시때때 그 시대의 의식형태에 맞추어 나오는 각종 종류
의 책들을 모조리 읽으려 들었다.
　　종소리에 반응하는 파블로브의 실험용 동물처럼 좋은 책만 나오면 예민
한 후각으로 알아내고 선참 사들여 허겁지겁 읽었다. (멋모르고 읽다나니
독일철학가 쇼펜하우어의 이름을 한어로 읽고 중국인으로 여긴 웃음거리
를 자아내기도 했다.)[137]

---

136) 김혁, 「시지포스의 언덕(2)」, 김혁의 네이버 블로그.

위의 서술에서도 지적하였듯이 이때에 와서는 김혁은 자신의 독서 범위를 단지 문학에만 국한시키지 않았고 기자로서의 예민한 감각으로 베스트셀러라는 책은 모두 사들였고 다 섭렵하였다. 이것은 또한 훗날 그의 창작에 커다란 영향을 일으키게 된다. 김혁의 다음과 같은 말에서도 그가 읽은 책이 매우 다양하였음을 증명해준다.

> 나의 독서범위는 오지랖이 넓어도 무지 넓은 편, 단 문학 류뿐 아니라 종교, 천문학, 회화, 동식물학, 민속 등등 여러 부류의 책들도 대량 사들여 읽는다. 신간베스트셀러면 죄다 사들이는 외에도 꼬박 10여 년 주문하거나 사서 읽는 잡지만도 다섯 10여 종류가 된다.
> 『소설월보』, 「이야기회」, 「독자」, 「오묘한 비밀」, 「우표수집」, 「월드스크린」, 「련환화보」, 「시각」, 「유머대사」, 「고금전기」.[138]

김혁은 1988년 연변대학 문화예술전업반에 입학하게 되어 전문적인 문학이론공부를 하게 되고 1990년에 졸업하게 된다.

김혁의 문학자서전 「시지포스의 언덕-문학, 그 궁극적인 짓거리」를 읽게 되면 거기서 김혁작가가 지금까지 그 자신이 가장 좋아하고 그 자신에게 영향을 가장 크게 준 노신, 가와바다 야스나리, 박경리, 버지니아 울프, 임어당, 카프카, 안데르센, 아가사 크리스티, 장애령, 이상, 도연명, 전혜린 등 13명의 작가들을 그 작가들의 사진과 함께 부록시켜 그의 창작성격에 커다란 영향을 끼쳤다고 말하고 있음을 찾아볼 수가 있다. 만약 영향을 가져다준 정도의 차이를 불문하고 단지 13명의 문학인중 차지하는 비중으로 살펴본다면 김혁에게 있어서 박경리, 이상, 전혜린 등 3명으로 대표되는 한국문학이 차지하는 비중은 노신,

---

137) 김혁, 「시지포스의 언덕(2)」
138) 김혁, 「시지포스의 언덕(3)」, 김혁의 네이버 블로그.

임어당, 장애령, 도연명 등 4명으로 대표되는 중국문학의 버금으로서 매우 중요한 위치를 차지함이 시각적으로 안겨온다. 하지만 좀 더 상세히 김혁이 열거한 자신의 창작경향에 영향을 준 중국문인들을 살펴보게 되면 도연명은 중국고대의 문인이고 또한 장애령(1952년 홍콩으로 떠남)의 문학작품이 80년대에 이르러서야 중국대륙에 널리 알려진 상황을 감안한다면 어찌 보면 김혁에게 끼친 중국현대문학과 한국현대문학의 영향이 차지하는 비중이 비슷할 것으로 보인다. 하지만 이것은 단지 시각적으로 안겨오는 것이지 전면적인 비중을 대표하는 것은 아니다. 13명의 문학인 중에서 김혁에게 있어서 가장 중요한 위치를 차지하는 문인이 곧 노신이다. 이것은 다음의 글에서도 확인할 수가 있다.

> 예나 지금이나 내가 1순위로 놓는 작가 로신, 그의 대표작 '아큐정전'은 교과서에 수록되어 중학시절 부터 통독했었다. 아큐라는 인물에 매료된 나는 21살때 이 작품을 패러디하여 「까막골 박아큐전기」라는 작품을 『북두성』 잡지에 발표하기도 했다.[139]

중국에서 사는 조선족으로서 중국문학의 영향을 받는다는 것은 당연한 일이다. 비록 김혁에 의해 언급은 되지 않았지만 김혁은 알게 모르게 중국문학의 영향을 많이 받았을 것이다.

하지만 지금까지 김혁은 그의 처녀작을 포함하여 절대 대부분의 작품들이 한글로 창작되었기에 한글로 창작된 문학의 영향 역시 상당히 크게 받았다고 할 수 있다. 13명의 문인 중 조선의 문인이 한 사람도 언급되지 않은 상황을 보면 김혁에게 있어서 조선문학에 비해 한국문학의 영향이 컸을 것으로 예상된다. 앞에서 언급했던 3명의 한국문인

---

139) 김혁, 「시지포스의 언덕(2)」, 김혁의 네이버 블로그.

들을 제외하고도 김혁은 많은 한국작품들을 접하게 된다.

① 저자 박범신의 소설은 80년대 후기, 장춘에서 발간되는 문학지 "북두
성"에서 단편 하나로 읽었던 기억이 있다. 지금 그 문학지는 폐간되었지만
한국작품은 추리소설 작가 김성종이 유일하게 중국에 소개되었던 그 시기
에 순문학작품이라는 타이틀때문에 박범신의 작품은 그래서 기억에 남았
다.140)

② 전경린의 작품은 많이 읽지 못했다. 중국과 한국수교이후 한국작가들
의 작품을 접할 기회와 폭이 넓어져 신경숙이며 은희경이며 하성란이며 한
강이며 등등 한국녀류작가들의 적지 않은 작품들을 두루 읽어왔지만 전경
린의 작품은 웬지 다른이들에 비해 많이 읽지 못했다.141)

… (중략) …

우리가 읽어온 한국 녀류작가들의 작품들에는 거개가 사랑과 슬픔, 권태
와 불륜, 령혼과 눈물, 류랑과 귀향… 여성의 섹슈얼리티문제를 제기하려
는 신열에 가까운 몸부림이 있었다. 하지만 이 작품(메리고라운드 서커스
여인)에 심취된것은 전경린이 철두철미한 리얼리즘에 천착하는 한국의 허
다한 녀류작가들과는 조금 달리 환성이 가미된 리얼리즘의 모습을 소설에
서 보여주고있어서였다.142)

위의 두 인용문에서도 확인할 수 있듯이 박범신의 추리소설은 이미
80년대 중국조선족문단에 소개해 들어왔고 또한 많이 읽혔으며 90년
대에 와서는 특히 신경숙, 은희경, 하성란, 한강 등을 포함한 한국여류
작가들의 작품들이 중국조선족문단에 많이 흘러들어왔으며 또한 그때
당시 김혁을 포함한 많은 조선족작가들에게 읽혔다. 이들의 문학은
90년대의 조선족문단에 커다란 영향을 가져다주었다.

---

140) 김혁, 「욕망이라는 이름 노트」, 칼럼, 김혁의 네이버 블로그.
141) 김혁, 「서커스하는 여자」, 김혁의 네이버 블로그.
142) 김혁, 「서커스하는 여자」, 김혁의 네이버 블로그.

90년대에 들어와서 조선족문단에서도 한국문단의 영향을 많이 받아 고백체 글쓰기가 유행되었다. 내밀한 심리세계를 조명하여 인간의 심층을 파헤친 소설이 크게 늘었다. 80년대는 상상도 하지 못했던 이런 새로운 글쓰기가 90년대 한국작가들의 작품이 조선족문단에 쏟아짐과 동시에 큰 인기를 얻었다.……143)

김혁은 그의 일부 작품들의 창작과정에서의 제재 선택면에서도 한국문학의 영향을 받았다고 언급하고 있다. 그 실례로 든다면 바로 그의 네 번째 장편소설 「완용 황후」와 다섯 번째 장편소설 「시인 윤동주」 창작이다. 먼저 「완용 황후」의 창작경유를 보면 다음과 같다.

김연수의 장편소설 「밤은 노래한다」를 한국에 있는 친지를 통해 구입했다.
…(중략) …
오래전 부터 읽고 싶었던 작품, 1930년대 초반 연변지역 항일유격근거지에서 벌어진 '민생단 사건'을 배경으로 한 소설이다.144)

중국제재의 소설 「대지」로 노벨상을 수상한 미국작가 펄벅의 일련의 중국솟재의 역사소설은 각설하고 봐도 한국과 일본의 작가들마저도 중국의 역사제재에 끊임없는 흥심을 가지고 끊임없는 번안물과 창작물을 내놓았다. 일본의 시바료 타로, 한국의 정비석, 박종하 등이 내놓은 「삼국지」, 「초한지」 등은 중국 본토작가들의 경전에 못지않은 선풍적인 인기를 몰아오고 있다. 근래에도 한국작가들에 의해 중국삼국시대의 조식, 당나라의 무측천, 양귀비, 중국동북의 항일제재, 지어 연안생활을 제재로 한 작품까지 창작, 출간되고 있다.
할진대 중국소수민족의 일원으로의 권리를 향유하고 있는 우리 조선족 작가들 역시 거대하고 풍부한 중국의 역사소재에 눈길을 돌리고 필봉을 들 필요가 있다고 생각한다.

---

143) 강옥, 앞의 논문, 44쪽.
144) 김혁, 「밤은 노래한다」, 김혁의 네이버 블로그.

… (중략) …

완용에 대한 기록물은 부의를 위한 방대한 연구의 한개 편단으로, 혹은 부가적으로 간략서술되여있을뿐 그를 위한 창작물은 단 한 편도 없다는 그 공백이 나의 창작충동을 지긋이 건드리다 좋내는 농도와 줄기 다른 필을 들게했다.145)

하여 몇 해 전부터 김혁은 그의 고향 룡정의 역사와 인물을 정리하는 작업에 투신하기 시작했다.146) 「완용 황후」가 바로 그 작업에서의 첫 성과물이다. 「완용 황후」의 창작을 비롯하여 김혁의 창작성향은 예전과 뚜렷이 변화된다. 그 후로부터의 김혁의 창작은 인물전기에 전념하게 된다.

변혁기, 우리 민족 공동체가 미증유의 부침을 겪고 있는 시점에서 작가로서 언론인으로서 저의 창작성향은 근년들어 뚜렷이 바뀌고 있습니다. 금후 민족의 정체성 확인과 자부와 비젼을 위한 작업으로서의 조선족인물전 시리즈를 펴내는 작업을 이어나갈것을 약속드립니다. 더 성숙된 사유와 문체로 그 어디에 내놓아도 손색이 없을 우리 민족의 제반분야에서 뚜렷한 족적을 남긴 김염, 김약연 윤동주 김학철 리홍광 리화림 양림 정판룡등 인걸들의 이야기를 지속적으로 펴낼것이며 반드시 펴낼것입니다. 이를 저의 창작스케줄의 가장 뚜렷한 시간대에 놓고 그 결과물을 보여줄것입니다.147)

장편소설 「시인 윤동주」의 창작도 같은 맥락에서 볼 수 있다. 김혁은 연변인민방송국 "문학살롱"에서 인물전기에 관한 신금철과의 대담에서 송우혜의 「윤동주 평전」을 압권중의 압권이라고 말한다.148) 이

---

145) 김혁, 달의 몰락을 읊다, 김혁의 네이버 블로그.
146) 김혁, 「왕붓으로 돌을새김 할 그 이름 한락연」, 김혁의 네이버 블로그.
147) 김혁, 「왕붓으로 돌을새김 할 그 이름 한락연」, 김혁의 네이버 블로그.
148) 대담, 「조선족문단의 인물전기창작열에 대한 진맥 (1, 2)」, 연변인민방송국 "문학살롱",

는 한편으로는 김혁 역시 인물전기를 창작하면서 인물전기도 많이 읽은 것을 설명하며 「시인 윤동주」를 쓰기 위해 충분한 자료작업을 진행하였음을 의미하며 또한 「시인 윤동주」를 씀에 있어서 송우혜의 「윤동주 평전」의 영향의 받았음을 측면으로 보여준다.

그 외에도 아직은 창작은 하지 않았지만 창작의 욕망을 보이고 있는 대하소설장르에 있어서도 김혁에게 가져다 준 한국문학의 영향이 상당히 클 것으로 예상한다. 「대하소설을 읽다」라는 그의 수필을 보면 거기에는 많은 한국의 대하소설들이 등장한다.

> ① 뒤미처 읽은 대하소설은 아마 「림꺽정」이였던것 같다. 오랜 판본이라 내리줄로 되여 있어 주린 닭이 모이를 쫓듯 고개를 바지런히 주억거리며 읽었다.
> … (중략) … 작가인 벽초 홍명희가 월북하면서 한국에서 오래동안 금서로 치부되었고 조선에서도 1980년대 중반에야 다시 읽혀졌다고 한다. 중국이 금방 좌(左)의 철쇄에서 벗어난 원활해진 풍토에서 연변에 1980년대 초에 알려졌으니 우리 독자들로 보면 과히 늦은편도 아니다. 더욱이 "우리 말의 풍부한 보고(宝库)"라고 김학철 선생이 극찬한 책이라 문학도로서 퍽 어린 나이였지만 그 책을 찾아들었다.[149]

> ② 그즈음에 또 10권본으로 된 조정래의 「태백산맥」도 신문사의 선배 L에게서 빌려 읽었다. 거의 반년을 읽었다.
> … (중략) …
> 한국에서는 금기시되던 빨찌산 투쟁을 중립적인 시각에서 그려낸게 이곳 작가들에게도 그 어느 한국작품보다 먼저 읽히게 된 이유였다.
> 책을 빌려주었던 선배는 책이라면 사족을 못쓰는 내가 당시는 온 시가지를 통틀어 흔하지 않던 그 대하소설을 "꿀꺽"하지 않았느냐는 걱정에 어서

김혁의 네이버 블로그

149) 김혁, 「대하소설을 읽다」, 김혁의 네이버 블로그.

돌리라고 극성스레 재촉했지만 오랜 시간에 겨우 다 읽고 돌려드렸다.

③ 다음은 최명희의 대하소설 "혼불"을 읽었다. "길림신문"사의 기자로 뛰던 시절이니 1990년경으로 생각된다. 나에게 대하소설 한 질을 빌려주고 오랜 시간 돌리지 않아 매일이고 닦달질하던 그 선배기자가 대단한 한국작가가 왔다며 취재를 나갔다. "광주다방"에서 선배님이 만난 분은 바로 "혼불"의 작가 최명희였다. 소설 "혼불"의 무대는 만주까지 확장되여 이곳에 흘러든 조선인들의 비극적 삶과 강탈당한 민족혼의 회복을 위한 모습이 형상화되고있는데 최명희는 만주부분을 쓰기위해 체험차 중국으로 온 것이였다.

… (중략) …

썩 오랜후에 완결된 10권본을 찾아 읽었다.

1980년에 시작하여 17년만에 원고지 1만 2천장으로 마무리한 이 대하소설은 종부(宗婦) 3대를 중심으로 일제의 탄압에도 여전히 조선말의 정신구조와 문화를 지탱하고 있던 시대를 고뇌하고 상처받으면서도 아름답게 살아낸 사람들의 이야기를 아름답고도 적중한 언어들을 종자벼씨 정선하듯 골라 새겨내린 작품이다.

④ 요즘 읽은 대하소설은 유주현의 실록소설 「조선총독부」이다.

… (중략) …

1967년의 판본이 고스란히 내 손에까지 전해졌다는 사실이 흥미로웠다. 오래 된 책이라 코를 송곳끝처럼 들쑤셔대는 삭은 곰팡이 냄새에 재채기를 해가면서도 극성스레 읽었다. 근년들어 민족의 근대사에 흥미를 가지고 그 사건과 인물을 다루는 작품들을 창작하고있는지라 민족의 수난을 다룬 그 부피가 큰 책이 빨리 읽혀졌다고 해야겠다.

⑤ 그 무슨 등산애호가처럼 대하소설이라는 봉우리를 하나 또 하나 독파하면서 그 와중에 가장 감명깊게 읽은것이 박경리의 「토지」다.

… (중략) …

"토지"는 인터넷에 해박한 어느 후배에게서 파일로 넘겨 받아 읽었다. 종이책이 아니고 컴퓨터에 마주 앉아 읽은지라 솔직히 근 일년여가 되여서

야 읽을수 있었다. 책을 읽고나서 나는 하나의 중대한 결정을 내렸다. 사비
를 털어 소설"토지"의 루트를 따라 문학기행을 하기로 마음먹은것이다.

김혁은 「림꺽정」, 「태백산맥」, 「혼불」, 「조선총독부」, 「토지」 등 "대
하소설을 읽으며 그 소설을 만드는 작가들의 창작자세에서 자신을 결
박해오고 괴롭혔던 질문들을 다시금 깨닫는다"150)고 한다. 수필의 마
지막 단락에서 "대하소설을 읽고저 한다 대하소설을 쓰고저 한다"151)
라는 글에서 우리는 김혁의 대하소설을 쓰려는 욕망을 다시 확인할
수 있다.

중국문학과 한국문학 뿐만 아니라 독서범위가 넓은 김혁은 외국문
학의 영향도 받는다.

첫 장편 ≪마마꽃, 응달에 피다≫를 집필하면서 가장 크게 영향을 받았
던것은 J D 샐린저의 ≪호밀밭의 파수군≫이였다. 아이들의 시각으로 문화
대혁명이라는 전대미문의 년대를 조명하려 시도했던 나에게서 역시 미국
젊은이들의 시각으로 미국사회상을 다룬 샐린저의 작품이 좋은 보기로 되
였기때문이였다. 50년대초에 발표된후 전 세계 젊은이들의 필독서로 떠오
르며 사랑받는 고전자리를 지켜온 ≪호밀밭의 파수군≫의 저자 샐린저는
언론에 로출되길 꺼리면서 일체 인터뷰를 거부하는 은둔자적성격으로도
유명하다. 그는 수십년째 미국의 한 시골에 칩거하고있다. 책을 낼 때마다
샐린저는 작품에 해설문을 붙이지 않고 작가 사진도 싣지 않는다.152)

위의 인용문은 김혁이 중국문학과 한국문학 외에도 외국문학(미국문
학)의 영향을 받았다는 것을 증명해준다.

---

150) 김혁, 「대하소설을 읽다」, 김혁의 네이버 블로그.
151) 김혁, 「대하소설을 읽다」, 김혁의 네이버 블로그.
152) 김혁, 「은둔하는 령혼」, 칼럼, 김혁의 네이버 블로그.

상술한 문학수신은 김혁의 사유와 영감의 샘을 깊게 하고 그의 정신세계의 반경을 한껏 드넓혀주었으며 중국조선족문단에서 부단한 문체혁신을 하고 있는 그의 줄기찬 문학적 행보의 원류라고 말할 수 있다.

5.2 김혁과 이상의 관련 양상

중국조선족문단에서 이상(李箱)을 한국문학의 범주에 넣고 볼 것인가 아니면 조선반도 문학으로 볼 것인가에 대해서는 쟁론이 생길 수도 있으나 1980년대 초반까지 중국조선족문단에서는 이상의 문학을 접하지 못하였으며 중한 수교 전야에 이르러서야 이상의 문학이 한국문학과 함께 조선족문단에 흘러들어왔고 80년대까지 조선문학사에 취급되지 않았던 상황을 감안한다면 이상의 문학을 한국문학으로 봐도 큰 이의가 없을 것이라고 생각한다.

위의 글에서도 이미 서술한바 이상(李箱)은 김혁의 창작성향에 큰 영향을 가져다 준 13명의 문인중의 한 사람이다. 이는 김혁의 많은 글에서 이상(李箱)의 시를 직접 인용하고 있으며 이상(李箱)과 같은 초현실주의 시와 소설을 창작하였다는 사실에서도 찾아볼 수 있다.

그렇다면 김혁은 왜서 이상의 문학을 좋아하게 되고 그의 영향을 크게 받아야만 했는가?

본절에서는 그 원인을 먼저 이상과 김혁과의 인생프로필에서 찾아보려고 한다. 김혁의 인생프로필에 관해서는 이미 앞에서 살펴보았기에 여기서는 이상의 프로필을 살펴보기로 한다.

1930년대 한반도 문단에 커다란 파문을 일으키고 지금까지 논란의 대상이 되어온 이상은 1910년 8월 20일(음력) 아버지 김연창과 어머니 박세창의 장남으로 태어났다. 별로 공부한 것도 없는 그의 아버지는 생계의 책임을 맡은 형 김연필과 아버지에 얹혀 살다 이상이 세 살 되던 해 겨우 분가하게 된다. 그런데 김연필에게는 아들이 없었고 이상은 종손으로 김연필의 집에서 살게 되었다. 이와 같이 이상은 세 살적부터 부모와 떨어져 낯선 세계에 부닥쳤으며 또 이러한 낯선 세계는 너무 일찍부터 비극적인 형태가 이루어졌다. 하여 이상은 어릴 적부터 분리불안이라는 정신적 상처를 입었고 자라면서는 이복 형과 큰 어머니 사이에서 심한 갈등을 겪으며 공포증에 줄곧 시달려 왔다. 유아기의 환경조건은 한 개인이 개성을 형성하거나 성장 후의 정신세계를 펼쳐나가는 데 있어 중요한 역할을 한다. 위의 이상의 이러한 유아기의 정신적 외상은 이상의 일생동안 그림자와 같이 따라다니게 된다. 이상의 불행은 이상이 성인이 된 후에도 따라다닌다. 현실은 실패와 좌절, 일경에 피검, 폐결핵, 건강의 악화 등 일련의 악순환으로 그의 정신적 세계에서의 외침은 처음부터 정신적 고통일 수밖에 없었다. 이러한 가운데 이상은 자신의 정신적 불안을 억누르고 스스로에게 호소하며 실로 고통의 외침일 수밖에 없었던 그의 내면의 소리를 소설로, 시로, 수필로 형상화시켰다.[153]

위의 이상(李箱)의 간략한 프로필을 통해 우리는 이상(李箱)은 그의 짧은 인생역정에서 많은 아픔을 겪은 사람이라는 것을 확인할 수가 있다. 앞에서도 언급한바 김혁 역시 그의 성장과정에서 많은 아픔을 겪은 인물이다. 김혁은 그의 출생부터 비극으로 시작되었다.

봉당에는 보자기에 동여진 아기 하나가 그 무슨 물건처럼 내쳐져있었다. 태여 난지 이제 겨우 사흘이 되는 아이는 미동도 하지 않고 있었다. 석현에 있는 어느 처녀가 결혼 전에 아기를 뱄는데 부모의 결사적인 반대와 항간의 눈이 무서워 룡정의 병원에 와서 아이를 낳고 버렸다고 한다. 그 아이를 룡정 어느 소학교의 아이 낳이를 못하는 교원이 안아왔는데 아이가

---

153) 김동현, 「작품에 나타난 이상의 정신적 편력」, 『평택대학교 논문집 제11집』, 1998, 158쪽.

풍을 일구고 담이 목에 막혀 우유도 넘기지 못한 채 죽어 가는지라 막 버리려던 참이었다.154)

이상과 같이 김혁 역시 아주 어려서 그의 친부모 곁을 떠났다. 김혁은 비록 자신이 친부모에게 거리에 버려졌던 입양아라는 사실을 고등학교에 들어서서야 알게 되었지만 어린 나이에 그 아름찬 정신적 충격을 감내할 수가 없었고 그때로부터 세상풍진에 덜 익은 소년은 삐뚤어지기 시작하고 그 콤플렉스는 그의 생활의 그림자로 비운을 던지고 심적인 고통은 내내 그의 가슴속 한가운데 자리를 잡게 된다. 불운한 출생과 학구적인 대학을 나오지 못한 음영에 깃눌려 김혁은 남보다 큰 성적가리를 쌓아올렸음에도 소외된 삶을 내내 살아온다.155) 김혁에게 있어서 인간의 존재와 인간의 가치는 하나의 커다란 물음표였다. 그는 존재에 대한 확인과 가치에 대한 확인 그리고 그로부터 자아실현을 완성하고저 글 속에 파묻혀 인생을 탐구하고 문학을 탐구한다. 그 와중에 그가 벗으로 사귄 것이 삶과 문학의 우상이였던 이상(李箱)이였고 번뇌와 고통을 힘과 용기와 신심으로 변화시켜주는 주신 디오니소스였다.156)

김혁이 이상문학의 영향을 받게 된 원인은 이상과 비슷한 인생역정 외에도 당시 중국조선족의 문단 분위기와도 밀접한 관계가 있다고 생각한다.

80년대 개혁개방의 세찬 물결과 더불어 중국대륙에는 서방문화가 물밀

---

154) 김혁, 「시지포스의 언덕 - 문학, 그 궁극적인 짓거리」(문학자사전), 김혁의 네이버 블로그.
155) 김룡운, 「괴재 이재 기재 - 김혁과 그의 문학」, 『도라지』, 1997년 제5기, 7쪽.
156) 김룡운, 「괴재 이재 기재 - 김혁과 그의 문학」, 『도라지』, 1997년 제5기, 7쪽.

듯이 흘러들어온다. 그러자 중국조선족문단(1980년대)에는 서방의 각종 문
학리론과 문학사조 및 창작방법이 따라들어왔다. 의식의 흐름, 실존주의,
상징주의, 초사실주의, 신소설파, 황당파, 표현주의 등 각종 현대주의문학
류파가 일시에 밀려들자 한족문단은 물론 조선족문단에도 현대소설이 나
타나기 시작하였다.157)

위의 인용문에서도 확인할 수 있듯이 오랫동안 폐쇄된 조선족 문단
은 개방이 되자 자연히 접촉하지 못했던 외국의 문물을 급속히 받아
들이게 되었고 특히 시대정신에 민감하고 신생사물에 대해 호기심과
열정을 가진 젊은이들은 새로운 사물을 재빨리 받아들이는데 급급했
다. 김혁은 당시 20대의 나이로서 신생사물에 대해 적극적으로 다가
설 것이며 또한 기자로서 민감한 김혁은 시야를 넓혀 새로운 창작방
법을 받아들였을 것이다. 파격적인 형식을 취한 이상의 문학은 그때
당시 중국 조선족 문단에 가져다 준 신선함은 말도 없이 컸을 것으로
생각된다. 하여 조선족문단에서는 이상문학의 영향을 받은 작가들이
김혁 외에도 몇 명 된다.158) 이미 언급된 리동렬 외에도 류순호가 있
다. 이것은 1998년 『문학과 예술』문학지에 게재된 류순호의 탐구소설
「13인의 아해가 도로로 질주하오」에 대한 김룡운의 단평에서도 확인
할 수가 있다.

　　류순호의 「13인의 아해가 도로로 질주하오」는 탐구적색채가 있는 소설
　　이라고 볼수 있겠다. 리상의 오감도 제1호 「13인의 아해가 도로로 질주하

---

157) 최상철, 「중국조선족문단에 나타난 현대소설의 실태와 전망」, 『문학과예술』, 1991년 제
　　4기, 32쪽.
158) 이상의 문학의 영향을 받은 작가들이 여럿 있을 것으로 예상되나 그 많은 사람들을 일
　　일이 열거하는 데는 방대한 실증적 고증이 있어야 하기에 여기서는 작품 속에서 선명히
　　이상 문학의 영향의 흔적을 나타내는 리동렬과 류순호만을 예로 들기로 한다.

오」를 표제로 따온 이 소설은 인간심리의 저변에 깔려있는 진솔한 삶의 모
습을 예술적으로 파헤쳤다는 점에서 눈에 띄인다.[159]

류순호의 「13인의 아해가 도로로 질주하오」가 이상(李箱)의 오감도
제1호 「13인의 아해가 도로로 질주하오」의 표제 외에도 오감도 제1호
시의 일부가 소설에 직접 인용되었고 이 이 시가 작품내용의 구성부
분으로 설정되었으며 주인공 역시 구체적 이름이 P로 설정되었다. 작
품외에도 『문학과 예술』 2002년 제1호에는 한국의 평론가 정덕준의 「리
상의 자아의식, 창조적회상」이라는 평론이 게재되었다. 이 모든 것은
이상의 문학이 조선족 문단에 커다란 영향을 가져다주었음을 재삼 증
명해준다.

김혁은 일찍이 이상의 작품에 경도되었는데 그는 자신의 창작 담에
서 이렇게 말한 적이 있다.

　　내가 리상과 그의 갑골문같기도 ET들이 남겨놓은 하외성계문명같기도
정신질환자의 일기장같기도 한 시를 맨처음 접한 것은 10여년전이였다. 그
때 문학에 현혹했던 나는 어데선가 한국의 명시 집을 빌리고는 복권 특등
에 당첨된 사람처럼 좋아 어쩔 줄을 몰라했다. 나는 무지스럽게도 그 500
여 페지나 되는 시랍을 베끼기로 했다. 역시 문학에 현혹된 여자친구가 가
세해서 볼펜으로 무명지를 부단히 학대한 끝에 우리는 단 일주일만에 그
명시집을 다 베껴낼 수 있었다. 진품이 아니고 수사본일망정 그 시집을 꼭
소장하고 싶어졌던 것이다. 그중에 리상의 시 몇수가 들어있었다. 띄여쓰
기마저 무시했던 그의 초현실주의 시들을 베끼며 우리는 버릇처럼 띄여쓰
기가 너무 잘되여 다시다시 베끼며 띄여쓰기를 잘하지 않는데 퍼그나 류의
해야 했다. ……
　　……

---

159) 김룡운, 「13인의 아해는 왜 질주했는가」, 『문학과 예술』, 1998년 제6기, 111쪽.

그래서 나는 언감 이 잊혀졌던 모더니즘대가의 본을 따서 「신오감도」를
련작하기로 뼈물러먹었던것이다. ……160)

중국조선족문단의 동향에 대해 관심을 가진 사람들은 모두가 다 알
고 있듯이 10년 전에 이상의 작품들을 읽은 김혁의 모더니즘 작품의
정식적인 창작시도는 1998년에 들어서서였다. 위의 인용문에서 언급
했던 「신오감도」 연작시 100수 외에도 김혁의 초현실주의 중편소설 「천
재죽이기」가 1998년이 되어서야 정기간행물에 간행되었기 때문이다.
이것은 문학의 영향이 반드시 동일시기에 곧장 일어나는 것이 아니라
일정한 간격을 두고 일어난다는 사실과도 연관이 있겠지만 역시 당시
조선족문단의 전체적인 분위기와 무관하다고 생각된다.

현시기 우리 문학은 시대의 도전에 직면하고있다. 세기의 교체를 가져오
는 시대에 우리 사회는 한방면으로 개혁개방의 심입과 더불어 ≪모든것이
뒤엎어지고 방금 형성되여가는≫ 시대적변천속에서 탈피와 갱신의 모지름
을 겪고 있으며 다른 방면으로 외래사회변천의 충격, 즉 후기산업사회의
정보화, 지식화, 세계화의 충격을 받고있다. 이와 같은 사회적현실속에서
사람들은 가치의 혼란과 삶의 곤혹을 겪는가 하면 진통을 동반한 정신적
사회적 출로의 모색에 모지름을 쓴다. 우리 문학은 이런 시대에 직면하여
진통을 겪고 있다. 다시말하면 시대와 더불어온 가치관념의 갱신속에서 탈
피와 신생의 진통을 겪고있는것이다.161)

시에서 보면 30대는 확실히 특점이 있습니다. 가장 훌륭한 표현이 다른
세대보다 모더니즘을 수용하는점입니다. 시에서 전인류적인것에 대한 추
구, 상징법의 보편적인 리용, 시적함축성에 대한 탐구 등 면에서 보면 30
대 시인들이 수용하였다고 볼수 있습니다. 다른 세대보다 이점이 다르지요.

---

160) 김혁, 「아마추어비가 내리던 날의 명상록」, 『문학과 예술』, 1998년 제4기, 64쪽.
161) 현동언, 「진통속의 모지름 - 96조선족문학」, 『문학과 예술』, 1997년 제3기, 36쪽.

물론 제대로 완미하게 수용한 것은 아닙니다. 사람들이 우리가 쓴 시를 귀족시라고 하거나 자아팽창, 무병신음이라고 비평하는데는 근거가 있습니다. 우리가 모더니즘의 일부 방법과 기교를 표상적으로 배우는 결함이 있습니다. 그러나 저는 시에서 자아표현을 해야 한다고 생각합니다. 자아란 곧 시인의 생명본체가 아닙니다. 아직까지도 시의 교육기능만 강조하는것을 너무도 뒤떨어진 문학관념이라고 말하지 않을수 없습니다. 요즈음 우리 시들을 보면 도리를 내세우는 경향이 적지 않습니다. 저의 경우에도 요즈음 적지 않은 소설에서 주인공을 죽입니다. 여기에는 문학의 국한성에 대한 인식이 안받침되여있습니다. 역시 일종의 도리입니다. 도리도 일종의 초월이 아닙니까. 그리고 30대의 시에는 반어가 많고 듣기 싫은 소리가 많습니다. 저는 30대의 시인들은 시의 탐구에서 더 미쳐나야 한다고 봅니다.162)

김혁의 상술한 문학주장과 조선족문단의 분위기의 영향하에 1998년에 이르러서야 모더니즘시 「신오감도」가 창작, 발표되고 초현실주의 소설로 불리우는 「천재죽이기」가 『도라지』제4기에 게재된 것이라고 할수 있다.

김혁이 이상의 문학을 좋아하게 된 원인은 또한 그의 중편소설 「륙가락」에서도 제시되고 있다.

마음이 번거로울때면 김은 컴퓨터앞에 마주앉군 했다. 키보드를 두다리군 했다. 자기 기록을 쇄신하려는 달리기 선수처럼 재빨리 글자를 두다려 보군 했다. 그리고 그때마다 리상의 시를 쳐보군 했다. 난해하기 짝이 없어 어떤 암호의 해독이 있어야 하는 리상의 시였지만 그런 류다른 시가 바로 자신의 기분을 해독하는 안정제라고 김은 느껴졌다.
김은 시인 리상을 좋아했다. 그의 광기어린 천재적 기질을 좋아했고 그의 실험적이며 파격적인 문풍을 좋아했다.

---

162) 문학대화, 「우리 문단의 30대」, 『문학과 예술』, 1997년 제5기, 7쪽.

리상의 시는 그의 창작풍격을 철저히 바꾸어 주었다.163)

「류가락」에서 등장하는 시인 '김의 일부 모습은 우리로 하여금 청년시절의 문학도 김혁의 삶을 떠오르게 하며 김의 목소리 역시 청년시절의 김혁의 목소리를 대변하고 있다고 생각된다. 김혁은 이와 같이 자신의 분신이 작품속의 한 인물로 부각되는 경우가 많다. 「류가락」 외에도 다음과 같은 작품도 역시 김혁의 자서전적 요소가 강하게 드러나 있다.

> 아버지의 장례 날, 동료들이 많이도 모여왔고 하늘 향해 조총을 울리였다. 모두들 비감에 물젖어있었지만 나의 정신은 다른 곳에 팔려있었다. 그 조총을 쏠때 튕겨 나온 탄알 깍지가 못내 갖고 싶어졌다. 그래서 장례식이 끝나기 바쁘게 허겁지겁 탄알 깍지를 줏는데 어머니가 「이 철없는 것아!」하고 오열하며 나의 뒤통수를 철썩 아프게도 때렸다.(나의 첫 장편소설 「마마꽃, 응달에 피다」 중에 이러한 나의 동년의 모습이 가감 없이 세세히 그려져 있다.)164)

> 말하거나 나의 삶은 조악하였다. 강보의 몸에 버려졌고, 양모와 의붓아버지의 끝없는 소시민적 갈등 속에서 암울한 사춘기를 지내왔고, 대학문전도 못간 몸으로 엘리트 속에 묻혀 필봉 하나만 믿고 신심을 혹사해왔으며, 청빈한 문인신세 때문에 혼인이 파열되었다. 30대중반이 넘도록 안식할 보금자리 하나 마련 못해 수천책의 책 꾸러미를 지고 메고 열다섯번씩 이사를 해야 했다. 그리고 오로지 사랑하는 딸애와 타향 멀리 떨어져 함께 지낼수 없는 살을 도려내는 마음의 진통 속에 거액의 빚짐에 눌리워 수년간 내내 리자돈을 꾸어대야 하는 나날이 지금도 계속되고 있다. 게다가 세대주로 인생을 감당해야할 나이에 어수룩한 일에 휘말려 직장을 말고 한지에 쫓겨나야하는 이변까지 일었다. 내 인생의 초반부터 덧쌓인 그 수많은

---

163) 김혁, 「류가락」, 김혁의 네이버 블로그.
164) 김혁, 「시지포스의 언덕 - 문학, 그 궁극적인 짓거리」(문학자사전), 김혁의 네이버 블로그.

절망의 소품들... 초현실주의수법으로 예술화한 그 아픔이 나의 중편소설집
「천재 죽이기」의 구구절절에 배어있다.165)

위의 두 인용문에서 우리는 「천재 죽이기」와 「마마꽃, 응달에 피다」
두 작품에서의 주인공들의 삶과 김혁의 불운한 출생과 그의 성장역정
의 삶과 많은 부분 겹쳐있음을 확인할 수가 있다. 어려서부터 지금까
지 수많은 아픔을 겪어온 김혁에게 있어서 아픔은 그의 문학창작에
있어 좋은 소재이자 영원한 주제이고 나아가 그의 문학의 뿌리로 되
었다. 그는 자신의 고통을 문학으로도 다른 사람에게 알리지 않고서는
안될 충동을 가진다.

나를 고통의 류활불에서 빠져나오게 한 구원의 빛이 바로 문학이였다.
절망의 정체를 저울질하게 하는 도구, 말 못할 사정과 가슴 터질 슬픔을
상쇄해주는 엔돌핀이 바로 문학이였다.166)

하여 김혁의 많은 작품 속에서 부각된 인물들은 모두가 비극적인
인물이며 모두와 같이 아름차게 파란만장한 인생을 체험한다.
김혁의 이러한 창작성향은 그의 첫 장편 「마마꽃, 응달에 피다」
(2003)에 이르러서야 비로소 변모된다.167) 이 작품에서 비로소 김혁은
개인의 아픔을 넘어서 중국 조선족 공동체의 아픔으로의 변모를 가져

---

165) 김혁, 「시지포스의 언덕 - 문학, 그 궁극적인 짓거리」(문학자사전), 김혁의 네이버 블로그.
166) 김혁, 「춤추는 엔돌핀」(수필), 『연변문학』, 2004년7월호, 112쪽.
167) 김은자는 「김혁과 그의 작품세계」에서 "김혁의 작품에서 작가의 추구와 아픔양상이 변
    모를 가져오게 된 계기를 마련한것은 장편르포 ≪천국의 꿈에는 색조가 없었다≫를 창
    작하면서 취재를 위해 만난 피해자들과 읽었던 신문기사의 영향을 받은것으로 보이나
    그런 생각이 실제로 소설작품에 반영되기 시작한것은 첫 장편 ≪마마꽃, 응달에 피다≫
    를 발표한후라고 볼수 있다."고 주장하고 있는데 이 글에서도 그의 관점을 따르기로 한다.

오게 된다. 비록 「마마꽃, 응달에 피다」에서의 여전히 김찬혁이라는 인물에서 김혁작가의 삶과 겹치는 부분을 많이 찾아볼 수도 있지만 이 작품을 시발점으로 김혁은 "중국조선족 문제 테마소설"이라는 부제하에 변혁기 중국조선족의 고뇌를 다룬 작품들과 천입민족으로서의 그 역사의 행정을 다룬 작품들을 꾸준히 펴내고 있다.168)

김혁이 이토록 자전적 요소가 띠는 작품들을 창작하게 된 계기와 원인에는 그에게 끊임없이 찾아오는 불행과도 밀접한 연관이 있겠지만 이상(李箱)문학의 영향과도 무관하지 않다고 생각된다. 이것은 위에서 언급된 이상(李箱)문학의 영향을 뚜렷이 받은 「천재 죽이기」에 이르러서야 김혁의 자전적인 요소가 뚜렷이 드러나고 있기 때문이다.

이상의 작품이 자서전적이라는 점은 이미 한국의 많은 연구자들에게 의해 증명되었다.

> 이상의 소설은 작가 자신의 고뇌를 작중인물인 '나'를 통해서 토로하는 자전적인 삶의 기록이다. 즉 시대의 아픔과 자신의 번민 및 소외감 등을 현대 심리주의 기법인 의식의 흐름이나 내적 독백 형식으로 표현한 것이다. 따라서 그의 소설은 곧잘 주인공으로서 화자인 '나'를 등장시키는 사소설(私小說) 형식을 취하고 있다.
> 예컨대, 대표작으로 평가되는 <날개>와 <봉별기>가 그것이다. 이 두 작품에 등장하는 여인은 1933년에 폐결핵을 앓던 이상 자신이 총독부의 건축 기사직을 그만두고 요양차 황해도의 백천(白川)온천에 갔을 때 만났던 금홍이라서 더욱 흥미롭다. 그는 당시 그녀와 함께 동거하며 다방이나 술집(카페)을 운영했는데 전부 실패하고 가난에 병마까지 겹쳐 있었던 것이다.169)

---

168) 김은자, 「김혁과 그의 작품세계」, 김혁의 네이버 블로그.
169) 이상, 『날개』(하서명작선), 하서, 249쪽.

앞에서 살펴본 이상의 소설과 수필은 그 자신의 천재성과 폐결핵으로 인한 죽음에의 강박관념 및 식민지 치하라는 불합리한 현실 사회에서의 무기력과 외로움을 표출한 기록물들이다.

… (중략) …

말하자면 그에게 있어서 문학은 이상 자신의 소외감이나 절망감을 극복하기 위한 수단이자 목적이었다. 어느 누구도 절박하고 처절한 그의 고뇌를 위로해 줄 수 없었으며 이상 자신도 그것을 잘 알고 있었다. 그러나 여전히 남아 있는 삶의 의지는 끝까지 유토피아를 꿈꾸었다. 추락한 날개의 모습이 바로 이상의 문학이자 작가 자신의 모습이었던 것이다.170)

그리고 김동현은 이상의 문학이 자서전적이라는 이유를 다음과 같은 실례를 논거로 주장한다.

이상의 누이인 김옥희씨가, 현대문학 90호(1962년 6월호)에서 이상의 작중 인물이 이상 자신의 생활에 실제했던 인물의 해학적 묘사임을 지적하고 있으며 또 창작 수법이 1인칭 시점을 사용하여 사적인 입장을 취하고 있으며 작중인물의 명명문제에 있어서도 실명을 사용하고 있다는 점을 들 수 있다.171)

이상과 김혁의 작품들이 모두 자전적 요소가 강하다는 점에서 비슷한 점을 보여주었다면 그 두 작가의 작품들의 상이점이라면 이상의 작품속의 일인칭 시점과는 달리 김혁의 많은 작품에서는 3인칭의 시점을 사용하고 있다. 「천재 죽이기」와 「마마꽃, 응달에 피다」 두 작품에서는 김혁을 대표하는 인물이 '나'가 아닌 man이나 김찬혁으로 설정되어있다.

---

170) 이상, 『날개』(하서명작선), 하서, 253쪽.
171) 김동현, 「작품에 나타난 이상의 정신적 편력」, 평택대학교 논문집 제11집(1998), 153쪽.

이상의 문학은 자전적 요소가 강한 특점 외에도 창작기법이 독특하다. 이상은 그의 작품 여기저기에 '아이러니', '패러독스', '위트' 뿐만 아니라 '농담', '경구', '에피그램' 등 수사학적 장치, 또는 그것과 관련된 언급 등을 통해 고도의 지적 유희를 보여주고 있다. 이러한 유희적 태도는 언어의 차원에 국한된 것이 아니라 문체로, 또는 창작방법으로 확대되고 있다. 이상의 텍스트들은 독자에게 암호풀이 내기를 하는 것과 같은 느낌을 주거나, 저자와 독자가 텍스트에 대해 의미 찾기에 대한 긴장감 있는 대결의 형식을 자아내기 때문에 작품 자체를 단순히 읽히게 하는 것이 아니라 사유하게 한다. 이러한 유희적 태도는 이상 소설에서 하나의 수사로서 사용된 것도 있지만 작품 전체를 관류하는 방법론으로 제기되고 있다.[172]

이러한 이상의 창작특점은 김혁의 작품에서도 많이 찾아볼 수가 있다. 먼저 김혁의 초현실주의 소설 「천재 죽이기」의 경우를 놓고 보면 이 작품은 소설의 시작의 서두를 이상의 "… 박제가 돼버린 천재를 아시오? 난 유쾌하오. - 리상"으로 하고 있다. 그 외에도 이러한 성향을 보여준 작품은 많다. 『도라지』 2002년 제5기에 게재된 중편소설 「타인의 시간」에서는 "시계를 자주 보는 사람에게는 흔히 두 가지 유형이 있다. 시간이 오기를 기다리는 사람 그리고 시간이 가기를 바라는 사람."이라는 경구로 서두를 시작하고 있으며 『도라지』 1996년 제5기에 게재된 중편소설 「바다에서 건진 바이올린」에서는 쇼펜하우어의 『생존공허설』 중의 "만물의 변화란 실제에 있어서 그저 형식에 지나지 않는다. 허나 바로 형식의 내면에 항구불변의 생존의 의지가 잠자고

---

172) 강룡운, 『이상 소설의 역설의 의미생성에 대한 연구』, 고려대학교 박사학위 논문, 2002년, 27쪽.

있다."라는 부분과 야마다 가이요의 『인간의 심층심리분석』 중의 "우리의 정신세계 및 리념의 구축은 언제나 현실세계의 경험에서 비롯하여 다시 여러가지 형태로 변형되어 전개되며 나중에 우리는 그 한 형식의 내용으로 과제를 해결하군 한다."를 각각 인용한데다 저자가 좋아하는 명언 "무릇 변형은 모두 그 자체로서의 이유가 있다." 덧붙여 서두를 시작하고 있고, 2005년 『연변문학』 윤동주 문학상 수상 작품인 「불의 제전」에서는 정한모의 시 「춤의 판타지아」로 소설의 서두를 시작하고 있으며 중편소설 「와늘」에서는 박인환의 시 「목마와 숙녀」 중의 일부분을 인용하여 소설을 시작하고 있고 중편소설 「바람과 은장도」에서는 조지훈의 시 「승무」의 일부분을 인용하여 서두를 장식하고 있다. 중편소설 「뼈」는 관속에 누운 "뼈"에 관한 시로부터 시작된다.[173] 작품에서의 이러한 '경구', '에피그램', 시의 인용은 작품의 내용과 유리된 것이 작품 속에 잘 용해되어 작품의 의미를 보태고 있다. 이렇게 많은 작품에서 이상문학의 영향의 흔적이 드러나지만 그 중에서도 가장 선명히 드러나고 있는 작품으로는 역시 초현실주의 소설 「천재 죽이기」와 중편소설 「륙가락」이다. 「천재 죽이기」에서 나타나는 이상문학의 영향의 흔적과 이상의 시와 소설을 여러 곳에 인용하여 작품의 의미를 덧붙인 부분에 관한 구체적인 연구는 3절에서 다룰 계획으로 여기서는 「륙가락」에서 나타난 이상 문학의 영향을 살펴보기로 한다. 중편소설 「륙가락」은 서두는 비록 하나라는 소제목하에서 이상의 시 「오감도」 제11호로 작품을 시작하지만 위의 작품들과 같은 맥락으로 볼 수 있다. 하지만 위의 작품들이 '경구', '에피그램', 시

---

173) 즉 이 소설은 제목과 함께 작품의 시작부터 "뼈"에 관해 집중적으로 이야기할 것임을 암시하고 있다.

들을 아무런 변화 없이 직접 인용하는 것과는 달리 「륙가락」에서는 이상의 시 「오감도」 제11호를 약간 변형시켜 인용하고 있다.

> 그?사기컵은?내?해골과?흡사하다?내가?그?컵을?손으로?꼭?쥐였을때?내 팔에서는?난데없는?팔?하나가?접목처럼?돋더니?그?팔에?달린?손은?그?사 기컵을?번쩍?들어?마루바닥에?메어?부딪는다?내팔은?그?사기컵을?사수하 고있으니?산산히?깨어진것은?그럼?그?사기컵과?흡사한?내?해골이다?그러 나?내?팔은?여전히?그?사기컵을?사수한다?
>
> 리상?「오감도」시?제11호?[174]

이상(李箱)의 시 「오감도」 제11호의 원텍스트는 아래와 같다.

> 그사기컵은내해골과흡사하다. 내가그컵을손으로꼭쥐었을때내팔에서는난 데없는팔하나가접목처럼돋히더니그팔에달린손은그사기컵을번쩍들어마룻 바닥에메어부딪는다. 내팔은그사기컵을사수하고있으니산산이깨어진것은그 럼그사기컵과흡사한내해골이다. 가지났던팔은배암과같이내팔로기어들기전 에내팔이혹움직였던홍수를막은백지는찢어졌으리라. 그러나내팔은여전히 그사기컵을사수한다.[175]

두 작품을 비교해볼 때 김혁은 원텍스트의 띄어쓰기가 없고 문장부 호가 있는 자리에다 ?을 삽입시키고 있다. 이러한 시도는 작품의 전반 적인 내용과도 밀접히 연관이 되겠지만 소설의 서두를 이렇게 시작하 는 것은 역시 독자들의 궁금증을 자아내고 독자들의 호기심을 유발하 여 독자들로 하여금 이 작품을 읽도록 유도하려는 장치가 아닐까 한다.

김혁의 중편소설 「륙가락」은 그의 계렬공포소설 『일어서는 머리칼』

---

174) 김혁, 「륙가락」, 김혁의 네이버 블로그.
175) http://cafe.naver.com/leesangkhk.cafe

의 제2부로서 다음과 같은 이야기를 그리고 있다. 시인 김과 요리사 박, 때밀이 최는 그들이 함께 20여 년 전 류가락인 마동무를 물에 빠뜨려 죽음으로 몰아간 죄책감에 최근에 들어서 갑자기 자신들의 오른손에 자꾸만 류가락이 생긴 환각에 빠지게 된다. '이상의 광기어린 천재적 기질을 좋아하고 실험적이며 파격적인 문풍을 좋아하는' 김은 이상의 영향을 받아 그도 「흰옷입은 사람들은 자위를 즐긴다」라는 쉬르얼리즘 경향이 다분한 시를 지어 출판사에 보내지만 5번이나 출판사에 거부당한다. 그는 그의 시를 여섯 번째로 출판사에 보냈지만 그의 시가 적극적인 문체적 실험자로서의 응분의 긍정을 받지 못하고 오히려 문단에 의해 외면당하는 고통에 시달리게 되며 그러는 와중 자신의 오른손 약손가락에 손가락 하나가 더 나 있는 환각에 빠지게 된다. 그러다 환몽과 현실에서 성형외과에 가서 수술을 받는 장면을 연출하다가 20여 년 전 물에서 빠져죽은 마동무를 떠올린다. 요리사인 박 역시 라면을 만들다가 자신의 오른손이 류가락이 생겨난 환각에 빠진 나머지 칼로 자신의 성성한 손가락을 끊어버리기까지 한다. 최도 때밀이를 하는 와중에 자꾸만 20여 년 전의 일을 떠올리게 된다. '그들에게 아무런 징조도 없이 다가온 그동안의 공포는 그들의 정상적인 생활을 파괴하였으며 그들로 하여금 독주에 취한 듯 허환의 나날들을 보내게 하였다.'

작품에서는 앞에서도 언급했던 이상의 시와 이상에 관한 내용이 직접 등장하는 점 외에도 많은 곳에서 이상의 작품들과 흡사한 점이 나타난다. 첫째로는 「날개」에서 나타난 꿈과 현실에서 넘나드는 모티프(장면)가 등장한다. 둘째로는 이상의 작품 속에서 자주 나타나는 '아이러니'도 이 작품에서 여러 군데 등장한다.

이 라면은 박의 료리사생애에서 가장 엉성하게 만든 한그릇의 라면일 것이였다. 명주실처럼 가늘고 매끈거리게 뽑았던 그의 라면이 오늘은 밀가루덩이를 뭉텅뭉텅 쥐여뜯어놓은 꼴, 아예 수제비국에 가까웠다.

… (중략) …

다행히 손님은 엉성한 라면에 대해 탓하지 않고 있었다. 맛나게 먹어주고 있었다. 후르르 첩첩, 후르르첩첩 소리도 요란히 맛나게 먹어주고 있었다.

… (중략) …

라면이 맛잇어 죽겠다는 듯 다시한번 만족의 미소를 지었다.[176]

카운터쪽에서 저 혼자 흥을 피워 올리는 록음기의 소리가 들렸다.
손에 손잡고 령을 넘어서…
요즘의 기분에서 들으려니 같은 음악이 다르게 들린다.
야! 올림픽이 언젠데 아직도 그런 노래냐?
그쪽을 향해 박이 성마른 소리를 질렀다. 노래소리가 바뀌였다.
젖은 손이 애처로워 살며시 잡아본 순간…
하필이면 「안해에게 바치는 노래」냐? 다른 계집 넘보고 다방 기쑥이는 수컷들한테 꼭 녀편네를 들먹여야 맛이겠냐?
박이 또 한번 소리소리 질렀고 록음기가 이붓아비 고함질에 그치는 애울음소리처럼 딱 멎었다. 그러는 박에게 김은 리해가 갔다. 귀신에게 홀렸던지 멀쩡한 손가락을 잘랐으니 세상이 귀찮을법도 했다. 박은 물론 김도 최도 지금 손이라는 단어에 신경을 가시처럼 곤두 세우고 있었다.
… (중략) …
라이터에 새겨진 다방의 자호와 전화번호를 보았다.
2666666
마담의 말처럼 번호가 기억하기 쉬웠다. 6자가 여섯이였다.
중국속담에 육육(六六大順)이란 말이 있잖아요 그래서 다방 전화번홀 말짱 6으로…[177]

---

176) 김혁, 「륙가락」, 김혁의 네이버 블로그.
177) 김혁, 「륙가락」, 김혁의 네이버 블로그.

'말', '륙', '손'을 꺼려하는 김, 박, 최들에게 '말'과 '륙', '손'은 아이러니하게도 자꾸만 찾아든다. 세 사람이 교통사고를 당한 원인도 '엄지를 치켜든 손가락모양의 조각물의 시표'를 발견했기 때문이고 딸을 소망한 김이 그의 소망대로 딸애가 태어났지만 왼손이 륙가락인 것으로 설정되고 있다.

그 외에도 다음과 같이 손에 대한 묘사를 세 번 반복하여 독자들의 공포감을 한층 한층 심화시키고 있다.

> 쥘부채처럼 손가락이 기름한 손이였다.
> 로동에 대한 기억이 별로 없는 깨끗한 손이였다.
> 여자의 손처럼 작고 손마디가 굵지아니한 손이였다.[178]

이상의 시 「오감도」 제1호에 나오는 이러한 문체는 김혁의 장편소설 「국자가에 서있는 그녀를 보았네」에서도 찾아볼 수 있다.

> 계집애들이 술을 남자들처럼 억벽으로 마셨다. 술 못하고 음료만 기울이는 신애는 당연 그들의 권주돌림에서 빠졌다.
> 그리고 모두들은 신애를 망각한채 저희들끼리 술잔을 기울이며 와짝 떠들어가며
> 돈에 대해 이야기 하고 있었다.
> 남자에 대해 이야기 하고 있었다.
> 화장품에 대해 이야기 하고 있었다.
> 시체옷에 대해 이야기 하고 있었다.
> 서양음식에 대해 이야기하고 있었다.
> … (중략) …
> 그때 그들은 경자네 마당에 모여앉아 호도를 까며 울고 떠들며

178) 김혁, 「륙가락」, 김혁의 네이버 블로그.

마을에서 샛길을 닦는다고 얘기를 했다.
산옥이네 집 굴암돼지가 새끼네마리를 낳은 얘기를 했다.
장과부의 음식솜씨가 알뜰하다는 얘기를 했다.
최털보네 과수가 우박을 맞던 얘기를 했다.
촌 뒤산에 묻혀진 발해공주에 대한 이야기를 했다.[179]

위의 인용문에서는 비슷한 내용이 단순히 반복만 되는 것이 아니라 박신애가 머물렀던 두 장소의 이야기와 생활에 대한 대조도 이루어지고 있다. 돈, 남자, 화장품, 시체옷, 서양음식에 대한 이야기와 샛길을 닦는다는 이야기와 굴암돼지가 새끼를 네 마리 낳은데 대한 이야기, 장과부의 음식솜씨에 대한 이야기, 최털보네 과수원이 우박을 맞은 이야기, 뒷산에 묻혀진 발해공주에 대한 이야기는 하나는 시민들의 이야기이고 다른 하나는 농민들의 이야기이며 하나는 도시생활의 이야기이고 다른 하나는 농촌생활에 대한 이야기다. 이 두 공간의 이야기와 생활을 대조시켜 농촌에서 성장한 신애가 도시생활에 융합되기 어려움이며 도시인의 소외를 받기 마련이라는 것을 암시하고 있다.

5.3 「천재죽이기」에 나타난 이상의 영향

문학은 작가의 언어적 · 예술적 · 문화적 관습들을 통하여 만들어졌으며 이러한 관습들을 통해 새로운 텍스트가 생산되고, 생산된 텍스트는 이후 새로운 관습이 되어 또 다른 텍스트의 토대가 된다. 그러므로 전통과 관습을 떠나 순수 창조작품이란 있을 수 없다. 따라서 텍스트들의 상호작용은 역사 저술의 가치성을 부정하기 위한 것이 아니라

---

179) 김혁, 「국자가에 서있는 그녀를 보았네」, 김혁의 네이버 블로그.

그 가치의 조건을 재정의하는 것이라는 견해는 텍스트를 과거와의 연계선상에서 평가하는 가장 우선되어야 할 명제라 할 만하다.

앞의 글에서도 여러 번 밝혔는 바 김혁의 「천재 죽이기」는 이상 문학의 영향을 크게 받은 작품으로서 그 영향의 흔적이 선명히 드러나고 있는 작품이다. 작품에서는 이상의 시와 소설들을 직접 인용하고 있으며 이러한 인용은 단순한 인용에만 그치고 있는 것이 아니라 작품의 내용과 유기적으로 잘 용해되어 있어 이상의 시와 소설의 인용이 작품에서 담당하는 역할에 관해 살펴보는 것은 흥미로운 일이며 또한 원텍스트의 뜻을 이해하지 못한 상황에서 이 작품을 제대로 분석하고 이해한다는 것은 매우 어려운 작업이 될 것이라고 생각한다. 하여 본절에서는 작품에서 인용된 이상의 시와 소설에 대한 분석을 바탕으로 이미 여러 평론가들에게 조명되었던 「천재 죽이기」를 다시 고찰해 보려고 한다.

김혁의 「천재 죽이기」는 다음과 같은 이야기를 다루고 있다. 주인공 man은 사업에서도 실력가이고 지식소유에서도 누구도 따르지 못하는 천재이며 가정에도 충실한 인물이다. 하지만 이러한 인물은 회사의 버림을 받게 되고 아내의 배반을 당하고 이혼을 하게 되며 사회의 버림을 받는다. man은 천재로서의 응분의 대우를 받을 대신 자신이 소유하고 있는 것마저도 다 잃어버리게 되며 나중에는 길가의 광고판이 떨어져 머리가 큰 손상을 입게 되어 지력상수가 다섯 살짜리 어린애 정도로 쇠퇴한다. 이처럼 이 소설은 천재로서의 응분의 대우를 받을 대신 모든 것을 다 잃고야마는 이 시대 순결무구한 지식인의 비극적 운명을 작품은 무게 있게 뼈아프게 펼쳐 보이고 있다.

이러한 인물들의 이야기는 그때 당시 조선족문단에서는 김혁 외에도 최홍일의 「흑색의 태양」 등 소설에서도 장석 등과 같은 인물이 부각되고 있어 크게 이목을 끌만한 소재는 아니지만 발표 당시는 각별히 문단의 각광을 많이 받게 되었으며 그 이듬해 이 작품으로 김혁은 『도라지문학상』을 수상하게 되며 또한 이 작품이 선후로 여러 연구자들에 의해 연구되었다. 이 작품이 이토록 조선족문단에서 물의를 일으키게 한 점은 다름 아닌 김혁작가가 이러한 순결무구한 지식인의 비극적 삶을 예전의 전통적인 방식으로 다루고 있는 것이 아니라 전통적인 관습을 타파하고 조선족 문단에서는 전례 없는 초현실주의수법으로 다루었기 때문이다.

이 소설은 서두에서부터 이상의 초현실주의 소설인 「날개」의 서두 "'박제가 되어버린 천재'를 아시오? 나는 유쾌하오. 이런 때 연애까지가 유쾌하오."의 "…박제가 되어버린 천재를 아시오? 나는 유쾌하오." 부분의 인용으로 작품을 시작하면서 이 작품이 초현실주의작품과 연관이 있음을 암시한다.

> … 박제가 돼버린 천재를 아시오? 난 유쾌하오.
>
> ―리상[180]

조선족문단에서 이 작품을 초현실주의소설로 보는데는 큰 이의가 없으나 어떠한 측면에서 초현실주의소설로 보는가에 대해서는 일정한 입장적 차이가 있다.

> 소설의 일반적인 구조나 규범의 파괴를 들어 이른바 쉐르알리즘 즉 초현실주의 소설로 보는 견해도 있다. 그러나 소설의 일반적인 구조나 규범을

---

180) 김혁, 「천재죽이기」, 『도라지』, 1998년 제5기, 28쪽.

파괴하였다면(그것이 사실이기도 하지만) 해체미학 혹은 포스트모더니즘 소설로 보는것이 옳다. 이 작품이 초현실주의적인 성격을 지닌 작품으로 볼수 있는 이유는 환몽과 현실 사이를 넘나드는 주인공의 의식과 그런 주인공의 의식을 능청스러울 정도로 태연하게 그려내는 작가의 의식때문이 아닐가 한다. 초현실주의대가로 알려진 리상의 시와 소설작품들을 군데군데 인용함으로써, 또한 장절의 번호를 거꾸로 달았다든지 주인공의 이름을 엉뚱하게도 남성이라는 의미의 영어 man으로 하였다든지 하는 파격적인 구성 등은 그러한 환몽과 현실의 간격을 허물어버리는 역할을 하며 따라서 작품의 초현실적인 느낌을 강화시켰다고 볼수가 있다. 초현실주의는 경험의 의식적령역과 무의식적령역을 완벽하게 결합시키는 수단이기때문이다. 초현실주의자들은 절대적실재, 즉 초현실속에서는 꿈과 환상의 세계가 일상적인 리성의 세계와 소란이 있다고 보는것이다.181)

이 글에서는 이 소설을 초현실주의 소설로 보는 이유를 위의 장춘식의 관점에 따르고 있음을 밝히고 그 외에도 지금까지 연구자들에게 의해 발견되지 못했던 초현실주의적 요소를 찾아내려고 한다.

「날개」의 서두부분의 인용에 뒤따르고 있는 것이 소설의 소제목 9이다. 위의 인용문에서도 이미 언급했듯이 이 작품은 소제목달기에서 처음으로 9자로부터 거꾸로 마지막 -1에까지 이른다. 먼저 각 소제목이 다루고 있는 내용을 각각 세부적으로 살펴보기로 한다.

이상의 시 「오감도」 제1호를 패러디한 느낌을 주는 다음과 같은 문장으로 장절 9는 시작된다.

··· 라다가 지나갔다
캐딜락이 지나갔다
자전거가 지나갔다

---

181) 장춘식, 「문학의 참을 찾아서」, 김혁의 네이버 블로그.

오디가 지나갔다
샤리가 지나갔다
봉고차가 지나갔다
쌍타나가 지나갔다
삼륜차가 지나갔다
벤츠가 지나갔다
살수차가 지나갔다…182)

출근길 네거리에서 신호등을 기다리면서 셀러리맨 man의 눈에 안
겨오는 지나가는 차량의 모습을 보여주는 위의 인용문은 이상의 원텍
스트와 유사한 초조와 불안을 나타내는 역할을 하고 있다고 생각된다.
차가 한 대, 두 대 지나가면서 시간도 함께 지나가고 있기에 차량이
하나가 지나갈 때마다 출근시간의 많은 부분을 네거리에서 허비하고
있는 man에게 초조와 불안은 깊어갈 수밖에 없었다. 모두 134대 차량
이 지나가서야 출근고봉기의 대로를 헤치고 나올 수 있었기에 지각을
죽기보다 싫은 man의 불안은 굉장히 컸을 것임을 독자들에게 전달
해준다.

네거리에서 신호등을 기다리고 있던 man은 아내가 늘 귀띔해주군
하는 "지하상가를 리용하세요"란 말을 떠올린다. 그리고 왕거미줄같이
얼기설기 뻗은 상가의 통로에서 늘 길을 찾지 못하곤 하는 man에게
구체적 행로를 담은 말끝에 man에 대한 비웃음이 섞인 아내의 말도
떠올리며 man은 셀러리즈맨인 자신이 길녘난전에서 허드레장사를 하
고 있는 아내에게 제압당하고 있는 자신의 처지에 대해서 생각한다.
그 뒤로 회사의 엘리베이터를 타고 9층에 있는 사무실에 올라가는 과

---

182) 김혁, 「천재죽이기」, 『도라지』 제4기, 1998, 28쪽.

정에서는 자신이 근무하고 있는 직장의 동료들을 떠올린다. '퇴직기한이 엘리베이터 타고 8층쯤 닿아오고 있는 부장'과 동료 1과 동료 2가 man의 평소의 인상에 의해 독자들에게 소개되고 있다. 이어 그려지고 있는 것이 man을 맞는 동료들의 태도와 사무실에서 자주 이루어지는 일상적인 대화이다. 9는 이처럼 출근길에서의 man의 내심활동을 독자들에게 펼쳐주고 있다.

소제목 8에서는 man과 딸애와의 끝말잇기로 시작한다. 딸애와의 보내는 동심과 어우러지는 시간은 man의 맘벽에 묻은 모든 고뇌와 번민, 얼룩이 잊혀지고 사라지고 지워지게 한다. 딸애와의 유희에서 man은 그동안 자신의 결혼생활에 관해 생각하게 된다. 사업에서 빼어나게 열심히 했고 가정에도 구순하게 충실하는 자신의 모습을 생각하였고 요즘 들어 가정을 소홀히 대하는 아내의 행동에 대해 생각하며 모성애를 제대로 받지 못하고 있는 불쌍한 딸애를 생각한다. 그러다가 J에게서 전화가 걸려온다. 그리고 통화중의 그들 간의 대화가 교대된다. J와의 통화가 끝난 고요 속에 옆집에서 수런대는 소리가 들려오며 나중에는 기묘한 소리로 바뀌어 들려온다. 그러다 최저한도의 은사권도 지킬 수 없는 세집을 생각하게 되고 거기서 또 지금까지 살았던 집들을 돌이켜 보게 되고 결혼 5년간 6번을 이사를 했던 사실을 다시 확인하게 되며 "불찬놈이 녀편네와 아이 엉덩이 들여놓을 굴 하나 마련하지 못한다는" 아내의 욕을 생각하게 되고 그에 죄책감을 느낀다. 그러다 회사의 사장, 부장, 차장이 집들이를 여러 번 했던 것과는 비교되게 사업년한이 10년이나 넘는 자신이 아직 주택분배를 받지 못했던 상황을 떠올린다. 옆집의 운우지정이 끝나고 고요가 회복되자 잠이 든 man은 이상한 꿈에 빠지게 된다. 중세기적 기사들처럼 눈가리개를 하고 있는 사람이 man과 홍콩의 갱영화에서나 보았던 러시안룰렛 게임을 하자고 든다. '가위, 바위, 보'란 주먹내기를 하여 진 사람이 총알 한방이 들어있는 총으로 자기 머리를 겨누어 쏘는 그러한 게임이다. man은 '보'를 내어 주먹내기에서 지게 되어 총구를 태양혈에 가져다 붙인다. 죽음의 공포에 얼굴에 땀방울이 팥죽처럼 흘러내린다. 그리고 man의 죽음으로 가까워가고 있는 자신의 내심상황을 다음과 같이 인용문으로 나타내고 있다.

> … 나의 호흡에 탄환을 쏘아넣는 놈이 있다 … 별이 흔들린다. 나의 기억의 순서가 흔들리듯… 배속 삥끼칠을 한 십자가가 날에 날마다 발돋움한다. 나에 대해 달력의 수자는 차츰차츰 줄어든다. 네온싸인은 휘파람같이 여위였다… 하얀 천사가 나를 가벼이 노크한다.
>
> -리상≪날개≫183)

필자는 위의 인용문의 뜻을 정확히 이해하려고 인용문의 출처가 제시된 이상의 소설 「날개」를 여러 번 읽어보았지만 이상하게도 소설 「날개」에서 위 인용문을 찾을 수가 없었다. 이상의 다른 여러 작품을 찾아봐서야 그 출처를 확인할 수가 있었는데 위의 인용문의 정확한 출처는 이상의 소설 「날개」가 아닌 「각혈의 아침」이란 일문시였다. 이 시는 1933년 1월 20일 일문시로 발표되었다가 1976년 7월 『문학사상』 제 46호에 게재되었던 작품이다.184) 위의 인용문에 해당되는 원텍스트를 보면 다음과 같다.

> … (중략) …

---

183) 김혁, 「천재죽이기」, 『도라지』 제4기, 1998, 38쪽. 본문의 이하 인용문은 페이지수만 밝힘.
184) http://blog.naver.com/ndaumum?Redirect=Log&dogNo=130102774089.

나의 호흡에 탄환을 쏘아넣는 놈이 있다
병석에 나는 조심조심 조용히 누워 있노라니까 뜰에 바람이 불어서 무엇
인가 떼굴떼굴 굴려지고 있는 그런 낌새가 보였다.
별이 흔들린다 나의 기억의 순서가 흔들리듯
어릴 적 사진에서 스스로 병을 진단한다

가브리에 天使菌(내가 가장 불세출의 그리스도라 치고)
이 살균제는 마침내 폐결핵의 혈흔이었다(고?)

폐속 페인트 칠한 십자가가 날이면 날마다 발돋움을 한다
폐속엔 요리사 천사가 있어서 때때로 소변을 본단 말이다
나에 대해 달력의 숫자는 차츰차츰 줄어든다

네온사인은 색소포 같이 야위었다
그리고 나의 청맥은 휘파람 같이 야위었다.

하얀 천사가 나의 폐에 가벼이 노크한다.
… (중략) …185)

　　인용문을 원텍스트와 비교해볼 때 일부 생략된 부분과 일부 첨가된
문장부호외에 다음과 같은 몇곳에서 차이가 있다. 원텍스트의 "폐속"
이 "배속"으로 변화되었고 "페인트 칠한"이 "뻥끼칠을 한"186)으로 변
화되었으며 "네온사인은 색소포 같이 야위었다"가 "네온싸인은 휘파
람같이 여위었다."로 변화되었고 "하얀 천사가 나의 폐에 가벼이 노크
한다"가 "하얀 천사가 나를 가벼이 노크한다"로 '폐'가 생략되어 인용

185) 이상, 『이상 시모음』,
　　　http://blog.naver.com/viking999?Redirect=Log&logNo=40073922507.
186) 이 작품의 38쪽에서는 '페인트칠'로 표기되었다. (김혁, 「천재죽이기」, 『도라지』 제4기,
　　　1998, 38쪽).

되었다. 이런 차이점이 생성된 원인은 지금 확정할 수 없으나 아래와 같은 몇 가지 가능성이 존재할 것으로 생각된다. 첫째로는 중국 조선족의 한글표기법과 맞춤법이 한국의 표기법과 맞춤법의 차이로 인한 현상이라고 예상된다. 둘째로는 「천재죽이기」라는 작품의 내용과 결부시키려고 김혁작가가 의도적으로 변화한 것이라고 예상할 수 있다. (왜냐하면 이상의 대표적 초현실주의소설 「날개」의 부분을 인용하면 적어도 시각적으로 독자들에게 이 소설을 초현실주의소설이라고 전달할 수 있기 때문이다.) 셋째로는 당시 중국 조선족 문단으로 흘러들어온 이상의 작품집에 여러 가지 오류점이 있을 것으로 예상된다. 왜냐하면 한 작가로서 인용문의 출처를 잘못 표기할 가능성은 극히 낮을 것으로 생각되며 또한 지금까지의 연구자들에게 이 출처의 오류를 발견하지 못한 점이 그 이유가 된다.

얼굴도 보지 못한 어머니를 속으로 부르며 man은 두 눈을 질끈 감고 방아쇠를 당겼다. '절컥'하는 아내가 들어오는 소리에 꿈에서 깨어난 man은 밤늦게 귀가한 아내와 싸움을 벌인다.

소제목 7에서는 출근하는 과정 엘리베이터를 타고 사무실에 올라가는 도중 고장이 생겨 엘리베이터에 갇힌 청소부 아줌마와 man의 대화가 펼쳐지고 있다. 그 대화는 엘리베이터가 자주 고장 나게 되는 이야기에서 시작되어 엘리베이터의 연혁사와 엘리베이터의 원리를 man의 말을 통해 독자들에게 소개되고 있다. 그리고 엘리베이터에 갇힌 man의 심정을 다음과 같은 인용문을 통하여 나타내고 있다.

너는누구냐?그러나문밖에와서문을두드리며문을열라고웨치나나를일심(一心)이아니고또내가너를도무지모른다고한들나는차마그대로내여버려둘수는

없어서문을열어주려하나문은안으로만고리가걸린것이아니라밖으로도네가
모르게잠겨있으니안에서만열어주면무엇하느냐?너는누구기에구태여닫힌문
앞에서탄생하였느냐?

-리상 「정식」(正式) (「천재죽이기」, 33-34쪽)

　Man은 분명히 자신이 나오고 싶으면서 나오지 못하는 심정을 엘레
베이터 밖의 다른 사람이 들어오고 싶지만 들어오지 못하는 것으로
생각하고 '내'가 안에서 열어주고 싶지만 열수 없는 것으로 생각하여
자신의 불안을 잠재우고 있다. 위 인용문은 심리적방어기전중의 투
사[187]에 속하는 부분이다. 몇 분 늦는 것으로 중인의 험구의 과녁이
되기 싫은 man은 자신이 엘리베이터에서 나올 수 없는 상황을 반대
로 다른 사람이 들어오고 싶어하는데 내가 문을 열어주지 못하는 것
으로 인식함으로써 심리적 평형을 이룩하여 안위를 얻고자 한다.[188]

　소제목 6에서는 직장회식에서의 man과 그의 동료들이 나누는 대화
를 펼쳐 보이고 있다. 회식에서의 대화를 통해 많은 지식정보를 소유
한 man이 동료들에게 소외되는 이야기를 그리고 있다.

　소제목 5에서는 man의 빼어난 기억력이 승인받아 TV의 오락프로
에 출연하여 방청객들의 질문에 대답하는 모습을 그리고 있다. man의
출연은 성공적이었지만 고요한 분장실에서 다음번 출연계약을 맺기
위해 프로듀서를 기다리는 와중에 무심결에 체경 속의 낯선 자신의

---

187) 우리 인간은 뼈아픈 자료나 경험을 그대로 의식화시켜 본인이 인정하기에는 너무나 가
　혹한 것으로 느껴질 때가 있다. 이 때 그 대신 의식적으로 그것과 정반대의 것으로 의
　식화시킴으로써 자아의 평형을 이룩하는 기전을 투사라고 한다.(박덕근, 『현대문학비평
　의 이론과 응용』, 새문사, 1988)
188) 김성학, 「초현실주의로 보는 김혁의 중편소설 「천재죽이기」」,『중한수교후 한국학 연구
　의 현황과 전망』, 민족출판사, 294-295쪽.

모습을 보고 어딘가 허전한 느낌을 금할 수가 없었다.

거울속에는소리가없소
저렇게까지조용한세상은참없을것이요

거울속에도내게귀가있소
내말을못알아듣는딱한귀가두개있소

거울속의나는왼손잡이요
내악수를받을줄모르는왼손잡이요

거울 때문에나는거울속의나를만져보지
못하는구료마는
거울아니였던들내가어찌거울속의나를
만져보기만이라도했겠소

나는지금거울을안가졌소마는거울속에
는늘거울속의내가있소
잘은모르지만외로된사업에골몰할께요

거울속의나는참나와는반대요마는또꽤
닮았소
나는거울속의나를근심하고진찰할수없
으니퍽섭섭하오

-리상「거울」(「천재죽이기」, 37쪽)

소제목 5의 마지막 부분에 이상의 시 「거울」을 인용하여 작가 김혁
이 어떠한 의미를 독자들에게 전달하려는가를 이해하기 위해 원텍스
트를 분석해본다. 이상의 시 「거울」은 1933년 10월 『카톨릭 청년』에

실린 작품으로 <詩第八號解剖>에서 평면경을 통하여 자아를 해부하듯 거울 밖의 내가 거울에 비친 나를 대상으로 시각적 탐구를 하고 있다. '거울 속에는 소리가 없소'라는 너무나 당연한 사실을 시적으로 승화시키고 있다. 그것은 어조의 아이러니에 속한다. 소리가 없는 조용한 세상에서는 귀가 있을 필요가 없으며 설령 귀가 있다고 하더라도 소리가 들리지 않기 때문에 귀의 기능은 마비된다. 그럼에도 두 개의 딱한 귀가 있다고 한다. 화자의 말을 못 알아듣는다는 것은 화자와 '거울 속의 나' 사이에 교통이 단절됨을 의미한다.[189] '왼손잡이' 나의 악수를 수용할 수 없는 왼손잡이, 매우 자연스러운 유추를 토대로 한 표현이다. 시적 화자는 거울 속의 나와 거울 밖의 내가 서로 교통할 수 없는 이유를 거울로 보고 거울에게는 모든 해악을 뒤집어씌운다. 대단한 의식의 아이러니를 만나고 있는 것이다. 그렇다면 시각적 탐구란 무엇인가. 시각은 본원적으로 불충분하다. 항상 부수적인 물체들이 시야를 가림으로써 환유적인 인식만 가능할 뿐이다. 푸코에 의하면 감시 초소 속에 있는 간수는 결코 모든 것을 다 볼 수가 없다. 왜냐하면 그는 끊임없이 가려 있는 것을 드러내기만 할 뿐 결코 이 과정의 궁극적 목표, 즉 드러난 것을 한 눈에 보는 단계에까지는 도달하지 못한다고 했다. 그런데도 인용시는 분열된 두 분신의 갈등 양상이 탐구로 표출된 대단히 뛰어난 작품이다. 거울 밖의 나와 거울 속의 나는 수은 도막 된 물체의 거울이 아닌, 눈을 뜨고 서로가 서로를 들여다보는 평면인 거울을 사이에 두고 대칭되는 존재들이다. 그것은 본질과 현상의 관계일 수도 있고, 대상의 이중성을 말하는 것일 수도 있다. 여기에서

---

189) 이원도, 『이상 문학의 해체성 연구』, 동의대학교대학원 박사학위논문, 2007년, 63-64쪽.

문제로서 도출되는 부분이 있다면 두 개의 '나' 사이의 존재의 불일치
이다. 거울에 비쳐진 나의 육체는 실재하는 나를 사실 그대로 재현하
는 것처럼 보이지만, 실재로는 실재하는 나의 육체를 변형시켜 재현하
고 있는 것이다. 거울 때문에 거울 속의 나를 만져볼 수 없다. 따라서
하나의 핑계를 만든다. 이상 시가 늘 그렇듯이 일상적 자아와 이상적
자아 사이를 의도적으로 분열시키고 있다. 또한 의식이란 이상적 자아
와의 만남을 가능케 하지만, 그러한 실체를 만져볼 수 없게 한다. 그것
이 이른바 의식의 아이러니이다. "거울 속의 나는 참나와는 반대요 만
은 꽤 닮았소", 반대이면서 꽤 닮았다고 한다. 그런데도 둘 사이에는
동질성이 형성되지 않는다. 화자의 육신이 거울을 통해 본래적 자아를
꿈꾼다. 그러나 애석하게도 진찰할 수 없는 자아 분열상태만이 실체로
남는다. 거울 속의 나와 거울 밖의 나는 나이면서도 나일 수 없는 절
망적 악순환의 거리를 노정한다. 내가 나로부터 분열하는 타자적 자의
식은 실로 여기서부터 근거한다고 할 것이다. 거울이 있음으로 하여
더욱 멀어지는 나와의 거리가 자의식적 아이러니를 연출하고 있으며
한편 내가 나를 통해 교통되고 있음을 알 수 있다.[190] 인용시에서 이
와 같이 거울을 통해 들여다 본 영상이 능동체와 수동체로서의 대립
양상에 놓여 있음을 볼 수 있다. 그것은 일대 혼란으로 다가선다. 그럼
에도 불구하고 나는 또 다른 나를 음모하고 음해하는 것 같지만 결국
거울 속의 나는 서로가 서로로부터 벗어날 수가 없는 것이다. 즉 시의
아이러니의 양상으로 드러난다.

　거울에 비친 신의 모습(얼굴)을 묘사하며 그로 인한 자아성찰의 이미

---

190) 이원도, 『이상 문학의 해체성 연구』, 동의대학교대학원 박사학위논문, 2007년, 63-64쪽.

지가 떠오른다.

소제목 4에서는 man이 추리소설 「여섯사람의 낭떠러지」의 일부를 J에게 전화로 이야기해주는 장면으로 시작된다. 그리고 J와의 대화를 나누는 과정에서 진행되고 있는 man의 심리활동을 전경화 하고 있다. 아내의 귀가로 J와의 전화를 통한 대화가 끊어지고 늦게 귀가한 아내에 대한 man의 내심활동이 이어지고 있다. 그 뒤에는 아내와 정사를 나눈 뒤 man의 또다시 러시안룰렛 꿈의 정경을 펼쳐 보여준다.

해괴한 질문으로 시작되는 소제목 3에서는 점점 이상해지는 질문으로 빠져드는 man의 회의하고 있는 심리활동, TV출연으로 인한 사회 각 계층, 동료, 아내 등이 man을 대하는 태도, 나이트클럽의 출장문제로 인한 아내와의 싸움 및 '주말대잔치'를 협찬한 연적 '혼다 125'와의 '공방전' 그리고 '혼다 125'에 대한 man의 내심활동을 펼쳐 보이고 있다. 종목을 마친 man은 화장실에서 '혼다 125'를 만나게 되는데 man의 '혼다 125'에 복잡한 심정을 작가는 이상의 시 「오감도」시 제3호를 인용하여 독자들에게 전달하려고 한다.

> 싸움하는사람은즉싸움하지아니하던사람이또싸움하는사람은싸움하지아니하는사람이였기도하니까싸움하는사람이싸움하는구경을하고싶거든싸움하지아니하던사람이싸움하는것을구경하든싸움하지아니하던사람이나싸움하지아니하는사람이싸움하지아니하는것을구경하든지하였으면그만이다.
> -리상《오감도》시 제3호(「천재죽이기」, 43쪽)

인용시는 1934년 朝鮮中央日報에 발표되었던 작품이다. 시의 표제는 「오감도」다. 화자는 싸움 현장을 배경으로 한 일상적 삶의 현장을 해체하고 있다. 이상은 여기서 시시비비가 끊이지 않는 현실세계를 추상적이고 관념적인 자아의 시각으로 해체하고 있다. 그래서 '싸움하는 사람'이 '싸움하지 아니하던 사람'이라는 말은 너무나 타당한 진술이 된다. 현재 싸우는 사람은 과거에는 싸우지 않았기 때문이다. 물론 현재 싸우는 사람이 과거에 싸운 사람일 수도 있지만, 여기에서 고정화된 일상적 지식의 절대성을 파괴하는 행위로서의 글쓰기를 들여다볼 수 있어 주목되는 것이다. 이러한 작업은 무엇보다 과거를 딛고 일어서려는 지향적 글쓰기와 관련된다.[191] 하지만 「천재죽이기」에서 인용된 이 시의 목적은 인용문 뒤에 오는 글로 미루어보아 작가가 이 시를 인용하고 전달하려는 의미는 아마도 일부 연구자들이 주장한 '싸움하는 사람'과' 싸움하지 않는 사람' 따위의 반의어를 뒤풀이함으로써 그의 양가치를 노출시키고 있다는 주장과 가까울 것이라고 생각한다. 양가치란 정반대되는 생각이 동시에 같은 값어치로 나타나면서 도무지 결정을 짓지 못하는 심리현상을 말하며 정신분석학에서는 이를 가리켜 불안의 가장 보편적인 근원적인 요소로 보고 있다.[192]

소제목 2에서는 소제목 9와 마찬가지로 이상의 시 「오감도」 제1호를 패러디한 느낌을 주는 다음과 같은 문장으로 시작된다.

… 뻐스가 지나갔다
캐딜락이 지나갔다
자전거가 지나갔다
봉고차가 지나갔다
쌍타나가 지나갔다
벤츠가 지나갔다
라다가 지나갔다

191) 이원도, 『이상 문학의 해체성 연구』, 동의대학교, 2007, 45쪽.
192) 김성학, 위의 책, 298쪽.

모터찌클이 지나갔다
령구차가 지나갔다 …(「천재죽이기」, 43쪽)

    man의 아내와의 이혼에 대한 불안한 정서를 독자들에게 전달해주는 기능을 하고 있는 위 인용문 뒤에는 이혼한 man의 내심활동이 그려지고 있다. 그리고 man의 출생비밀이 밝혀지고 그 출생비밀을 알게 된 man의 심리활동이 전경화되고 있으며 아내와의 이혼과 불우한 출생비밀의 이중적인 타격 하에 어찌할 바를 모르는 man의 내심을 다음과 같은 인용문을 통하여 보여주고 있다.

    13인의아해가도로로질주하오.
    (길은막다른골목이적당하오.)

    제1의아해가무섭다고그리오.
    제2의아해도무섭다고그리오.
    제3의아해도무섭다고그리오.
    제4의아해도무섭다고그리오.
    제5의아해도무섭다고그리오.
    제6의아해도무섭다고그리오.
    제7의아해도무섭다고그리오.
    제8의아해도무섭다고그리오.
    제9의아해도무섭다고그리오.
    제10의아해도무섭다고그리오.

    제11의아해가무섭다고그리오.
    제12의아해도무섭다고그리오.
    제13의아해도무섭다고그리오.
    13인의아해는무서운아해와무서워하는
    아해와그렇게뿐이모였소.

(다른사정은없는것이차라리나았소)

그중에1인의아해가무서운아해라도좋
소.
그중에2인의아해가무서운아해라도좋
소.
그중에2인의아해가무서워하는아해라
도좋소.
그중에1인의아해가무서워하는아해라도좋소.

(길은뚫린골목이라도적당하오.)
13인의아해가도로로질주하지아니하여
도좋소.

-리상 ≪오감도≫시 제1호(「천재죽이기」, 44-45쪽)

「오감도」 15편중 가장 잘 알려진 이 시는 한편의 영화, 특히 공포영화의 세트처럼 구성되어 있다. 첫 연에서 시인은 13인의 아해가 도로를 질주하는 상황을 제시하고 있다. 그리고 곧이어 괄호 속에 길은 막다른 골목이 적당하다는 해설을 집어넣고 있다. 다음 연에서 시인은 제 1의 아해부터 제 13의 아해까지 차례로 나열하면서 무섭다고 한다고 말하며 다시 괄호 속에 "다른사정은없는것이차라리나았소"라는 말을 집어넣어 하나의 장면을 완성시키고 있다.[193]

그 다음부터 마지막까지는 처음에 제시한 상황 자체를 부정하는 내용으로 되어 있다. 처음에 시인은 13인의 아해가 도로로 질주하는 상황을 제시했지만 이 상황은 마지막 행에서 "13인의아해가도로로질주하지아니하여도 좋소"라는 마지막 행에 의해 부정된다. "길은막다른골

---

193) http://nongae.gsnu.ac.kr/~jcyoo/reread/ogamdo1.html.

목이적당하오"라는 2행 역시 "길은 뚫린 골목이라도적당하오"라는 구절에 의해 부정된다.194)

이처럼 이 시는 무엇인가 제시해놓고 그것을 차례로 부정함으로써 처음 제시했던 장면을 무화시키는 방식을 취하고 있는 것이다. 그러면 이 시는 아무 것도 의미하는 바가 없는 것인가. 그렇지는 않다. 이 시는 분명히 처음 제시한 상황을 부정하고 있지만 부정되지 않는 것이 하나 있다. 바로 그것은 "무섭다고 그리오"의 공포감이다.195)

시인은 공포감을 제시하기 위해 처음부터 치밀한 전략을 가지고 세트를 짜고 그것을 제거함으로써 그 공포감이 특정한 대상에 기반을 두고 있는 것이 아닌 절대적인 공포감, 절대적인 존재의 위기감임을 보여주고자 하는 것이다. 즉 이 시에서 세트는 공포감을 불러일으키기 위한 장치일 뿐이지 세트 자체가 이상이 제시하고자 하는 목적은 아닌 것이다. 이상은 독자들이 세트에 특별한 의미를 부여할 것을 걱정하여 그것을 제거시키는 친절함을 보여준다고 할 수 있을 것이다.196)

"13인의아해가도로로질주하오라"는 첫 장면에서 눈치 빠른 독자는 공포감을 감지할 수 있다. 그러나 그것을 이해하지 못하는 독자들을 위해 시인은 친절하게 괄호 속에 "길은막다른골목이적당하오"라는 구절을 넣음으로써 독자들의 이해를 도우려고 하고 있다. 괄호 속의 대사는 지문 형식을 갖는 것이다. 그 다음 시인은 제 1부터 제 13까지 숫자를 하나씩 나열함으로써 아이들이 한꺼번에 달려가는 것이 아니라 겁에 질려 막다른 골목에서 하나씩 뛰어나오는 것처럼 인지시킴으로

194) http://nongae.gsnu.ac.kr/~jcyoo/reread/ogamdo1.html.
195) http://nongae.gsnu.ac.kr/~jcyoo/reread/ogamdo1.html.
196) http://nongae.gsnu.ac.kr/~jcyoo/reread/ogamdo1.html.

써 상황을 더욱 공포영화의 한 장면처럼 만들어놓고 있다. 13인이 한 꺼번에 달려가는 것보다 하나씩 골목에서 튀어나오는 것은 장면 자체를 더욱 괴기스럽게 만들어주는 것이다. 독자들은 이러한 나열을 통해 충분히 공포감을 이해하게 되겠지만 시인은 다시 한번 "13인의아해는 무서운아해와무서워하는아해와 그렇게뿐이모였소라/ 다른사정은없는 것이차라리나았소"는 말을 덧붙임으로써 세트를 완결짓고 지금까지의 상황이 공포감을 제시하기 위한 목적이었음을 다시 한번 확인시켜 주고 있다. 그 다음에 "길은뚫린골목이라도적당하오", "13인의아해가도 로로 질주하지아니하여도좋소"라는 구절은 다시 처음에 제시했던 상황에 대한 부정이다. 결국 이 시 전체에서 처음에 의도적으로 제시되었던 세트들은 모두 부정되고 공포감만이 남게 된다. 이상이 이 같은 세트를 연출한 이유는 무엇인가. 그것은 이 시에서 제시되는 공포감을 절대적인 공포감으로 끌어올리기 위한 목적으로 판단된다.[197]

소제목은 1은 역시 앞에서도 여러번 나타났던 man의 러시안룰렛 꿈의 정경으로 시작된다. 회사의 구조조정으로 부장의 자리에서 밀리자 직원들의 부장에 대한 태도가 돌변하였고 man 역시 도서관관리직으로 밀리게 되며 혼자 버려진 고독을 달래려고 화단의 모서리에 걸터앉아 있는데 떨어지는 광고판이 마침 man의 뇌부위를 덮쳤다.

··· ?????? ······ ? ··· ! ··· XX ··· △△△ ··· □ □ □ ··· ≪ ··· ?≫ ··· ○○○ 2653550 ··· 127-1305761 ··· 222405650909061 ··· 1.68cm ··· 65Kg ··· ????! ··· <···>... $v=v/g$ 4 5/3 ··· 「 ··· ○ ○ ○ ?」 ··· 2568705 ··· 127- 1316553 ··· ×××··· [······] ··· ··· $a2+b3=c4$ ··· ! ··· x ··· ? ··· HOFCNNaMaCu ··· ???? ···$π=3.14$ $π$ ··· 0.618 ··· 1+2=1 ··· ?? ···

197) http://nongae.gsnu.ac.kr/~jcyoo/reread/ogamdo1.html.

m … dm … mm … mu … ! … ????????? … H2o! … o2! … sos…
sos … sos … sos … sos … sos ! … sos!! … sos!!! …198)

소제목 0은 단지 부호와 수자로만으로 구성된 위의 한단락의 인용
문만으로 되어져 있다. 이러한 부호와 수자로 독자들에게 전달하려는
의미를 확인하기 위해 그 수자와 부호가 대표하는 뜻을 살펴볼 필요
가 없다. 인용문에 제시한 모든 수자와 부호에 대해서는 잘 알수 없으
나 '222405650909061'는 아마 김혁 자신의 주민등록번호일 것이고,
'1.68cm … 65Kg'는 김혁의 신장과 체중, 그리고 'm … dm … mm …
mu'는 각각 미터, 센티미터, 밀리미터, 남성을 가리키고 있을 것으로
생각되고 'H2o! … o2! … sos'는 물, 산소, 긴급도움 요청 등 의미를
나타내는 것이 아닌가 생각한다. 하여 위 인용문의 전체적인 의미는
대체로 부상자의 신원, 그리고 얼마만한 사이즈의 광고판으로 인한 부
상 및 그 긴급한 상황을 독자들에게 전달하고 있다고 추리해볼 수 있
다. 이러한 부호나 수자 등을 통하여 어떤 의미를 전달하는 방법은 이
상의 「三次角設計圖」나 「오감도」시 제4호, 「오감도」시 제5호, 그리고 「건
축무한육면각체 診斷(진단)0:1」 등 작품에서 많이 찾아볼 수가 있다.

이상은 언어의 확대를 시도했다. 우리들이 사용하는 말만이 언어가 아니
라 의미를 전달하는 일체의 수단을 차용하여 언어화하자는 것이었다. 이러
한 의도의 출발은 개념과 주관의 때가 묻지 않은 순수 객관의 언어를 사용
하기 위해서 수자와 기호와 도식의 언어화가 필요하고 가능했던 것이다.
이러한 운동 역시 미래파의 영향을 받은 운동 역시 미래파의 영향을 받은
다다이즘의 언어객관화 운동의 일부였던 것이다. 한국에서 최초로 이를 시
도한 사람은 이상이었다.199)

198) 김혁, 앞의 책, 47-48쪽.

소제목 -1에서는 뇌과병원 주치의사가 청소부 아줌마에게 환자의 증세에 대해 설명하는 것으로 시작된다. 그리고 병세가 엄중한데 반해 병문안하러 오는 사람들은 전무하다시피 적은 상황과 몇이 안 되는 사람 중에서 전처가 보여주는 무책임하고 냉담한 태도, 한때는 부상전 man으로 하여금 '태동질하던 불안과 걱정, 고민 같은 것을 잠재우고 잊어버리고 덜어낼 수 있었던' J양의 아이러니적인 무관심한 태도와 비교되게 그냥 단지 한번 엘리베이터에서 갇힌 친분뿐인 청소부아줌마의 진지한 태도와 관심을 대조적으로 전경화되고 있다. 특히 J양과 통화하는 과정에서 그녀에게 들려주는 「여섯사람의 낭떠러지」라는 추리소설의 다음과 같은 결말부분이 소개되는데 이 추리소설의 결말은 다른 측면에서 사업에서 빼어나고 탁월한 기억력의 소유자인 man이 천재로부터 정신적질환자로 추락하게 된 처지는 역시 그의 재능을 질투하는 동료, 그의 사랑을 빼앗아간 사회로 인해 초래되었음을 암시해 준다.

> 공학박사 하나가 있었는데 그 재능을 질투하고 그 사랑과 돈에 연관되는 일련의 욕념으로 동료 다섯이 함께 살인을 모의, 뛰여내려라 낮은 낭떠러지다! 뛰여내려라. 그만한 용기도 없어? 뛰여내려라. 넌 모든 면에서 팔뚝 굵잖아? 뛰여내려라. 네가 못하면 우리라도 할수 있다 … 고 술마신이들 합세하여 들볶은데서 멀쩡한 사람이 천지분간 못하고 뛰여내렸다는 그런 심경 추리소설이였다.200)

추리소설의 결말에 등장하는 공모모티프는 앞에서 살펴보았던 김혁의 「륙가락」이라는 소설에서도 나타난다.

---

199) 조동민, 「한국적 모더니즘의 계보를 위한 연구」, 35-36쪽.
200) 김혁, 앞의 책, 49쪽.

수영을 모르는 마를 셋은 강심으로 끌고 들어갔다. 치기와 광기가 발동하여 셋은 마의 머리를 물속에 사정없이 처박았다.

이 육가락을 가진 괴물놈아! 공부 좀 잘한다고 말눈깔에 사람이 안보이냐!

육가락이 공부를 잘한들 어쩔건데! 집 잘 산다고 다른 사람 걸레처럼 보이냐! 우린 못 살아두 니처럼 육가락은 아니다! 그 주제에 문오위원을 넘봐! 오줌싸고 니 말상판 비춰봐! 문어다리같은 네 육가락 비춰봐!

이 육가락을 가진 괴물아!-

이 육가락을 가진 괴물아!-

이 육가락을 가진 괴물아!-

죽어랏! 죽어! 죽어어어어어어어!201)

이것은 김혁에게 있어서 이 추리소설의 영향이 매우 컸음을 시사해 준다.

소설에서는 추리소설 외에도 man의 패배를 간접적으로 보여주고 있는 장치가 있는데 그것이 바로 3번이나 반복되어 man의 꿈속에 나타나는 '러시안루렛'게임이다. 지금까지의 작품에 대한 분석을 근거하면 첫 번째 '러시안루렛' 꿈에서 등장하는 눈가리개를 한 사람은 지금까지의 man의 직장동료임을 확인할 수 있으며 이 꿈은 동료와의 경쟁에서의 패배를 나타내고 있으며 두 번째의 '러시안루렛' 꿈에서 등장하는 여적수는 man의 아내임을 확인할 수 있으며 이 꿈은 가정에서의 아내에 대한 패배를 의미하고 있으며 세 번째의 러시안루렛' 꿈에서 등장하는 여드름이 더덕더덕한 인물이 그의 연적인 "금도유한회사"의 총경리인 '혼다 125'임을 확인할 수 있는데 이것은 연적과의 대결에서의 패배를 의미하고 있다.

201) 김혁, 「륙가락」, 김혁의 네이버 블로그.

이상 「천재죽이기」를 각 소제목별로 세부적으로 살펴보았다. 위의 각 장별로의 세부적인 분석을 통해 우리는 이 작품에서 김혁작가가 man이 겪는 사건들과 동시에 그의 내심활동을 그리고 있음을 알 수 있다. 즉 현실과 무의식의 세계를 교차시켜 그리고 있어 이는 이 소설이 경험의 의식적령역과 무의식적 영역을 완벽하게 결합시키는 초현실주의소설임을 재차 확인하여 준다. 또한 소설을 전반적으로 볼때 이 작품은 대부분 3인칭 선택적 전지시점으로 씌여졌다고 볼 수 있다.202) 이러한 시점은 화자가 자신이 선택한 인물에 초점화하여 그 인물 속에 들어가는 시점이다. 하여 독자들은 비록 소설이 1인칭으로 씌여지지는 않았지만 1인칭소설과 같은 느낌을 받게 된다. 이것은 화자가 man의 입장에 서서 그가 보고 듣고 생각한 것을 직접 독자들에게 전달해주고 있어 독자들은 화자의 이야기를 듣는 듯한 느낌을 받게 되기 때문이다. 그 외에도 이 소설에서의 소유의 인물들은 아예 성명이 없이 주인공man의 아내, 아이, 동료 1, 동료 2, 동료 3, 어머니 그리고 man의 전화로 사귄 친구 J, man의 부장, man이 나서는 장기자랑종목의 사회자, man을 치료하는 주치의사, man을 관심하는 청소부 아줌마 등 구체적 이름이 없고 man을 중심으로 명명된다. 이러한 현상은 한국의 많은 소설들에서 찾아볼 수 있다. 제일 대표적인 것은 배수아의 소설이다. 배수아는 한국에서 신세대로 불리는 재능 있는 작가의 한사람으로서 중국에도 그의 작품이 많이 들어왔다. 특히 김혁과 배수아는 거의 동년배에 가깝다. 자기의 동년배이고 문학적 성과를 거둔 작가는 자못 중시하기 마련이다. 배수아의 「검은 저녁 하얀 버스」를

---

202) 소제목 0에서는 수자, 문자, 기호로 구성되어 있고, -1에서는-1에서는 3인칭 객관적 시점에서 이야기를 진행하고 있다.

읽을 때, 우리가 맨 먼저 주목하게 되는 것은 이 작품 속에서 등장인물들을 지칭하는 방식이 매우 독특하다는 사실이다. 일인칭의 주인공이 <나>라고 지칭되고 있는 것 하나를 빼면 모두가 독특하다. <사촌>, <사촌의 오빠>, <사촌이 좋아하는 여자아이>, <사촌의 오빠의 여자친구>, <바느질하는 여자>, <군복을 입은 남자> 따위가 이 작품 속에서 등장인물들을 지칭하기 위해 사용되고 있는 말들인 것이다. 그 어느 인물도 이름이 밝혀져 있지 않다. 그렇기 때문에 작품 전체의 윤곽이 다분히 모호하고 불투명하게 된다.[203]

이상 작품에서 인용된 이상의 문학작품에 대한 해석을 바탕으로 소설 「천재죽이기」를 살펴보았는데 이 작품에서 직접 인용된 이상의 문학작품은 소설의 주제와 연계가 긴밀하며 주제를 심화시키는데 커다란 작용을 하고 있음을 확인할 수 있었다. 한국에서도 난해하기로 소문난 이상의 문학을 이해하려고 노력하고 또한 그것을 자신의 작품에 용해시키려고 시도한 김혁의 「천재죽이기」는 조선족 문단에서 처음으로 시도된 초현실주의 소설로서 격변기 시대 중국 사회가 물질만능주의에 의해 병들어 나타난 가치오류와 가치전도, 가치 상실의 현상을 비판하고 있다. 부단한 문학 수신과 끊임없는 문학의 참에 대한 접근은 김혁으로 하여금 중국 조선족 문단에서 문체 실험을 가장 많이 진행한 작가로 불리도록 만든다.

---

203) 이동하, "해설-배수아/검은 저녁 하얀 버스", 『96현장비평가 뽑은 올해의 좋은 소설』, 현대문학, 1996, 109쪽.
강옥, 앞의 논문, 55쪽 재인용.

6

결 론

지금까지 이 글은 한국 문학과 중국 조선족 소설문학의 관련 양상을 외적 증거면에서 중국 조선족 문단에서의 한국 소설문학 수용 양상, 횡적인 측면에서 최국철의 「여우 보러 가자」, 조성희의 「부적」, 리동렬의 「그림자 사냥」 등 중국 조선족 작가의 세 작품과 이순원의 「말을 찾아서」, 신경숙의 「풍금이 있던 자리」, 이상의 「날개」 등 한국 작가의 세 작품과의 내적 연관성, 그리고 종적인 측면에서 산재지역의 리태복작가의 문학수신과 창작활동 및 그의 구체적 작품과 한국 소설과의 내적 연관성과 집거지역의 김혁작가의 문학수신과 그의 문학에 있어서 한국작가 이상의 영향 등 시각에서 한국 문학과 중국 조선족 소설문학의 관련 양상을 고찰하였다.

2장에서는 중국 조선족 문학이 한국 문학의 영향을 받게 된 원인, 한국 소설문학의 전래양상, 그리고 한국 소설문학의 전래양상을 통하여 살펴본 중국 조선족 문단에서의 한국 소설문학의 수용양상 등 3개절로 나누어 한국 문학과 중국 조선족 소설문학의 관련 양상의 외적 증거적 측면에서 살펴보았는데 중국 조선족 소설문학이 한국 문학의 영향을 받게 된 데는 중국 조선족 문학의 이중성격과 당시 중국이 처한 특수한 시대적 상황, 그리고 중국 조선족 문학의 발전의 수요에 의해서이고 한국 문학작품의 전래양상을 『도라지』, 『장백산』, 『연변문학』 등 중국 조선족 3대 순수문학지를 중심으로 살펴본 결과 가장 많이 게재된 작품들은 이상문학상수상작품집에 수록된 작품임을 발견하였으며 그 외에 『현장비평가가 뽑은 올해의 좋은 소설』, 『동인문학상수상작품집』, 『현대문학상수상작품선』 등 엄선을 거친 작품들도 많이 게재되었음을 발견하였고 중국조선족의 한국 문학에 대한 수용에 있어서는 문학의 인식교양적 기능을 강조하며, 내용 중심의 주제론적 서술의 작품을 선호하고 해외 동포로서의 조선족은 자신의 민족적 정체성을 확인할 수 있는 향토성이 강한 문학을 선호하며 자신들에 앞서 도시화, 산업화를 겪으면서 발생한 여러 사회의 모순을 비판적으로 그린 한국 소설문학에 관심을 드러내며 이 부류의 소설들을 많이 수용하였고 내용적인 측면보다 기법이 탁월한 한국의 현대문학에 관심을 많이 두고 있으며 한국 여성작가의 작품과 일상적 영역을 다룬 작품을 많이 수용하는 특징을 보이고 있음을 발견했다.

3장에서는 1998년도 『도라지』 정기간행물에 게재된 최국철의 「여우 보러 가자」, 조성희의 「부적」, 리동렬의 「그림자 사냥」 등 중국 조선족 작가의 세 작품과 이순원의 「말을 찾아서」, 신경숙의 「풍금이 있던 자리」, 이상의 「날개」 등 한국 작가의 세 작품과의 내적 연관성을 찾는 것을 통해 횡적으로 한국 문학과 중국 조선족 소설문학의 관련 양상을 살펴보았다. 전체적으로 볼 때 최국철의 「여우 보러 가자」는 원작과 비슷한 분위기를 가지고 있다. 원작에서 느끼는 인위적인 양자 맺기의 경험 속에서 좌절과 아픔이 한 인간의 무의식속에 어떻게 자리 잡고 있는가를 보여주고 있는 것과 마찬가지로 「여우 보러 가자」라는 작품에서도 표층적으로는 지난 어려운 시절의 상황을 그리고 있는 것으로 보이나 심층적으로는 역시 리달수와 호수의 양자관계로서의 삶의 모습과 호수의 출생비밀을 독자들에게 전달하는 것을 통해 역시 유년시절의 아픔이 호수의 무의식속에 어떻게 자리 잡고 있는가를 보여주고 있는 것이다. 두 작품의 서사구조에서도 「말을 찾아서」나 「여우 보러 가자」 모두 현재시점과 과거시점을 교착시킨 심리시간의 순서로 이야기를 진행하고 있어 역시 비슷한 모습을 보이고 있다. 조성희의 「부적」에서는 내면화의 문체 및 '미혼녀'의 형상 부각과 주인공들에게 끼친 '미혼녀'의 영향 등 면에서 신경숙의 소설 「풍금이 있던 자리」의 영향을 많이 받았음을 확인할 수가 있었다. 리동렬의 「그림자 사냥」은 한국의 문학작품 특히 이상의 소설 「날개」의 영향의 흔적이 미닫이로 아내의 방과 주인공의 방으로 갈라놓은 생활공간, '창녀 아내 모티브'와 아내가 미닫이문으로 갈라놓은 방에서 손님을 접대하는 상황의 설정 그리고 이를 바탕으로 부각되는 아내의 형상 등 면에서 선명하게 나타난다.

4장과 5장에서는 각각 산재지역의 리태복과 집거지역의 김혁을 선정하여 한국 문학과 중국 조선족 소설문학의 관련양상을 한국 문학과의 접촉의 외적증거와 작품 간의 내적연관성 등 두 가지 측면에서 종적으로 살펴보았다.

4장에서는 리태복의 성장역정과 문학수신, 그리고 그의 문학창작과 창작경향을 통하여 리태복의 문학창작과 한국 문학의 관련 양상을 살펴본 결과 조선 문학의 수신은 리태복작가로 하여금 문학의 길을 들어서게 한 계기적인 역할을 하였고 한족 문학의 수신은 리태복으로 하여금 조선족 문단에서의 자리를 굳히게 하였으며 한국 문학의 수신은 리태복의 소설 창작에 있어서 형식면에서의 새로움에 대한 시도와 언어면에서의 한국화 추세를 나타나게 하였다.

5장에서는 김혁의 불우한 체험과 그의 문학수신, 김혁과 이상, 「천재죽이기」에 나타난 이상의 영향 등을 통하여 김혁의 문학창작과 한국 문학과의 관련 양상을 살펴보았는데 한국 문학의 수신 및 한국을 통하여 수신한 외국문학은 김혁의 창작사유를 넓혔으며 김혁으로 하여금 중국 조선족 문단에서 문체실험의 시도를 가장 많이 시도한 작가로서 자리를 굳히게 하였고 이를 바탕으로 진행된 그의 왕성한 문학창작은 현재 중국 조선족 소설문단에서 영향력이 가장 큰 중년작가로 부상하는데 중요한 역할을 한 것으로 생각된다.

이상의 연구를 거쳐 얻은 한국 문학과 중국 조선족 소설의 관련 양상은 다음과 같다.

첫째는 한국 문학과 중국 조선족 소설의 관련 양상은 대체적으로 한국 문학에 비해 양적, 질적으로 상대적으로 빈약한 중국 조선족문학이 한국 문학을 수용하는 모습이며 한국 문학이 중국 조선족 소설문학에 끼친 일방적인 영향이다. 이것은 두 문학 간의 교섭에 있어서 문학발전 수준이 상대적으로 낮은 문학이 상대적으로 높은 쪽의 문학을 수용하게 되는 보편적인 추세를 다시 한번 논증해준다.

둘째는 중국 조선족 작가들은 장기간 전통적 리얼리즘의 형식으로 소설을 형상화하는 분위기에 처하고 또한 묘사하는 생활이 부단히 변화되고 있기에 한국 문학이 조선족 문학에 준 영향에 있어서 내용면의 영향보다는 기교나 형식적인 영향이 더 크다. 즉 무엇을 써야 하는 가 보다는 어떻게 쓰는가 하는 기교나 형식면에서 나타난 영향이 더 크다고 할 수 있다.

셋째는 초기의 맹목적인 개인적인 수용이 주를 이루는 상황에 벗어나 한국문학 연구자들이 중국 조선족 문학의 한국 문학 수용에 있어서 갈수록 중요한 역할을 담당하게 되었으며 한국문학 연구자들이 진행한 한국문학 연구와 그들이 편찬한 『한국문학사』는 중국 조선족의 한국 문학 수용에 있어서 갈수록 큰 지도적인 작용을 하고 있다. 특히 최근에 편찬되어 여러 대학의 교재용으로도 쓰이고 있는 김춘선의 『한국현당대문학사』204)와 『외국인을 위한 한국문학사』205)는 앞으로의 중국 조선족 문학 더 나아가서는 중국 문학의 한국 문학 수용에 있어서 중요한 역할을 할 것으로 생각된다.

이러한 중국 조선족 문단에서의 한국 문학 수용 양상은 향후 통일 시기 중국 조선족 문학과 같이 오랫동안 외래와의 교류가 단절되고 사회주의 체제하에서 운행하고 있는 조선 문학의 한국 문학 수용에서도 유사하게 나타날 것으로 보인다.

넷째, 중국 조선족 문단에서의 적극적인 한국 문학 수용은 한편으로는 중국 조선족 문학의 발전을 촉진시키는 촉매제의 역할을 하였으나 다른 한편으로는 중국의 일부 조선족 작가들의 작품에도 나타나듯 중국 조선족 문학의 한국화 현상도 초래하였다. 중국 조선족 문학인은 쉽게 자신의 고유한 정체성을 포기하지 말고 조선족의 삶의 터전에 깊숙이 뿌리를 박고 조선족만이 가지고 있는 주제 영역을 발굴하고

---

204) 김춘선, 『한국현당대문학사』, 민족출판사, 2012년 6월.
205) 김춘선·백규범, 『외국인을 위한 한국문학사』, 민족출판사, 2013년 2월.

깊이 있게 천착하는 대륙성격과 민족특색이 짙은 개성 있는 문학으로 발전해야 한다. 중국에서 생활하고 있는 조선족 작가들은 중국의 유구한 역사와 우수한 문화를 흡수하기에 한국 작가들이 알지 못하는 소재를 많이 장악하고 있는 장점이 있다.

비록 한국 문학과 조선족 소설의 관련 양상을 종횡 다각적으로 살펴보려고 노력을 했지만 다만 98년도 『도라지』에 게재된 최국철의 「여우 보러 가자」, 조성희의 「부적」, 리동렬의 「그림자 사냥」 세 작품과 리태복과 김혁 두 작가만으로 전반적인 한국 문학과 조선족 소설의 관련 양상을 고찰하였다는 것은 어디까지나 제한적이다. 선행연구가 전무하다시피 한 상황에서 진행된 한국 문학과 조선족 소설의 관련양상 연구는 앞으로 더 체계적이고 광범한 범위에서 고찰되어야 할 것이다.

근대 서방 문학사조를 일찍 인입하여 본국의 풍토에 알맞게 단절 없이 줄곧 계속 변화, 발전시키면서 새롭게 가꾸어온 한국 문학의 영향을 받게 된다.

심미적 취향이 어떻든 간에 그리고 글로벌화한 시대의 변화가 가져다 준 충격과 영향이 어떻든 간에, '중화민족 대가정의 일원'으로 한 세기 넘게 살아온 중국 조선족은 지난날도 그러하거니와 지금도 그리고 앞으로도 정치, 경제, 문화는 물론 그 심미적인 담론형태인 문학예술에서도 한족을 비롯한 기타 형제민족과의 상호 영향, 상호 침투, 상호 추진의 발달행정을 떠날 수 없다는 것은 주지하는 사실이다.

물론 중국조선족문학은 민족전통의 원류에 대한 승계와 발전, 20세기 70년대 이전까지의 조선문학과의 영향관계 그리고 개혁개방 이후 한국문학과의 영향관계에서 이루어진 조선족문학으로서의 상대적인 자립성과 자기 민족의 특성들을 보유하고 있는 것은 사실이지만 이와 함께 한 세기를 걸치면서 한족을 비롯한 중국 형제 민족 문학이 중국 조선족문학에 준 직접적인 영향도 중요시할 문제가 아닐 수 없다.

한 세기를 걸치는 중국 형제민족 문학의 영향은 지정학적인 문제라기보다는 역사적인 문제이며 동일한 하부구조와 정치, 철학, 도덕, 가치관, 심미적 취향 등 의식형태 제반 분야에서 미치는 영향으로 이루어진 문학사조의 변화발전 그리고 그 충격과 영향에 관여되는 심층적인 문제이기도 하다.

우선 거시적으로 고찰해보면 중국 조선족문학사조의 변화발전은 중국현대사의 사회운동과 사회조사 및 사상사조의 변화발전을 따르면서 한족을 비롯한 형제민족의 문학사조의 변화발전과 시간 그리고 창작방법 면에서 동행적이 아니면 선후 추적적인 관계에 놓여있었음을 간과할 수 없다.

물론 사조가 같다고 해서 그로 인해 이루어지는 혹은 그 사조를 이루는 구체적인 사회운동상황과 심미경험 그리고 그것이 이루는 문학의 형상체계가 동일한 것은 아니다. 거기에는 여러 민족의 부동한 역사발전과 생활양상, 부동한 문화전통과 서사전통이 결합되어 동일한 문학사조 아래 여러 민족의 문학은 상대적인 자립성을 가진 다종다양하고 정채로운 양상들을 개화, 발전시키게 된다.

중국 조선족작가들은 중국이라는 공간에서 태어나 생활하면서 작가로서의 준비과정과 창작과정에서 주로는 중국의 주류문단의 영향을 받았을 뿐만 아니라, 중국에 흘러들어온 세계문학의 영향, 그리고 한국문학의 영향, 한국어라는 매개를 통한 세계문학 등을 다양하게 받았음을 여기에서 재차 밝힌다. 더 훌륭한 작품을 써내기 위해 민족의 더 아름다운 내일을 위해 그들은 여기저기서 자양분을 섭취하였고 그것을 자신의 방식으로 문학화하려고 하였던 노력을 부정할 수 없을 것이다.

참고문헌

1. 기본자료

[1] 격월간『도라지』에 실린 조선족작가의 소설과 그 평론 및 한국소설과 그에 관한 평론 (1986-2010).
[2] 격월간『장백산』에 실린 조선족작가의 소설과 그 평론 및 한국소설과 그에 관한 평론 (1986-2010).
[3] 월간『천지』(『연변문학』)에 실린 조선족작가의 소설과 그 평론 및 한국 소설과 그에 관한 평론(1985-2010).
[4] 채미화,『남조선단편소설선집』, 연변대학출판사, 1986년 10월.

2. 장편소설 및 작품집

[1] 공지영,『무소의 뿔처럼 혼자서 가라』, 문예마당, 1994년 3월.
[2] 김연수 외,『2009년도 제33회 이상문학상 작품집』, 문학사상, 2010년 1월.
[3] 김영하 외,『제44회 현대문학상 수상소설집』-김영하「당신의 나무」, 현대문학, 1999년.
[4] 김인숙 외,『제45회 현대문학상 수상소설집』, 현대문학, 2003년 2월.
[5] 김인숙 외,『2005년 제12회 이수문학상 수상작품집』, 홍영사, 2005년 5월.
[6] 김학철 등,『개혁개방 30년 중국조선족 우수단편소설선집』, 연변인민출판사, 2009년 8월.
[7] 리동렬,『눈꽃서정』, 흑룡강조선민족출판사, 2001년.
[8] 리태복,『어둠으로 가는 렬차』, 흑룡강조선민족출판사, 2012년.
[9] 박민자,『여인의 시각』, 료녕민족출판사, 1998년.
[10] 박자경 외,『동아일보 중편소설 당선 여류작가 소설집』, 문이당, 1998년 3월.
[11] 신경숙,『신경숙 소설집-풍금이 있던 자리』, 문학과지성사, 1994년.
[12] 신달자,『물 위를 걷는 여자』, 자유문학사, 1990년.
[13] 양귀자・이순원・윤대녕・전경린,『4대문학상 수상작가 대표작 1996』, 작가정신, 1997년.
[14] 양귀자 외,『96현대문학상 수상소설집』, (주)현대문학, 1996년.
[15] 윤대녕 외,『98현대문학상 수상소설집』, (주)현대문학, 1998년.
[16] 은희경 외,『제1회 문학동네 소설상 수상작 새의 선물』, 문학동네, 1996년.

[17] 은희경, 은희경 소설집 『상속』, 문학과지성사, 2002년 7월.
[18] 은희경, 『행복한 사람은 시계를 보지 않는다』, 창작과비평사, 1999년.
[19] 이인화, 『제1회 작가세계문학상 수상작-내가 누구인지 말할 수 있는 자는 누구인가』, 세계사, 1992년.
[20] 조성희, 『파애』, 료녕민족출판사, 2002년 9월.
[21] 중국조선족문학우수작품집편집위원회 편, 『2007 중국조선족문학우수작품집』, 흑룡강조선민족출판사, 2008년.
[22] 중국조선족문학우수작품집편집위원회 편, 『2006 중국조선족문학우수작품집』, 흑룡강조선민족출판사, 2007년.
[23] 채미화, 『남조선단편소설선집』, 연변대학출판사, 1986년 10월.
[24] 하성란 외, 『2009현대문학상 수상소설집』, 현대문학, 2009년.
[25] 하일지, 『경마장 가는 길』, 민음사, 1991년.
[26] 황석영, 『손님』, ㈜창비, 2008.
[27] 황석영, 『오래된 정원』(상, 하), ㈜창비, 2010.
[28] 홍성원 외, 『94현장비평가가 뽑은 올해의 소설』, (주)현대문학, 1994년.

3. 단행본

[1] 권영민, 『한국 현대소설의 이해』, 태학사, 2009년 9월 초판 제2쇄.
[2] 권영민 · 임영환 외, 『현대소설의 구조와 미학』, 태학사, 2005년 6월 초판 제1쇄.
[3] 권영민, 『1945-2000 한국현대문학사』 2, 민음사, 2009.
[4] 고은미, 이수라 등, 『여성문학의 이해』, 태학사, 2007년 8월.
[5] 구인환, 『소설론』, 삼지사, 2002년 8월 제1판 제4쇄.
[6] 김윤식, 『90년대 한국소설의 표정』, 서울대학교출판부, 1994년 4월.
[7] 김종욱, 『소설 그 기억의 풍경』, 태학사, 2001년 6월.
[8] 김종희, 『한국소설의 낙원의식 연구』, 문학아카데미, 1990년 8월.
[9] 김진기, 『현대소설을 찾아서』, 도서출판보고사, 2004년 2월.
[10] 김춘선, 『한국현당대문학사』, 민족출판사, 2012년 6월.
[11] 김춘선 · 백규범, 『외국인을 위한 한국문학사』, 민족출판사, 2013년 2월.
[12] 김학동, 『한국문학의 비교문학적 연구』, 일조각, 1972년 4월.
[13] 나병철, 『소설의 이해』, 문예출판사, 2006년 제1판 제9쇄.
[14] 민족문학사연구소 현대문학분과, 『1960년대 문학연구』, 깊은샘, 1998.
[15] 민족문학사연구소 현대문학분과, 『1970년대 문학연구』, 소명출판, 2000.
[16] 리원길주필, 『세계속의 한국(조선)문학비교연구』, 민족출판사, 2002년 9월.
[17] 리해산 채미화 저, 『남조선문학개관』, 연변인민출판사, 1992.

[18] 박태상, 『엽기·패러디 시대의 한국문학』, 한국방송통신대학교출판부, 2004년 9월.
[19] 신익호, 『현대문학과 패러디』, 제이앤씨, 2008년 8월.
[20] 안남연, 『1990년대 작가군과 여성문학』, 태학사, 2001년 8월.
[21] 오상순, 『중국조선족소설사』, 료녕민족출판사, 2000.
[22] 오상순 주필, 『중국조선족문학사』, 민족출판사, 2007년.
[23] 이선영, 『문학비평의 방법과 실제』, 삼지원, 2002년 3월 제4판 제2쇄.
[24] 이재선, 『현대 한국소설사 1945-1990』, 민음사, 1991년.
[25] 이창룡, 『비교문학의 이론』, 일지사, 1994년.
[26] 이혜순·성현자·최숙인·김현실·김미정, 『비교문학의 새로운 조명』, 태학사, 2003
     년 6월.
[27] 임환모, 『한국 현대소설의 서사성과 근대성』, 태학사, 2008년 7월.
[28] 서영빈, 『서사문학의 재조명』, 민족출판사, 2004.
[29] 조남현, 『우리 소설의 판과 틀』, 서울대학교출판부, 1998.
[30] 曹顺庆 主编, ≪比较文学概论≫, 中国人民大学出版社, 2011年3月。
[32] 金春仙, ≪中朝韩现当代小说比较研究≫, 民族出版社, 2012年12月。
[33] 尹建民 主编, ≪比较文学术语汇释≫, 北京师范大学出版集团, 2011年8月。

4. 학위논문 및 기타 논문

[1] 강룡운, 『이상 소설의 역설의 의미생성에 관한 연구』, 고려대학교 박사학위논문, 2002년.
[2] 강옥, 『한국문학이 중국 조선족문학에 끼친 영향』, 배재대학교 석사학위논문, 2001년
     6월.
[3] 곽묘숙·이상우, 「신경숙 소설에 나타난 관심의 미학 연구」, 『교육연구』(2004.8. 제
     12권 1호), 27-49쪽.
[4] 고신일, 「조선족 연구: 중국 조선족문학과 연변문학(상)」, 『북한』, 1995년 4월호, 198
     -205쪽.
[5] 김동현, 「작품에 나타난 이상의 정신적 편력」, 『평택대학교논문집 제11집』, 1998, 151
     -159쪽.
[6] 김순례, 「중국조선족의 여성문학 연구」, 『고황논집』, 2011, 35-56쪽.
[7] 리태복, 『우달부와 염상섭 소설의 비교 연구』, 한양대학교 박사학위논문, 2009년.
[8] 배준, 『이상 소설에서 드러나는 존재와 타자의 문제』, 연세대학교 석사학위논문, 2012년.
[9] 송정우, 「김승옥 소설 연구」, 『전농어문연구』(서울시립대학교 문리과대학 국어국문학
     과), 2007, 69-96쪽.
[10] 안낙일, 「중국조선족 대중소설 연구」, 『겨레어문학』, 2008, 515-549쪽.
[11] 안미숙, 『한국 근대극에 미친 러시아문학과 연극의 영향에 관한 연구』, 단국대학교 석

사학위논문, 1994년.

[12] 양문규, 「중국 조선족의 한국 현대문학 인식 및 향후 수용 전망」, 『배달말 통권 제28호』, 2001년6월, 295-318쪽.

[13] 오상순, 「새로운 역사시기 중국 조선족 문단의 소설창작 실태」, 『현대문학의 연구』, 1993년, 302-323쪽.

[14] 오상순, 「개혁개방과 중국조선족 여성문학, 여성문학연구」, 『한국여성문학연구』, 2002년, 350-381쪽.

[15] 이원도, 『이상 문학의 해체성 연구』, 동의대학교 박사학위논문, 2007년.

[16] 이혜영, 「1950-1960년대 중국 조선족 장편소설의 두 양상」,

[17] 임경순, 「'중국 조선족' 소설의 분단 현실 인식과 방향 연구」, 『한중인문학연구』, 2012, 129-155쪽.

[18] 서영섭, 「남북한 및 중국 조선족 역사소설 비교연구」-『북간도』, 『두만강』, 『눈물 젖두만강』을 중심으로, 한남대학교 박사학위 논문, 2006년2월.

[19] 전형준, 홍정선, 임동철, 「연변 조선족 문학에 미친 중국문학과 북한문학의 영향 연구」, 『중국현대문학 제18호』, 2000, 233-284쪽.

[20] 조동민, 「한국의 모더니즘의 계보를 위한 연구」, 『文湖』, 1966, 369-424쪽.

[21] 차성연, 「중국조선족 문학에 재현된 '한국'과 '디아스포라' 정체성」, 『한중인문학연구』, 2010, 75-98쪽.

[22] 최병우, 「한중수교가 중국조선족 소설에 미친 영향 연구」, 『국어국문학』, 2009, 463-486쪽.

[23] 최병우, 안필규, 「한국 문학에 있어 외국 문학의 수용에 관한 연구」, 『국어교육』, 1994, 281-307쪽.

[24] 최병우, 「조선족 소설에 나타난 민족의 문제」, 『현대소설연구 42』, 2009, 501-536쪽.

[25] 최병우, 「한중수교 이후 조선족 소설에 나타난 삶과 인식」, 『한중인문학연구 37』, 2012, 108-126쪽.

[26] 최병우, 「중국조선족 소설에 나타난 한국의 이미지 연구」, 『한중인문학연구 30』, 2010년, 29-38쪽.

[27] 최현규, 『서울, 1964년 겨울』의 상호텍스트성 교육 연구, 한국외국어대학교 석사학위논문, 2012년.

[28] 한승철, 『1920년대 한국문학에 끼친 이탈리아 데카당스 영향 연구』, 단국대학교 박사학위 논문, 1996년.

[29] 白松姬, ≪王蒙对西方意识流笑说道接受与创新-兼论王梦意识流小说对中国朝鲜族作家的影响≫, 延边大学硕士论文, 2004年。

[30] 成美善, ≪80年代中国与韩国女性作家比较论-以张洁和朴婉绪为个案的研究≫, 中国社会科学院研究生院硕士学位论文, 2002年6月。

[31] 金鹤哲, ≪中韩建交以后中国文坛对韩国纯文学的译介研究≫, ≪当代韩国≫ 2009年春季号, 39-48。

[32] 李光一, ≪20世纪后期中国朝鲜族与汉族文学思潮之关连≫。

[33] 牛林杰·张懿田, ≪中韩建交二十年来中国的韩国现代文学研究综述≫, ≪当代韩国≫ 2012年第三期, 27-33页。

[34] 朴正元, ≪殷熙耕与曹文轩成长小说比较研究≫, ≪当代韩国≫ 2011年秋季号, 99-112。

[35] 朴正元, ≪20世纪80-90年代汉中小说研究≫, ≪当代韩国≫2009年秋季号, 68-74页。

[36] 俞丽, ≪21世纪朝鲜族小说中体现的家庭伦理意识研究≫, 中央民族大学硕士学位论文, 2010年6月。

부록

중국조선족 주요문학지에 실린
한국작품 및 그에 관한 해설과 평론

격월간 『도라지』에 실린 한국소설과 그에 관한 평론(1986-2010)

게재 시간	제목	작가	장르
1986.3	김삿갓		장편련재 1
1987.1	≪가실이≫	리광수(조선)	소설
	리광수와 그의 단편소설 ≪가실이≫	김봉웅	평론
2	≪감자≫	김동인(조선)	소설
	김동인과 단편소설 ≪감자≫에 대하여	김봉웅	평론
3	불	현진건(조선)	소설
	현진건과 그의 단편소설 ≪불≫	김봉웅	평론
4	물레방아	라도향(조선)	소설
	라도향과 그의 단편소설 ≪물레방아≫	김봉웅	평론
5	두 파산	렴상섭	소설
	렴상섭과 그의 단편소설 ≪두 파산≫	김봉웅	평론
	미로의 저쪽	김성종	장편련재 1
1988.1	매월	최서해	소설
	최서해와 그의 창작	김봉웅	평론
	조명희와 그의 문학	김봉웅	평론
1989.3	피아노 살인	김성종	장편소설(련재 1)

4	황석영과 그의 중단편소설에 대하여	채미화	평론
1990.1	열일곱 사람의 웃음	김정(조선)	소설
2	천국의 계단	최인호	장편소설(련재)
3	레이메이드 인생	채만식	소설
	천국의 계단	최인호	장편소설(련재)
	채만식과 그의 풍자문학	김봉웅	평론
4	원보	리기영	소설
	리기영과 그의 문학	김봉웅	평론
5	씨름	한설야	소설
	한설야와 그의 문학	김봉웅	평론
	천국의 계단	최인호	장편소설(련재)
	조정래	김학철	수필
6	송영과 그의 문학	김봉웅	평론
1991.4	사랑방 손님과 어머니	주요섭	소설
5	백치 이다다	계용묵	소설
1992.5	황진이와 스승 회담	임형진	소설
6	소문난 녀자들	김학철	소설
	물 위를 걷는 여자	신달자	장편련재
1993.3	이사람들	김학철	소설
5	나는 소망한다 내게 금지된 것을	양귀자	장편소설(련재)
1994.1	나는 소망한다 내게 금지된 것을	양귀자	장편소설(련재)
	감꽃과 별빛	유기수	소설
2	나는 소망한다 내게 금지된 곳을	양귀자	장편소설(련재)
3	나는 소망한다 내게 금지된 곳을	양귀자	장편소설(련재)
	오발탄	리범선	소설
4	어떤 덫	송상옥	소설
	추억의 이름으로	유 종	장편소설(련재)
5	젊은 느티나무	강신재	소설
1995.1	나도 밤나무	선우회	소설
2	미인초	이금녀	소설
4	차 한잔 하실가요?	양인자	소설
	정향전	양인자	역사소설
6	무궁화꽃이 피였습니다	김진명	장편소설(련재)
1996.1	그러는게 아니야	양인자	꽁트
	중국 기행 15일	리정인	기행문
2	나의 아름다운 이웃	박완서	소설
4	하얀 배	윤후명	소설
5	나비넥타이	이윤기	소설
	비오는 날의 군것질	야인자	소설

6	천지간	윤대영	소설
	말을 찾아서	리순원	소설
1997.1	나비, 봄을 만나다	차현숙(동인문학상후보)	소설
	제부도	서하진	소설
2	신라의 푸른 길	윤대녕(동인문학상후보)	소설
	자오선	최철영	장편련재
3	우리 생애의 꽃	공선옥(리상문학상수상후보)	소설
4	하나코는 없다	최윤(94년리상문학상)	소설
5	식성	김이택(97리상문학상수상후보)	소설
6	가을 여자 가을 남자	유안진	소설
1998.1	불의 나라	박범신	장편련재
2	나비의 꿈, 1995	차현숙	소설
3	수색, 어머니 가슴속으로 흐르는 무늬	리순원(97동인문학상후보)	소설
4	안해의 상자	은희경(98리상상대상수상작)	소설
5	존재는 눈물을 흘린다	공지영	소설
	≪거짓말≫ 꾸미기와의 연분	박향숙	평론
6	그녀의 세번째 남자	은희경	소설
	사랑복습	리승국	소설
1999.1	숨은 그림 찾기	이윤기	소설
	오늘이 무슨 날인가	양인자	꽁트
2	사랑은 침묵의 언어인가	신달자	소설
	파애	김소진	소설
3	내 마음의 옥탑방	박상우	소설
4	우리들의 일그러진 영웅	리문렬	소설
5	버릴거 버리고 아낄거 아끼며	조병화	소설
6	뚱뚱한 여자의 은목걸이	문정희	소설
	우리들의 불꽃	백도기	소설
2001.1	슬픔의 노래	정찬	중편소설
2001.2	외촌장기행	김주영	단편소설
2002.1	비상구	김영하	소설
3	가면의 령혼	정찬	단편소설
4	내 가슴에 찍힌 새의 발자국	권지예	중편소설

중한수교 10돌기 돐기념	사랑의 힘	유안진	소설
	사유와 고뇌의 계절	유안진	소설
	오직 한사람	유안진	소설
6	무의 셈본	강준용	단편소설
	권력유희와 약한자의 비애	???	단평
2003.2	뱀장어 스튜	권지예	2002년 리상문학상수상 작품
	심사평		
3	서울막	리혜선	한국신라문학 대상수상작품
	삶의 현장-≪우리≫라는 것	강원도	실기문학
	령성과 지광의 휘황한 조약	리명재	(한국)평론
5	저 푸른 초원우에	하성란	단편소설
6	체취	임병애	단편소설
	서울인상	허무궁	단편소설
	인천공항의 질	허무궁	단편소설
2	缺		
3	베개	마르시아스 심	단편소설
	원각촌	안수길	단편소설
6	생활속의 진솔한 이야기가 준 울림	김점순	수상소감
2005.1	몽고반점	한강	2005한국 리상문학상 수상작품
	김술복사시대 아고라를 탄생시킨 소설		작품해설
6	낚시와 선거	김수봉	
2006.1	缺		
2006.4	감옥의 뜰	김인숙	2005년이상문학 수상작
2007.3	천사는 여기 머문다	전경린	31회리상문학상 수상작품
2008.5	강물에게 길을 묻다	정태헌	소설
2009.2	새벽길	이해선	단편소설
3	그곳에는 누가 살고 있는가?	전화(재한조선 족가소설)	단편소설
	게임의 법칙	박명옥(재한조 선족작가소설)	소설

6	토종이 어딧냐고?	윤석원	단편소설
2009.4	인척의 섬 영종도	이종복	소설
	지미와 까르미의 저공비행	최경주	단편소설

월간 『천지』(『연변문학』)에 실린 한국소설과 그에 관한 평론(1985-2010)

게재 시간	제목	작가	장르
1985.1	수난이대	하근찬	소설
8	껍질과 알맹이	이규정	소설
9	살아있는 소문	문순태	소설
11	그 넋의 그림자	최미나	소설
86.4	반처녀	정비석	소설
89.4	헬로우 미미	임선영	장편연재 1
9	단검	박범신	소설
90.4	잠시 늪는 풀	김원일	소설
91.7	죽고 살기론	성기조	소설
92.3	말세에도 콩밭에선	강난경	소설
93.2	폐광촌(폐광촌)	이명한	소설
	사기꾼	김룡운	소설
	자살과 타살사이	하유상	소설
94.8	흔히 있는 날	강난경	소설
96.3	어떤 나들이	박완서	소설
97.4	바람 부는 둥지	신세묵	소설
9	내가 버린 사막	송우혜	소설
98.1	이른봄	성석제	소설
3	황소개구리	한승원	소설
6	꽃잎의 속의 가시	박완서	소설
7	빛의 걸음걸이	윤대녕	소설
99.8	먼지의 집	원재길	소설
9	내 기타는 죄가 많아요, 어머니	박범신	소설
10	내 마음안의 들쥐	이발모	소설
11	흡혈귀	김영하	소설
12	도라지꽃 누님	구효서	소설
2001.2	염소할매	최인석	중편소설
	인연과 연분	도은숙	단편소설
	연분대로 살아가는 지혜	최삼룡	해설
2001.3	울도 담도 없는 집	리윤기	단편소설
	울도 담도 없는 집에 대한 해설	성민엽	해설

2001.4	缺		
2001.5	무덤가 열일곱살	리인성	단편소설
	존재의 원형탐색과 객관적 자기인식의 길	송현호	해설
2001.10	한국문화와의 만남에서 튕긴 로동자기질의 불꽃-강호원의 소설들 경우	김성호	평론
2002.2	비벌리힐스 서울싸이트	송하춘	단편소설
	표피와 실체, 혹은 외면의 화려함과 내면의 황폐함	박진	해설
2002.4	망원경	조경란	단편소설
	망원경으로 바라보지 못하는 세계	최병우	해설
2002.6	섬에서 만난 아이	공영희	단편소설
2002.11	박작때기미	도춘길	단편소설
2003.1	缺		
2003.3	호떡 굽는 날	강준용	단편소설
	보이지 않는 끈과 사기날의 법칙	일언	단평
2003.4	바다와 나비	김인숙	제27회 리상문학상 대상작품
	대상수상작 선정 리유서	리상 문학상 심사 위원회	해설
2004.3	내 고운 벗님	성석제	한국2004년 제49회 현대문학상 작품특집
	심사위원들의 심사평	김윤식, 김화영	해설
2005.2	시계가 있던 자리	구효서	단편소설
2005.3	몽골반점	한강	제29회 이상문학상대상 수상작품집 중편소설
2005.5	나비를 위한 알리비아	김경욱	제29회 이상문학상 우수상수상작 단편소설

2005.7	세번째 유방	천운영	제29회 이상문학상 우수상수상작 단편소설
2005.8	도시의 불빛	리혜경	제29회 이상문학상 우수상수상작 단편소설
2005.9	표정관리주식회사	리만교	단편소설
2005.11	내 녀자친구의 귀여운 련애	윤영수	단편소설
	소외된 인물의 환상과 자아찾기의 긴 려정	김성곤	해설
2005.12	미실	김별아	제1회 한국세계문학상 당선작 장편련재1
	세계일보제정한국세계문학상심사평		
2009.2	산책하는 이들의 다섯가지 즐거움	김연수	2009 리상문학상 대상수상작
			심사평
2009.3	알파의 시간	하성란	2009현대문학상 수상작품
	심사평	리동하	
2009.7	그리고 축제	리혜경	리상문학상 우수작품
	드러내기와 감추기의 극적인 효과		심사평
2009.9	가리봉양꼬치	박찬순	조선일보 신춘문예 당선작
			심사평
2009.10	그곳에 밤 여기의 노래	김애란	단편소설
	추방된자들의 노래	차미령	해설

격월간 『장백산』에 실린 한국 소설과 그에 관한 평론(1986-2010)

게재 시간	제목	작가	장르
1986.1	장길산	황석영	장편력사소설련재 1
6	청춘극장	김래성	장편련재 1
89.1	일곱개의 장미송이	김성종	장편련재 1
2	조선왕조 오백년야사	윤태영, 구소청	조선역사련재
4	제5의 사나이	김성종	장편련재 1
92.6	개같은 수작	류보성	단편
93.6	슬픈 살인	김성종	장편련재1
94.6	나는 살고 싶다	김성종	장편추리련재 1
95.2	Z의 비밀	김성종	장편추리소설 상
95.3	Z의 비밀	김성종	장편추리소설 하
95.4	녀자는 죽어야 한다	김성종	장편추리소설련재 1
96.3	이혼시대	리광복	장편련재 1
96.6	중국 조선족 소설에 드러나있는 녀성상	리호철 (한국)	평론
97.4	은하에 흐르다	신세묵	장편련재
98.6	이 남자	민병삼	소소설
99.1	인생의 뒤안길	민병삼	꽁트
	효부 없다	민병삼	꽁트
99.3	후박나무	민병삼	꽁트
	유산	민병삼	꽁트
99.4	인도향	신상성	소설
99.5	제3지대	이수광	장편련재 1
2001.2	악녀의 성	리상우	장편련재 2
2001.3	애첩, 무대에서 사라지다	최종철	추리소설련재 1
2002.2	리상우	녀고동창	추리소설
2002.6	모내기블루스	김종광	단편소설
2003.1	리호철	탈향	단편
	저명한 소설가 리호철선생님과 그의 작품	최성덕	해설
2003.2	서편제-남도사람	리청준	발취

	고향으로 흐르는 길, 심화된 자유와 사랑의 길	홍정선	해설
2003.4	삼포 가는 길	황석영	단편
	변혁기의 한국사회가 만들어낸 떠돌이	홍정선	해설
2003.5	느시	박정환	장편실화련재 1
2003.6	맹춘중하	리문열	단편소설
	리문열의 시대, 리문열의 소설	홍정선	평론
2004.2	남녘사람 북녘사람(발취)	리호철	
	한국원로작가 리호철 인터뷰	림국웅	
	체험의 문학과 인간본연에 대한 인성적인 성찰-리호철의 련작소설 <남녘사람 북녘사람>을 읽고서	윤윤진	평론
2004.3	남북 민족심리에 대한 엄숙한 조명-리호철의 련작소설 <남녘사람 북녘사람>을 읽고서	주정	평론
2005.1	죽어서도 내가 섬길 당신은	손종일	련재 1
2005.5	베이징의 얼음사탕차		신사명
2007.1	소엽청	건달수업	장편련재 1
2007.4	중한문학비교시작		
2007.5	정상인	심선중	중한문학비교
	멸치	김주영	중한문학비교
	소엽청	건달수업	장편련재 6
2007.6	은하수	왕샤오잉	중한문학비교
	불망비	오정희	중한문학비교
2010.1	사채시장의 녀인들	손채주	련재 1

≪世界文学≫ 发表的韩国文学作品目录

发表时间	作品标题	原作者	译者	原作名
1979年2月	诗15首	金芝河	张琳	김지하 <시15수>
1984年2月	≪宁静的葬林≫小说	洪盛原	韩东吾	홍성원 <잘 가꾼 정글>
1986年6月	≪热闹的葬礼≫小说	白云龙	小晓	백운룡 <백치의 죽음>
1994年3月	≪梨花≫小说	金芝绢	崔成德	김지견 <배꽃질 때>
1994年3月	≪雷雨≫小说	黄顺元	崔成德	황순원 <소나기>
1994年3月	≪浦口渔村≫小说	吴永寿	黎峰	오영수 <갯마을>
1994年3月	≪巫女图≫小说	金东里	张琏瑰	김동리 <무녀도>
2002年1月	≪我们化作水(外两首)≫诗	姜恩乔	兰明	강은교 <우리 물이 되어>
2002年1月	≪地上的篮子(外两首)≫诗	赵鼎权	兰明	조정권
2002年1月	≪自画像(外一首)≫诗	崔胜子	兰明	최승자 <자화상>
2002年1月	≪鸟儿们也远走高飞(外一首)≫诗	黄芝雨	兰明	황지우 <새들도 세상을 뜨는구나>
2002年1月	≪便器≫诗	崔胜镐	兰明	최승호 <변기>
2002年1月	≪爱、革命在开始之前≫诗	崔泳美	兰明	최영미 <사랑이 혁명이 시작되기도 전에>
	附: 兰明的评论≪大地的血色与血色的思考≫			
2004年5月	≪钟声≫小说	申京淑	薛周、徐丽红	신경숙 <종소리>
2008年1月	≪梦中的育婴器≫小说	朴婉绪	薛周、徐丽红	박완서 <꿈꾸는 인큐베이터>

≪译林≫发表的韩国文学作品目录

发表时间	作品标题	原作者	译者	原作名
1993年3月	≪狂乱时代≫小说	吴独伊	李春楠	오독이 <광란시대>
1996年3月	≪骗子奇遇≫小说	朴养浩	李东赫	박양호 <꾼들의 세상>
1997年4月	≪独立站立-不是两个人相逢而是独自站立的两人相逢≫诗	徐正润	金莲喜	서중윤 <홀로서기>
1999年3月	≪无名花≫小说	梁贵子	金英今	양귀자 <숨은 꽃>
2001年1月	≪我心中的楼塔房≫小说	朴尚佑	张玄平	박상우 <내 마음의 옥탑방>
2004年4月	≪隔壁女人≫小说	河成兰	薛周、徐丽红	하성란 <옆집 여자>
2004年5月	≪鳗鱼炖菜≫小说	权智艺	张玄平	권지예 <뱀장어 스튜>
2005年1月	≪你的树木≫小说	金英夏	薛周、徐丽红	김영하 <당신의 나무>
2005年2月	韩国散文两篇·≪母亲≫	文顺泰	张玄平	이헌구 <어머니>
2005年2月	韩国散文两篇·≪盛夏≫	李宪求	安太德	이동규 <여름>
2005年4月	≪老母亲身上的气味≫诗	李东奎	安太德	문순태 <늙으신 어머니의 향기>
2006年1月	≪她想去蹦极≫小说	李万教	薛周、徐丽红	이만교 <그려, 번지점프 하러가다>
2006年2月	郑芝溶诗5首	郑芝溶	薛周、徐丽红	정지용 시 5편
2007年1月	≪白鹿谭-汉拿山扫墓≫散文	郑芝溶	薛周、徐丽红	정지영 <백록담 -한라산 성묘>
2007年3月	徐廷柱诗四首	徐廷柱	薛周、徐丽红	서정주 시 4편
2007年5月	≪表情管理公司≫小说	李万教	张玄平	이만교 <표정관리 주식회사>

≪外国文艺≫ 发表的韩国文学作品目录

发表时间	作品标题	原作者	译者	原作名
1980年1月	≪南朝鲜小说五篇≫	金东里等	张琏瑰	남조선 소설 5편
2001年4月	≪我们丑陋的英雄≫小说	李文烈	金英今	이문열 <우리들의 일그러진 영웅>
2003年3月	≪分身人≫小说	崔秀哲	朴明爱	이수철 <분신들>
2003年6月	≪消逝一方的繁星≫小说	尹大宁	朴明爱	윤대녕 <많은 별들이 한곳으로 흘러갔다>
2004年1月	≪幻、他、知、我≫小说	朴相禹	朴明爱	박상우 <환 타 지 아>
2004年1月	≪我心中的屋塔房≫小说	朴相禹	朴明爱	박상우 <내 마음의 옥탑방>
2004年5月	≪窄门≫小说	赵京兰	薛周、徐丽红	조경란 <좁은 문>
2005年1月	≪海与蝶≫小说	金仁淑	薛周、徐丽红	김인숙 <바다와 나비>
2005年3月	≪哥哥回来了≫小说	金英夏	薛周、徐丽红	김영하 <오빠가 돌아왔다>
2005年3月	≪夹在电梯里的那个男人怎么样了≫小说	金英夏	薛周、徐丽红	김영하 <엘레베이터에 낀 그 남자는 어떻게 되었나>
2006年5月	≪化妆≫小说	金熏	薛周、徐丽红	김훈 <화장>
2007年3月	≪蒙古斑≫小说	韩江	薛周、徐丽红	한강 <몽고반점>
2008年3月	≪姐姐的绝经≫	金熏	薛周、徐丽红	김훈 <언니의 폐경>

1992-2008年韩国女性作家中译本目录

译者	原作者	中文名	出版社(所在地)/时间	韩文名
沈仪琳、毕淑敏	朴婉绪等	《韩国女作家作品选》小说集	北京社会科学文献出版社, 1995	박완서 외 <한국 여류작가 작품선>
沈仪琳、赵习	韩末淑	《美的灵歌》小说	北京社会科学文献出版社, 1997	한말숙 <아름다운 영가>
权伍铥等	吴世姬	《鸟不会像雪花凋落》诗选	武汉长江出版社, 1998	오세희 <새는 눈꽃으로 질 수 없다>
金学泉	金惠晶	《银妆刀啊, 银妆刀, 一臂葬衰史》诗集	北京人民文学, 2001	김약식 <은장도여, 은장도여: 팔뚝하나의 슬픈 무덤 이야기>
薛周、徐丽红	金仁淑	《等待铜管乐队》小说集	广州花城, 2004	김인숙 <브라스밴드를 기다리며>
薛周、徐丽红	申京淑	《钟声》小说集	广州花城, 2004	신경숙 <종소리>
薛周、徐丽红	殷熙耕	《搭讪》小说集	广州花城, 2004	은희경 <타인에게 말걸기>
薛周、徐丽红	权知艺	《暴笑》小说集	广州花城, 2004	권지예 <폭소>
秦雍晗、琴知雅	殷熙耕	《汉城兄弟》小说	北京作家, 2004	은희경 <마이너 리그>
陈雪鸿	禹淑子	《素衣乡语》诗集	北京中国和平, 2004	우숙자 <흰옷 입은 고향의 언어들>
白水	安慧初	《爱情现在时》诗集	北京中国和平, 2004	안혜초 <그리고 지금>
薛周、徐丽红	卢英守	《自然的真味》诗集	北京中国和平, 2004	노영수 <사람과 자연>
薛周	金良植	《众鸟的日出》诗集	北京中国和平, 2004	김양식 <새들의 해돋이>
丁玫声、王策宇	梁贵子	《元美村的人们》小说	天津百花文艺, 2005	양귀자 <원미동 사람들>

朴善姬、何彤梅	朴婉绪	≪孤独的你≫小说	上海译文, 2006	박완서 <너무도 쓸쓸한 당신>
高静	全镜粼	≪在我生命中唯一的特殊日子≫小说	北京朝华出版社, 2006	전경린 <내 생에 꼭 하루뿐일 특별한 날>
薛周、徐丽红	申京淑	≪单人房≫小说	北京人民文学, 2006	신경숙 <외딴 방>
朱霞	柳岸津	≪春雨一袋子≫诗集	天津百花文艺, 2006	유안진 <봄비 한 주머니>
金莲兰	朴婉绪	≪裸木≫小说	上海译文, 2007	박완서 <나목>
王策宇、金好淑	朴婉绪	≪那个男孩的家≫小说	北京人民文学, 2007	박완서 <그 남자네 집>
朴正元、房晓霞	殷熙耕	≪鸟的礼物≫小说	北京人民文学, 2007	은희경 <새의 선물>
薛周、徐丽红	金星我	≪美室≫小说	南京译林, 2007	김성아 <미실>
千太阳	全镜潾	≪黄真伊≫小说	石家庄花山文艺, 2007	전경린 <황진이>
许连顺	吴贞姬	≪老井≫小说	天津百花文艺, 2008	오정희 <옛우물>

在韩国文学翻译院的资助下中国出版的文学图书目录

书名	原作名	原作者	译者	出版社(所在地)/时间
≪巫女图≫	소설 <무녀도>	金东里	韩梅、崔胤京	上海译文出版社, 2002
≪过客≫	시집 <박목월 시선>	朴木月	许世旭	天津百花文艺出版社, 2003
≪南边的人, 北边的人≫	소설 <남녘 사람 북녘 사람>	李浩哲	崔成德	上海译文出版社, 2003
≪汉城兄弟≫	소설 <마이너 리그>	殷熙耕	韩振乾、琴知雅	北京作家出版社, 2005
≪黑暗之魂-韩国分段小说选≫	소설 <한국 분단소설선>	尹兴吉等	金冉	上海译文出版社, 2004

《乙火》	소설 <을화>	金东里	韩梅	上海译文出版社, 2004
《一个无政府主义者的爱情》	소설 <어느 무정부주의자의 사랑>	崔秀哲	朴明爱、具本奇	北京作家出版社, 2005
《情人的沉默》	시집 <님의 침묵>	韩龙云	范伟利	上海译文出版社, 2005
《元美村的人们》	소설 <원미동 사람들>	梁贵子	郑玫声、王策宇	天津百花文艺出版社, 2005
《乡愁》	시선 <향수>	郑芝溶	许世旭	天津百花文艺出版社, 2005
《金药局家的女儿们》	소설 <김약국집의 딸들>	朴景利	胡薇	上海译文出版社, 2005
《青春肖像》	소설 <젊은 날의 초상>	李文烈	金泰成、金成玉	文化艺术出版社, 2006
《你们的天国》	소설 <당신들의 천국>	李清俊	金冉	上海译文出版社, 2006
《孤独的你》	소설 <너무도 쓸쓸한 당신>	朴婉绪	朴善姬、何彤梅	上海译文出版社, 2006
《客人》	소설 <손님>	黄皙暎	金胜一、苗春梅	上海译文出版社, 2006
《春雨一袋子》	소설 <봄비 한주머니>	柳岸津	朱霞	天津百花文艺出版社, 2006
《敦煌之爱》	소설 <돈황의 사랑>	尹厚明	王策宇、金好淑	天津百花文艺出版社, 2006
《鸟的礼物》	소설 <새의 선물>	殷熙耕	朴正元、房晓霞	北京人民文学出版社, 2007
《那个男孩的家》	소설 <그 남자네 집>	朴婉绪	王策宇、金好淑	北京人民文学出版社, 2007
《洪鱼》	소설 <홍어>	金周荣	金莲兰	上海译文出版社, 2007
《老井》	소설 <옛 우물>	吴贞姬说	许莲顺	天津百花文艺出版社, 2008

2001-2021년 한국문학번역원 지원 출간 도서 목록(중국어)

원서명 (한국어)	번역서명 (중국어)	원작가 (한국어)	번역가 (한국어)	출판사 (현지어)	실 출간년도
당신의 4분 33초	你的4分33秒	이서수	謝麗玲	一人出版社	2021
소년은 늙지 않는다	外国文艺 2021年第4期 (韩国当代大奖小说 选)	김경욱, 배수아, 최은영, 강화길, 임솔아			2021
한 명	最後一個人	김숨	胡椒筒	時報出版	2021
졸업	兩封合格通知書	윤이형	陳聖薇	麥田出版社	2021
9번의 일	9號的工作	김혜진	簡郁璇	時報出版	2021
녹천에는 똥이 많다	鹿川有許多糞	이창동	李俠	武汉大学出版社	2021
너무 한낮의 연애	大白天的戀愛	김금희	杜彦文	臺灣商務印書館	2021
조선의 중인들	朝鮮时期的文艺复 兴与中人	허경진	刘婧	中华书局	2021
한국문학선 집(한국소설 대가 경전대표작)	誰能說自己看見天 空：韓國小說大家 經典代表作 (戰後篇)	최말순, 이태준, 손창섭, 박완서, 이청준, 오정희, 정찬, 공선옥, 천운영	游芯歆	麥田出版社	2021
바깥은 여름	外面是夏天	김애란	馮燕珠	凱特文化	2021
천국의 소년	天國少年	이정명	馮燕珠	暖暖書屋	2021
페인트	PAINT	이희영	簡郁璇	時報出版	2021
한중록	恨中录	혜경궁 홍씨	王艳丽, 张彩虹	重庆出版社	2021

엄마를 부탁해	請照顧好我媽媽	신경숙	薛舟, 徐丽红	北京联合 出版公司	2021
너의 목소리가 들려	我聽見你的聲音	김영하	安松元	漫遊者文化	2020
여행의 이유	懂也沒用的神祕旅行	김영하	胡椒筒	漫遊者文化	2020
사임당의 붉은 비단보	师任堂的红色包袱	권지예	千日	陕西人民出版社	2020
중앙역	中央站: 失去過往與未來, 拋棄時間與空間的 無家者	김혜진	簡郁璇	時報出版	2020
터널	失控隧道: 我們都是沒有露臉 的殺人者	소재원	胡椒筒	暖暖書屋	2020
안녕, 엘레나	再见, 埃琳娜	김인숙	聶宝梅	上海译文出版社	2020
조선 왕실 기록문화의 꽃, 의궤	仪轨, 朝鲜王室记录文化 之花	신병주, 김문식	林丽	中国社会科学 出版社	2020
침이 고인다	垂涎三尺	김애란	許先哲	臺灣商務印書館	2020
피프티 피플	五十人	정세랑	簡郁琁	台灣商務	2020
조선 양반의 일생	朝鮮两班的一生	규장각한 국학Researcher	王楠	江苏人民出版社	2020
파도가 바다의 일이라면	海浪本為海	김연수	胡絲婷	暖暖書屋	2020
잘 자요 엄마	晚安, 媽媽	서미애	簡郁璇	暖暖書屋	2020
사하맨션	薩哈公寓	조남주	張雅眉	漫遊者文化	2020
소지	烧纸	이창동	金冉	武汉大学出版社	2020
보건교사 안은영	保健教師安恩英	정세랑	劉宛昀	台灣商務	2020

검은 꽃	黑色花	김영하	盧鴻金	漫遊者文化	2020
보다	見	김영하	胡椒筒	漫遊者文化	2020
기억을 잇다	因為是父親, 所以	소재원	胡椒筒	暖暖書屋	2020
귀를 기울이면	若你傾聽	조남주	馮燕珠	布克文化	2020
운다고 달라지는 일은 아무것도 없겠지만	就算哭泣也不能改變什麼	박준	胡絲婷	暖暖書屋	2020
한국문학선집(한국소설 대가 경전대표작)	吹過星星的風 : 韓國小說大家經典代表作(戰前篇)	최말순, 이광수, 이기영, 채만식, 현진건, 이상, 강경애, 최서해, 나도향	游芯歆	麥田出版社	2020
한국문화, 한눈에 보인다	韓國文化巡禮	조동일, 이은숙	游芯歆	永望文化	2020
달려라, 아비	奔跑吧！爸爸	김애란	許先哲	台灣商務	2020
설계자들	謀略者	김언수	尹嘉玄	馬可孛羅	2020
경애의 마음	敬愛的心意	김금희	簡郁璇	台灣商務	2020
시간을 파는 상점	販賣時間的商店	김선영	簡郁璇	麥田出版社	2020
퀴즈쇼	猜迷秀	김영하	盧鴻金	漫遊者文化	2019
빛의 제국	光之帝國	김영하	盧鴻金	漫遊者文化	2019
조선사회 이렇게 본다	朝鮮王朝面面觀	조선사회 연구회	游芯歆	永望文化	2019
동아시아, 해양과 대륙이 맞서다	不平靜的半島 : 海洋與大陸勢力的五百年競逐	김시덕	林珮緒	馬可孛羅	2019

라오라오가 좋아	我爱芳芳	구경미	徐丽红	人民文学出版社	2019
댓글부대	網軍部隊	장강명	陳聖薇	布克文化	2019
마당이 있는 집	有院子的家	김진영	林雯梅	凱特文化	2019
서른의 반격	三十歲的反擊	손원평	邱麟翔	凱特文化	2019
순례자의 책	活著的圖書館	김이경	簡郁珏	暖暖書屋	2019
세계의 끝 여자친구	世界的盡頭我的女友	김연수	胡絲婷	暖暖書屋	2019
한국인의 밥상	韩国人的餐桌	KBS 한국인의 밥상 제작팀	洪微微, 韩亚仁	华中科技大学出版社	2019
한국이 싫어서	走出韩国	장강명	王宁	华中科技大学出版社	2019
일곱 개의 고양이 눈	七只猫眼	최제훈	张纬	华中科技大学出版社	2019
흰	白	한강	張雅眉	漫遊者文化	2019
섬	島：收錄詩人畫作鄭玄宗詩選集	정현종	董達, 賴毓棻	暖暖書屋	2019
바깥은 여름	外面是夏天	김애란	徐丽红	人民文学出版社	2019
소원	為愛重生：找尋希望的翅膀	소재원	陳聖薇	暖暖書屋	2019
고마네치를 위하여	獻給柯曼妮奇	조남주	簡郁璇	布克文化	2019
내게 무해한 사람	對我無害之人	최은영	陳曉菁	商務印書館	2019
비행운	飛機雲	김애란	馮燕珠	凱特文化	2019
백의 그림자	一百個影子	황정은	陳聖薇	凱特文化	2019
경영은 사람이다	经营在人	이병남	金海鷹	当代中国出版社	2018

쇼코의 미소	祥子的微笑	최은영	杜彦文	商務印書館	2018
또 누구게?	又是誰呀？	최정선	蘇懿禎	Kanghao International Co.	2018
살인자의 기억법	殺人者的記憶法	김영하	盧鴻金	漫遊者文化	2018
사서함 110호의 우편물	私人信箱一一零號的郵件	이도우	王品涵	暖暖書屋文化	2018
한국 신화의 연구	韩国神话研究	서대석	刘志峰	陕西师范大学出版社	2018
도둑을 잡아라	一起抓小偷！	박정섭	蘇懿禎	剛好	2018
나는 나를 파괴할 권리가 있다	我有破壞自己的權利	김영하	薛舟	漫遊者文化	2018
종의 기원	物種起源	정유정	馬毓玲	凱特文化	2018
구비문학 개설	口碑文学概论	장덕순	何彤梅	민족출판사	2018
종료 되었습니다	死者的審判	박하익	簡郁珽	暖暖書屋	2018
여름, 어디선가 시체가	夏天, 尸體到底在哪裡？	박연선	簡郁珽	暖暖書屋	2018
어느날 아침	某天 早晨	이진희	蘇懿禎	好大一間出版社	2018
승효상 도큐먼트	承孝相建筑档案	승효상	李金花	同济大学出版社	2018
특별한 친구들	特別的朋友們	경혜원	蘇懿禎	剛好	2018
안녕, 폴!	你好, 保羅	센우	蘇懿禎	剛好	2018
82년생 김지영	82年生的金智英	조남주	尹嘉玄	漫遊者文化	2018

소수의견	少數意見	손아람	陳聖薇	暖暖書屋	2018
소년이 온다	少年來了	한강	尹嘉玄	漫遊者出版社	2018
배고픈 꿈이	肚子餓的小青蛙	김삼현	蘇懿楨	暖暖書屋	2017
두더지의 고민	鼴鼠的煩惱	김상근	許延瑜	青林出版社	2017
숲 속 사진관	森林照相館	이시원	許延瑜	青林出版社	2017
죠가 말한다	小狐狸說話了	강혜숙	蘇懿楨	暖暖書屋	2017
한국이 싫어서	因為討厭韓國	장강명	王品涵	布克文化	2017
엘리베이터	電梯	경혜원	蘇懿楨	剛好	2017
누구게?	是誰呀？	최정선	蘇懿楨	剛好	2017
한국 도시디자인 탐사	韩国城市设计	김민수	朴正俸, 周毅	上海交通大学出版社	2017
친절한 복희씨	亲切的福姬	박완서	李贞娇, 陈亚男	清华大学出版社	2016
나의 집을 떠나며	离家	현길언	韩梅	上海译文出版社	2016
조선 국왕의 일생	朝鮮國君的一生	규장각한국학Researcher	安正燻, 王楠	江蘇人民出版社	2016
좀비들	僵尸村	김중혁	金莲兰	上海译文出版社	2016
터널	隧道	소재원	吴荣华	上海译文出版社	2016
일요일 스키야키 식당	星期天日式火锅餐厅	배수아	孙鹤云	上海译文出版社	2016
테오도루 24번지	泰奧多爾24號	손서은	葛增娜	TRENDY Publisher	2016
연어	鮭鱼	안도현	千太阳	华中科技大学出版社	2016
만남	相会	한무숙	梁福善	华中科技大学出版社	2016
비행운	你的夏天还好吗?	김애란	薛舟	人民文学出版社	2016
더러운 책상	肮脏的书桌	박범신	徐丽红	人民文学出版社	2016

퀴르발 남작의 성	庫勒巴尔男爵的城堡	최제훈	王宁	华中科技大学出版社	2016
백의 그림자	一百个影子	황정은	韩锐	华中科技大学出版社	2016
그녀의 눈물 사용법	她的眼泪使用法	천운영	张纬	华中科技大学出版社	2016
길 위의 집	路上的家	이혜경	金莲兰	上海译文出版社	2016
행복한 사람은 시계를 보지 않는다	幸福的人不看钟	은희경	张纬	华中科技大学出版社	2015
악기들의 도서관	乐器图书馆	김중혁	洪微微	华中科技大学出版社	2015
관계	关系	안도현	徐祯爱	华中科技大学出版社	2015
문명과 바다	深藍帝國：海洋爭霸的時代1400-1900	주경철	刘畅	北京大学出版社	2015
달에게 들려주고 싶은 이야기	想要说给月亮听的故事	신경숙	千日	漓江出版社	2015
식물들의 사생활	植物的私生活	이승우	丁生花, 정생화	上海译文出版社	2015
왕을 찾아서	寻觅王者	성석제	金莲兰, 김련란	上海译文出版社	2015
차마고도	茶马古道	KBS 인사이트 아시아 차마고도 제작팀	孔渊, 공연	中央广播电视大学出版社	2015

검은 꽃	黑色花	김영하	朴善姬, 何彤梅	浙江文艺出版社	2015
서편제	西便制	이정준	全华民	浙江大学山版社	2015
아홉 켤레의 구두로 남은 사내	化身九双鞋的男人	윤흥길	王策宇, 崔元馨	浙江大学出版社	2015
철학이 필요한 시간	需要哲學陪伴的時間	강신주	李萌萌, 李海蘭	商務印書館	2015
한국의 풍속화	韩国风俗画	정병모	金青龙, 赵亮	商务印书馆	2015
7년의 밤	七年之夜	정유정	徐丽红	天津人民出版社	2015
오늘 그리고 내일의 노래	今天与明天的歌	김남조	郑多梅, 金金龙	江苏凤凰文艺 出版社	2015
아들의 겨울	儿子的冬天	김주영	金艾伶	华中科技大学 出版社	2015
항아리	坛子	정호승	金明顺	华中科技大学 出版社	2015
한국의 전통연희	韩国的传统戏剧	전경욱	文盛哉	复旦大学出版社	2014
우리가 정말 알아야 할 우리 옛이야기 백가지 1	很久很久以前	서정오	林芝	山东画报出版社	2014
나의 삼촌 브루스 리 1, 2	我的叔叔李小龙	천명관	薛舟	天津人民出版社	2014
회색인	灰色人	최인훈	张纬	华中科技大学 出版社	2014
카스테라	卡斯提拉	박민규	朴正元, 房晓霞	华中科技大学 出版社	2014

죽은 왕녀를 위한 파반느	逝去公主的孔雀舞	박민규	王琦	华中科技大学 出版社	2014
아제아제 바라아제	叶落彼岸	한승원	梁福善	华中科技大学 出版社	2014
고령화 가족	高龄化家族	천명관	孔渊	华中科技大学 出版社	2014
여덟 번째 방	第八个房子	김미월	李承梅, 李龙海	山东文艺出版社	2014
침이 고인다	噙满口水	김애란	許先哲	上海文艺出版社	2014
내 여자의 열매	植物妻子	한강	崔有学	上海文艺出版社	2014
소년을 위로해줘	安慰少年	은희경	徐丽红	Flower City Publishing House	2014
여우야 여우야 뭐하니	狐狸呀, 你在干什么？	조영아	徐丽红	Flower City Publishing House	2014
요란요란 푸른 아파트	闹闹腾腾蔚蓝小区	김려령	王宁	机械工业出版社	2014
낯선 시간 속으로	走向陌生的时光	이인성	崔成龙	吉林出版集团有 限责任公司	2014
낭만적 사랑과 사회	浪漫之爱与社会	정이현	王艳丽, 金勇	민족출판사	2014
늦둥이 이른둥이	老来子和早来子	원유순	马瑞	浙江少年儿童 出版社	2013
장난감 도시	玩偶之城	이동하	許蓮花	浙江大學出版社	2013
랩소디 인 베를린	柏林狂想曲	구효서	薛舟,徐 麗紅	译林	2013
세계의 끝 여자친구	世界的尽头, 我的女友	김연수	李娟	吉林出版集团 有限责任公司	2013

수수밭으로 오세요	请到玉米地来	공선옥	郑慧	吉林出版集团 有限责任公司	2013
정약용의 철학	丁若鏞哲学思想研究	백민정	李永男	苏州大学出版社	2013
채식주의자	素食主义者	한강	千日	重庆出版社	2013
나무에 새겨진 팔만대장경의 비밀	木刻八万大藏经的秘密	박상진	金宰民, 张琳	浙江大学出版社	2013
꼬리 잘린 생쥐	断尾巴的小家鼠	권영품	郑杰	机械工业出版社	2013
나의 린드그렌 선생님	爱顶嘴的小女孩儿	유은실	李玉花	机械工业出版社	2013
예술철학	艺术哲学	박이문	郑姬善	北京大学出版社	2013
과수원을 점령하라	占领果园	황선미	王策宇, 白昌容	접력출판사	2013
검은 사슴	玄鹿	한강	金莲顺	吉林出版集团 有限责任公司	2013
누들로드	面条之路	이욱정	韩亚仁, 洪微微	华中科技大学 出版社	2013
졸라체	一如草芥的尘世	박범신	金莲兰	古吴轩出版社	2013
빛의 제국	光之帝国	김영하	薛舟	人民文学出版社	2012
관촌수필	冠村随笔	이문구	金冉	人民文学出版社	2012
도망자 이치도	逃亡神偷	성석제	金冉,郑炳男	上海文艺出版社	2012
달려라, 아비	老爸, 快跑	김애란	许先哲	上海文艺出版社	2012
바이올렛	紫罗兰	신경숙	许连顺, 薛舟	人民文学出版社	2012
깊은 슬픔	深深的忧伤	신경숙	徐丽红	人民文学出版社	2012
리진	李真	신경숙	徐丽红, 薛舟	人民文学出版社	2012

조선왕조의 궤	朝鮮王朝儀軌	한영우	金宰民, 孟春玲	浙江大学出版社	2012
토지	土地	박경리	刘广铭, 金英今	민족출판사	2011
황제를 위하여	为了皇帝	이문열	韩梅	人民文学出版社	2011
운현궁의 봄	云岘宫之春	김동인	南光哲	吉林大学出版社	2011
탈향: 이호철단편 소설집	脱乡-李浩哲短篇小说集	이호철	崔成德	吉林大学出版社	2011
흙	泥土	이광수	李承梅, 李龙海	吉林大学出版社	2011
탁류	浊流	채만식	金莲顺	吉林大学出版社	2011
김유정 단편소설선	金裕贞短篇小说选	김유정	李玉花	吉林大学出版社	2011
하늘과 바람과 별과 시	天风星星与诗	윤동주	裴但以理	吉林大学出版社	2011
진달래꽃	金达莱	김소월	范伟利	山东友谊出版社	2011
한국종교 사상사	韩国儒学思想史	금장태	韩梅	中国社会科学	2011
20세기 한국문학의 이해	二十世纪韩国现代文学入门	이남호, 우찬제, 이광호, 김미현	韩梅	中国社会科学	2011
멸치	鳀鱼	김주영	权赫律	吉林大学出版社	2010
봉순이 언니	凤顺姐姐	공지영	金莲顺	二十一世纪 出版社	2010
백낙청 평론집: 분단체제·민족문학	白樂晴: 分斷體制·民族文學	백낙청	朱玫	聯經	2010

삿뽀로 여인숙	札幌旅店	하성란	许连顺	上海文艺出版社	2009
삼국유사	三國遺事	일연	权锡焕, 陈蒲清	岳麓书社	2009
모순	矛盾	양귀자	张琦	上海文艺出版社	2009
금오신화	金鰲新话	김시습	权锡焕, 陈蒲清	岳麓书社	2009
가지 않은 길	未选择的路	김문수	金莲兰	上海译文出版社	2009
마당 깊은 집	深院大宅	김원일	金泰成	中国社会科学 出版社	2009
휘청거리는 오후	蹒跚的午后	박완서	李贞娇, 李茸	上海文艺出版社	2009
아주 오래된 농담	非常久遠的玩笑	박완서	金泰成	上海译文出版社	2009
토지	土地	박경리	刘广铭, 金英今	민족출판사	2009
토지	土地	박경리	刘广铭, 金英今	민족출판사	2008
천둥소리	惊天雷声	김주영	成龙哲	上海译文出版社	2008
짐승의 시간	禽兽的日子	김원우	许连顺	上海译文出版社	2008
조선소설사	朝鲜小说史	김태준	全华民	민족출판사	2008
한국민족 설화의 연구	朝鲜民族故事研究	손진태	全华民	민족출판사	2008
옛 우물	老井	오정희	许连顺	百花文艺出版社	2008
어머니는 죽지 않는다	永恒的母亲	최인호	韩振乾, 朴广熙	Writer출판사	2008
홍어	洪魚	김주영	金莲兰	上海译文出版社	2008
새의 선물	鸟的礼物	은희경	朴正元, 房晓霞	人民文学出版社	2007
나목	裸木	박완서	金莲兰	上海译文出版社	2007

그 남자네 집	那个男孩的家	박완서	王策宇, 金好淑	人民文学出版社	2007
봄비 한 주머니 : 유안진 시집	春雨一袋子	유안진	朱霞	百花文艺出版社	2006
둔황의 사랑	敦煌之爱	윤후명	王策宇, 金好淑	百花文艺出版社	2006
당신들의 천국	你们的天国	이청준	金冉	上海译文出版社	2006
너무도 쓸쓸한 당신	孤独的你	박완서	朴善姬, 何彤梅	上海译文出版社	2006
젊은 날의 초상	青春肖像	이문열	金泰成, 金成玉	文化艺术出版社	2006
손님	客人	황석영	金胜一, 苗春梅	上海译文出版社	2006
님의 침묵	情人的 沉默	한용운	范伟利	上海译文出版社	2005
김약국의 딸들	金药局家的女儿们	박경리	胡薇	上海译文出版社	2005
고양이 학교	描咪魔法学校 5	김진경	黄兰琇, 杨纯惠	新蕾出版社	2005
고양이 학교	描咪魔法学校4	김진경	黄兰琇, 杨纯惠	新蕾出版社	2005
고양이 학교 1부 3: 시작된 예언	描咪魔法学校 3	김진경	黄兰琇, 杨纯惠	新蕾出版社	2005
고양이 학교 2: 마법의 선물	描咪魔法学校 2	김진경	朱恩伶	新蕾出版社	2005
고양이 학교 1: 수정동굴의 비밀	描咪魔法学校 1	김진경	朱恩伶	新蕾出版社	2005

정지용 시선	乡愁	정지용	許世旭	百花文艺出版社	2005
원미동 사람들	远美村的人们	양귀자	丁旼聲, 王策宇	百花文艺出版社	2005
오래된 정원	故园	황석영	张健威, 梁学薇	上海译文出版社	2005
어느 무정부주의자의 사랑	一个无政府主义者的爱情	최수철	朴明爱, 具本奇	Writer출판사	2005
시인	诗人	이문열	韩梅	人民文学出版社	2005
韓國演劇史	韓国演剧史	이두현	紫荆, 韩英姬	中国戏剧出版社	2005
마이너리그	汉城兄弟	은희경	秦雍晗, 琴知雅	Writer출판사	2004
남녘 사람 북녘 사람	南边的人北边的人	이호철	崔成德	上海译文出版社	2004
을화	乙火	김동리	韩梅	上海译文出版社	2004
한국 분단소설선	黑暗之魂	윤흥길	金冉	上海译文出版社	2004
나그네	过客	박목월	許世旭	百花文艺出版社	2003
광장	廣場	최인훈	陳寧寧	대만 문사철출판사	2003
미란	美兰	윤대녕	朴明爱, 具本奇	上海文艺出版社	2003
홍성원 단편소설선	恭敬的暴力	홍성원	韩东吾, 徐敬浩	上海译文出版社	2003
김동리 대표작선: 무녀도	巫女图	김동리	韩梅, 崔胤京	上海译文出版社	2002

자료 출처: 한국문학번역원 홈페이지(https://www.ltikorea.or.kr/)

1993-2021년 대산문화재단 한국문학 번역·연구·출판지원 목록(중국어)

부문	지원대상자	장르	번역작품	연도
번역	예레이레이	소설	저녁의 해후(박완서 作)	2021
번역	임명	소설	9번의 일(김혜진 作)	2021
번역	이정옥, 리우 종보	소설	경애의 마음(김금희 作)	2020
번역	주선	소설	아홉 번째 파도(최은미 作)	2019
번역	장위	소설	디어 랄프 로렌(손보미 作)	2018
번역	김학철	시집	순간의 꽃(고은 作)	2017
번역	양설매	소설	생의 이면(이승우 作)	2017
번역	왕염려	소설	계속해보겠습니다(황정은 作)	2016
번역	장위	소설	나는 유령작가입니다(김연수 作)	2016
번역	조서형	연극	알리바이 연대기(김재엽 作)	2016
출판	채미자	시집	시간의 쪽배(오세영 作)	2016
번역출판	안정훈, 왕남	소설	아들의 아버지(김원일 作)	2015
번역출판	김명순	시집	외로우니까 사람이다(정호승 作)	2015
번역출판	박춘섭, 왕복동	소설	남한산성(김훈 作)	2015
번역출판	김소영, 장영정, 최순화, 여걸	소설	살인자의 기억법(김영하 作)	2014
번역출판	김학철	소설	황만근은 이렇게 말했다 (성석제 作)	2014
번역출판	양설매, 조인	소설	여인들과 진화하는 적들(김숨 作)	2014
번역출판	이연	소설	그 여자의 자서전(김인숙 作)	2013
번역출판	박춘섭, 왕복동	소설	백년 여관(임철우 作)	2013
번역출판	김학철	시	히말라야 시편(고은 作)	2012
번역출판	박춘섭, 왕복동	소설	이별하는 골짜기(임철우 作)	2012
번역출판	이연	동화집	오세암(정채봉 作)	2011
번역출판	박명애	소설	아버지의 땅(임철우 作)	2011
번역출판	주하	시	세한도 가는 길(유안진 作)	2011
출판	박명애	소설	몽타주(최수철 作)	2011
번역출판	이숙연	소설	고산자(박범신 作)	2010
번역출판	강애영	소설집	아름다움이 나를 멸시한다 (은희경 作)	2010

번역출판	박명애, 지쿤	소설	오래된 일기(이승우 作)	2010
연구·출판	김학철	논저	한국 근현대 문학경전 해독 1, 2	2010
출판	김성욱	소설	심청상·하(황석영 作)	2010

자료 출처: 대산문화재단 홈페이지(https://www.ltikorea.or.kr/)

김정일金正日

흑룡강성 할빈시 아성구에서 출생(1983)
중앙민족대학교 조문학부 졸업(2009)
중앙민족대학교 문학석사학위 취득(2011)
중앙민족대학교 문학박사학위 취득(2014)
현 북경제2외국어대학교 아시아학원 조선(한국)어과 조교수(講師), 한국어 MTI 지도교수

주요 논저

《丛林万里》中投射的中国形象及叙事策略研究, 《去森浦的路》中体现的集体无意识及其在小说创作中的意义, 论国际文化贸易与韩语专业交叉培养的必要性和可行性, 北京京剧百部经典剧情简介标准译本(汉韩对照) 등.

중국에서의 한국현대문학 수용양상 연구
韓國現當代文學在中國的傳播與接受研究

초판 1쇄 인쇄 2022년 6월 15일
초판 1쇄 발행 2022년 6월 30일

지 은 이   김정일(金正日)
펴 낸 이   이대현
펴 낸 곳   도서출판 역락

책임편집   임애정
편   집   이태곤 권분옥 문선희 강윤경
디 자 인   안혜진 최선주 이경진
마 케 팅   박태훈 안현진

펴 낸 곳   도서출판 역락 / 서울시 서초구 동광로46길 6-6 문창빌딩 2층(우06589)
전   화   02-3409-2058 FAX 02-3409-2059
이 메 일   youkrack@hanmail.net
홈페이지   www.youkrackbooks.com
등   록   1999년 4월 19일 제303-2002-000014호

ISBN 979-11-6742-319-1 93810
字數 264,234字

*정가는 뒤표지에 있습니다.

* 이 책의 판권은 지은이와 도서출판 역락에 있습니다. 서면 동의 없는 무단 전재 및 무단 복제를 금합니다.
* 잘못된 책은 바꿔 드립니다.